AS GAROTAS MADALENAS

QUEM PODERÁ SALVÁ-LAS?

Copyright © 2017 V. S. Alexander
Copyright © 2019 Editora Gutenberg

Título original: *The Magdalen Girls*

Todos os direitos reservados pela Editora Gutenberg. Nenhuma parte desta publicação poderá ser reproduzida, seja por meios mecânicos, eletrônicos, seja via cópia xerográfica, sem a autorização prévia da Editora.

EDITORA RESPONSÁVEL
Rejane Dias

ASSISTENTE EDITORIAL
Andresa Vidal Vilchenski

PREPARAÇÃO
Pedro Pinheiro

REVISÃO
Mariana Faria

CAPA
Kensington Publishing Corp. (sobre imagem de Sandra Cunningham / Trevillion Images)

ADAPTAÇÃO DE CAPA
Diogo Droschi

DIAGRAMAÇÃO
Larissa Carvalho Mazzoni

Dados Internacionais de Catalogação na Publicação (CIP)
Câmara Brasileira do Livro, SP, Brasil

Alexander, V. S.
   As garotas Madalenas / V. S. Alexander ; tradução de Nilce Xavier. -- 1. ed. -- Belo Horizonte : Editora Gutenberg, 2019.

   Título original: The Magdalen Girls.
   ISBN 978-85-8235-582-4

   1. Ficção histórica 2. Literatura norte-americana I. Título.

19-24991   CDD-813

Índices para catálogo sistemático:
1. Ficção : Literatura norte-americana 813

Iolanda Rodrigues Biode - Bibliotecária - CRB-8/10014

A **GUTENBERG** É UMA EDITORA DO **GRUPO AUTÊNTICA**

São Paulo
Av. Paulista, 2.073, Conjunto Nacional, Horsa I
23º andar . Conj. 2310-2312.
Cerqueira César . 01311-940 São Paulo . SP
Tel.: (55 11) 3034 4468

Belo Horizonte
Rua Carlos Turner, 420
Silveira . 31140-520
Belo Horizonte . MG
Tel.: (55 31) 3465 4500

www.editoragutenberg.com.br

V. S. ALEXANDER

AS GAROTAS MADALENAS

QUEM PODERÁ SALVÁ-LAS?

ROMANCE

TRADUÇÃO: Nilce Xavier

G GUTENBERG

PRÓLOGO

AS FREIRAS ESTAVAM REUNIDAS perto da porta como um enxame de moscas negras. Algumas riam de nervoso, ansiosas. Outras agarravam o crucifixo que pendia de seus hábitos e encaravam as três jovens deitadas de barriga para cima diante delas.

Irmã Anne, a Madre Superiora, as posicionara como no calvário, compondo uma cena muito parecida com a da crucificação representada em uma pintura renascentista. Uma punição nunca deve deixar hematomas ou provocar sangramentos, pois isso seria uma profanação ao corpo e traria desgraça às Irmãs da Sagrada Redenção. Não, era melhor fazer as penitentes reconhecerem seu erro através do amor de Cristo.

Nenhuma mancha púrpura, roxa ou azul-celeste adornava as três pecadoras estendidas no chão da biblioteca. A composição fora artisticamente arranjada, com a transgressora que mais tinha do que se arrepender, no lugar de Jesus: a bela e loira Teresa. Sua cabeça estava acima das outras duas jovens à esquerda e à direita, suas compatriotas em pecado. A luz do sol da tarde infiltrou-se na antiga biblioteca do convento, iluminando as partículas de poeira que pairavam no ar como contas minúsculas de um colar invisível. Ver as moças em seus uniformes simples, com os braços abertos em súplica e os corpos tão rígidos quanto as tábuas em que deveriam ser pregadas, proporcionava à Irmã Anne um modesto prazer. Não queria machucá-las; queria que elas compreendessem quanta dor haviam provocado à Ordem. Não podia tolerar nem insubordinação, nem caprichosa camaradagem daquelas que haviam pecado. A reabilitação e a penitência nunca saíam de seus pensamentos, e o amor, muito menos.

Da porta, as freiras esticavam o pescoço para terem uma visão melhor de tudo. Já tinham visto outras punições aplicadas pela Irmã Anne, mas essa era uma reviravolta. Algumas mal conseguiam conter o prazer antecipado perante a reprimenda que as três penitentes mereciam. A Madre Superiora pairou sobre elas como o Espírito Santo, maravilhada com o pensamento de uma onda de amor jorrando de si sobre as pecadoras. Ela fez o sinal da cruz.

– Penitência – pronunciou a palavra lentamente, frisando cada uma das sílabas, embora num tom quase inaudível às garotas. Começou a abaixar o corpo alto e magro, ajoelhando-se diante do rosto de Teresa.

A garota olhou fixamente para o teto e então fechou os olhos. Monica, a de cabelos escuros, à direita de Teresa, espumava de raiva, com o olhar cheio de ódio. Lea, pálida e esbelta, à esquerda, já estava em oração. Irmã Anne não queria punir Lea, porque, entre as três, ela era *a boa menina*. No entanto, precisava quebrar o laço que unia essas jovens irmãs.

– Vocês sabem porque estão aqui – disse Irmã Anne. Seus olhos cintilavam de irritação. – Não falem. Apenas escutem. Vocês nos desrespeitaram, prejudicaram nossa Ordem com suas palavras e atitudes. Não podem difamar o Senhor nem ir contra a Sua vontade.

Ela se perguntou se as penitentes estavam prestando atenção. Das três, julgou que Monica fosse a mais atenta, mas só porque esta estava com raiva. Por que essas garotas a desafiavam tanto?

– Permanecerão deitadas aqui, na posição da cruz, até que aprendam a lição – prosseguiu a Madre Superiora. – Vocês precisam entender o que Jesus padeceu. Não irão comer, beber, nem aliviar suas necessidades corporais. – Ela se colocou de pé. – Quando o mal tiver sido expurgado de seus espíritos, poderão se juntar a nós novamente. O que eu faço é um ato de amor, para que vocês conheçam Cristo e Seus caminhos.

Teresa nada disse. Lea murmurou uma prece. Monica cuspiu na direção da Madre Superiora. O cuspe acertou o hábito da abadessa, e as freiras perderam o ar momentaneamente. A religiosa pediu uma toalha; uma de suas obedientes irmãs correu até ela e limpou o fluido ofensivo.

– Você ainda tem muito a aprender – disse Irmã Anne entredentes. Ela se ajoelhou junto a um dos braços estendidos de Monica e retirou um alfinete do cinturão do hábito. Os olhos da garota congelaram de terror à medida que a lâmina metálica descia em direção à sua palma.

– Não se atreva! – Monica bradou, sentando-se.

A Madre Superiora chamou a Irmã Mary-Elizabeth, que veio em seu auxílio.

– Segure as mãos dela no chão. – Monica lutou, mas a freira era tão robusta quanto as rochas de granito que erguiam o convento. Exausta, desistiu de lutar.

A Madre Superiora riscou uma cruz na palma da mão de Monica com a ponta afiada do alfinete.

– Se eu te odiasse, enfiaria isso aqui na sua carne para te mostrar o que Cristo sentiu. Seus perseguidores o insultaram. Queriam que Ele sofresse, e Ele de fato sofreu. Eu não quero que você morra no pecado. Quero que ressuscite no paraíso. – Ela agarrou seu crucifixo. – Irmã, fique com elas. Está quase na hora das orações.

As freiras ao pé da porta se dispersaram. Irmã Mary-Elizabeth sentou-se em uma cadeira perto da janela e ficou vigiando as três jovens sob seu encargo.

– Lembrem-se de minhas palavras. Eu amo vocês – disse Irmã Anne antes de lhes dar as costas e desaparecer de vista, com o barulho de seus sapatos ecoando pelo corredor.

CAPÍTULO 1

A ROSA VERMELHA PRESA no vestido de Teagan Tiernan parecia deslocada. Ela remexeu no botão fechado, evitando os galhinhos espinhosos que a mãe havia cortado do caule, e o reposicionou no ombro esquerdo. A flor ficou dependurada ali por um momento, exalando uma fragrância suave, mas logo em seguida caiu sobre seu peito. Após uma hora na casa de Padre Matthew, a rosa estaria tão murcha quanto o corpo da garota estaria suado, e não eram nem 3 horas da tarde ainda.

Ela ficou tentada a jogar o botão na cama, junto do suéter que a mãe queria que ela levasse à recepção. Não faria a menor falta naquele dia excepcionalmente quente.

Teagan pensou em um milhão de coisas que preferia fazer em uma tarde de domingo a ir a uma reunião na casa paroquial para dar as boas-vindas ao novo padre. Poderia dar uma volta na moto de Cullen Kirby, seu namorado, ou passar a tarde com ele no Rio Liffey, curtindo a brisa fresca à beira d'água.

A mãe tinha escolhido um vestido branco de cetim. Teagan protestou, alegando que ele a deixava com a aparência de uma colegial, muito imatura para uma garota de 16 anos, mas a mãe insistiu que ele era ideal para uma reunião da igreja.

– Vamos logo, vocês duas, ou vamos nos atrasar! – Os passos ansiosos de Cormac, o pai da jovem, ecoaram lá embaixo. Suas palavras eram dirigidas a Teagan e a Shavon, sua mãe. – Meu uísque já está morno e não vai ter mais ponche quando chegarmos. Quando aquela multidão começa a beber, ele evapora!

– E qual é o problema? – Teagan suspirou. Seu pai sempre levava consigo o próprio frasco de bebida aos eventos sociais, independentemente da ocasião. Ela pegou a escova e alinhou os fios rebeldes, conferiu a aparência no espelho da penteadeira e então afofou o cabelo atrás das orelhas.

Lá fora, nuvens pesadas se arrastavam em direção ao sol. Teagan semicerrou os olhos para a esfera brilhante como uma lâmpada incandescente em um teto muito azul. Se ao menos pudesse desligar o astro-rei e acabar com aquele calor... Mas não tinha mais poder sobre o sol do que tinha de escapar daquela reunião. Pegou o suéter sobre a cama e abriu a porta do quarto. A mãe a puxou pelo braço no corredor.

– Deixe-me ver como você está. Dê uma voltinha.

Teagan girou sobre os saltinhos brancos dos sapatos, revirando os olhos.

– Nada de fazer cara feia – a mãe a preveniu, enquanto espanava um fiapo imaginário dos ombros da filha, inspecionando-a da cabeça aos pés. – Você parece uma princesa, meu amorzinho. Seu pai vai ficar tão orgulhoso.

Ela se desvencilhou da mãe.

– Pareço uma menina mimada. Tenho mesmo que ir? Nós já fomos à missa hoje de manhã. Eu preferia dar um passeio pelo rio.

– Você não vai conseguir escapar desta – respondeu a mãe, alisando as lapelas de seu terninho novo. – E eu sei por que você quer caminhar pelo rio. Aposto que tem algo a ver com Cullen Kirby. Hoje ele terá de esperar. Agora vamos. É importante conhecer o novo padre, e não queremos deixar seu pai bravo.

Teagan olhou para o vestido que usava. Morreria de vergonha se Cullen ou algum de seus colegas a vissem daquele jeito. Parecia que estava vestida para um baile de gala. O único ponto positivo era que o vestido valorizava seus seios. Ela os achava muito pequenos, mas o tecido justo os deixava arrebitados, acentuando sua silhueta delgada.

A garota nunca teve a presunção de competir com a mãe, que estava invariavelmente muito charmosa, sóbria e elegante, não importava se ia ao mercado ou jogar *bridge*. Hoje não era diferente. O terninho caía como uma luva em seu corpo, em um contraste perfeito com a pele muito clara. Os cabelos estavam presos em um coque baixo, para acomodar o chapéu.

– Pelo amor de Deus! – ecoou a voz do pai. – Será que eu vou ter de subir aí e arrastar vocês duas até o carro?

Elas começaram a descer, Teagan na frente, seguida por Shavon. Cormac encarou as duas, girando o chapéu fedora que tinha na mão. Pegou o lenço e limpou as gotas de suor que brotavam em sua testa.

– Não aguento mais essa onda de calor. Se já não bastasse estar quente como o inferno, ainda por cima estamos atrasados. Eu até entendo que minha filha não tenha respeito pelos bons costumes, considerando como é essa juventude de hoje em dia, mas você, a mãe, deveria dar o exemplo.

Ele usava um terno azul, um pouco pesado demais para aquele dia; no entanto, era sua roupa favorita, que ele reservava para ir a eventos do trabalho e à igreja.

– Vai ter bebida o bastante, não precisa se preocupar – respondeu a mãe com acidez. – Você vai encher seu copo. Padre Matthew garantirá que ninguém fique sem. Agora você podia, pelo menos, elogiar sua filha.

Cormac resmungou, em seguida gesticulou impaciente para que a esposa e Teagan saíssem de casa e então trancou a porta. As mulheres o seguiram até a vaga apertada onde o sedã preto estava estacionado, diante da fileira de casas idênticas. As janelas estavam fechadas e o interior do veículo parecia um forno.

Teagan começou a entrar no banco de trás e foi imediatamente golpeada pelo calor cáustico. Cormac estava mais irritado do que nunca, e não parecia ser só por causa do clima. Ela se perguntou se o pai e a mãe realmente eram felizes, mas logo cortou as asas desse pensamento. Tinha sorte por morar na porção sul de Dublin, longe da pobreza e dos conjuntos habitacionais do lado norte. Shavon, todavia, não gostava de Ballsbridge e sempre lamentava que viviam muito perto de Donnybrook e seus bairros operários.

Ela não tinha muito contato com o mundo exterior. O pai proibia praticamente tudo que era divertido; era um burocrata, um colarinho branco, e embora Teagan tivesse uma vaga ideia do que ele fazia como assessor na Leinster House, o parlamento irlandês, nunca tinha estado em seu escritório. Costumava imaginar que ele tinha uma vida agitada, lidando com pessoas importantes, mas suas queixas sobre o trabalho e o salário baixo eram incessantes. Mesmo assim, as freiras da escola paroquial lhe diziam para agradecer aos céus. Tinha uma boa casa, comida na mesa e um carro na família, quando pouquíssimos em Dublin gozavam de semelhantes luxos.

O carro se afastou do meio-fio e virou a norte em direção à igreja St. Eusebius; era um trajeto de cinco minutos. O ar ainda estava quente dentro do carro, arruinando o penteado de Teagan. Pelo menos as árvores ao longo da rua proporcionavam um caminho sombreado. A mãe se remexeu no banco da frente, ajustando seu novo chapéu *pillbox*, enquanto o pai acendia um cigarro com a mão livre.

– Merda! – Ele deu um tapa no volante conforme se aproximavam da igreja. – Vamos ter que estacionar a um quarteirão de distância, e nesse calor. É isso o que acontece com quem se atrasa. Mas que inferno! Quem é que organiza uma recepção bem no meio de julho?

Teagan protegeu o cabelo com as mãos, tentando manter seu penteado alinhado, e olhou pela janela. Uma fileira de veículos parados ao longo da rua, as pinturas metálicas refletindo o sol impiedoso. O estacionamento da igreja já estava lotado.

– Olhe a boca, Cormac – Shavon repreendeu enquanto eles estacionavam a alguns quarteirões da igreja. – Teagan, pegue seu suéter.

Ela olhou para a peça e fez uma careta.

– Está tão quente. Vou parecer uma idiota.

– Leve-o no braço. Uma dama sempre deve estar prevenida. Bons modos, você sabe.

– Ora, deixe isso aí no carro – Cormac riu com desprezo. – Bons modos não vão te levar ao paraíso.

Raramente o pai ficava do lado dela, mas, em respeito à mãe, Teagan levaria o suéter; afinal, elas se entendiam. Não que a jovem odiasse o pai, mas até onde conseguia se lembrar, ela e a mãe tinham construído um laço. Elas apoiavam uma à outra quando Cormac ficava bêbado, ou quando dava ordens estritas que sobrecarregavam o clima familiar. Pegou o suéter e o levou no braço.

A menina sentiu o estômago embrulhar quando saíram do carro. Não queria estar ali – poucos eventos sociais aos quais acompanhava os pais eram agradáveis. Já sabia como a tarde se desenrolaria. Seu pai beberia demais, a mãe criticaria a bebedeira olhando para ele de cara feia. Teagan teria de ficar de conversa fiada com um monte de gente que mal conhecia e não fazia a menor questão de conhecer.

Que pena que Cullen não era católico. Como protestante, ele não podia vir a essa recepção. Os pais não aprovavam seu namorado, mas Teagan não se importava. Ela o encontrava sempre que podia, na maioria das vezes quando conseguia dar uma escapadela. Sua relação com Cullen não era da conta de ninguém. Se conseguisse sobreviver a essa reunião angustiante, talvez pudesse ligar para ele mais tarde, quem sabe até conseguissem dar uma volta.

Ir a St. Eusebius duas vezes no mesmo dia era demais – primeiro a missa e agora isso. A distância, o prédio da igreja erguia-se como uma prisão de granito. Teagan sempre achou que ele não tinha nada de mais, exceto pelo grande campanário. Naquela tarde quente, a igreja parecia proibitiva e sufocante. Seu pai ia na frente, ávido para chegar à poncheira. Teagan e a mãe vinham atrás, se abanando. Ele seguiu pela entrada norte, atravessando uma alameda repleta de árvores altas que forneciam alguma sombra. Já dava para ouvir as risadas ecoando pelas portas abertas da paróquia. Teagan respirou fundo antes de mergulhar na multidão. A sala estava tão lotada que quase não dava para se mexer. Sentiu o bafo quente de tantos corpos reunidos assim que entrou. Cormac acenou para um grupo de homens em pé do outro lado da sala e foi abrindo caminho até a mesa de bebidas. A mãe se juntou a um grupo de mulheres que estava perto da porta.

Teagan viu Padre Matthew, o clérigo da paróquia, junto à mesa onde estavam o ponche e várias garrafas de vinho abertas. Um retrato do Papa João XXIII estava pendurado na parede; o Papa, vestindo uma batina carmim e o solidéu branco, sorria para a festividade. Padre Matthew ficou vermelho após fazer uma piada com os fiéis que formavam fila para pegar bebidas. Teagan ouviu o pai pedindo um copo de ponche; assim que foi servido, Cormac se afastou, de costas para os presentes. Teagan sabia o que o pai estava fazendo. Viu seu cotovelo se dobrar depois que ele alcançou algo no bolso.

Cathy, uma garota que ela conhecia da escola, chamou por ela do outro lado da sala. Mesmo com vergonha do vestido que usava, Teagan acenou de volta e então também se serviu de um copo de ponche. Mal tinha começado a ir em direção à turba quando um homem no centro da sala chamou sua atenção. Ele só podia ser o novo sacerdote. Estava vestido como um, usando a gola de padre, camisa e calças pretas, mas, ao contrário do Padre Matthew, era jovem, bonito e tinha ombros largos e braços fortes, como os garotos atléticos da escola. As mulheres da paróquia, das mais jovens às mais velhas, rodeavam-no como pombas disputando alpiste.

Elas ouviam atentamente cada uma de suas palavras. Quando ele sorria, dava para ver que tinha covinhas. Ele riu e passou os dedos nos cabelos escuros e ondulados, e seus olhos de um azul-celeste deixaram Teagan momentaneamente paralisada. Era imaginação dela ou ele a tinha olhado com uma expressão de interesse? Algumas mulheres a encararam. Uma em especial, a Sra. O'Brian, parecia estar particularmente atenta ao novo sacerdote.

Mas ele estava olhando para *ela* enquanto a garota seguia na direção dele. Teagan não tinha imaginado.

A Sra. O'Brian analisava cada movimento de ambos com olhos ávidos de águia.

O padre sorria conforme Teagan serpenteava em meio à multidão, abrindo caminho até chegar à roda, ignorando Cathy por um momento. Será que ele estava sorrindo para ela? Um arrepio percorreu todo o seu corpo. Gostava daquela sensação, especialmente quando vinha de um homem tão bonito. Algo nele – não sabia exatamente o quê – a excitava. Seria a empolgação por conhecer alguém jovem e importante? Ou seria a boa aparência dele? Ela se juntou ao círculo, mantendo-se perto o bastante para ouvi-lo responder às perguntas sobre seus novos afazeres, mas não se apresentou. Alguém acidentalmente trombou nela por trás e Teagan esbarrou no padre; os pelos de seus braços ficaram completamente eriçados ao contato.

– Me desculpe – ela disse, sem olhar diretamente para ele. – Alguém me empurrou.

Os olhos do sacerdote estavam radiantes. Ao que tudo indicava, ele já estava acostumado com multidões de adoradoras.

– Não precisa se desculpar – ele disse, e retomou a conversa com as demais.

Sentindo o embaraço dominá-la, Teagan se afastou. Cathy agarrou seu braço quando conseguiu alcançá-la.

– Ele não é lindo? – A menina quase engasgou de entusiasmo. – Você chegou perto dele. O que ele falou para você? – Cathy ajeitou os óculos para que pudesse focar melhor no sacerdote. – Padre Mark – disse languidamente –, eu adoraria me confessar com você.

– Isso se você conseguir vencer o mar de mulheres ao redor dele – Teagan zombou. – Só faltam os outros apóstolos, Padre Luke e Padre John, para completar o cenário.

Risadas ecoaram do canto onde o pai de Teagan estava com os colegas. A essa altura, certamente já estava no segundo uísque.

– Acho que Padre Mark gostou de você – disse Cathy. – Eu vi o jeito como ele estava te olhando. – A amiga a fitou de cima a baixo. – Mas, uau, olha só pra você, toda embonecada hoje.

– Minha mãe me obrigou a usar esse vestido... E trazer esse suéter. – Teagan suspirou. – Eu falei que era ridículo, mas ela nem me deu ouvidos. E você é uma boba. Padre Mark tem idade para ser meu pai; ele tem pelo menos 30. E mesmo que gostasse de mim, que futuro eu teria com um padre? Nenhum.

A garota afundou os ombros ao pensar nisso, mas ficou feliz por saber que Cathy a achava interessante o bastante para atrair o olhar do Padre Mark.

Cathy olhava para o jovem sacerdote com as pálpebras franzidas.

– Talvez você consiga convencê-lo a abandonar os votos de celibato.

– Não seja tola – disse Teagan, abanando o rosto com as mãos. – Como está quente! Queria que tivéssemos ar-condicionado aqui como minha tia Florence nos Estados Unidos. Ela vive falando para a minha mãe de todos os luxos que tem lá em Nova York.

– Vamos até a mesa para ficarmos perto das escadas – Cathy propôs.

– Escadas?

– Padre Matthew tem uma adega de vinho. Eu ajudei ele e Padre Mark a trazer algumas garrafas aqui para cima.

As garotas se dirigiram à mesa e então para a escada. Shavon tinha se juntado ao grupo de senhoras reunidas ao redor do novo sacerdote. No canto, Cormac estava encostado em um de seus amigos, dividindo com ele o conteúdo de seu cantil.

Estavam ali havia poucos minutos quando Padre Mark atravessou a multidão e foi até elas. Cathy cutucou as costelas de Teagan.

– Prepare-se, ele está vindo.

Teagan deu um tapinha na mão da amiga.

– Pare com isso. Não quero que ele repare em mim.

Ele parou diante das duas e estendeu a mão para Teagan.

– Já conheço Cathy, mas ainda não tive o prazer de conhecer você.

Ele não tinha sotaque irlandês, e Teagan se perguntou de onde ele seria. Estendeu a mão e apertou a dele, quente ao toque. Um arrepio percorreu todo o seu corpo, e então ela puxou a própria mão. A garota sustentou o olhar do padre. Ele preenchia a batina como nenhum outro sacerdote que ela já conhecera. Uma pergunta ecoava em sua cabeça: *por que um homem tão bonito se tornou padre?*

– Está muito quente, e vim procurar uma garrafa de vinho específica – ele disse. – Creio que um gole ou dois vão me fazer bem.

– Teagan pode te ajudar – Cathy ofereceu e imediatamente recebeu um olhar fulminante da amiga.

– Tenho certeza de que Padre Mark consegue se virar sozinho.

– Nada disso, vá em frente – Cathy insistiu.

– Não me importo de ter companhia – ele disse, conforme passava por Cathy e começava a descer as escadas. Cathy empurrou Teagan atrás dele.

Ela olhou feio para a amiga, agarrou o suéter e foi se apoiando na parede à medida que descia. Parecia que era criança novamente, pensou, tentando evitar aquela sensação de que estava fazendo algo proibido ao seguir aquele homem atraente. Ele era tão diferente de Cullen. Seu charme e sua maturidade eram fascinantes.

Padre Mark sumiu por alguns momentos. Um clarão inundou as escadas, e ela o viu no meio do salão, iluminado pelo brilho de uma lâmpada incandescente.

O cômodo tinha cheiro de uva e de inúmeras gerações de paredes úmidas. Várias cadeiras velhas estavam em um canto, perto de uma escrivaninha com a perna quebrada. Um grande baú de viagem com uma pilha de livros em cima jazia no outro canto. Padre Matthew esquadrinhou as garrafas de vinho em uma estante de madeira encostada na parede. Pegou uma delas, leu o rótulo e, sem se virar, perguntou:

– Qual é o seu nome?

– Teagan Tiernan.

– Um belo nome. – Ele se virou e fixou o olhar nela, medindo-a dos pés à cabeça com aqueles olhos azuis. – Seus pais são membros da paróquia?

– Sim, há muitos anos. – A intensidade do olhar dele a deixava nervosa, mas a própria Teagan também não conseguia desviar os olhos.

Algo semelhante a tristeza perpassou a fisionomia do sacerdote, mas logo desapareceu. Ele girou a garrafa no ar e a agarrou com firmeza.

– Era isso que eu estava procurando. Um bom *claret*. É quase um pecado beber isso em um dia tão quente. – Ele estendeu a mão livre na direção dela.

Teagan instintivamente ergueu o suéter diante de si.

– Me desculpe. Eu só queria ver a rosa vermelha no seu vestido. Eu amo rosas. Elas simbolizam a pureza, sabe, especialmente as brancas.

Ela concordou com um gesto de cabeça e levou a mão até a flor, que tinha caído para a frente. A rosa estava perto de seu seio esquerdo, acentuado pelo vestido. Seus nervos estavam à flor da pele.

– Acho melhor voltarmos lá para cima.

– Em um minuto. – Padre Mark sorriu. – Estou cansado de apertar mãos e responder a perguntas. Deixe-me fazer algumas. – Ele se recostou na estante de vinhos. – Está absurdamente quente para carregar um suéter.

– Coisa da minha mãe. Ela sempre diz que uma dama nunca deve sair sem um suéter, não importa o calor que faça.

– Você entende alguma coisa de vinho?

Teagan fez que não.

– Meu pai bebe vinho de vez em quando, mas prefere uísque.

– Dê uma olhada. – Padre Mark lhe estendeu a garrafa.

Ela pôs o suéter sobre os livros no baú, pegou a garrafa e a examinou.

– Não significa muito para mim. – Passou a garrafa de volta para ele.

Vozes estridentes e risadas ecoavam lá de cima. Teagan se perguntou se sua mãe estaria procurando por ela. Sentia um frio na barriga só de pensar que estava sozinha ali com o padre, por mais que não estivesse fazendo nada de errado. O que aconteceria se fosse pega no porão com ele? O sacerdote não parecia muito preocupado com essa possibilidade.

– De onde você é? – ele perguntou.

– Ballsbridge, perto de Donnybrook – ela respondeu, mas se sentiu constrangida.

– Eu sou de Dublin, porção norte – ele disse, pragmaticamente.

– Não parece. Seu sotaque é diferente, pelo menos das pessoas da porção norte que conheci.

– Estudei em Londres. E treinei bastante para me livrar do meu sotaque arrastado. Eu tinha vergonha do lugar onde cresci...

Ela conhecera poucas pessoas que viviam a norte do Rio Liffey, mas sabia que a vida lá era diferente

– Não deveria ter. Você se deu bem.

– Eu aprendi – ele inclinou a cabeça – que não dá para apagar o passado, não importa o quanto você tente.

O sacerdote olhou para Teagan com uma doçura que a surpreendeu. Ela olhou para baixo.

– Seu cabelo é muito bonito – ele disse. – É quase loiro, raro aqui na Irlanda.

Teagan tentou não ruborizar.

– Minha avó do lado materno era alemã. Não me lembro dela... Morreu pouco depois do meu nascimento.

– Teagan... Teagan?

A conversa deles foi interrompida pela fala arrastada de Cormac. Ele chamava o nome da filha insistentemente; cada "Teagan" mais alto que o anterior.

– Bem, foi um prazer, Srta. Tiernan. Creio que é melhor subirmos. – O Padre Mark puxou a cordinha da lâmpada, e o porão mergulhou na escuridão.

A voz do pai dela reverberava em rompantes violentos, e um calafrio percorreu todo o seu corpo.

– Deixe-me ir na frente. – Ele passou por ela com a garrafa de vinho na mão. Teagan o seguiu. O padre parou diante do pai dela, que estava rodeado pelos amigos.

Os olhos vermelhos de Cormac brilhavam, abastecidos por uma raiva embriagada. Ele se desviou do sacerdote e agarrou a filha pelo braço. Todos os presentes se calaram no mesmo instante.

– Eu estava te procurando – disse o pai, com a fala arrastada. Ela sabia que ele estava bravo quando seu sotaque ficava carregado por causa da bebida.

– Pare com isso, Cormac – a mãe interveio, pousando a mão no ombro dele. – Não faça uma cena.

– Uma cena? Eu estava procurando a minha filha! – Ele tirou a mão da esposa de seu ombro com um safanão e berrou: – O que um homem deve fazer quando não consegue encontrar a carne da sua carne, o seu próprio sangue?

Padre Mark pôs a garrafa sobre a mesa e estendeu a mão, mas o gesto de gentileza não foi retribuído. Cormac encarava o sacerdote com ódio.

O padre recolheu a mão.

– Receio ter sido o culpado, Sr. Tiernan. Pedi que Teagan me acompanhasse ao porão para ler o título de alguns livros sagrados. Não enxergo bem sem meus óculos.

Cormac tremeu quando o padre sorriu para ele. Apontou o dedo para Teagan.

– Ela é boa de leitura, mas lerda para aprender sobre a vida.

– Papai, por favor! – disse Teagan. Ela usou o único termo carinhoso que sabia que podia apaziguar a raiva do pai.

– Sim, filhinha, seu "papai" é que diz por favor – ele cuspiu as palavras e trombou na mesa.

Padre Mark o amparou antes que ele derrubasse a poncheira e o vinho.

– Tire suas mãos de... – Cormac empurrou o sacerdote e se segurou na beirada da mesa. Padre Mark cambaleou para trás.

Shavon pegou sua bolsa e, furiosa com o marido, disse:

– Acho melhor irmos embora.

– Foi um prazer conhecê-la – o jovem padre cumprimentou Shavon. Padre Matthew, que confraternizava com alguns dos membros mais antigos da paróquia do outro lado da sala, veio até o novo sacerdote, de olhos arregalados.

– Sim, vamos embora – o pai concordou. – Mas antes vou tomar outra dose de uísque – disse, fazendo gesto de um pouquinho com os dedos.

– Acho que você já bebeu o bastante por uma tarde, Cormac – disse Padre Matthew, com um forte rubor se espalhando pelas bochechas.

– Tudo bem, então – Cormac soluçou, tentando se equilibrar.

– Sinto muito – Teagan sussurrou ao Padre Mark. – Às vezes ele bebe demais.

– Não precisa se desculpar – ele respondeu. – Vá para casa em segurança.

O pai resmungava palavras incompreensíveis e, escorado na esposa, deixou o salão.

A mãe se ofereceu para dirigir, mas ele foi inflexível, declarando que estava "sóbrio como a congregação em dia de missa". O percurso de volta para casa foi tranquilo, exceto por uma ou outra fungada ocasional da mãe de Teagan. Cada vez que ela assoava o nariz, o pai dava um soco no volante. Ele parecia notoriamente sóbrio apesar da quantidade de drinques que havia tomado. Teagan já tinha ouvido um amigo falar de "bêbados funcionais"; ele era um desses, com muita frequência.

Quando chegaram em casa, Cormac explodiu:

– Como você ousa nos envergonhar daquele jeito? Desaparecendo no meio da festa com um padre! Por tudo o que é mais sagrado, no que você estava pensando?

Ele mal conseguia se manter em pé, com o rosto vermelho e brilhante, avançando para cima dela. O bafo azedo de uísque queimava as narinas de Teagan, que só desejava estar em qualquer outro lugar menos em casa. Por que não tinha ido passear com Cullen na beira do rio? Seu pai estava tão furioso que ela achava que nunca mais poria os pés para fora de casa de novo.

Ele ergueu a mão, como se fosse bater na jovem. Ela já tinha apanhado quando era criança, mas nunca tinha sido ameaçada com algo tão brutal quanto um tapa no rosto. A mãe tremia no sofá.

– Não foi minha culpa, papai – Teagan suplicou. – Foi como o Padre Mark falou.

No entanto, ela sabia que o padre tinha mentido sobre os livros sagrados e se perguntou o porquê. Talvez ele não quisesse que o pai dela soubesse que tinham ido ao porão pegar vinho; afinal, ela não tinha idade para beber. Suspeitou que ele estava lhe dando cobertura para evitar que ficasse encrencada. O pai avançava contra ela, salivando de raiva e espalhando perdigotos em seu rosto a cada palavra que dizia.

– Não minta para mim. Sei no que você estava pensando. Esse seu comportamento de vagabunda ainda vai te colocar em apuros, guarde bem o que estou te dizendo. Está me ouvindo?

Teagan acenou em concordância, morrendo de vergonha e com os olhos cheios de lágrimas.

– Eu não fiz nada errado. Mamãe, fale para ele!

Cormac levantou a mão novamente, mas foi interrompido pelo grito de Shavon:

– Pare!

Ele ficou momentaneamente desconcertado com o grito estridente, e Teagan aproveitou para sair correndo para o quarto.

– E não desça até que esteja disposta a se desculpar! – ele berrou. – Jesus amado, minha própria filha tentando um homem de Deus!

Teagan se jogou na cama, abraçou o travesseiro e chorou até ficar sem ar. O quarto estava quente e abafado. Ela não tinha feito nada além de ser gentil com o padre. O que havia de tão errado nisso? Jogou o travesseiro na parede, sentou na cama e olhou pela janela. Se ao menos estivesse com Cullen em vez de estar ali banida em seu quarto... As cortinas floridas nem se moviam, nem uma brisa soprava para amenizar o calor.

Após refletir sobre o que deveria fazer por cerca de uma hora, decidiu que devia pedir desculpas ao pai – não porque estava errada, mas para manter a paz no seio familiar. Ceder era mais fácil que enfrentá-lo. A cada ano que passava, seus problemas com a bebida só pioravam e ele se tornava cada vez mais irracional sob efeito do álcool. Ela sabia que todos sairiam perdendo. Algumas vagas lembranças lhe vieram à mente – lembranças que ela não fazia a mínima questão de recordar –, discussões que terminavam em gritaria e com a mãe aos prantos. Desde que era criança, essas cenas eram recorrentes, mas Teagan sempre procurou enterrar essas memórias dolorosas. A mãe jamais fora capaz de confrontar o pai quando ele estava bêbado, pois temia tanto quanto ela que um embate pudesse destruir a família. Hoje, pelo menos, ela conseguira gritar em vez de permanecer inerte no sofá.

Teagan pensou no Padre Mark. Será que ele também estava pensando nela?

Levantou-se e se olhou no espelho. Seus olhos estavam vermelhos e inchados; seu penteado, completamente bagunçado. A rosa estava murcha e com o caule partido. Ela levou as mãos atrás do pescoço e abriu os ganchinhos do vestido branco, então afundou na cama novamente. O suéter! Tinha esquecido o suéter no porão do Padre Matthew. Sua mãe ficaria possessa com seu desleixo, sem falar do gasto de comprar um novo. Será que conseguiria recuperá-lo? Teria de pedir ao Padre Mark para devolvê-lo, e para isso teria de ligar para ele. Ela precisaria ser muito cautelosa para se aproximar dele. Mas Teagan queria vê-lo de novo, nem que fosse apenas para descobrir por que ele tinha mentido para seu pai.

CAPÍTULO 2

PEARSE MCCLURE DEU UMA leve sacudida na porta do pequeno apartamento de Nora Craven. Ele achou estranho que estivesse com o ferrolho. Normalmente ficava destrancada, porque a mãe de Nora, Agnes, sempre estava em casa lavando, remendando ou cozinhando.

– Quem é? – A pergunta veio seguida por um acesso de tosse seca.

Ele reconheceu a voz grave de Agnes do lado de dentro. Sua saudação soou mais como uma pergunta desconfiada do que como um cumprimento agradável.

– Pearse. – Ele se preparou para a resposta que suspeitava que ouviria.

– Dê o fora. Ela não está aqui. E, se a vir, não a mande voltar rastejando aos meus pés. Não quero saber dela a menos que tome jeito. Ela precisa fazer a parte dela nesta casa.

Ele sabia que não adiantava discutir com a mãe de Nora. Uma oferta de paz teria muito mais efeito.

– Trouxe um maço de cigarros para você. Da marca que você gosta.

Ele mostrou o maço de cigarros pela janela.

As cortinas foram entreabertas, e um rosto fatigado espiou pelo vidro ondulado. Pearse, que já vira a mãe de Nora em seus piores dias, ainda estava chocado com sua aparência. Os cabelos outrora pretos agora estavam bastante grisalhos, seu rosto inchado e desprovido de cor.

– O que foi? Parece que viu um fantasma.

Agnes abriu a porta, mas não mais que uma fresta pela qual passou a mão ossuda para pegar os cigarros.

– Não ando muito animada, mas creio que isso vai me ajudar.

Ela agarrou o maço de cigarros e fechou a porta. As cortinas da janela foram fechadas.

– É assim que você me agradece? – Pearse perguntou.

– Eu não sei onde a Nora está. Tente o beco. E mantenha seu pinto longe dela. Ela já está encrencada o bastante do jeito que está.

Ele saiu andando pela rua repleta de papéis e garrafas de cerveja quebradas.

– Obrigado por nada, velha megera. Como você conseguiu parir uma filha tão linda? – Ele mostrou o dedo do meio na direção da casa e saiu para procurar Nora; tinha uma boa ideia de onde ela podia estar.

Nora Craven estava sentada no seu local favorito no lado norte de Dublin, ao longo de uma trilha verde no Phoenix Park. Nunca se cansava de sair do conjunto habitacional. Sempre que podia, escapava para o parque, onde sua única distração era o som do vento soprando entre as árvores. A sombra de um grande olmo amenizava o calor daquela manhã de julho. Estava farta da mãe pegando no seu pé. *Nora, pendure as roupas no varal. Nora, costure isso. Nora, arrume aquilo. Nora, esfregue o chão.*

Sua vida doméstica era pior que em um campo de prisioneiros. Ela se perguntava se a mãe já havia se esquecido de como era ter 16 anos e ser tão bonita como tinha sido. As fotos no álbum de família haviam sido tiradas em dias mais felizes, antes de a mãe se casar e se tornar um burro de carga; mostravam-na relaxando no sofá, com um cigarro em uma mão e uma cerveja na outra, ou com os amigos em alguma festa, sorrindo que nem uma boba. Por que não podia ser tão tranquila hoje em dia? Nora entendia que a vida não era fácil e que o trabalho podia ser menos fácil ainda, mas não havia nenhum momento para a diversão?

Seu sangue fervia cada vez que a mãe latia ordens, e recentemente isso acontecia com frequência. Tentava não se importar, mas elas a tiravam do sério, como as de hoje de manhã que a fizeram sair de maneira tão intempestiva de casa. Não era a primeira vez, e duvidava que seria a última. Nada podia ser pior do que viver uma vida como a da mãe. Dinheiro escasso e horas de serviço doméstico não faziam parte dos seus planos para o futuro. Graças a Deus, não precisava ir à igreja hoje. A mãe estava doente e o pai estava trabalhando em algum bico para trazer uns trocados extras para casa.

Nora pegou os cigarros que tinha trazido consigo ao parque, mas reconsiderou. Não queria ficar velha e enrugada antes da hora; entretanto, o mundo era dos jovens e agora era a hora de fumar. Se não vivesse o presente, que lembranças teria quando fosse velha? Deu uma batidinha com o maço na palma da mão e pegou um cigarro, mas hesitou antes de acendê-lo.

Encostou-se no tronco rugoso da árvore. O gramado sarapintado pela sombra das árvores e a brisa morna a convidavam a tirar uma soneca e esquecer os problemas. O ar tinha um frescor tão diferente do cheiro de fumaça dos escapamentos que poluíam a rua de sua casa... Estava em uma pacífica Terra do Nunca, meio acordada, meio adormecida, quando ouviu seu nome.

Pearse vinha em sua direção, com as mãos enfiadas nos bolsos da jaqueta jeans. Aos 18 e com um corpo robusto, ele não tinha o direito de ser tão sexy, ela pensou. Ele adotava o visual "Teddy Boy", com o topete penteado para trás, *à la* Elvis, e uma camiseta branca, exibindo o peito largo e os braços fortes. Nora quase desfalecera quando se conheceram na casa de uma amiga em uma noite fria de janeiro. Não chegou a desmaiar, mas o brilho diabólico dos olhos de Pearse fez suas pernas tremerem e a deixou sem fôlego. A festa se transformou em mais do que um beijo roubado no sábado à noite. Eles se agarraram em um canto, com os corpos encaixados em um delírio que os fez esquecer de todo o resto, e, quando se separaram, Nora sentiu-se como se tivesse feito amor pela primeira vez, dos 15 para os 16. Ele pressionou seu corpo contra o dela e começou instintivamente um provocativo e sensual balanço que Nora adorou. Aquela noite foi uma bênção como nenhuma outra. Desde então, eles se viam sempre que podiam – já fazia seis meses – e Nora estava pronta para mais.

– Sabia que te encontraria aqui – disse Pearse.

– Você é esperto. – Ela acendeu um cigarro e o ofereceu ao rapaz, que deu uma tragada e se sentou ao lado dela.

– Sua mãe está de péssimo humor hoje.

– Ela sempre é uma megera, ainda mais quando está cansada. – Nora pegou o cigarro de volta. – Queria que eu fizesse todo o serviço de casa, e respondi que estava muito calor, e que era domingo ainda por cima. É dia de descanso, pelo amor de Deus! – Nora riu.

– Nossa, como você é religiosa. – Pearse revirou os olhos.

– Eu falei para ela que ia sair para tomar um ar. Não moramos exatamente em um hotel chique com ar-condicionado. – Nora tirou um elástico de cabelo do bolso e prendeu os cachos escuros em um rabo de cavalo, para refrescar o pescoço.

Ele esticou o braço e pegou a mão dela.

– Então quer dizer que temos um domingo... O que vamos fazer? – Ele piscou e chegou mais perto, debruçando-se sobre ela.

Ela entendeu o avanço nada sutil e disse:

– Você já sabe minha resposta: nada até darmos o fora daqui.

– Seja uma boa garota – ele disse com um suspiro – e me dê uma tragada.

– Tome. Pegue um para você. – Ela lhe passou o maço.

Pearse se endireitou, acendeu o cigarro e se recostou na árvore.

– Eu devia tomar uma bebida para acalmar meus nervos. Chego todo animado, e você sempre me joga um balde de água fria. Exatamente como deve ser, já que sou um cavalheiro e você, uma jovem dama.

Nora deu uma risadinha sarcástica e, brincalhona, cerrou os punhos e deu um soquinho no braço dele.

– E vou continuar até a gente dar o fora desse fim de mundo. – Ela relaxou um pouco, então desceu a mão delicadamente sobre a perna dele. – Não ligo para onde vamos, mesmo que seja só até Londres. Só assim teremos uma vida melhor.

– Eu sei, querida, mas tenho meu emprego aqui, e meus pais.

– Você não deixaria aquele emprego medíocre e seus pais por mim? – disse Nora, pestanejando os cílios repetidamente.

– Estou falando sério, Nora. Se eu pudesse, deixaria. Mas começar tudo do zero em um lugar novo? Nós estaríamos perdidos. Que tipo de vida teríamos em Londres? Não conheço nem uma mísera alma por lá.

– Esse tipo de vida. – Ela se inclinou e o beijou. Beijar Pearse era sempre igual para ela. Seus lábios se fundiam em uma onda de calor, as línguas se enroscando com paixão.

Ele gemeu. Nora se afastou conforme a saliência abaixo do cinto dele começou a se avolumar.

– É isso que você vai ter, e ainda mais.

– Ai, meu pau! – Pearse apontou para a própria calça. – Você é uma tortura, Nora. Uma tortura cruel e absoluta. Você desperta a fúria do soldado adormecido.

Ele pegou o rosto dela entre as mãos, puxou-a para mais perto e beijou-a com voracidade.

– Não há nada que eu não faria por você, e você sabe disso. Me dê alguns dias para arranjar tudo. Preciso ver como vamos sair daqui. Meu irmão mora em Cork e talvez possa achar algum lugar barato para ficarmos até conseguirmos nos estabelecer. Talvez ele me arranje um trabalho. Ele tem um bom emprego em uma cervejaria por lá – Ele alisou a barriga. – Um homem sempre se vira com uma loira!

Nora pensou que fosse explodir de felicidade.

– Pearse! Você está falando sério? Vamos sair de Dublin? Começar uma vida nova?

– Farei o que puder.

Ela se recostou na árvore e suspirou. Essa promessa estilhaçou a ansiedade que a consumia.

– Vamos dar uma volta, Pearse. – Nora se levantou e o puxou pela mão. – Não estou cabendo em mim de felicidade. Neste momento, não há mais ninguém no mundo além de nós dois.

Eles caminharam até o obelisco Wellington Monument, onde as multidões da tarde começavam a se aglomerar. Embora Nora já tivesse percorrido centenas de vezes o espaçoso gramado onde ele ficava, hoje o monumento tinha um significado novo. Sua ponta de granito reluzente elevava-se em direção ao céu como se a guiasse para um paraíso adiante. Tinha certeza de que ninguém mais no parque se sentia como ela – liberta de uma vida que não podia mais tolerar.

Nora ficou de tocaia perto do telefone nos dias seguintes, esperando uma ligação que nunca recebeu. Toda vez que o aparelho tocava, ela se sobressaltava, na expectativa de ouvir a voz de Pearse do outro lado da linha. Mas em vez dele era o açougueiro, o verdureiro ou algum vizinho estúpido pedindo para falar com sua mãe. O rapaz tampouco apareceu para visitá-la.

– Qual é o seu problema? – Agnes perguntou certa tarde, com seu sotaque carregado. – Eu não sou otária. Você está esperando uma ligação de Pearse, não é? Parece que você espantou o rapaz. É isso o que acontece quando uma garota é assanhada.

– Você nem sabe do que está falando – Nora rebateu fazendo uma careta.

Agnes levou a mão até a orelha direita:

– O que foi, mocinha? Acho que você está ficando muito metida para uma garota de Ballybough. Seu pai também acha.

Nora se segurou para não responder, mas era evidente que a mãe estava vendo o rubor subindo em suas bochechas. Ela enxugou o suor que lhe escorria na testa e continuou a passar a roupa. Até quando teria que aguentar essa loucura chamada "lar"? Afinal, ela já tinha 16 anos, era praticamente adulta. Tudo de que precisava era um recomeço. E a ligação de Pearse já estava demorando.

Gordon, o pai dela, chegou algumas horas mais tarde querendo chá. Agnes e Nora já tinham comido, pois sabiam que ele faria uma parada no pub antes de vir para casa. Ele tirou a camisa empapada de suor e a jogou em cima da centrífuga de roupas. Usando apenas a camiseta de baixo e a calça do uniforme, ele se esparramou na cadeira, apoiando a barriga ampla e os braços grandes na pequena mesa de jantar. Nora esperava que o pai tivesse tomado algumas doses para relaxar. Ele sempre ficava mais bem-humorado depois de algumas bebidas.

A mãe colocou um prato de frango gelado na frente dele, que resmungou e disse:

— Você pensa que eu tenho estômago de avestruz.

A garota levou os pratos sujos para a cozinha. Sentia o pai lhe seguindo com o olhar pelo cômodo. Pegou a escovinha e jogou os restos dos pratos na lixeira.

— O que é que esse seu garoto faz da vida? – o pai perguntou entre uma garfada e outra.

Nora pôs os pratos na pia, ligou a água quente e derramou o detergente, atendo-se tenazmente à sua tarefa.

— O senhor sabe o que ele faz. Ele recolhe tíquetes no estacionamento, e está aprendendo a consertar carros; quer passar para uma oficina.

— Mal dá pra comprar um sanduíche, não é? Mas acho que vai dar mais dinheiro na área automotiva.

Nora se virou, fulminante:

— Ele vai ganhar muito dinheiro! Espere e verá! O bastante pra nos tirar daqui!

Os pais dela explodiram numa gargalhada.

— O que faz você pensar que vai ter condições de sair daqui, Senhorita Grã-fina? – o homem indagou.

— Você me faz rir, Gordon – disse Agnes, e então caiu na gargalhada.

— É preciso dinheiro para sair de casa – o pai acrescentou, e o comentário foi como uma estaca no coração de Nora. – Sua mãe e eu nunca conseguimos. O que te faz pensar que é especial?

— Eu não sou especial. – A raiva crescia dentro dela. Nora olhou para o cutelo sobre o balcão e por um instante ficou tentada a agarrá-lo porque queria fazer algo horrível. Suas mãos tremeram só de pensar. Teve nojo da imagem sangrenta que invadiu sua mente e lutou contra o ódio que lhe preenchia.

— O que você tem de especial? – seu pai provocou. – Você já pensou em sair de casa e em tudo o que isso significa, ou só tem uma coisa em que você pensa?

— Pare! Você não tem o direito de falar assim comigo!

Ele se levantou tal qual um gigante, apoiando os braços roliços como dois pilares sobre a mesa.

— Falo do jeito que eu quiser, já que sou eu que pago as contas.

Nora se voltou para os pratos e enfiou as mãos na água quente e espumosa. Era tão bom sentir a calidez e as bolhas em sua pele. Desejou poder imergir em uma banheira cheia de espuma em um hotel chique longe de Dublin. A garota viu o reflexo de seus pais no vitrô da pia. Agnes tocou no braço de Gordon, como se dissesse "já basta por hoje". Será que eles realmente achavam que menosprezar os sonhos dela tornaria mais fácil conviver com eles? Era essa a estratégia para domá-la, frustrar suas expectativas e forçá-la a ser submissa?

— Eu mereço respeito, Nora. – Seu pai se sentou. – Nunca fico bêbado, pois prometi à minha esposa que nunca ficaria. Algumas doses de vez em quando, mas não passa disso... – ele falou num tom mais suave, esperando um elogio, e Nora sabia que ele estava falando a verdade. Nunca o vira bêbado.

— E daí?

— Alguns homens gastam demais com bebida e ficam com a língua solta. Eles deviam aprender a fechar a matraca.

Ela se virou, com a espuma pingando de suas mãos; encarou o pai e odiou o brilho que viu em seu olhar. Por acaso ele estava falando de Pearse e de seu sonho de ir embora de Ballybough?

Na segunda-feira seguinte, o telefone tocou. A mãe tinha ido aos mercados da Moore Street para comprar frutas e vegetais; o pai estava trabalhando. Nora deixou cair o trapo velho de limpeza e atendeu correndo. Seu coração martelava enquanto ela esperava a voz que ansiava havia tanto tempo por escutar. Finalmente, Pearse respondeu timidamente.

— Onde você está? – disse Nora. – Podia ter ligado ou passado aqui. Faz mais de uma semana que estou esperando. Está um inferno aqui.

Nora estava impaciente, andando de um lado para outro, tanto quanto o fio do telefone lhe permitia.

– E então? O que aconteceu? Várias vezes pensei em ir até o seu apartamento.

– Sua mãe está em casa? – ele perguntou.

– Não, foi ao mercado – Nora conferiu o pequeno relógio sobre a mesa. Eram 2 horas da tarde. – Ela sempre pega o ônibus das 3h30.

– Passo aí daqui a pouco – E o telefone desligou.

Ela nem conseguiu perguntar por que ele queria passar lá. Será que deveria fazer as malas para ir a Cork, ou será que a ligação era um sinal de que más notícias estavam por vir?

Nora sentou-se no sofá e olhou para as paredes encardidas que pareciam uma prisão. Elas nunca ficavam limpas, não importava o quanto ela esfregasse. Seu ânimo já estava abatido pelo céu carregado e pela chuva persistente que açoitava a janela. Tentou folhear uma revista, mas não conseguiu se concentrar. Levantou-se, foi até o quarto e se olhou no espelho. Seus cabelos precisavam de uma bela escovada e o rosto, de uma pitada de maquiagem. Ocupou-se por alguns minutos com o batom e o pó de arroz, então retornou à sala e espiou pela janela.

Avistou Pearse a poucas casas de distância. Ele parecia triste. Não era um bom sinal. Ele bateu à porta – educadamente, ela pensou. Nora o puxou para dentro e, tal qual uma criança assustada, jogou-se em seus braços.

– Minha jaqueta está toda molhada – ele disse, desvencilhando-se do abraço. Passou a mão pelos cabelos para tirar o excesso de água e permaneceu rigidamente encostado à porta.

– Não ligo que você esteja molhado. Eu não vou derreter. – Nora apontou para o sofá e Pearse aproximou-se hesitante de um dos braços do móvel. Ela se aninhou bem ao lado dele.

– Graças a Deus você está aqui – ela disse. – Eu estava queimando por dentro.

Ele olhou para as próprias mãos e suspirou.

– Vou direto ao ponto: tenho más notícias. Meu irmão não vai nos receber em Cork. – Pearse olhou para o chão. – Eu tentei, Nora, juro que tentei, mas nada parece dar certo para mim. A esposa dele está grávida e ele não tem espaço para nos receber nem mesmo por um dia. E não há trabalho na cervejaria.

Nora sentiu o chão se abrir sob seus pés, mas decidiu conter seus sentimentos pelo bem dele. Ela se empertigou e disse:

– Podemos ir depois, ou encontrar outro lugar para ficar. Não precisamos partir hoje. Afinal, nós nos amamos e temos um ao outro. Tudo que temos a fazer é continuar tentando. Nós vamos sair daqui um dia... Em breve.

Pearse a encarou, com o olhar tão nebuloso quanto o dia.

– É sobre isso que eu queria falar... Andei pensando muito na gente nos últimos dias. Tem certeza de que você me ama? Só estamos juntos há seis meses.

Dessa vez ela sentiu como se a terra lhe engolisse, seu coração se partindo em mil pedaços. Respirou fundo e, trêmula, tentou se aconchegar a ele.

– O que... O que você dizendo? É claro que eu te amo. Você não me ama?

Pearse demorou demais para responder. Desviou o rosto, incapaz de olhar nos olhos dela.

– É, eu te amo, mas sou um homem e preciso encontrar meu próprio caminho. Você é jovem e tem a vida toda pela frente.

Nora mal conseguia se mexer. Precisou de alguns momentos para se recompor e, quando deu por si, estava no meio do sofá. A última coisa que queria era parecer assustada e amargurada, mas como poderia reagir de outra maneira?

– Pois isso parece algo que um moleque diria, não um homem. – Suas mãos tremiam e seus olhos ardiam, lacrimejantes.

– Pelo amor de Deus! Eu só tenho 18 anos, e você, *16* – rebateu Pearse. – O que você quer que a gente faça, Nora? Fugir para onde? Seus pais não vão aceitar isso, nem os meus.

Ele se virou e a encarou, implacável.

– Olha, a verdade é que eu conheci outra garota e quero sair com ela também. Ela é mais velha.

Nora ergueu a mão e a lançou contra ele, mas Pearse agarrou seu pulso antes que o tapa o atingisse. As lágrimas começaram a escorrer pelas bochechas da jovem.

– Também? Não há espaço para duas. Quando você conheceu essa outra? – Ela baixou o braço, resignada.

– Foi no pub. Não importa quando.

– No pub? – Nora afundou os punhos no sofá, prestes a atacar – Eu fiquei aqui esperando a semana inteira, e você passou as noites enchendo a cara com alguma vagabunda? Foi só isso que precisou para você me dar um pé na bunda?

– Ela não é uma vagabunda. – O maxilar dele se contraiu. – Não gosto do jeito como você está falando. Não é justo. É melhor eu ir embora. – Ele seguiu em direção à porta, mas não sem antes soltar: – E olhe-se no espelho antes de falar de alguém, veja como você se jogou em cima de mim!

Nora agarrou o braço dele e o puxou de volta. Meteu as mãos na fivela de seu cinto e Pearse, chocado, debateu-se para se soltar.

– É isso que você quer? É isso que ela te dá?

– Tire suas mãos de mim. – Ele a empurrou. – Você me deixa louco por sexo, mas outras mulheres também. Você assusta os homens. Já parou pra pensar nisso?

– Eu vou te mostrar o que é ficar louco. – Ela passou os braços pelos ombros dele e o puxou com força. Quanto mais ele tentava se libertar, mais Nora o apertava. A garota passou a perna direita por baixo da perna esquerda dele e o puxou com todas as forças. Eles tropeçaram na mesa de centro e caíram no sofá. Ela afundou as mãos nas costas do rapaz assim que ele caiu em cima dela. Havia mais de um jeito de fazer um homem mudar de ideia, ela pensou. Sexo era tão bom quanto qualquer outro.

Nora não ouviu a porta ser aberta. Uma sombrinha apareceu e foi chacoalhada.

– Estava chovendo demais, a maioria dos vendedores... – Agnes engasgou com a imagem que viu diante dos olhos. – Oh, meu Jesus Cristo!

Nora empurrou Pearse, e ele caiu no chão.

– Saia já daqui, seu pervertido! – Agnes o golpeava com a sombrinha. Pearse a arrancou de suas mãos e a jogou do outro lado da sala.

– Você devia tomar conta da sua filha antes de vir me bater. – Ele se levantou e encarou Agnes. – Eu sou muito cavalheiro para contar o que aconteceu. Vamos apenas dizer que está tudo acabado. Espero que você seja feliz, Nora.

Ele passou com tudo por Agnes e saiu pela porta sem olhar para trás. Agnes jogou as sacolas molhadas em cima de uma cadeira e fulminou a filha com o olhar.

– Que diabos você fez, sua vadia? Sou capaz de acreditar mais no garoto do que em você. Seu pai te avisou sobre ficar se jogando em cima dos homens. E o que você fez? Quando seu pai descobrir... Oh, eu não quero nem ver. Agora saia já da minha frente!

O primeiro impulso de Nora foi sair correndo atrás de Pearse, mas ela sabia que era inútil persegui-lo. Em vez disso, soltou um guincho de raiva e dor, correu para o quarto e bateu a porta.

Chorou deitada na cama por horas, até não ter mais lágrimas; o estômago revirava de raiva. Ouvira o pai abrir a porta do apartamento com um estrondo cerca de uma hora antes, mas até que a casa estava bastante quieta desde então. Seu quarto, nos fundos da casa, era tão escuro quanto uma noite sem luar, pois não tinha janelas. Apenas a fresta embaixo da porta filtrava a luz que vinha da sala. Sentiu o cheiro da mãe cozinhando, fritando bife. Só então se deu conta do quanto estava faminta.

Alguma coisa arranhou a maçaneta, como metal retinindo. Então ela ouviu a voz do pai, com o sotaque bem carregado:

– Você não vai a lugar nenhum. Você é uma desgraça. Se agarrando com um homem dentro da nossa casa! Se precisar ir ao banheiro, diga; mas a sua mãe vai te levar. Eu não quero nem olhar para essa sua cara endemoniada.

Nora correu até a maçaneta, sentindo o medo crescer em seu peito. A porta cedeu um pouquinho, e ela viu de relance uma corrente e um cadeado que trancavam um pequeno armário de roupas de cama e mesa. Forçou a porta, mas ela não cedeu mais.

– Você não pode fazer isso – gritou. – Eu não estou endemoniada. Você não pode me prender como um animal!

Nora batia na porta, mas ninguém parecia ouvir. Soluçando, desmoronou no chão. Pela fresta, viu a sombra de seu pai no corredor.

– Você vai embora. Vai para um lugar onde vão te ensinar o que é certo e o que é errado. Não vai demorar para nos livrarmos de você. Chega da sua preguiça, dos seus truques e de sugar nosso dinheiro.

A sombra se evaporou. Quando Nora parou de chorar, a casa estava mergulhada no silêncio. Ela queria morrer – se ao menos tivesse coragem para se matar... Isso ensinaria uma boa lição aos pais; como os odiava. Será que eles a mandariam embora mesmo? Talvez fosse melhor mesmo ir viver em uma nova casa. O que poderia ser pior do que viver com eles?

CAPÍTULO 3

TEAGAN LIGOU PARA A CASA paroquial, e o Padre Matthew atendeu. Ele hesitou quando ela pediu para falar com o Padre Mark.

– Ele não está aqui no momento – disse Padre Matthew. Ele se ofereceu para encontrar o novo sacerdote e pedir que ele retornasse a ligação.

– Por favor, não precisa se incomodar – Teagan respondeu. – É um assunto particular.

Padre Matthew respondeu com pouco entusiasmo:

– Oh, compreendo.

– Se o senhor puder pedir que ele fique perto do telefone, eu ligo de novo em meia hora – disse Teagan. Seu pai estava trabalhando e a mãe jogava *bridge* com as amigas a alguns quarteirões.

– Verei o que posso fazer. – Padre Matthew parecia desconfiado e o tom de sua voz deixou Teagan preocupada.

Ela foi para a sala de estar e contemplou os objetos que compunham o cenário de sua vida havia tantos anos. Os quebra-luzes da lareira estavam preparados para julho. O antigo relógio de sua avó tiquetaqueou na estante acima dela. Os livros na prateleira estavam organizados por ordem alfabética. As xícaras de porcelana, bem como as demais peças que sua mãe colecionava, estavam caprichosamente dispostas pela sala. Dragões azuis e vermelhos e crisântemos amarelos retiniam nos pratos brancos – animais e flores que a cativavam quando ela era criança.

No entanto, Teagan não era mais uma criança e a vida estava mudando, com frequência em uma velocidade rápida demais para seu gosto. Ela estava crescendo e as emoções nem sempre faziam sentido. Cullen estava sempre por perto se ela precisasse dele, mas a experiência de ter uma "queda" por um garoto era algo totalmente novo para ela. Tinha a impressão de que ele estava mais interessado nela do que ela nele. Não queria dizer que estavam apaixonados, porque não tinha certeza do que isso significava. Na verdade, não sabia como era estar apaixonada. Talvez fosse como gostar de sua casa e das coisas que a faziam feliz. Teagan se lembrou de um período em que foi feliz na infância. Por alguns poucos anos, quando tinha cerca de 10 anos, seu pai parou de beber. Aquela foi a melhor época. O mundo ficou radiante e cheio de vida.

A garota conferiu o relógio e então retornou a ligação. Meia hora já tinha passado. O novo padre atendeu.

— Sinto muito incomodá-lo, padre, mas preciso pedir um favor.

— Sem problemas. — Ele parecia bem-humorado, alegre por falar com ela, uma agradável mudança em relação ao sacerdote mais velho.

— Eu esqueci meu suéter na adega. Queria saber se posso pegá-lo de volta.

— Oh, não desci na adega desde a festa. — A voz dele estava suave e relaxada. — Faltam poucos dias para o domingo. Quer esperar até lá para pegar de volta?

Ela já tinha ponderado em como responder a essa sugestão.

— Acho melhor não. É um suéter caro e meus pais não sabem que eu o deixei na casa paroquial. Minha mãe vai ficar zangada se descobrir que ele não está comigo. Tudo bem se eu for aí buscá-lo? — Ela já estava preparada para ir a pé até St. Eusebius, para pegar a blusa.

— De jeito nenhum — disse o padre. — Eu levo para você. Que tal amanhã de manhã?

Seu pai estaria no trabalho, a mãe provavelmente estaria no mercado. Ela definitivamente não queria o pai por perto se o Padre Mark viesse ali; a mãe, contudo, talvez apreciasse uma visita do novo sacerdote. Pelo menos, manteria a civilidade com ele.

— Tudo bem.

Às 10 horas da manhã seguinte, o velho sedã preto do Padre Matthew encostou em frente à casa dela. Por um momento, Teagan entrou em pânico pensando que era o sacerdote mais velho, mas foi Padre Mark que abriu a porta. Ela o viu pela janela da sala de estar e ficou novamente impressionada com sua beleza e seu porte atlético. Com os óculos escuros, ele parecia um astro de cinema da revista *Photoplay*, só que vestido com roupas de clérigo. Saiu do carro com o suéter pendurado no braço.

A garota se olhou no espelho da sala e alisou o vestido. Nem a mãe nem o pai estavam em casa, exatamente como ela esperava. Teagan o recebeu na porta, e o sacerdote a cumprimentou calorosamente, estendendo a mão. Ela o conduziu à sala de estar e o convidou a se sentar, inspirando o leve perfume cítrico que exalava dele, talvez da loção pós-barba. Antes de tomar assento, ele lhe entregou o suéter.

– Obrigada por trazê-lo. Minha mãe é louca por esse suéter.

– Mães às vezes implicam com as coisas mais estranhas. Ele estava sobre os livros, onde você tinha deixado.

Ela estremeceu, lembrando-se da mentira que ele tinha contado.

– Sempre que saímos, o que não é muito frequente, ela me faz carregá-lo.

O padre sorriu, mostrando os dentes brancos e perfeitos. Entrelaçou os dedos e se sentou na poltrona, tão respeitável quanto um padre poderia ser.

– Fico feliz por saber que ainda há mães que prezam uma boa criação.

Ela concordou silenciosamente. *Melhor deixar de rodeios. Não vai ficar mais fácil.* Sentiu um frio na barriga ao contemplar a pergunta que queria fazer. Foram necessários alguns momentos até que reunisse coragem.

– Por que você mentiu para o meu pai? – Ela deu uma olhadela de relance para ele, insegura.

Padre Mark se aprumou na poltrona, seu semblante ficava sério.

– Você disse ao meu pai que queria que eu lesse o título dos livros porque estava sem óculos... – ela explicou. – Foi uma mentira. Nós fomos buscar mais vinho.

O sacerdote repousou os cotovelos nos braços da poltrona e levou a mão ao queixo.

– Às vezes, é melhor contar uma mentira do que falar a verdade. Você nunca mentiu porque não queria machucar alguém que amava? A verdade nem sempre é bonita.

– Mas você é um padre... Não deveria mentir.

Ele fitou o chão por um instante e, quando seus olhos se encontraram novamente, os dele brilhavam com uma intensidade que a deixou arrepiada.

– Se ao menos o mundo fosse assim tão simples. Imagine só tudo o que eu sei; as confissões, os crimes, os horrores que homens e mulheres perpetram... As mentiras nos protegem. Acho que Deus sabe que as mentiras são frequentemente necessárias, apesar do que Ele pensa delas.

Eu não seria um bom padre se tivesse de contar a verdade toda vez que surge um problema.

— Mas a Bíblia diz que Deus abomina os mentirosos.

— Com certeza quando se trata de sustentar falso testemunho, conforme está escrito nos Mandamentos.

Teagan tinha acabado de completar um trabalho da escola católica sobre os provérbios e se lembrava de um deles em particular.

— Estava pensando em Provérbios 6, as coisas que o Senhor considera uma abominação, e uma delas é a "língua mentirosa".

— Não tenho como argumentar. — Ele ergueu as mãos em rendição. — Talvez eu não vá para o paraíso, afinal. Você obviamente estudou a Bíblia e decerto se sobressai quando se trata de ganhar uma discussão.

Ela balançou a cabeça em negativa.

— Não costumo vencer muitas por aqui. Meu pai nunca deixa que eu ou minha mãe ganhe dele.

— Notei essa particularidade sobre os pais irlandeses. Vários deles parecem ter um pavio curto, como se isso fosse passado de geração em geração. É claro que eu não sou pai e, portanto, não sofro desse mal.

— Nós, mulheres, temos que aturar as crianças e cozinhar. É o que esperam de nós, mas eu tenho outros planos.

— É mesmo? Quais?

Considerando como deveria responder, ela olhou brevemente pela janela e então encarou o Padre Mark.

— Acho que as mulheres deveriam fazer mais do que apenas cozinhar, limpar e ter filhos. Eu quero continuar estudando, para que possa contribuir com o mundo de alguma forma. É para isso que estamos vivos, não é? Para ter a chance de evoluirmos? Eu não quero ser como...

Os olhos do Padre Mark cintilavam.

— Não precisa terminar a frase. Eu entendi e admiro seu modo de pensar. Você é bastante progressista para uma garota irlandesa; uma vanguardista, por assim dizer. Quantos anos você tem?

— Tenho 16. Completo 17 em março.

Ele puxou a manga da blusa e checou o relógio.

— Preciso voltar para a igreja. Temos um encontro da pastoral em vinte minutos.

O padre se levantou e estendeu a mão para Teagan.

O aperto foi mais longo que o apropriado para uma despedida. O contato com a pele do Padre Mark desencadeou um choque que percorreu todo o corpo da garota. Ela adorou sentir a segurança, a masculinidade do toque das mãos dele. Por um instante, perguntou-se como ele seria sem aquelas patéticas roupas de padre e lutou para conter o rubor em sua face.

– Espero te rever em breve... Na igreja – ele disse, e foi até a porta, mas antes de sair, se virou: – A propósito, não se preocupe demais com mentiras, pelo menos não com aquelas que não farão mal a ninguém. A verdade às vezes pode ser fatal. Foi por isso que eu disse aquilo para o seu pai, para não prejudicar você, nem ele.

Teagan observou o Padre Mark colocar os óculos escuros, entrar no carro e ir embora. Sozinha e tristonha, voltou para a sala de estar. Algo nele a incomodava, mas ela não sabia dizer o quê. Ele não parecia um padre... Talvez fosse isso. Parecia mais um homem comum que um homem de Deus. Em todos os seus anos frequentando a escola paroquial e a igreja, Teagan jamais conhecera alguém como ele. Aquela declaração de que ele talvez não fosse para o céu lhe atingiu como uma ideia romanesca. Por que um padre faria semelhante afirmação? Padre Mark era tão diferente de Cullen. Seu namorado parecia tão imaturo comparado a um homem que tinha emoções e sentimentos complexos. Foi difícil não pensar no clérigo até sua mãe voltar para casa e pedir ajuda para cozinhar.

Acordado em seu pequeno quarto nos fundos da casa paroquial, Padre Mark se revirava na cama. Padre Matthew roncava ruidosamente em seu quarto do outro lado do corredor. O sacerdote mais novo se deitou de bruços e colocou o travesseiro sobre a cabeça. Toda vez que estava quase pegando no sono, outro ronco barulhento do Padre Matthew o despertava.

Mas não era só isso que estava tirando seu sono. Teagan Tiernan vagava em sua mente de um modo nada benéfico para um membro do cléro. Padre Mark não tinha reservas quanto à sua masculinidade; na verdade, tinha orgulho de seu corpo e do modo como as mulheres se sentiam atraídas por ele – podia dizer sinceramente que elas o bajulavam. E gostava disso, sempre gostou, desde a mais tenra juventude.

Se não fosse a pressão de seus pais, ele não teria se tornado padre. Mas eles tinham tanto orgulho de seu irmão mais velho, que tinha seguido carreira eclesiástica, e de sua irmã, que decidira se tornar freira e ingressara em um convento como postulante, que ele praticamente não teve como escapar da igreja. Assim, indo contra todo o bom senso, acabou cedendo. Atribuía essa falta de determinação à juventude, à inexperiência e a uma visão de mundo limitada. E agora não havia escapatória, o clero era parte dele.

Qualquer homem teria pensamentos similares após conhecer uma mulher jovem e atraente, mas no caso dele tais pensamentos eram um caminho de perdição. Teagan irradiava beleza e frescor. Sonhava acordado com ela e, quando a noite caía, ela aparecia luminosa em seus sonhos com asas de anjo. Aquela garota virou seu mundo de cabeça para baixo em menos de uma semana. Deus não era justo. Ele gostava de pregar peças. Teagan aparecia para ele usando um arrasador vestido de veludo azul, do qual se despia delicadamente, revelando sua nudez. Como uma sereia, ela o atraía, pronta para afogá-lo em ondas de paixão. Era voluptuosa e fatal como as vampiras de Drácula. Seu corpo doía de um desejo que ele queria extravasar.

Não era a primeira vez que tinha fantasias sexuais com uma mulher, muito menos a primeira que consumava tais fantasias. Resistiu às "paixões do demônio" por anos até finalmente ser derrotado. Em Londres, saiu às escondidas do seminário, com o casaco bem fechado para esconder as roupas mundanas, e vagou pelos becos escuros atrás de prostitutas. Sua boa aparência e o comportamento jovial o tornavam um alvo fácil. Uma delas em especial achou que ele seria uma revigorante mudança em sua clientela. Os dois se deram prazer todas as semanas até que a consciência dele falou mais alto.

Ela carregava seu filho. Pelo menos foi o que anunciou na última vez em que se viram, já que ele nunca mais foi vê-la de novo. Concluiu que aquilo era uma armação para manter sua assiduidade – uma tática para conseguir mais dinheiro. Como ela podia saber que o filho era dele quando recebia homens dia e noite? Ainda assim, ele temia que ela pudesse estar certa, já que várias vezes ela tinha pedido que ele não usasse proteção.

– Você é a primeira mulher com quem fiz sexo – ele contou quando se conheceram.

– Ah, que absurdo – ela respondeu. – Um bonitão que nem você? Virgem? Não vai me dizer que é um daqueles afeminados?

Ele riu, embaraçado com a confissão, e se sentou na cama. Acariciou os longos cabelos castanhos que cascateavam ondulantes pelas costas dela. Uma penteadeira barata com um espelho ficava em frente à cama. Padre Mark ponderou que o reflexo dos dois parecia as imagens dos cartões postais vulgares que um colega de escola tinha lhe mostrado – proibidas e, ao mesmo tempo, intensamente eróticas. Não deixava de se impressionar pelo fato de que, segundo os padrões sociais, ela era uma vagabunda. Para ele, no entanto, era uma mulher – atraente, radiante e cheia de vida. Quando se deitaram para fazer amor, ela retirou a camisinha que ele trouxera.

– Mas e se... – Ele não teve coragem de completar a pergunta, mas ela entendeu.

– Sífilis? Eu me examino regularmente. Não sou idiota.

Ela o convenceu com carícias de que o sexo seria muito melhor sem camisinha e, após encorajá-lo com algumas doses de uísque, ele assumiu o risco. Depois de se deitar com ela, sempre checava se tinha contraído alguma doença sexualmente transmissível, mas os resultados sempre foram negativos. Contudo, a preocupação com questões venéreas, as mentiras que contava sobre seus sumiços e a possibilidade de ser pai de uma criança finalmente o afastaram.

Por mais que quisesse ver sua amante de aluguel, não podia.

Odiava os dois lados de si mesmo: um carnal e movido a prazer erótico, o outro pio e reverencial. Depois de suas experiências em Londres, jurou que serviria somente a Deus e esperava que o Criador, em Sua sabedoria, o enviaria a algum lugar onde seu contato com as tentações seria limitado. Mas Deus estava lhe testando ao enviá-lo para Dublin, uma cidade efervescente de mulheres lascivas. Padre Mark odiava ter que reprimir o desejo. Houve alguns olhares casuais até ser apresentado a Teagan. Satã o amaldiçoara com a luxúria.

Será que conseguiria resistir à tentação? Estava envergonhado por não ser capaz de controlar suas fantasias sexuais. Por que Deus foi colocar essa garota bem na sua frente? Misericórdia! Ela tinha apenas 16 anos, não era nem mesmo maior de idade. Por que ele estava sendo torturado com esses pensamentos?

Pressionou o quadril contra o colchão. Queria que ela estivesse ali para que pudesse explorar cada centímetro daquele corpo macio... Não! Como era desprezível por dar vazão a pensamentos tão impuros com a garota. Como poderia admitir esse segredo a quem quer que fosse, mesmo a alguém em quem confiava, como o Padre Matthew? Confessar seria muito arriscado. E se a Igreja devassasse seu passado? E se a vida nada sacra que tinha levado em Londres fosse revelada durante a investigação? Isso arruinaria sua reputação e mancharia o nome de sua família.

Virou-se para cima e ficou encarando o teto, consciente da dolorosa e latejante intumescência em sua virilha. Com ambas as mãos, agarrou com força o lençol que o cobria e o enrolou nos punhos. Só havia uma solução.

Apesar do risco, precisava por um fim naqueles pensamentos paranoicos, falar com Padre Matthew e arrancar aquelas fantasias de seu peito antes que se transformassem em uma obsessão. Era o único jeito de não se entregar ao pecado. E ele evitaria Teagan Tiernan.

No dia seguinte, Padre Mark foi procurar o sacerdote mais velho na casa paroquial. Padre Matthew estava sentado em sua velha poltrona reclinável, fumando um cachimbo e bebericando uma taça de vinho. Estava quase adormecendo. O calor tinha dado uma trégua e a brisa suave do anoitecer refrescava o cômodo. Padre Mark sentou-se no sofá de frente para ele, que pestanejou os cílios.

– Preparado para domingo? – perguntou o mais velho, colocando o cachimbo no cinzeiro. A fumaça espiralou na direção do Padre Mark; tinha um cheiro ligeiramente agradável que recendia a cerejas.

– Sim, dentro do possível.

– Vou pegar leve com você, pelo menos no começo. Basta seguir minhas diretrizes – disse o velho sacerdote, levantando a taça. Padre Mark suspirou.

– Há algo errado?

– Sim... – Não sabia como abordar o assunto, mas precisava tirar aquilo do peito. – É uma questão delicada. Não quero que pense que se trata de uma confissão de qualquer espécie, mas eu preciso falar sobre isso.

Preocupado, Padre Matthew pousou a taça novamente.

– Tenho tido alguns pensamentos – prosseguiu Padre Mark.

– Pensamentos? De que tipo?

– Sexuais – ele abaixou a cabeça, olhando fixamente para o chão.

Padre Matthew ajustou a reclinação da poltrona.

– Prossiga. Pode me contar. Garanto que não vou considerar isso uma confissão sagrada entre dois padres; apenas uma conversa amigável entre dois homens.

– Obrigado – agradeceu Padre Mark, recostando-se no sofá. – Já me sinto melhor. Você nem imagina a minha agonia ultimamente.

– Ultimamente? – o padre inclinou a cabeça. – Isso tem a ver com alguma garota da nossa paróquia?

Ele sabe. Inferno! Como ele já sabe? Padre Mark ficou calado, ponderando o quanto devia revelar.

– Prefiro não dizer. Meus pensamentos estão me atormentando e me sinto um pecador tolo por ter pensamentos assim.

Padre Matthew virou o cachimbo e bateu o tabaco queimado no cinzeiro.

– Todos os homens têm pensamentos. É natural. Apenas se agimos guiados por eles é que o demônio invade nosso espírito.

Padre Mark queria parar por ali, não prosseguir com aquela conversa. Cerrou os punhos. Fora um erro trazer aquele assunto à tona, mas o tormento estava se tornando insuportável. Precisava falar. Talvez Deus estivesse lhe punindo pelos pecados com a prostituta londrina, ou por abandonar uma mãe solteira com um filho bastardo.

– Não precisa me contar. Sei ligar os pontos – disse Padre Matthew, colocando tabaco fresco no cachimbo e o acendendo. Soltou a fumaça pela sala em longas baforadas. – O que você estava fazendo na adega com Teagan Tiernan e, mais importante, por que ela queria falar com você?

O rubor subiu em suas faces. O velho sabia! Padre Mark respirou fundo.

– Nada de mais aconteceu. Ela é uma menina muito meiga. Uma amiga a desafiou a me acompanhar até a adega, para me ajudar a escolher uma garrafa de vinho. Ela esqueceu o suéter lá embaixo e eu fui devolvê-lo no dia seguinte. Usei o carro para ir à casa dela.

– O pai ficou furioso com a menina. – Padre Matthew tirou o cachimbo da boca e o apontou para Padre Mark. – Cormac é uma bomba-relógio. Bebe demais, mas sua família integra a paróquia há gerações. E não queremos mal-estar com ele; ele trabalha para o governo.

– Eu não disse que se tratava de Teagan. – Ele queria desviar o assunto. – Há muitas mulheres bonitas em Dublin, e muitas delas vieram à nossa festa.

– Nenhuma que eu tenha visto! – Padre Matthew riu, zombeteiro. – Mas há algumas jovens que poderiam tentar um padre.

– Eu só queria admitir que sou um pecador e que alguns de meus pensamentos têm sido impuros, de amigo para amigo. Isso é tudo.

O velho padre se recostou em sua poltrona reclinável.

– E foi o que você fez. Não há nada com que se preocupar. Estou certo de que isso vai passar.

– Obrigado por me escutar – Padre Mark acenou com a cabeça. – Vou me recolher agora.

– Boa noite – Padre Matthew deu outra tragada no cachimbo.

Padre Mark sentia o velho sacerdote o observando conforme ele se dirigia ao corredor. Virou-se. Padre Matthew o observava e sorria como um homem que tinha mais coisas em mente do que fumar.

O clérigo acenou para ele. Padre Mark foi até o fim do corredor e parou diante de sua porta. Abriu-a, se perguntando mais uma vez por que é que tinha se tornado padre e desejando nunca ter conhecido Teagan Tiernan.

A garota chegou à missa no domingo acompanhada da mãe e do pai. Eles sempre se sentavam na terceira fileira; a mãe gostava de estar entre os primeiros a comungar. Teagan estava aninhada entre os dois, fazendo questão de levar o suéter que o padre lhe devolvera sobre os ombros. O calor havia desaparecido; as pedras de granito tinham absorvido o frio do dia nublado.

Em suas vestimentas solenes, os dois sacerdotes adentraram o altar. Padre Mark sentou-se perto do leitoril paralelo ao púlpito. Teagan teve um impulso infantil de acenar para ele, ou ao menos balançar os dedos, mas conseguiu se conter. O clérigo mais novo manteve os olhos focados em Padre Matthew desde o início da missa e raramente olhou para os paroquianos. Mesmo o padre mais velho, que geralmente tinha um sorriso benevolente para cada um dos presentes, evitava contato visual com a garota. Apenas por um instante, Padre Mark, com uma tristeza profunda, olhou para ela, mas desviou os olhos rapidamente.

Mais tarde, Padre Mark auxiliou na comunhão. Quando chegou a vez dela de tomar o sacramento, ele a ignorou. O padre mais velho sussurrou algo no ouvido de seu pai enquanto lhe dava a hóstia. Teagan estranhou porque o Padre Matthew nunca se inclinava para falar com ninguém durante a comunhão.

Quando a missa terminou, seu pai levantou-se do banco na terceira fileira e disse:

— Esperem por mim aqui.

Padre Mark passou por eles e foi para a entrada da igreja. O pai e o sacerdote mais velho saíram por uma porta lateral que levava à casa paroquial.

Teagan se perguntou o que o Padre Matthew queria com seu pai. Pensou no encontro secreto que teve com Padre Mark e seu coração acelerou.

A mãe balançou a cabeça e, remexendo os botões de pérolas de suas luvas, comentou:

— Não sei, talvez Padre Matthew esteja chamando a atenção de seu pai por ter bebido demais semana passada.

O burburinho de conversas e risadas cessou, as portas foram fechadas atrás delas; ainda no banco, Teagan olhou para trás. Todos, incluindo o Padre Mark, já tinham ido embora. As portas foram abertas novamente. Um servente entrou com a vassoura na mão e, cantarolando uma melodia folclórica, começou a varrer o chão. Varreu cada uma das fileiras até chegar onde elas estavam.

– Podem ficar – disse o servente, rogando-lhes que não se levantassem. – Não estão me atrapalhando. – Continuou com o serviço.

Alguns minutos depois, seu pai abriu a porta da casa paroquial. Estava pálido. Parecia que tinha saído de um velório enquanto retornava ao banco onde elas estavam. Teagan não sabia dizer se ele estava bravo ou triste. Notou a vermelhidão em seus olhos quando se aproximou, como se ele tivesse chorado.

– Vamos – ele sussurrou com a voz rouca.

– Papai, o que houve? – Teagan perguntou. A mãe também fez coro à pergunta da filha, mas o pai não respondeu. Apenas se dirigiu vagarosamente para os fundos da igreja e fez o sinal da cruz ao sair do templo.

Quando chegaram em casa, ele tirou o paletó e o pendurou no cabideiro da entrada.

– Vou sair. Vocês duas já devem estar na cama quando eu voltar.

– Cormac? Por favor, me diga o que está acontecendo. – Shavon pegou as mãos dele, suplicando por uma resposta.

Cormac lhe deu um beijo na bochecha e disse apenas:

– Não é nada. Nós vamos resolver, você vai ver. – Ele balançou a cabeça e passou por Teagan.

A mãe desmoronou no sofá, os olhos já cheios de lágrimas.

– Não sei o que fiz para desagradar seu pai. O que poderia ser?

Teagan sentou-se ao seu lado, a acolhedora atmosfera do cômodo subitamente transformada em ansiedade. Os objetos que admirara com tanto carinho antes da visita do Padre Mark – lembranças sentimentais de sua infância – agora pareciam inúteis e insignificantes. O pânico a corroía ao pensar no comportamento estranho do pai. Não sabia ao certo como, mas sentia que sua vida estava prestes a mudar. Seus nervos ficaram à flor da pele enquanto ela esperava pelo pai no banco da igreja. Agora eles ameaçavam dominá-la, deixá-la de joelhos, vencida pela aflição.

– Não creio que o problema seja com você – Teagan disse. – Deve ser comigo.

Chocada, a mãe a encarou.

– Por que seria com você? Você não fez nada errado.

– Não... A menos que pensamentos sejam impuros.

Shavon tirou as luvas e as jogou no sofá, ao seu lado.

– Todos nós temos pensamentos, mas... – Ela apertou as mãos da filha. – O que aconteceu semana passada na adega de Padre Matthew? Diga-me a verdade.

– Você sabe a verdade...

– O quê? Me fale! – A mãe olhava para ela angustiada. Teagan respirou fundo.

– Padre Mark mentiu. Ele não me pediu para ler o título dos livros sacros. Nós fomos à adega buscar uma garrafa de vinho. Minha amiga Cathy estava no alto da escada e me empurrou atrás dele. Nós descemos por apenas alguns minutos.

Padre Mark estava certo quando disse que a verdade machuca as pessoas. Teagan via isso estampado no semblante da mãe. Não diria mais nada sobre o que aconteceu.

– Você sabe como o papai é temperamental. Eu não queria causar problemas.

– Eu preciso me manter ocupada. – Shavon levantou-se do sofá. – Vou preparar chá para nós. Quem sabe quando seu pai vai voltar? – ela falou estas últimas palavras com dificuldade.

As horas da tarde e da noite pareceram durar dias enquanto elas esperavam por Cormac, que não voltou para casa nem para o chá. Comeram praticamente em silêncio; a mãe só beliscou. Teagan sabia que algo terrível estava acontecendo. O pai nunca perdia uma refeição a menos que tivesse algum compromisso de trabalho.

Passaram algumas horas assistindo a TV e então foram para a cama. Ela estava quase adormecendo quando escutou os soluços abafados da mãe do outro lado do corredor. Queria consolá-la, mas a porta do quarto estava fechada. Para tentar não pensar no pranto doloroso, ligou o rádio portátil que tinha ganhado do pai de aniversário e ficou escutando uma estação de Dublin. Ouviu canções de Cliff Richard, Elvis, e uma melancólica música nova de Ray Charles, "I Can't Stop Loving You". Enquanto se revirava na cama, tinha a sensação de que estava vivendo em outro planeta. Seu cérebro mandava seus membros se mexerem e eles obedeciam em câmera lenta. Uma tristeza profunda se apoderou de sua alma. A canção de Ray Charles tocava ininterruptamente em sua cabeça enquanto ela tentava dormir. Pensou em Padre Mark e em Cullen, se perguntando se o amor sempre tinha de ser doloroso. A melodia era apropriada para aquela noite.

A porta do quarto de Teagan foi aberta com tudo às 4 horas da manhã. Ela se sentou na cama assustada, encarando as figuras paradas no corredor. A cena borrada entrou em foco aos poucos, revelando seu pai apoiado na parede, e a mãe, atrás dele. A luz indireta fazia um estranho jogo de sombras sobre suas silhuetas.

– Vista-se – o pai ordenou.

Teagan olhou para ele, incrédula. Será que seus ouvidos estavam lhe pregando uma peça? Esfregou os olhos e descobriu o corpo.

– O quê? – perguntou suavemente.

– Você me ouviu. Vista-se! E rápido. – A voz do pai ficava mais enraivecida a cada palavra. Ele estava com bafo de uísque. – Sua mãe está te esperando. – Ele bateu a porta, deixando-a no escuro.

Ela queria gritar com o pai, mas sabia que essa tática era um tiro pela culatra. O único jeito de dobrá-lo era sendo gentil. *Obsequiosa*. Tinha aprendido essa palavra na escola. Quando a freira escreveu a definição no quadro negro – *adulador, subserviente, obediente* –, seu pai lhe veio à mente.

Por que ele estava tão bravo? Padre Matthew devia ter algo a ver com isso. Teagan vestiu uma blusa branca, calça jeans e um par de tênis. Tremia quando abriu a porta, o estômago embrulhado.

A mãe, só de camisola, cambaleou até ela, com os olhos inchados e o rosto pálido, sem vida. A garota ficou sem ar ao vê-la.

– Por que você não nos contou? – Ela mal conseguia articular as palavras e se segurava na porta para não cair.

Teagan tentou ampará-la, mas Shavon se desviou.

– Contar o quê? Mamãe, por favor me diga o que está acontecendo!

– Por que você mentiu? Por que não nos contou que Padre Mark veio aqui, que... – Incontrolavelmente trêmula, Shavon explodiu em soluços.

– Tive medo de que você ficasse zangada comigo. Esqueci meu suéter na adega da casa paroquial e Padre Mark veio me devolver.

– Oh Deus – a mãe balbuciava, retorcendo os dedos.

A confirmação de Teagan fez sua mãe chorar ainda mais. O pai emergiu das sombras e tirou a esposa do caminho; segurava as chaves do carro.

– Vamos dar uma volta.

O pânico a consumiu. Será que estava sonhando? Esperava acordar a qualquer momento e encontrar-se aconchegada em sua cama. Desde quando ver um padre era um "pecado" tão ofensivo?

O instinto de sobrevivência falou mais alto, e Teagan bateu a porta do quarto e a trancou, por pouco não prendendo os dedos do pai. Uma onda de adrenalina lhe inundou dos pés à cabeça.

Cormac esmurrava a porta, gritando com a filha. A mãe soltou um lamento ululante no corredor. Então, os gritos subitamente pararam e os soluços foram diminuindo. A casa mergulhou no silêncio por alguns instantes. Teagan, encolhida em sua cama, ouvia apreensiva os segundos tiquetaqueando no relógio.

A porta chacoalhou algumas vezes no batente antes de ser arrombada, arremessando farpas de madeira pelo quarto. Xingando, o pai caiu no chão com a força do impacto, agarrou Teagan pelas pernas e a puxou para fora da cama.

– Escute aqui! – Ele espumava de raiva, e as veias em suas têmporas estavam tão saltadas que pareciam prestes a explodir. – Eu não quero tornar isso pior do que já é para a sua mãe. Ou você vem quietinha ou te arrasto pelos cabelos para fora dessa casa.

Tentando conter o choro, ela ainda conseguiu dizer:

– Sim, papai.

– Não me chame de "papai". Eu não tenho mais filha.

Sua mente estava em um turbilhão. As palavras e os atos de seu pai eram incompreensíveis. O que teria acontecido para desencadear todo esse circo de horrores?

Ele a puxou para levantá-la e a conduziu pelo corredor. Ao passarem pelo quarto dos pais, ela viu a mãe com a cabeça enterrada nas mãos, seus gemidos ecoando pelo cômodo. O pai também tentava engolir as lágrimas enquanto puxava Teagan escadas abaixo. Ele pegou o paletó e jogou nos ombros dela.

– Seja lá o que te disseram, é mentira – ela conseguiu articular. – Não aconteceu nada com o Padre Mark.

– Padres não mentem – o pai retorquiu e então praguejou. O cheiro azedo de uísque se espalhava pelo ar.

– Ele mente! – Teagan deteve-se. – Para onde você está me levando? Eu sempre fiz tudo o que você queria.

Cormac a chacoalhou violentamente pelos ombros.

– Você é a maior decepção da minha vida.

Abismada, ela nem soube o que dizer.

Ele a empurrou até o carro e, antes que pudesse entender o que estava acontecendo, Teagan foi levada para um destino desconhecido.

O pai, que parecia saber exatamente aonde estava indo, não falou nada. Ela também ficou em silêncio durante todo o trajeto, só olhando pela janela, porque estava com medo demais para lhe fazer qualquer pergunta. Ouvira falar de raptos e sequestros no noticiário, mas eram sempre perpetrados por criminosos que queriam dinheiro, nunca pelos pais. Embora tivesse reconhecido o parque St. Stephen's Green quando passaram por ele, desconhecia a maioria das ruas por onde seguiam. Fileiras de casa surgiam à vista, algumas com as luzes acesas ao raiar da manhã.

A alvorada começava a tingir as nuvens de tons rosados quando o carro encostou à frente de um grande portão. Na placa se lia "IRMÃS DA SAGRADA REDENÇÃO". Ao longo da via, as paredes de granito do convento se elevavam sob um céu ainda meio escurecido.

O telhado escuro vergava-se em ângulos esquisitos sobre o que parecia ser um complexo maior de prédios. Um calafrio lhe percorreu a espinha ao contemplar a construção sombria.

Cormac tocou uma campainha e um senhor de idade abriu o portão.

– Bem na hora, 5 horas da manhã – ele disse, indicando uma janela. – A Madre Superiora está à sua espera. As irmãs não perdem tempo.

– Obrigado – Cormac respondeu.

O velho o instruiu a entrar com o carro.

– Entre e siga em frente, contornando aquela curva.

Os ramos mais baixos de uma fileira de carvalhos raspavam o carro à medida que eles seguiam pela alameda, as árvores como sentinelas gigantes guardando campos desertos. Os faróis cortavam a luz fraca da aurora enquanto o veículo subia uma pequena colina. Uma encosta com uma escadaria de pedra que levava a uma porta maciça entrou no campo de visão. No alto da escadaria, havia uma freira vestida toda de preto, imóvel como uma estátua. Não dava para ver seus braços nem pernas, somente o rosto redondo projetava-se para fora do hábito; ela parecia um monólito à luz incipiente da manhã.

O pai estacionou o carro na frente da escadaria, mas o deixou ligado.

– Eu não vou entrar. – Ele desceu e abriu a porta do passageiro para a filha, então a conduziu pelos degraus até a figura que os aguardava.

– Irmã Anne? – perguntou. – A Madre Superiora?

Em silêncio, a freira confirmou.

Teagan analisou a mulher imponente, ainda sem saber por que tinha sido levada para as Irmãs da Sagrada Redenção.

– Esta é Teagan, a minha filha – Cormac prosseguiu. – Creio que o Padre Matthew já as deixou a par do nosso problema.

Irmã Anne arqueou as sobrancelhas, como se respondesse afirmativamente à pergunta.

– Os papéis estão no carro. Minha esposa e eu já os assinamos. – Ele as deixou por um instante para pegar o envelope.

A freira retirou as mãos do hábito para direcionar Teagan até a porta. A última coisa que ela queria era entrar naquele prédio sinistro com uma freira que nunca tinha visto. O pai entregou os papéis para a Irmã Anne, que os pressionou junto ao peito.

– Papai! – Teagan choramingou.

– Eu vou embora agora – o homem disse, enquanto a filha se agarrava a ele.

A freira a puxou pelo braço, mas a garota se desvencilhou.

– Não faça isso comigo, papai!

– Adeus. – Ele empurrou a filha e correu de volta para o carro.

Irmã Anne a agarrou e o envelope caiu no chão. A freira a forçou na direção da porta enquanto a menina via o pai fugir. Teagan desmoronou em prantos no terraço de pedra.

Irmã Anne recolheu o envelope e se debruçou sobre ela como um anjo sombrio.

– É melhor você entrar, a menos que queira passar o resto da vida caída no chão. Não é o que eu sugiro.

Teagan sabia que não tinha escolha ao ver a freira subindo os degraus em direção à porta, que rangeu quando Irmã Anne a abriu.

– Bem-vinda ao seu novo lar. Ficará aqui o tempo necessário para expiar os seus pecados.

Teagan colocou-se de pé, cambaleante, analisando a mulher que agora mandava nela. Um longo e estreito corredor que se perdia na escuridão estendia-se diante dela.

CAPÍTULO 4

✝

POR UMA FRAÇÃO DE SEGUNDO, Teagan pensou em fugir. Seguiu a freira, mas ficou paralisada diante da porta, tomada do mais absoluto desespero. De que adiantaria? O St. Stephen's Green era o único ponto de referência que tinha reconhecido, e ficava bem longe do convento. E quanto às casas da vizinhança? Quem abriria a porta àquela hora? O que pensariam de uma garota desgrenhada enfiada em um jeans e uma blusa branca? Chamariam a polícia, que a traria de volta para o convento. O que seus pais tinham feito era inominável, assinando documentos e entregando a própria filha às Irmãs da Sagrada Redenção. Um turbilhão de pensamentos agitava sua mente e a deixavam atordoada. Suas pernas não saíam do lugar.

Irmã Anne arqueou as sobrancelhas – um olhar questionador, mas também de desdém –, como se tivesse visto aquela cena inúmeras vezes. *A Madre Superiora era o tipo de pessoa que sempre saía vencedora*, Teagan pensou, não importava quanto tempo levasse para abater o oponente.

Não havia nenhum lugar para onde fugir. A verdade lhe atingiu como um dos enormes blocos de granito que erguiam o convento. Enquanto ela encarava o corredor, lhe veio à mente uma história que lera num livro sobre um herói irlandês que morreu na cadeia. O caminho escuro que tinha diante de si fez Teagan pensar na prisão daquele homem.

– Venha – Irmã Anne chamou. – Eu tenho tarefas mais importantes a cumprir do que passar a manhã ouvindo o canto dos pássaros ao lado de uma pecadora.

Pecadora! Aquela palavra foi um choque, como um balde de água fria. Talvez essa fosse a solução para Teagan voltar à sua família.

Um *mal-entendido* a trouxera até aquele lugar, e não um pecado. Podia esclarecer esse engano se a Madre Superiora se dispusesse a ouvi-la.

A religiosa segurou a porta aberta enquanto a garota adentrava pesarosamente o escuro corredor. Um retângulo de luz vindo de um quarto mais à frente projetava-se sobre o piso. Quando a porta foi fechada com um baque seco, uma penumbra densa dominou o espaço. O ar pesado estava carregado de diferentes odores: o cheiro de pedra vindo do granito, o aroma de velas queimando e a fragrância das árvores centenárias. Eles se agarravam à garganta da garota como mãos estrangulando seu pescoço. Mas o ambiente também recendia outros cheiros. Teagan reconheceu o odor pungente de cloro e o perfume refrescante de detergente. Ouvia passos ecoando pelos pisos e o som de água circulando pelo encanamento acima de sua cabeça.

Irmã Anne a conduziu em uma marcha determinada pelo escuro, até que viraram à esquerda e entraram em uma sala iluminada. Teagan a seguiu e se viu em um escritório escassamente decorado. A Madre Superiora se sentou atrás da grande mesa de madeira e gesticulou para que Teagan tomasse uma das poltronas à sua frente.

Assim ela fez, e ficou olhando para o rosto da freira. Era diferente de qualquer outro que já tinha visto. O nariz reto e fino, e as maçãs altas no rosto da madre lhe lembravam uma escultura renascentista, mas a linha fina dos lábios era ameaçadora; o olhar, calculista e inabalável em seu ar de dominância.

– Isso tudo é um...

Irmã Anne a interrompeu com um gesto da mão.

– Não fale a menos que alguém fale com você primeiro.

– Mas eu posso explicar.

A freira ergueu-se ameaçadoramente da cadeira.

– Vejo que não entende instruções. O que te ensinaram na escola? Você não tem decoro, não tem respeito pelos seus pais nem pelos seus superiores?

Era inútil falar com essa mulher. Teagan suspirou. Se era assim que Irmã Anne queria jogar, a garota entraria na berlinda, pelo menos por enquanto.

– Darei algum tempo para que pondere essas questões enquanto eu reviso sua papelada – disse a freira, retomando sua posição atrás da mesa e abrindo o envelope que o pai de Teagan lhe entregara.

A garota examinou o escritório com o olhar. Além da mesa marrom e das duas cadeiras em frente, não havia muita mobília. Ao lado da porta estava uma pequena prateleira de livros; à sua esquerda, pendurado na parede, um quadro de moldura dourada mostrava uma mulher prostrada lavando os pés de Jesus. Havia três janelas abertas no próprio granito, mas não entrava luz natural. As persianas estavam cerradas atrás das cortinas azuis entreabertas. Ela se perguntou o que haveria atrás daquelas cortinas. Talvez uma saída?

Quatro bloquinhos de soletrar estavam sobre a mesa, cada um com uma letra diferente talhada na madeira. Juntos formavam a palavra AMOR em amarelo, azul, vermelho e verde. Que estranho! Teagan duvidava que aquela freira já tivesse amado alguém na vida – ao menos era o que se deduzia de suas maneiras tão rígidas.

Irmã Anne leu os documentos sem pressa, virando cada página com uma precisão calculada. Finalmente, terminou e cravou os olhos na garota.

– Você sabe por que está aqui?

Teagan sabia que a freira estava fazendo uma acusação, não uma pergunta a ser respondida. Balançou a cabeça em negativa, se perguntando se seria melhor não falar absolutamente nada.

A Madre Superiora apoiou os cotovelos na mesa e juntou os dedos como um campanário.

– Deixe-me explicar. Você é uma Madalena, assim como as outras com quem viverá de hoje em diante.

A freira notou que ela não tinha ideia de como aquela referência se aplicava. Estava nítido na expressão presunçosa da madre.

Irmã Anne apontou para a pintura de uma mulher lavando os pés de Jesus.

– O significado dessa pintura lhe é familiar? – Antes que a garota pudesse responder, a freira prosseguiu. – Ela retrata Maria Madalena, uma mulher perdida que devotou os últimos dias de sua vida ao Nosso Senhor. Ela expurgou os demônios de sua alma e se tornou uma fiel que testemunhou a Crucificação e a Ressurreição. Desejamos a mesma salvação, o mesmo caminho de graça, para as garotas e as mulheres caídas que chegam até nós.

A freira fez um gesto com o dedo quando Teagan fez menção de falar.

– Você está aqui porque pecou. Muitas chegam porque estão prestes a sucumbir, mas você cometeu um pecado mortal, um ato deliberado e perverso, que requer sua expiação.

A garota ouvia as palavras da freira, mas não as compreendia. *Que pecado mortal eu cometi? Contra quem pequei?* Afundou-se na cadeira, sentindo-se esmagada por essas questões perturbadoras.

A freira pegou os papéis da mesa e os estendeu em sua direção.

– Contudo, nem o menor de seus pecados é tão ultrajante quanto a desonra que cometeu contra seu pai e sua mãe com as mentiras que contou. Vejo que é teimosa e mimada, e a vida aqui não é um mar de rosas. Creio que passará muitos anos conosco. – Irmã Anne discou um número no telefone preto sobre a mesa. – Diga para a Irmã Mary-Elizabeth vir ao meu escritório imediatamente.

Teagan olhava fixamente para a freira, que a encarava como se quisesse saber se ela ousaria falar.

– Eu não fiz nada errado – ela soltou.

Irmã Anne abriu uma das gavetas da mesa e retirou lá de dentro uma vareta de metal polido com uma alça de couro.

– Vou te avisar só mais uma vez: não fale a menos que alguém fale com você primeiro. – Apontou com a vareta para os blocos sobre a mesa. – Não gosto de recorrer a castigos corporais, mas às vezes não tenho escolha. – Com a voz mais branda, acrescentou: – Somos redentoras aqui. Acreditamos no amor.

Teagan se esforçou para conter um ímpeto amargo de rir à medida que seu ânimo se tornava cada vez mais sombrio. *Oh, entendi o seu amor. "O que não faz uso da vara odeia seu filho, mas o que o ama, desde cedo o castiga!"* Como sairia daquele lugar infernal se não podia nem se defender? Agarrara-se tão fortemente à poltrona que seus braços estavam até dormentes. Um vazio terrível apoderou-se dela; até as lágrimas se recusavam a cair.

A freira apontou a vareta em sua direção e o cabo de bronze reluziu ao ser atingido por um raio de luz.

– Não precisamos de adornos aqui. Entregue-me seus brincos e seu anel.

– O quê? – Ela não podia acreditar que estava sendo destituída de seus pertences. Estava tão acostumada a usá-los que até esquecia que os trazia no corpo.

– Você é uma penitente, impura aos olhos de nosso Salvador e da Igreja. Seu corpo deve estar nu diante de Deus. Entregue-os a mim.

Teagan hesitou antes de soltar os punhos da poltrona. Irmã Anne se empertigou na cadeira.

– Não faça uma cena. Mandarei que os retirem de você caso não colabore.

A garota tirou as tarraxas dos brincos de pérola que havia ganhado da mãe no aniversário de 14 anos. Era um dia chuvoso quando foram ao joalheiro do bairro; o velho perfurou suas orelhas com um instrumento que parecia um alicate. Após uma pontada dolorosa em ambos os lóbulos, o suplício estava terminado. A princípio, o pai não notou; poucos dias depois, não só notou como repreendeu a mãe aos berros por ter tomado uma decisão a respeito da filha sem consultá-lo. Teagan estava convicta de que ele a mandaria tirar os brincos, mas o pai só bufou e disse:

– O estrago já está feito.

Naquele Natal, ele a presenteou com um anel de prata incrustado com uma pérola solitária para combinar com os brincos e lhe disse que o anel representava a pureza, citando os versículos da Bíblia: "O reino dos céus é semelhante ao homem, negociante, que busca boas pérolas", e então as palavras do Sermão da Montanha: "Nem deiteis aos porcos as vossas pérolas".

A garota jogou o anel e os brincos na mesa; Irmã Anne fez uma careta ao ter de se levantar para apanhá-los.

Teagan tocou as orelhas nuas; e notou a marca do anel na pele do dedo.

A Madre Superiora guardou as joias no envelope que Cormac lhe entregara. Uma freira robusta apareceu à porta, fez uma meia reverência para Irmã Anne e se virou para a garota. A sugestão de um sorriso marcou as bochechas carnudas da religiosa, e Teagan se inclinou para a frente, grata ao ver um toque de humanidade na atmosfera soturna do escritório.

A freira cruzou os braços e posicionou-se diante da menina.

– Sou a Irmã Mary-Elizabeth. Estou aqui para te apresentar ao ambiente.

– A Irmã Mary-Elizabeth vai cuidar bem de você – disse a Madre Superiora, guardando a vareta e o envelope em uma gaveta da mesa, a qual trancou com uma chave que retirou do bolso do hábito.

– Irei para as orações matinais. Irmã, você está dispensada para ficar com a penitente. – Levantou-se da cadeira. – Seja gentil com nosso mais novo encargo. Mostre a ela o verdadeiro significado de redenção. – Irmã Anne seguiu em direção à porta, mas antes de alcançá-la se virou e ordenou: – Diga seu nome.

– Teagan Tiernan.

A freira contraiu os lábios e a mediu dos pés à cabeça.

– De agora em diante, você se chamará... Teresa, um belo nome cristão, embora eu duvide que algum dia você seguirá os passos da santa de Ávila.

A madre desapareceu no corredor escuro.

– Está com fome? – perguntou Irmã Mary-Elizabeth. – Deve estar, a essa hora da manhã.

Comer era a última das preocupações da garota. Ela fez que não com a cabeça.

– Pois eu tenho boca, e você não vai querer ver como ela fica quando está querendo um rango – disse a religiosa.

Teagan ficou chocada. A freira parecia ter saído diretamente de um dos bairros operários de Dublin. Entendeu o que ela queria dizer: Irmã Mary-Elizabeth estava com fome e ficaria irascível se não comesse logo.

– Posso falar? – Teagan perguntou, sentindo-se mais à vontade com aquela freira do que com a Irmã Anne.

– Claro que pode, minha criança. Nem todas nós fomos talhadas no mesmo molde que a Madre Superiora. – Irmã Mary-Elizabeth deu uma risadinha e suas bochechas balançaram. – Mas não se encha de esperanças; nós jogamos de acordo com as regras. Agora venha comigo, vou te mostrar a lavanderia antes de tomarmos café da manhã, depois já há uma lista repleta de afazeres. Eu vou definhar de fome se não andarmos logo.

A freira lhe deu o braço e a levou para fora do escritório; viraram à direita no corredor e seguiram até as escadarias perto da entrada do convento. Irmã Mary-Elizabeth parou subitamente.

– Graças ao Senhor por não ter de acompanhar uma garota nova todo santo dia. E você deveria agradecer à sua boa sorte por termos lhe recebido. Às vezes, recebemos mais petições do que podemos atender. Se esse fosse o caso hoje, você poderia acabar morando no parque.

A irmã girou um interruptor e uma fileira de lâmpadas foi acesa, iluminando os degraus de pedra que conduziam a uma passagem mais abaixo. Teagan ficou plantada onde estava:

– Por que eu estou aqui?

O semblante da freira ficou imediatamente carregado.

– Eu não sei, e não estou contando lorota. Isso é entre a Irmã Anne, quem quer que tenha te mandado para cá e Deus.

– Meu pai me trouxe aqui, e tenho quase certeza de que foi convencido por um padre. – Só de pensar nisso o coração da garota se apertava.

– Não é da minha conta, mas deve ter havido um bom motivo. Seus pais abriram mão de você em nome de Deus. – Ela estalou os dedos e começou a descer os degraus. Teagan a seguiu.

No fim da passagem, Irmã Mary-Elizabeth parou diante de uma porta de metal na qual havia uma pequena janela retangular com uma tela de arame. A freira pegou as chaves, abriu a porta e acendeu as luzes.

– Logo mais vai começar outra jornada de trabalho. É aqui que você vai passar a maior parte dos seus dias.

O cheiro de cloro e detergente que Teagan tinha sentido quando chegou invadiu suas narinas. A sala comprida e retangular estava cheia de tanques, máquinas de lavar, secadoras, varais, cestos de roupa suja, tábuas de passar e produtos de limpeza. Carreiras de luminárias triangulares com lâmpadas fluorescentes pendiam do teto, direcionando os focos de luz nos equipamentos e no piso. Uma grande fileira de janelas gradeadas, algumas parcialmente abaixo do nível do solo, com vista para uma vala, estendia-se ao longo do salão. Através delas, Teagan vislumbrou a borda de um gramado e os troncos de velhas árvores.

– É aqui que eu vou ficar? – perguntou, mal conseguindo crer no que via. Adentrou o cômodo, observando as máquinas de lavar e as secadoras industriais, que a encaravam de volta com seu redondo e solitário olho de vidro, alinhadas como um exército de ciclopes.

– Aqui e na sala das rendas. – A irmã abriu os braços num gesto grandioso. – Você tem sorte; terá dois empregos. Mas eu admiro sobretudo aquelas que trabalham na lavanderia. Há algo de catártico em enfiar os dedos na água quente, lavar, tirar a sujeira das mãos... E da alma. – Ela esfregou as mãos. – Lavar seus pecados em nome do Senhor. Vamos te colocar nos cestos de triagem primeiro, para você se acostumar.

Teagan cobriu a boca com as mãos. As Irmãs da Sagrada Redenção já tinham planos para ela. Será que esse pesadelo podia ficar ainda pior? Seu sonho de ir para a universidade e construir sua própria vida caiu por terra. Sempre ajudou a mãe com a roupa suja quando era criança e, agora que era mais velha, ela mesma se encarregava das próprias roupas – mas uma vida inteira disso? Será que Deus a abandonara, condenando-a à eterna servidão?

A freira colocou-se atrás dela, pousando as mãos pesadas sobre seus ombros.

– Acredite em mim, é inútil fazer escândalo. Eu sei. Já trabalhei aqui.

Teagan se virou para encará-la.

– Você trabalhou nessa pocilga?

– A lavanderia foi o melhor lugar do mundo para mim. – A irmã pegou as mãos de Teagan. – Eu era uma tremenda de uma velhaca antes de chegar aqui. Levou algum tempo até eu perceber que queria ser freira. – Irmã Mary-Elizabeth olhou ao redor da sala com um ar reverencial. – Permita-me lhe dar dois conselhos. Primeiro, não tente resistir. É melhor aceitar. Já vi todos os tipos de garota passarem por aqui, e as mais felizes são aquelas que se conformam. Faça o que a Madre Superiora mandar e não arrume problemas armando esquemas ou dando ouvidos a quem lhe oferece maus conselhos. Se tentar fugir, os guardas vão trazer você de volta. Segundo, não desista. Algo bom acontecerá se você permitir. Talvez chegue o dia em que você aceitará que este é o lugar que a vida lhe reserva. Pode ser difícil, mas vai chegar. Ou talvez alguém venha te buscar quando seus pecados tiverem sido purificados, e você sairá daqui uma mulher renovada. No meu caso, foi Deus que viu uma brecha para mudar minha vida. Arrependa-se, e uma nova vida estará prestes a acontecer.

As pernas de Teagan falharam. Desmanchando-se em pranto, ela caiu sobre a freira.

Irmã Mary-Elizabeth a acolheu nos braços, repetindo "pronto, pronto" como uma canção de ninar. A inesperada compaixão da freira reconfortou a garota até que ela pudesse recobrar o ânimo.

– Vamos comer alguma coisa – disse a freira. – Um pouquinho de sustança vai fazer bem a nós duas. – Irmã Mary-Elizabeth a conduziu pela passagem e voltaram para o saguão, agora banhado pelos tímidos raios de luz que se infiltravam pelas janelas superiores. Enquanto seguia a religiosa, Teagan assimilava a realidade de seu novo lar – uma prisão sacra movida a trabalho árduo e penitência. Os odores de cloro e detergente se impregnavam em suas roupas. Ela não merecia estar ali, mas teria de se resignar até encontrar um jeito de ir embora.

No final do saguão, Irmã Mary-Elizabeth subiu as escadas que conduziam a um corredor repleto de portas em ambos os lados. Uma delas era a do salão de café da manhã. A freira indicou uma cadeira vazia na extremidade de uma longa mesa de carvalho e Teagan se sentou.

– Coma em silêncio. Não fale com ninguém. Voltarei quando terminar o desjejum.

Cerca de uma dúzia de meninas e mulheres trajando um vestido cinza e um grosso avental branco de algodão estavam sentadas à mesa. Teagan deduziu que eram as Madalenas – aquelas com quem Irmã Anne disse que ela conviveria. Elas tinham os olhos fundos, um ar derrotado. Algumas estavam amuadas, com as costas caídas e desajeitadas como galhos velhos e arqueados de alguma árvore; muitas levantavam a colher com a mão trêmula, como se já fossem idosas, apesar da pouca idade. Algumas, que a princípio Teagan julgou serem velhas, poderiam se revelar jovens após um olhar mais demorado. As rugas profundas e as olheiras tinham apagado aos poucos a juventude delas.

A cozinheira idosa serviu o café da manhã a Teagan: uma vasilha de aveia aguada, uma torrada meio queimada e um chá que mais parecia água suja. Ao servir a mesa, a mulher se comportava como se as Madalenas não existissem. Nenhuma delas falava, embora algumas murmurassem orações.

Os pratos, as xícaras e os utensílios estavam velhos e desgastados pelos anos de uso. Teagan não tinha o menor apetite para nada daquilo e ficou ali apenas observando as novas colegas. Contou dez; ela era a décima primeira, e não havia somente meninas. Também havia mulheres adultas; algumas na faixa dos 30, dos 40 anos, se não mais. *Prisioneiras, somos todas prisioneiras*. Não conseguia pensar em palavra melhor para descrever sua condição. *Internas, talvez*.

A maioria evitava contato visual com ela, bem como entre si. Todas tinham cabelos curtos, aparados bem rente à cabeça, exceto por uma que parecia ter longas tranças presas por grampos. Quando a garota se afastou um pouco da mesa, Teagan notou a barriga saliente que denunciava sua gravidez.

Despido de qualquer ornamento, o ambiente resumia-se ao essencial: cadeiras de carvalho retas ao redor de uma mesa cheia de marcas e arranhões. Um crucifixo pendurado na parede era o único objeto decorativo. A sala dava para o leste e o sol tépido de julho se derramava agradavelmente pelas amplas janelas. A sombra das folhas do lado de fora se esparramava pelo chão.

O café arrastou-se por melancólicos trinta minutos. Teagan pegou a colher e remexeu o mingau. Pelotas de aveia boiavam na água morna. Levou uma colherada à boca e engoliu, o gosto a fez pensar em papelão. Depois pegou a torrada, pois sabia que seu estômago ficaria roncando se não comesse nada. Deu apenas algumas mordidas e deixou o resto no prato, sentindo as migalhas queimadas grudadas na língua e no interior das bochechas. O chá, frio e sem gosto, não estava melhor. Irmã Mary-Elizabeth apareceu à porta meia hora depois e fez sinal para que Teagan a acompanhasse. As outras permaneceram à mesa, e ela suspeitou que as Madalenas em breve iriam para a lavanderia.

A religiosa a conduziu a um terceiro lance de escadas que levavam ao último andar do convento. Nesse ponto, o corredor se estreitava e terminava em um canto. Havia duas portas no final da passagem, uma dupla à direita e outra menor, à esquerda. A freira empurrou as maiores e mostrou a Teagan um grande sótão com seis camas encostadas na parede. O chão liso de madeira e as paredes tinham sido desbotados pelos anos. Parecia que o sótão tinha sido acrescentado depois da estrutura de pedra que compunha o convento. O teto se abobadava sobre a cabeça, mas qualquer sensação possível de espaço aberto se perdia na penumbra.

– Você fica com a cama da ponta – disse a irmã, apontando para um colchão sobre uma cama de metal que estava à direita da porta, na parede e perto da única janela.

– Imagino que ninguém quis ficar com ela porque está muito perto da janela... Muito frio no inverno, muito quente no verão – explicou a freira. Deu uma volta pelo quarto e bateu em uma cama encostada no meio da parede esquerda.

– Foi aqui que eu dormi por um ano. É um lugar mediano, mas a gente acaba se acostumando. Os banheiros ficam do outro lado corredor, outra razão pela qual ninguém pegou sua cama; muito longe para ir ao banheiro no meio da noite.

Teagan se perguntou o que deveria responder; em vez de antagonizar a freira, decidiu ser educada.

– Prefiro a janela. – Ela foi até a cama e passou a mão pelo colchão, que se afundou com a pressão de seus dedos. A cama era pequena. Que tola, pensou, preocupar-se com algo tão trivial. Seus pés ficariam expostos na beira da cama no inverno. Não havia divisórias entre os leitos, nada para oferecer um mínimo de privacidade.

Uma pequena arca ficava em frente à sua nova cama. Ela levantou a tampa e conferiu o que havia dentro.

– Seu vestido e o avental, além da camisola e dos lençóis, já estão aí – disse Irmã Mary-Elizabeth. – Você pode guardar as roupas que está vestindo.

Teagan olhou desolada para si mesma. A blusa branca estava amassada; os jeans já estavam desgastados. Retirou de dentro da arca um vestido cinza que, mesmo estendido, parecia um saco de pano. Estava remendado em vários pontos e obviamente tinha passado por várias garotas. O avental fora alvejado tantas vezes que estava duro feito tábua.

– Vou me sentar enquanto você põe seu vestido – disse a irmã. – Ui! Mal passou das orações matinais e eu já estou quebrada.

A freira sentou-se em outra cama e assistiu a Teagan desabotoar a blusa. A garota se manteve de costas para a freira enquanto se despia, dobrando cuidadosamente a blusa e os jeans, guardando-os no pequeno baú. O vestido deslizou sobre seu sutiã e sua calcinha e parecia frouxo sobre seu corpo. Apenas alguns dias antes, ela tinha reclamado de usar seu vestido branco de cetim para a recepção do Padre Mark. Parecia que uma vida inteira tinha se passado desde então. O avental assentou-se sobre ela, rígido como uma armadura.

Irmã Mary-Elizabeth levantou-se da cama e colocou-se atrás dela.

— Deixe-me ajudá-la. Precisa ser amarrado nas costas. Logo, logo você pega o jeito...

A freira amarrou as tiras com destreza em um laço apertado, mas seu toque deixou Teagan inquieta. Poucas mulheres tinham colocado as mãos em suas costas. Sentiu o rosto ruborizar.

— Não vai ficar quente na lavanderia? Temos que usar os aventais no verão?

Irmã Mary-Elizabeth virou a menina de frente para si e a examinou dos pés à cabeça.

— Mas é claro, você não vai querer que cloro, ou algo pior, espirre em você. Além disso, ficará grata por usá-lo no inverno. No verão é pior, mas o corpo se ajusta. — Ela deu uma batidinha no braço de Teagan. — Foi bom você ter ficado com a janela.

A freira fechou a tampa do baú.

— Você vai encontrar seu caminho, especialmente se for uma boa menina. Vamos, quero te apresentar a alguém antes de cortar seu cabelo.

Instintivamente, Teagan levou as mãos à cabeça. Não tinha pensado que perderia os cabelos, mas fazia sentido depois de ver as Madalenas no café da manhã. Acariciou os fios loiros que em breve seriam aparados rente à cabeça como os das outras garotas. Ela era uma prisioneira. Na aula de História, tinha lido sobre pessoas que foram mantidas em campos de concentração durante a Segunda Guerra Mundial; elas tiveram suas identidades roubadas e foram destituídas de todos os seus bens. Estremeceu ao pensar nisso. Em uma situação parecida com a daqueles prisioneiros, ela também dependia das Irmãs da Sagrada Redenção, suas captoras, para ter comida, roupas e abrigo — até que pudesse escapar. A ideia lhe atingiu como uma revelação. *Escapar.* Mas Irmã Mary-Elizabeth estava certa em vários aspectos. Era impossível sair do convento. Teria que planejar uma fuga, com cuidado e inteligência, esperando o momento certo.

A freira lhe mostrou as cabines do banheiro do outro lado do corredor, uma instalação simples com dois toaletes individuais e três chuveiros coletivos em uma parede de azulejos. Teagan subitamente se deu conta de que não tinha ideia de como era afortunada por ter um banheiro em casa que pudesse usar sozinha.

– Conversas não são permitidas durante o horário de trabalho nem depois de ir para a cama – alertou a irmã enquanto elas desciam as escadas para o segundo andar. – Sei que algumas garotas sussurram de vez em quando, mas é melhor que você não seja pega, especialmente pela Irmã Ruth. Além disso, você estará tão cansada no final do dia que não terá muito tempo para se meter em encrenca. – Elas passaram pelo salão de café da manhã, agora vazio, exceto por alguns funcionários da cozinha. Eram quase 8 horas da manhã. – As Madalenas que você conheceu esta manhã já estão trabalhando há meia hora. A garota que vou lhe apresentar começa a trabalhar às 6, depois de suas orações, às vezes até mais cedo. Ela não vai *falar* com você, mas vai *rezar* contigo. Se Irmã Anne te colocar para trabalhar nas rendas, você ficará ao lado dela. Todo mundo conhece Lea.

As duas entraram em uma grande sala com piso frio e janelas amplas. Era, de longe, o espaço mais convidativo que Teagan vira no convento, apesar da atmosfera estranhamente reverencial. Suspeitou que devia ter sido uma biblioteca em algum momento por causa das fileiras de estantes quase vazias embutidas nas paredes. Cortinas vermelhas, amarradas com um cordão trançado, formavam uma moldura de tecido ao redor das janelas. Uma menina alta que Teagan não tinha visto no café da manhã estava sentada no meio da sala, debruçada sobre uma escrivaninha cheia de pilhas de papéis, à esquerda e à direita.

Irmã Mary-Elizabeth se aproximou da garota.

– Lea? Temos uma nova penitente. Gostaria que você conhecesse Teresa.

O corpo da garota mal se moveu quando ela girou a cadeira. Pousou delicadamente o pincel no tinteiro ao seu lado, movimentando-se como se houvesse um guindaste esticando seus membros graciosos. Ela era estranha, meio aérea, Teagan pensou. Talvez fosse por isso que todos a conheciam. Os pálidos olhos azuis de Lea tinham o ar ligeiramente desvairado de alguém à beira da loucura. Ela seria bonita se usasse um vestido decente e um pouquinho de maquiagem. Seu cabelo castanho-claro estava cortado como o de todas as outras garotas, exceto a que estava grávida. Os braços e as pernas finos faziam parte de um corpo igualmente magro. De longe, o aspecto mais incomum de sua aparência era a pele muito pálida. Havia algo estranho, quase translúcido, em sua carne. A pele de alabastro de Lea lembrava a Teagan as figuras de mármore que tinha visto na National Gallery, em Dublin. Apenas as delicadas veias azuis que cruzavam seus braços forneciam algum contraste com a brancura. Lea se movia como um cisne, em longas ações lânguidas que deixavam Teagan desconcertada.

Lea analisou Teagan com os olhos grandes e depois voltou ao trabalho. Não disse nada alto o suficiente para ser ouvida, mas seus lábios se moviam ininterruptamente. De perfil, a boca de Lea parecia a de uma velha cujos lábios tremiam por causa da idade. De repente, ela falou:

– Pai Nosso, que estais no céu... – As primeiras palavras da oração escaparam de seus lábios e desapareceram no silêncio.

Irmã Mary-Elizabeth sorriu.

– Não devemos incomodá-la. Eu disse que ela não falaria com você, o que, a propósito, você deve sempre ter em mente. Ela reza constantemente; faz bem ao coração ver isso.

Lea pegou o pincel e o mergulhou em um pote de água. A menina estava copiando uma fotografia – uma aquarela de Cristo resplandecente vestindo túnica azul e manto vermelho sentado em um trono de ouro. Cristo estava rodeado por pavões azuis com uma aura dourada, santos usando hábito e anjos e, em toda a borda da pintura, símbolos celtas antigos no formato da letra E, intrincados em padrões rebuscados.

A freira sussurrou:

– Lea está copiando o *Livro de Kells** em pergaminho para presentear o convento. Ele terá um lugar especial em nossos corações quando estiver pronto. Nenhuma outra Ordem tem algo assim.

Então apontou para uma mesa enfiada em um canto escuro e gesticulou para que Teagan a seguisse. Abriu um pouco a cortina para deixar entrar um pouco de luz.

– É aqui que você passará parte do seu tempo, remendando e quiçá tecendo rendas. Você sabe tecer rendas?

Teagan respondeu com um gesto negativo.

A freira olhou para a variedade de panos, toalhas de mesa e lenços bordados disposta sobre a mesa, depois ergueu as mãos de Teagan.

---

* Também conhecido como o Grande Evangeliário de São Columba, o *Livro de Kells* é um manuscrito feito por monges celtas por volta do ano 800 d.C. Escrito em latim, a obra contém os quatro Evangelhos do Novo Testamento, além de notas preliminares e explicativas, e numerosas ilustrações e iluminuras coloridas no estilo arte insular. (N.E.)

– Dedos finos e magros. Imagino que foi por isso que Irmã Anne pensou que você poderia trabalhar nas rendas. – Ela levantou a borda de uma peça delicada para exibir seu intrincado artesanato. Contra a luz suave, parecia uma teia de aranha.

– Logo você pega o jeito. Se você consegue escrever, consegue tecer rendas. Você tem sorte, pois não terá de passar o tempo todo na lavanderia.

Teagan não tinha certeza de que era apta a fazer rendas, mas trabalhar nessa sala com Lea parecia uma alternativa muito melhor do que a lavanderia.

Irmã Mary-Elizabeth colocou o rendado de volta na mesa e pegou o braço de Teagan.

– Hora de cortar o cabelo.

Sentindo-se encurralada, a garota puxou o braço para se soltar. A freira franziu o cenho e estendeu a mão para ela novamente.

– É inútil resistir. E é para sua própria segurança. Você não vai querer que seu cabelo fique preso nas máquinas. Quando esses acidentes acontecem, não são nada bonitos. Seu cabelo vai crescer quando você... – A freira desviou o olhar.

– Quando? – Teagan perguntou, levantando a voz. – Quando o quê? Quando eu sair daqui, quando alguém vier me buscar, quando eu me tornar freira?

Lea virou o pescoço fino e olhou para elas, os lábios ainda se movendo.

– Não resista – a freira sussurrou. – Você não tem escapatória e, se tentar, eles vão trazer você de volta e o castigo será pior ainda.

E então Teagan foi conduzida ao corredor pela freira, sob o olhar intenso de Lea. Apesar da garota estranha, ela odiou ter de deixar aquela sala, um santuário contra a atmosfera de autoritarismo que reinava no restante do convento.

O corte foi feito em um cubículo do outro lado da lavanderia. Irmã Mary-Elizabeth instruiu Irmã Rose, que cortava os cabelos, a levar Teagan ao seu posto de trabalho depois que terminasse. Irmã Rose tinha um nariz grande e pontudo e mãos finas cobertas de veias arroxeadas.

– Você precisa mesmo fazer isso? – Teagan perguntou.

– É o que acontece com toda pecadora que chega até nós – respondeu a religiosa.

A menina estremeceu quando a velha freira apanhou uma longa tesoura de prata e cortou punhados de seus cabelos loiros. Ela jogava as madeixas no chão como se fossem lixo. Teagan limpou os olhos e ficou horrorizada com seu reflexo no pequeno espelho preso à parede. A tesoura trabalhava incessante. O corte que a freira fazia era tão irregular que chumaços de cabelo brotavam em vários pontos da cabeça da garota.

Quando Irmã Rose terminou de cortar, pegou um aparador elétrico.

– Não se mexa, não quero te cortar. – Ela era muito prática enquanto fazia seu trabalho.

Teagan permaneceu imóvel enquanto a velha freira aparava seu cabelo tão rente ao crânio que ela ficou quase careca. As lágrimas vinham aos borbotões, por mais que ela soubesse que de nada adiantariam. Foram necessárias tantas visitas com a mãe ao salão de beleza para conseguir deixar o cabelo com o corte que ela queria... Cullen acharia que ela estava parecendo uma aberração. Ele não seria capaz nem de olhar para ela.

– Você vai me agradecer nas orações noturnas por te salvar do calor – disse Irmã Rose ao terminar. Ela tirou o pano que estava sobre Teagan e o sacudiu. – O Senhor está sempre me dando bagunça para limpar. Agora que já terminei com você... Ao trabalho! – Ela levantou a mão ossuda e conduziu Teagan até a lavanderia, a mesma que a garota vira antes com Irmã Mary-Elizabeth.

O cheiro de espuma a envolveu assim que ela entrou no salão quente. Irmã Rose passou à sua frente e se inclinou para falar com outra freira, sentada em uma poltrona estofada de couro perto da porta. Teagan não sabia dizer o que essa freira estava pensando. Ela era jovem e corpulenta, mas não tão grande quanto Irmã Mary-Elizabeth; parecia uma mulher que teria se dado bem nos esportes. A freira examinou Teagan com um olhar clínico, arqueando as sobrancelhas escuras em sincronia com sua observação, e então sussurrou algo para Irmã Rose.

Nenhum sorriso, nenhuma risada, nenhuma emoção cruzou seus lábios exceto pelo sussurro. Finalmente, ela se levantou da cadeira e falou mais alto que o rugido das máquinas:

– Eu sou a Irmã Ruth e você é Teresa. – Ela cruzou as mãos à sua frente. O rosário preso na lateral de seu hábito balançou contra seus quadris. Teagan sentiu o cheiro de vinho parcialmente digerido em seu hálito. – Conversas não são permitidas durante o trabalho, nem mesmo durante a pausa para a refeição. Faça suas tarefas e nos daremos bem. Você começará na triagem e depois assumirá outras funções à medida que for se familiarizando com a rotina. Não espere ficar neste posto para sempre só porque é o mais fácil. Não tenho utilidade para preguiçosas.

As freiras se cumprimentaram com uma reverência e Irmã Rose foi embora. Irmã Ruth levou Teagan aos cestos de triagem. Uma das garotas que ela tinha visto no café da manhã já estava trabalhando lá. Essa Madalena tinha sua idade ou menos, mas, ao brilho da luz fluorescente, seu rosto parecia atormentado. Gotas de suor se acumulavam em sua testa enquanto ela enfiava as mãos nas pilhas sujas. As vidraças superiores tinham sido abertas, mas raramente um sopro de brisa atravessava a lavanderia quente e úmida.

– Separe em brancos, claros e escuros – explicou Irmã Ruth. –Itens especiais, como rendas, bordados, sedas e toalhas de mesa vão em um cesto à parte. Observe o que Sarah está fazendo. Ela é a melhor que nós temos na triagem, embora também execute outras tarefas, como passar; assim como você fará em breve. Eu vou supervisionar. – Irmã Ruth se virou, como se já estivesse farta de falar, e voltou para seu lugar. Pegou um livro e o folheou antes de apoiá-lo virado para baixo sobre a perna.

Teagan observou Sarah separando as peças. A garota não disse nada, tampouco olhou para ela. Havia cinco grandes pilhas no chão para serem distribuídas nos cestos surrados. Teagan desconfiava que ainda chegaria muito mais roupa ao longo do dia.

Mais e mais chegavam de hora em hora – verdadeiros carregamentos. As freiras estavam fazendo um bom negócio. Irmã Mary-Elizabeth estava certa quanto ao calor que ela sentiria usando o uniforme. Enquanto separava as peças, Teagan rezava para a temperatura dar uma trégua e por uma fuga milagrosa do convento.

Deu uma olhada nas demais garotas e mulheres labutando ao redor, algumas trabalhando em máquinas de lavar tão antigas que nem sua avó usaria. Outras pareciam sentinelas das lavadoras e secadoras elétricas mais modernas, despejando água sanitária quando necessário ou retirando as roupas que já estavam perfeitamente secas. Duas, na extremidade do salão, ralavam nos ferros de passar.

Sem dizer nada, Teagan trabalhou horas a fio separando a roupa suja, algumas peças particularmente repugnantes, manchadas de fezes e sangue. Toalhas de mesa volumosas, algumas de rendas finas, estavam manchadas com os mais diversos tipos de alimento: molho, migalhas, condimentos espalhados pelo tecido. Pedaços de comida. Batom. Catarro. Doces grudentos. A certa altura, no calor e na umidade sufocantes, foi vencida pelo cheiro de água sanitária e detergente e se inclinou sobre o cesto, pensando que iria desmaiar ou vomitar – talvez as duas coisas.

Não podia conceber a ideia de trabalhar ali para sempre. Algumas mulheres que cuidavam das máquinas e dos lavatórios já eram velhas. Como suportaram? Seus cérebros não funcionavam mais ou elas tinham simplesmente desistido? O impulso de fugir tomava conta dela, mas Teagan continuava pensando nos avisos da Irmã Mary-Elizabeth. Para onde iria? Quem lhe daria abrigo? Os guardas a trariam de volta ao convento, a menos que sua mãe, a única que possivelmente lhe socorreria, caísse em si e abandonasse o pai, o que era improvável considerando que era dependente dele. Teagan teria de aguardar até que alguma chance de fuga se apresentasse. Por mais que não quisesse admitir, estava presa. Conforme as horas se arrastavam, lutou contra o pânico. Apenas o horror à ideia de perder o controle e surtar na frente das outras a impediu de ter um colapso total.

O almoço consistiu em uma tira de carne dura, purê de batatas encaroçado e um naco de cenoura murcha. Não ajudou a melhorar seu humor, mas Teagan estava com tanta fome que se forçou a engolir aquela comida. Pelo menos o salão, o mesmo em que foi servido o café da manhã, estava mais fresco que na lavanderia. As garotas estavam esgotadas, exauridas pelo trabalho. Assim como no café da manhã, ninguém falava. Ela não se importou porque, de todo modo, não tinha energia para manter uma conversa. A única Madalena que parecia minimamente feliz era a menina grávida. Teagan não a viu na lavanderia. Talvez estivesse trabalhando em outro posto ou alojada em outra parte do convento até ter o bebê.

Após o intervalo de trinta minutos, o trabalho recomeçou – mais triagem – até as 7 horas da noite. Quando Irmã Ruth não estava olhando, a garota fez pausas curtas, encostando-se nos cestos e tentando se manter equilibrada. Sarah permanecia indiferente a ela, seguindo com o trabalho suado. Teagan ficou impressionadíssima com a capacidade de resistência da garota e sua tamanha habilidade de lidar com o trabalho árduo e monótono.

O chá, a refeição da noite, era composto pelas sobras do almoço. As freiras comiam em uma sala separada. Teagan imaginou que a comida delas fosse muito mais suntuosa do que a que servida às Madalenas. Após o repasto, as meninas foram levadas a uma capela no final do corredor onde ficava a entrada do convento. O cômodo pequeno estava iluminado apenas por velas. As freiras, lideradas pela Madre Superiora, sentavam-se à esquerda, de frente para o altar; as Madalenas tomaram seus lugares à direita. Teagan abaixou a cabeça, mas não rezou. Estava cansada demais para pensar em qualquer coisa além de descansar. Depois de meia hora de vésperas, Irmã Anne mandou todas para a cama.

Irmã Mary-Elizabeth conduziu-as ao terceiro andar. Ajudou Teagan a arrumar a cama, mas avisou para não falar, porque o sótão permanecia em reverência ao cair da noite, e sob a supervisão da freira continuaria assim. Teagan esperou sua vez de tomar banho, ela estava cansada demais para se importar com o fato de ser a garota nova, que todas veriam nua. Vestiu a camisola de algodão e se deitou. Todas as meninas e mulheres estavam lá, incluindo Lea, na cama à esquerda de Teagan. De repente, ela entendeu: Lea era a razão pela qual havia doze leitos, mas apenas onze garotas no café da manhã. Ela já tinha comido e começado seu trabalho no *Livro de Kells*. A garota grávida não estava em lugar nenhum.

A freira lhes deu boa-noite, apagou a luz e as deixou no escuro. Os raios rosados do sol poente se derramavam sobre a cama de Teagan, que não dava a mínima se o colchão era muito mole, muito duro, muito pequeno ou muito grande. Um breve murmúrio entre as meninas foi se desvanecendo à medida que ela caía no sono.

Em sua câmara com vista para a entrada e o terraço, Irmã Anne ajoelhou-se no carpete diante da cama, entrelaçou as mãos e começou a rezar. No entanto, naquela noite, foi difícil encontrar as palavras, até mesmo as do Pai Nosso.

De sua janela no alto do segundo andar, do lado leste, via-se a linha graciosa de frondosos carvalhos e pinheiros escoceses que ladeavam a entrada e formavam a alameda que se estendia até o portão. Embora uma ampla lareira de pedra embutida na parede sul tivesse sido a fonte original de calor, hoje o quarto da madre era abundantemente aquecido no inverno por radiadores a vapor. No verão, geralmente era agradável e fresco por causa da sombra. A religiosa desfrutava desse quarto não por acaso nem pela chamada "sorte dos irlandeses". Ela o herdou; fora passado a ela cinco anos antes, quando a Madre Superiora anterior morreu na mesma cama em que ela agora dormia. Mas os fantasmas que ali permaneciam, se é que havia algum, não existiam na melhor das hipóteses, ou eram bem-intencionados, na pior delas. A madre sentia a presença deles ocasionalmente, sobretudo em feriados religiosos ou em tempos difíceis; suave como o toque espectral de uma mão gentil e orientadora. Como seres etéreos, estavam com ela em um momento e no segundo seguinte tinham ido embora. Nenhum ser malevolente jamais chegara a pôr as mãos espinhosas em seu santuário. Até onde a Irmã Anne sabia, o quarto era o refúgio perfeito para meditação, repouso e retiro do mundo.

Naquela noite, no entanto, desejava que algum bom espírito a guiasse, pois o tumulto crescia dentro dela. Queria rezar e pedir perdão por seus pecados: dureza; falta de compreensão dos caminhos do Senhor; e, especialmente, uma lembrança odiosa que a perseguia havia tantos anos. Apagar de vez aquela noite horrível de sua memória seria a maior das bênçãos! Mesmo agora, não queria pensar nisso enquanto se ajoelhava ao pé da cama e rezava para o crucifixo na parede.

Querido Senhor, por que me sobrecarrega tanto? Por que me trouxe a este lugar? O Senhor enviou essa menina para me punir? Eu nunca me esquivei de minhas responsabilidades, nem em nossas conversas – sempre fui honesta e verdadeira –, mas isso não é justo, Senhor. O fardo que me dá não é justo. Eu não sou Jó. O Senhor me testa além do meu limite!

Deixou o rosário cair na cama. A escuridão engolia o quarto como garras. As árvores do lado de fora se tornavam silhuetas à sombra do crepúsculo. A Madre Superiora apertou os dedos entrelaçados contra a testa e se inclinou sobre a cama. Sentia um calafrio enquanto rezava. *Temo que o Senhor tenha desencadeado uma maldição contra mim. A única pessoa que eu jamais quis rever veio para me assombrar.*

CAPÍTULO 5

— VÁ EMBORA! — O pai a empurrou para o saguão das Irmãs da Sagrada Redenção.

— Você é um tremendo de um cretino, seu doente! Tire suas mãos imundas de cima de mim. — Nora empurrou o pai e ele cambaleou para trás em direção à porta.

Irmã Anne a agarrou pelos ombros e praticamente a paralisou enquanto a Irmã Mary-Elizabeth corria para ajudar. Nora se debateu, mas as duas religiosas, particularmente Irmã Mary-Elizabeth, eram mais fortes do que ela previra.

— Entre todas as malditas opções, você me traz para cá! — ela berrou com o pai. — Você, justo você, que vai à igreja de vez em nunca. Eu vou sair daqui, e quando eu sair é melhor você tomar cuidado! — Ela cerrou os punhos e os brandiu em ameaça para o pai.

— Sua... sua... — A palavra ficou engasgada na garganta dele, que engoliu em seco com um olhar de deferência para as freiras. — Eu tentei ser bonzinho, mas você simplesmente não aceita. Te apresentei a essas duas ótimas irmãs que vão cuidar de você, te colocar no bom caminho, e é assim que você agradece a mim e à sua mãe.

— Você e a mamãe não estão nem aí para mim! — Ela cuspiu aos pés do pai.

— Está vendo como é? — Gordon apelou para Irmã Anne. — Pode arrebentá-la na surra se for preciso.

Nora cuspiu mais uma vez e puxou o braço da freira mais robusta, que a apertava.

– Sr. Craven – disse Irmã Anne com toda dignidade que conseguia manter enquanto tentava conter uma Nora quase selvagem –, creio que longas despedidas são desnecessárias na maioria dos casos. Esse é um deles.

– Com prazer, madre. – Então ele deu as costas para as três e se retirou, fechando a porta atrás de si. As freiras empurraram Nora para a penumbra do corredor, mas ela se soltou da Irmã Anne e saiu correndo e gritando em direção à porta, arrastando Irmã Mary-Elizabeth consigo.

– Não a deixe escapar, Irmã – vociferou a Madre Superiora. – Eu seguro a porta. – E correu na frente delas, pegando o chaveiro no bolso do hábito, conseguindo trancá-la exatamente quando Nora a alcançou.

A garota esmurrou a madeira com os punhos e então desmoronou, estatelando-se no piso frio. Irmã Anne soltou um suspiro profundo e se encostou na parede.

– Você fez uma cena e tanto. Que isso *nunca* mais se repita, não vou te avisar outra vez. Agora, levante-se.

Nora mostrou o dedo do meio para a Irmã Anne. Irmã Mary-Elizabeth ofegou e balançou a cabeça incrédula.

– Está tudo bem, Irmã – disse a Madre Superiora. – Nós sabemos muito bem como lidar com esse comportamento arredio. Monica vai aprender.

– Monica? – Nora quase rosnou. – Quem diabos é Monica?

– Ora essa, é você, minha criança – Irmã Anne sorriu. – Você é Monica, em homenagem a uma santa muito amada. Seu cabelo será cortado, você usará um uniforme e fará suas orações como uma boa penitente. Ouso dizer que "Monica" soa um tanto melhor do que "Nora". Leve-a para *aquele* quarto, para que ela possa refletir sobre seus erros. – Irmã Anne apontou para o fim do corredor.

– Monica não vai a lugar algum! – Nora se encostou com força contra a porta, praticamente se afundando nela.

– Isso é o que nós vamos ver – respondeu Irmã Mary-Elizabeth, e a agarrou Nora pelo braço, girando o corpo dela.

Para espanto da garota, a robusta freira forçou seu braço para trás das costas e a imobilizou. Ela ainda tentou cravar os calcanhares no piso, mas a superfície lisa e escorregadia a impediu de obter qualquer atrito. Gritando, a jovem foi deslizando à força pelo corredor, sem a menor ideia de para onde estava sendo levada – portas duplas surgiam à sua frente como se guardassem a entrada de uma capela. Outra porta à direita, mais escondida, se afundava no granito. Foi em direção a essa que a Irmã Mary-Elizabeth a empurrou, seguida pela Madre Superiora.

– Você está me machucando – Nora rugiu.

– Desculpe – Irmã Mary-Elizabeth bradou em seu ouvido. – Deus vai me perdoar. Já não posso dizer o mesmo de você.

A Madre Superiora abriu a porta, e a Irmã Mary-Elizabeth jogou a garota lá dentro.

– Reserve um tempo para refletir sobre seus pecados, Monica – disse Irmã Anne. Seu rosto estava vermelho de raiva, e Nora se perguntou se a Madre Superiora estaria zangada a ponto de realmente agredi-la. A religiosa bateu a porta e a deixou trancada lá dentro, mergulhada na escuridão.

Nora permaneceu em pé, engolindo em seco, tentando não entrar em pânico.

– Oh, Deus – sussurrou, passando os dedos pela porta. Seu coração disparou e as pernas se enrijeceram de medo. – Eu vou *matá-lo* quando sair daqui. *Juro* que vou matá-lo.

Estendeu as mãos como se fosse cega e se afastou vagarosamente da porta. Deu dois passos para trás e seus pés tropeçaram em algo que saiu rolando pelo chão, depois tombou com um baque surdo. O som cessou e então não havia mais nada, apenas a escuridão e o silêncio mortal. Ela se abaixou, tateando no vazio, sem saber o que suas mãos encontrariam. Estas toparam com uma haste cilíndrica de madeira, e mais duas conectadas por hastes menores. Virou-as para cima e seus dedos roçaram um assento circular de madeira. Era um banquinho, ela teve certeza, como aqueles que os fazendeiros usam para ordenhar vacas.

Por um momento, ponderou se deveria se sentar. Quanto tempo será que passaria confinada naquela câmara úmida e fria, em pé com os braços soltos ao lado do corpo? Não demoraria muito para se sentir desconfortável. Sentar-se com os joelhos perto do peito, como se estivesse se protegendo de uma tempestade, parecia mais seguro. Abaixou-se, ocupou o assento, passou os braços por baixo dos joelhos e os puxou para cima, e então se recostou nas próprias pernas. Balançou os pés, fitando a escuridão, que parecia ficar cada vez mais densa. Nora gemeu e piscou, tentando vislumbrar alguma centelha de luz, mas, apesar de seus esforços, as trevas continuavam impenetráveis.

As horas passaram – quantas, Nora não sabia dizer. Decerto tinham sido mais de duas, mas poderiam ter sido três ou quatro. Sem nenhum artifício para estimar a passagem do tempo, ela simplesmente não tinha certeza. Algo passou de raspão por ela. Gritou, temendo que pudesse ser um rato. Ninguém veio em seu auxílio. O silêncio estimulava sua imaginação. Via dedos esqueléticos emergirem das paredes, ossos esbranquiçados e finos tentando lhe pegar. Viu o rosto medonho de uma anciã com dentes amarelos e pupilas brilhantes lhe encarando maliciosamente. O som fraco das vozes das freiras em oração, uma melodia cantada, flutuou até seus ouvidos e depois evaporou no nada. Fechou os olhos e rezou, algo que não fazia havia anos. Os dedos recuaram; o rosto horrível desapareceu junto com as vozes.

Seu estômago roncou, relembrando-a de que seu corpo também tinha necessidades. Até quando aguentaria essa tortura? Até mesmo as freiras deviam saber que uma penitente precisa usar o banheiro após horas de confinamento.

Desejos de vingança ocuparam sua mente. Como iria matar o pai? Veneno era muito lento, facadas seriam sanguinárias demais. *Eu vou dar um tiro nele quando sair daqui!* A mãe faria um escândalo a princípio, mas depois Nora talvez a convencesse de que era melhor assim. Afinal de contas, ela se transformara em uma babaca, uma mulher mal-humorada e rabugenta, depois que se casara com o pai da garota. Bastava uma rápida olhada nos álbuns da família para comprovar isso.

Nora pensou no que tinha acontecido de manhã. O pai a agarrou logo cedo com as mãos ásperas e a arrastou pela calçada até um carro parado no meio-fio. Ela mal reagiu porque queria mesmo ir embora – para uma vida melhor, livre da mãe e do pai. Talvez ele a deixasse no apartamento de Pearse e se despedisse com um "já vai tarde!". Será que ela teria essa sorte? Mal sabia que estavam indo para as Irmãs da Sagrada Redenção.

O motor do carro à espera estalou quando Nora se sentou no banco da frente. A lata velha caindo aos pedaços era de um amigo de bar do pai, que Nora vira poucas vezes. Sua família não tinha carro, mais um motivo de vergonha. O amigo, tão corpulento quanto o pai dela, veio o caminho inteiro até o convento dando risadinhas. Parecia um idiota mexendo no rádio e fumando um cigarro.

Presa entre os dois homens no banco da frente, Nora não podia escapar. Seu pai ofereceu apenas uma palavra para explicar o que estava acontecendo quando tirou a corrente e abriu a porta de seu quarto – "vadia". Nora balançou a cabeça. Tudo isso estava acontecendo só porque ela queria fugir de sua vida deprimente.

Logo ela se deu conta de que não estavam indo para a casa do namorado. Por ela, Pearse podia queimar no inferno com o resto deles. Se não a tivesse abandonado, nada disso teria acontecido.

Na verdade, ela não tinha ideia de para onde estavam indo. O carro seguiu sentido sul e cruzou o Rio Liffey, passando pelo centro de Dublin. Dirigiram quase uma eternidade até pararem diante dos portões do convento, onde um amável senhor os deixou entrar. A Irmã Anne precipitou-se até eles assim que chegaram. Seu pai assinou uns papéis, e a transação foi concluída. O amigo permaneceu o tempo todo sentado no carro como um cúmplice, fumando cigarros e ouvindo o rádio. Cigarros! Meu Deus, ela não tinha cigarros e não havia a menor chance de encontrar um por ali. De que adiantava tramar vingança contra o pai quando não podia sequer fumar, comer ou fazer xixi? *Pense, pense, pense*. Precisava encontrar uma maneira de sair daquele inferno, e rápido.

Ela ouviu um ruído na fechadura. Uma chave? A porta se abriu, a luz inundou o recinto, e Nora protegeu os olhos. Mãos fortes a agarraram pelos braços e a puxaram. Irmã Mary-Elizabeth se inclinou sobre ela.

– Já teve o suficiente por um dia? Imagino que você precise dar um pulinho no banheiro. Espero que não tenha se molhado. – A freira balançou a cabeça. – Veja bem, isso é o que acontece com quem não se comporta. Nós chamamos de Sala da Penitente.

Pela primeira vez, Nora conseguiu enxergar o cômodo. Era quase quadrado, as paredes com cerca de dois metros de largura de cada lado. O teto alto parecia se estender até o infinito. A única coisa lá dentro era o banquinho. Longos arranhões brancos marcavam as paredes, como se as penitentes anteriores tivessem raspado as unhas contra o granito – sem dúvida enlouquecidas pela sala.

– Hora de comer – disse a Irmã Mary-Elizabeth. – Não me cause problemas, porque eu não estou de bom humor. Você vai comer, cortar o cabelo e vestir seu uniforme.

– Uniforme? – perguntou Nora. Suas costas doíam e as pernas tremiam quando ela se levantou do banco.

– Aqui não é um acampamento de férias – disse a freira. – Você vai trabalhar. Eu lhe darei instruções quando estiver instalada.

Nora olhou para a porta fechada no final do longo corredor – a porta pela qual seu próprio pai a empurrara. Como o odiava. Por um instante, viu-o parado ali, uma aparição sorridente, zombando dela, bloqueando sua saída. Olhou feio para o fantasma. Ele sempre foi um obstáculo que a impedia de fazer o que queria.

Era inútil tentar correr até lá – a porta provavelmente estava trancada. E, mesmo se escapasse, Nora não sabia para onde ir. Decidiu mudar de estratégia. Entrelaçou as mãos e disse:

– Sim, irmã.

A freira semicerrou os olhos, parecendo não acreditar em seus ouvidos.

– Assim está melhor. – Irmã Mary-Elizabeth apontou para a escada que levava ao segundo andar e depois trancou a porta da Sala da Penitente.

Nora subiu alguns degraus.

– Espere – a freira ordenou. – Não confio em você fora do meu campo de visão.

Você provavelmente está certa quanto a isso. Nora sorriu para a freira, que rapidamente a alcançou e tomou seu braço.

– A sorte está ao seu lado. Nós tínhamos espaço para mais uma cama, sob o beiral, ao lado da garota nova, Teresa. Você vai gostar dela.

Nora revirou os olhos enquanto elas subiam as escadas de braços dados. *Nossa, que sorte tenho de estar ao lado da "garota nova" para quem não estou nem aí.*

Irmã Rose apareceu na lavanderia com uma penitente que parecia ter sido agredida por um guarda da prisão. Teagan não tinha visto essa garota na hora de dormir nem no café da manhã. A velha freira conversava com a Irmã Ruth enquanto a recém-chegada olhava para o salão, com o rosto vermelho e mexendo sem parar no cabelo preto bem aparado. Pelo que via, qualquer um que ousasse se aproximar dela o faria por sua conta e risco.

Calculou que acabariam trabalhando lado a lado e voltou a separar as roupas, ocasionalmente olhando para trás. A raiva que emanava dessa garota incendiava o ar. Teagan podia sentir no salão o ódio que ela destilava. Sempre quis saber como seria perder todas as estribeiras, porque nunca lhe fora permitido ficar com raiva, principalmente quando o pai estava bêbado. Ele era o único autorizado a dar vexames. Ela e a mãe tinham que se sentar e esperar – e depois arrumar toda a bagunça.

Olhou para Sarah de rabo de olho. Sua companheira de triagem tinha 15 anos, talvez menos, e Teagan não fazia ideia de onde ela vinha ou por que tinha ido parar nas Irmãs da Sagrada Redenção. Agora, pensou, haveria três delas nos cestos. Ou talvez Irmã Ruth remanejasse Sarah para uma nova estação, já que ela era a veterana.

Alguns minutos depois, a novata foi levada para os cestos. Teagan e Sarah estavam atrás dela enquanto a freira explicava como arrumar as roupas.

– Você vai trabalhar ao lado de Teresa – ordenou Irmã Ruth com o hálito rançoso de vinho. – Observe Sarah com cuidado, porque ela não ficará nos cestos por muito mais tempo. – A freira lhes deu as costas – Aprenda direito ou vai se dar mal.

– Só isso? – a garota perguntou.

Teagan imediatamente desviou o olhar para os cestos.

– O que você disse? – Irmã Ruth se virou de volta.

A garota não teve tempo de responder. Teagan só ouviu o estalo de um tapa forte.

– Sua vagabunda...

As palavras foram interrompidas por outro tapa.

– Você tem alguma outra pergunta? – veio a resposta zombeteira.

A garota foi para o lado de Teagan e olhou para os cestos enquanto a freira voltava para a sua cadeira.

Lentamente, Teagan olhou para a garota à sua esquerda. A rigidez de seu rosto se fora, como se não passasse de uma fachada. Talvez ela não fosse tão durona quanto parecia, afinal. De fato, lágrimas escorriam por suas bochechas.

– Mãos à obra, vocês duas! – Irmã Ruth gritou.

Sarah continuou trabalhando, ignorando tudo o que havia acontecido. Teagan remexeu a pilha de roupas no chão ao seu lado e começou a separá-las. Encarava o serviço como se fosse um jogo: B.C.E.D. Brancas, claras, escuras, delicadas. Brancas, claras, escuras, delicadas. Repetia essas quatro palavras mentalmente enquanto trabalhava, até achar que ficaria louca. E era apenas o segundo dia! Ninguém em sã consciência poderia suportar tanta monotonia.

Sem saber o que fazer, a novata olhou para ela; as duas jovens se encararam. Teagan apontou para os cestos, pegou uma peça de roupa específica de cada um e as jogou nos recipientes apropriados. Brancas, claras, escuras, delicadas. Não era preciso ser um gênio para pegar o jeito. O segredo era se resignar à situação, assim como Sarah provavelmente tinha feito, assim como faziam aqueles homens capazes de andar sobre brasas ardentes ignorando a dor sobre os quais Teagan havia lido certa vez.

Seguiram com a triagem por cerca de uma hora. Sarah e as demais não prestavam atenção nelas. Discretamente, Teagan olhou por cima do ombro. Irmã Ruth estava esparramada na cadeira, a cabeça caída. O vinho tinha feito suas maravilhas.

– Qual é o seu nome? – arriscou-se a perguntar para a nova garota, por cima do zumbido das máquinas.

Com os olhos arregalados de surpresa, a moça olhou para ela e, após também dar uma olhadela na freira, respondeu:

– Nora. Nora Craven – disse, pegando uma calça preta. Vasculhou os bolsos e depois a jogou no cesto de roupas escuras.

– Eu sou Teagan, embora elas queiram me chamar de Teresa. Mas não vou aceitar. – Olhou de novo para a Irmã Ruth, que tinha escorregado para trás na cadeira, os olhos fechados, agora com a cabeça encostada na parede. – Ela esconde uma garrafa de vinho em algum lugar.

– Fico feliz que alguém aqui pense como eu – Nora sorriu –, mesmo que seja uma vadia – ela disse isso muito alto. Sarah olhou para as duas com desconfiança.

– Shhh – Teagan advertiu. – Fale baixo. Eu não quero levar um cascudo na cabeça. Pareça ocupada, não pare a triagem. – Ela pegou mais roupas. Nora seguiu seu exemplo.

– Elas querem me chamar de Monica por causa de alguma santa. Que maluquice! Perdição seria me tornar uma delas. Quem precisa disso? – Ela jogou duas camisas brancas no cesto.

Teagan teve vontade de rir.

– Vamos fazer um pacto, então. Só usaremos nossos nomes verdadeiros quando falarmos uma com a outra; a Irmã Anne que fique com suas santas.

– Pode contar comigo. – Nora sorriu, pegou uma toalha de mesa e torceu o nariz, com nojo. – Ai, caramba, isso fede a cocô de cavalo.

Ela jogou o pano no cesto de roupas brancas. Sarah soltou um gemido de apreensão.

– Espere, assim a Irmã Ruth vai ficar louca da vida com você – Teagan pegou a toalha e a colocou no cesto de "delicados". – Isso é seda, de algum hotel chique. Se for lavado com os brancos, você vai se dar mal.

Sarah concordou com um aceno de cabeça e voltou ao trabalho.

– Ela é faladora, hein – disse Nora.

– É como estar na prisão – Teagan encostou-se em um dos cestos –, e ninguém parece se importar. Todas as Madalenas sofreram morte cerebral.

– Não sabia que havia um nome tão *apropriado* até que cheguei aqui. Imagine nos comparar com uma prostituta. Pelo jeito, o sexo é um pecado tão grave quanto engravidar. – Ela olhou para Teagan cheia de tristeza. – Por que você está aqui?

– Não sei ao certo, mas tem algo a ver com um padre.

– Um padre! – A voz de Nora ficou mais aguda de entusiasmo. – Ah, isso é coisa digna de livro. Você é uma menina má. Condenada ao inferno, sem salvação!

Teagan olhou para trás, alarmada. Irmã Ruth cochilava na cadeira.

– Pelo amor de Deus, fale baixo. Dá só uma olhada nas garotas aqui.

– É triste, mas não preciso. Quando aquela freira velha, uma cabeleireira de araque, me trouxe até aqui, vi seus rostos. Exauridos. São mortas-vivas sem razão para viver. E algumas já são velhas. Não entendo... Por que ainda estão aqui? Eu é que não vou ficar neste lugar até morrer e ser levada embora dentro de um caixão.

– Não tem como fugir. Irmã Mary-Elizabeth disse que não há lugar onde se esconder, e ela está certa. Os guardas vão trazer você de volta.

– Eu vou dar o fora daqui na próxima noite e ninguém vai me impedir.

Teagan esticou o braço para a pilha de roupa aos seus pés. Um crucifixo de prata arranhou sua mão direita e ela estremeceu. Irmã Ruth a fulminava com o olhar.

– Isso aqui vai te ensinar. Vocês merecem, tagarelando como duas mexeriqueiras. – O crucifixo, pendendo de um rosário de contas, balançava em sua mão. – Você pensou que eu não tinha percebido, mas eu vi vocês conversando. Não vai se safar, então é melhor nem tentar. Teresa! Venha comigo.

Ela guardou o rosário no bolso, puxou Teagan de sua estação trabalho e a arrastou até uma cadeira.

– Espere aqui. – A freira a empurrou com força pelos ombros para que se sentasse e se retirou da sala.

Sabendo que Irmã Ruth tinha saído, as outras Madalenas então olharam para ela, algumas rindo de sua humilhação. Nora continuou com a triagem, mas se voltou para trás algumas vezes, com os olhos faiscando de fúria.

Várias moças trabalhavam nos tanques, esfregando repetidamente as peças com as mãos magras, puxando e torcendo os tecidos. Algumas poucas trabalhavam com ferros a vapor. As mais velhas ficavam junto das máquinas de lavar e das secadoras, atentas ao processo, aparentemente procurando por qualquer imperfeição ou falha. Elas nem sequer deram uma segunda olhada para Teagan.

A garota conferiu a mão. A cruz havia aberto um corte fino, de onde escorria um fio carmesim. Não era nada realmente grave, mas pior do que a sensação de queimação foi a reação visceral que a ferida provocou. *Eu odeio essa mulher*. Ela tentou afastar o pensamento, não querendo dar ouvidos à voz em sua cabeça. Tinha muitas freiras de quem não gostava na escola, mas todo mundo sempre detestava um professor ou outro.

Teagan nunca tinha odiado ninguém – nem mesmo o pai quando ele bebia a ponto de começar a agredir ela e a mãe verbalmente. Os mandamentos diziam: "Honra a teu pai e a tua mãe". Ela era uma boa menina, embora seu pai costumasse dizer o contrário. "Vocês duas não prestam", ele gritou certa vez quando estava tão bêbado que mal conseguia se manter em pé. Ainda assim, não odiava o pai; tinha pena dele. Por isso se arrepiou ao pensar que odiava uma freira. Não podia crer em como sua mente pôde ficar tão distorcida em apenas alguns dias.

Irmã Ruth voltou, trazendo uma bandagem e um frasco de antisséptico roxo. A religiosa passou o remédio sobre a mão de Teagan com um cotonete; o corte ardeu como uma queimadura, e ela cerrou os dentes. A freira cobriu a ferida com a bandagem e prendeu com esparadrapo.

– Pronto – disse a irmã. – Agora, volte ao trabalho. E sem conversa.

Teagan voltou para junto dos cestos. Sarah estava concentrada em seus afazeres e não olhou para ela, mas a garota podia sentir os olhos da irmã seguindo cada movimento seu. Nora também não disse nada, mas era impossível não reparar nela. Ela estava estranha, cheia de raiva e indignação, como alguém prestes a explodir.

Teagan temia que Nora pudesse mesmo perder as estribeiras e tentou acalmá-la, de algum jeito que Irmã Ruth não notaria. Arqueou as sobrancelhas e olhou significativamente para os cestos. Já tinham problemas suficientes. E, assim, trabalharam mudas até a hora do chá.

Um relâmpago rasgou o céu. Teagan viu o clarão através da janela do sótão enquanto o sol desaparecia atrás das nuvens altas.

Então é assim que vai ser. Minha vida – cinzenta com o céu nublado – observando as nuvens de tempestade se formando. Pelo menos a chuva vai amenizar o calor do dia.

Nem uma palavra foi dita durante o chá ou as orações. A garota ouviu as freiras sussurrarem as vésperas, movendo os lábios como marionetes. Lea, é claro, juntou-se a elas, sentindo-se em casa com as irmãs. Após as orações, saíram silenciosamente da capela e subiram os dois lances de escada até as camas, enquanto a Irmã Mary-Elizabeth e a Irmã Rose observavam-nas como pais severos. Nenhuma garota falou, nem mesmo durante o banho. As duas freiras finalmente apagaram as luzes e fecharam as portas. O quarto mergulhou na escuridão.

Teagan ouviu o estrondo distante de um trovão. Seu corpo doía e ela estava quase adormecendo, mas levantou a mão para examinar o curativo. O corte quase não doeu durante a tarde e uma casquinha já começara a se formar.

Nora se arrastou para a cama. Estava espremida no estreito canto em "V", onde duas paredes se encontravam para formar a base do pináculo do convento. De certo modo, a cama de Nora era até aconchegante, pensou Teagan, quase como ter uma pequena caverna onde se recolher, sem ninguém para incomodar de ambos os lados.

Não era o que Nora parecia achar. Ela bufou e afofou o travesseiro, então o apoiou atrás das costas como se fosse passar a noite sentada. Parecia disposta a matar qualquer um que chegasse perto.

As outras Madalenas pareciam tão pesarosas e exaustas quanto nas noites anteriores. *Elas não têm mais energia para lutar. Estão todas com o espírito quebrado.*

Alguém sussurrou no fundo do quarto.

Lea sentou-se na cama e arqueou o pescoço de cisne em direção a Teagan.

– Você ouviu isso? Conversar na cama pode causar problemas. Eu não gosto de causar problemas.

– É horrível não poder falar –Teagan sussurrou em resposta.

– Você se acostuma. – Ela enfiou os longos braços debaixo do lençol e os cruzou sobre a barriga.

– Sim, a gente se acostuma, mas por quanto tempo?

Os relâmpagos brilhavam através da janela, iluminando o rosto de Lea. Ela tinha um aspecto cadavérico sob o clarão branco. Um trovão rebimbou contra as paredes de granito.

– Não me preocupo com isso – disse Lea depois que o barulho passou. – Aliás, para onde eu iria? Eu não tenho casa.

Nora se arrastou até elas e apoiou a cabeça no pé da cama. Estava perto o suficiente para ouvir o que as meninas diziam.

– Você é mesmo uma caipirona, não é? Uma verdadeira jeca – disse Nora, zombando ao contorcer a boca em um sorriso feio.

– Nada do que você disser pode me atingir – Lea rebateu com os olhos arregalados. – Eu já tive problemas suficientes para uma vida inteira. Além disso, Jesus é meu amigo.

O brilho de outro raio iluminou o sótão. Nora sorriu com desdém.

– Ai, como se não bastasse ser jeca, também é lelé da cuca.

– Ei, calem a boca – reclamou uma garota do outro lado da sala, num sussurro áspero. – Será que eu vou ter que chamar uma das irmãs?

– Viu o que eu quis dizer? – Lea se ajeitou na cama e puxou o lençol até o pescoço.

– Bem, acho que ela já terminou por hoje – disse Nora. – Acho que não vou me dar bem com ela... Mas não acho que vou me entender com ninguém por aqui.

Teagan se virou sobre o colchão e ficou olhando pela janela. A tempestade estava se aproximando rapidamente; nuvens carregadas pairavam sobre a cidade. Não demorou para que grandes pingos de chuva começassem a açoitar a janela e o telhado. O teto abobadado amplificava o som, como gotas de água caindo em uma grande bacia de madeira. Não sabia o que dizer a Nora; afinal, sabia que aquela garota poderia ser uma bela encrenca. Por outro lado, parecia ser a única Madalena que ainda não tinha sido quebrada por dentro.

Decidiu dar-lhe uma chance.

– Acho que *nós* deveríamos fazer um esforço para nos darmos bem.

– Por quê? – Nora parecia desconfiada.

– Porque sou inteligente, e você tem coragem.

– Está querendo dizer que sou burra?

Teagan sorriu, ciente de que Nora não podia vê-la na escuridão cada vez mais impenetrável.

– Não, mas se eu tivesse que escolher uma companheira de cela na prisão, seria você. Se nos unirmos, talvez tenhamos uma chance de sair daqui. – Ela mal conseguia distinguir o corpo encolhido da nova penitente na cama.

Nora lutou novamente com o travesseiro antes de sussurrar:

– Acho que vamos nos dar bem.

Um relâmpago rasgou o céu não muito longe do convento. O clarão lancinante acendeu o sótão por um instante e desvaneceu antes do rugido estonteante de mais um trovão.

Teagan acabara de se acomodar na cama quando a porta foi aberta. A Irmã Mary-Elizabeth estava parada no corredor, sua silhueta era delineada pela lâmpada. Estava vestida com roupas de dormir. Na penumbra, seu rosto era formado por um jogo de sombras, mas o topo de sua cabeça e a faixa apertada de pano que seguravam os cabelos curtos dela eram visíveis. A freira esquadrinhou o quarto por alguns instantes e depois fechou a porta. A luz do corredor se apagou. O sótão ficou ainda mais escuro à medida que a tempestade rugia do lado de fora.

Alguém passou pela cama de Teagan. Ela não tinha certeza da hora. Conseguiu despertar da sonolência a tempo de ver um par de pernas desaparecer pela janela. Tinha que ser uma das Madalenas. Quem mais poderia ser? Bocejou e tentou firmar o olhar na escuridão. A brisa fria, após a tempestade, soprou sobre ela. Era tão bom sentir o ar fresco depois do calor na lavanderia.

A tranca do vidro estava aberta, e o requadro de madeira havia sido empurrado para fora. Teagan espiou pela janela, mas não conseguiu distinguir a garota que tinha escapado. *Escapado!* Só podia ser Nora. Só ela seria louca o suficiente para tentar algo tão ousado em sua primeira noite no convento. Olhou para a cama de Nora. Estava vazia, embora o travesseiro tivesse sido coberto com o lençol numa tentativa desajeitada de disfarçar sua ausência.

Teagan sentiu o coração disparar, imaginando o que havia acontecido. E se Nora tivesse escapado? Pior ainda, e se tivesse caído do telhado? O pânico ameaçou dominá-la. Não queria nem pensar em perder a única amiga que poderia ajudá-la a escapar dali. Havia apenas uma maneira de descobrir.

Terminou de abrir a janela, arrastou-se para fora e encontrou-se sobre o telhado do andar de baixo. De onde estava, Teagan calculou que estava ajoelhada sobre a antiga biblioteca onde Lea trabalhava em seu *Livro de Kells*. O teto se inclinava em um ângulo descendente e, embora não fosse o suficiente para que alguém escorregasse e caísse, ainda assim era perigoso o bastante depois da chuva. Ela apoiou as mãos contra a ardósia molhada e firmou os calcanhares nos vincos que dividiam os azulejos. No final do telhado, do lado sul, avistou uma garota se segurando no topo de uma cornija. Acima dela, elevava-se a cruz latina no telhado do sótão. Teagan tentou se aproximar da figura de camisola branca.

– Nora? Nora! – Chamou o mais alto que pôde.

A garota se virou.

– Você está louca? – Nora perguntou e depois riu. – Você pode morrer se cair daqui de cima.

Teagan se sentou atrás de Nora. Sua camisola estava úmida após rastejar-se pelo telhado molhado de chuva.

– Olha só o sujo falando do mal lavado. O que você está fazendo aqui?

– Chegue mais perto.

– Não. Não quero chegar perto da beirada. Não gosto de altura.

– Bem, então eu te conto – disse Nora, e apontou para baixo. – São uns bons dez metros até o chão. Sabe a fileira de janelas e a vala do lado de fora da lavanderia?

Teagan fez que sim.

– Muito bem. A partir desse ponto, não há nada além de ar e o fundo da vala – Nora balançou a cabeça. – Não tem como descer, a menos que você tenha uma corda, ou queira se matar.

Ela pousou as mãos nos ombros de Nora.

– Não diga isso. Lembre-se, somos uma equipe. Precisamos ser fortes uma pela outra.

– Acho que também devemos conferir daquele lado. – Ela apontou para o lado norte do convento. – Mas hoje à noite vai ser muito perigoso deslizar até lá com as telhas molhadas.

– E muito frio. – Teagan estremeceu. – Vamos voltar.

Nora imitou uma galinha cacarejando.

– Não sou covarde – Teagan disse, e recuou. – Mas também não sou estúpida.

Nora soltou-se da cornija e começou a voltar para o sótão, mas parou no meio do caminho e disse:

– Olhe para as estrelas.

Teagan olhou para cima. Nuvens cinzas esbranquiçadas, marcadas pelo sopro do vento noroeste, deslizavam pelo céu. Em seu rastro, as estrelas de verão orbitavam um manto celeste límpido e muito negro. A garota nunca as vira tão brilhantes.

– São lindas! Tenho a impressão de que posso tocá-las se esticar o braço.

– Elas parecem tão próximas. É um sinal de boa sorte – disse Nora. – O que vier é lucro.

Teagan sentou-se por um momento, contemplando a cidade. Ao sul, as luzes se espraiavam em pontos brilhantes até desaparecerem perto do sopé das colinas. Ao norte, iluminavam a névoa leitosa sobre o centro de Dublin. A visão era tão bonita que, por um momento, ela se esqueceu de suas atuais circunstâncias. Agarrou as mãos de Nora.

– Prometa-me, jure por Deus, que vamos continuar amigas e ajudar uma à outra a sair daqui.

Nora também apertou as mãos dela.

– Depois do que aconteceu hoje, não sei se acredito mais em Deus, mas aceito seu juramento. Juro por esse homem velho no céu – suspirou. – Queria passar a noite no telhado em vez de voltar lá para dentro. Gostaria de estar aqui de manhã quando o sol nascer, e não naquela cama apertada.

– Eu também, mas não podemos passar a noite aqui fora. Seria como assinar nossa sentença de morte.

– Não seja estraga-prazeres.

Teagan soltou as mãos de Nora.

– Se, de algum modo, você conseguir escapar antes de mim, ou vice-versa, vamos prometer uma à outra que voltaremos para buscar a que ficar para trás. É o justo.

Nora concordou.

– Só que temos de escapar o quanto antes. Você viu o que aconteceu com as outras. Muito tempo aqui e você vira uma morta-viva.

– Sim – disse Teagan, abraçando o próprio corpo para se abrigar do vento frio. – Mas precisamos de um plano. Não podemos fazer isso às cegas. Cada detalhe precisa ser trabalhado para garantir que nada vai dar errado. – Ela imaginou a mãe chorando na sala de estar, o pai bêbado e ameaçador. Nora tinha razão em um aspecto: precisava sair do convento o mais rápido que pudesse, não apenas por si mesma, mas por sua mãe. – Vamos trabalhar nisso.

Nora lhe estendeu a mão. Teagan a apertou.

– Feito. Agora vamos para a cama.

– Acho que você tem razão. Minha camisola está molhada e não quero assinar minha sentença de morte, como você diria. – Nora riu e começou a subir de volta, mas parou perto da janela, seu rosto estava congelado de medo. Uma figura encarava as duas. – Oh, merda. Quase fiz xixi nas calças.

Lea as observava, com sua presença fantasmagórica preenchendo o vão da janela como um quadro. Levou a mão aos lábios e então abriu a janela.

Teagan seguiu Nora para dentro, feliz por sair do telhado. Elas se sentaram em sua cama, e Lea se inclinou para elas, com o rosto cheio de admiração.

– O que estavam fazendo lá fora? – perguntou suavemente.

– Só pegando um ar – Teagan disse, tentando minimizar sua escapada. – O que você está fazendo acordada?

– Eu acordo às vezes. Alguém bate no meu ombro.

– Oh, que ótimo – Nora ironizou.

– As freiras disseram que você não fala, só reza – disse Teagan, agarrando o travesseiro.

– Eu falo com as pessoas de quem gosto – disse Lea.

– Olha como *nós* somos sortudas – sussurrou Nora para Teagan.

– Você não vai nos denunciar, vai? – perguntou Teagan.

– Não. – Lea se levantou e foi até a janela. Apontou para sudoeste, perto da cornija onde Nora estava. – Às vezes, à noite, eu fico olhando a grama por horas a fio. Há algo lá fora.

– Do que ela está falando? – Teagan perguntou a Nora, que se inclinou para ela.

– E eu é que vou saber? Não há muito para ver além dos jardins, só alguns postes de luz na estrada. Este convento é isolado e cercado por um muro bem alto. – Ela se levantou. – Bem, chega de histórias de terror por hoje. Vou dormir e me aquecer.

– Eu também – disse Teagan.

Nora voltou para a cama, mas Lea continuou a olhar pela janela, agindo como se fosse a única pessoa no sótão.

– Há algo lá. Há algo lá fora. Você verá.

Com quem Lea estava falando, Nora não tinha certeza. Talvez fosse consigo mesma, ecoando por diversão as palavras que passavam em sua cabeça. Puxou o lençol e desejou ter um cobertor para se aquecer. A visão de Lea olhando pela janela bastou para lhe causar mais arrepios na espinha.

CAPÍTULO 6

APÓS VÁRIOS MESES, a rotina monótona drenara o vigor de Teagan. Tinha dificuldade para se concentrar e a energia se esvaía de seu corpo. Orações, café da manhã, trabalho, jantar, mais trabalho, chá, orações, cama. Dia após dia. Semana após semana. Aos domingos de manhã, a missa celebrada por um padre que ela não conhecia. A rotina nunca variava. Nada mudava, a não ser as pilhas de roupa suja. A lavagem, a secagem, o engomar. Teagan e Nora tentaram ficar no telhado algumas vezes, mas ou estavam cansadas demais ou uma das Madalenas estava acordada.

Nora parecia estar lidando com a vida no convento melhor do que qualquer uma. Na maioria das vezes, sorria e cumprimentava a Irmã Ruth – como se disso viesse algum benefício. Teagan se perguntou se Nora estava sendo legal porque planejava uma fuga. Normalmente, a única chance que tinham de conversar era depois que as luzes se apagavam. Nora admitiu que sua tentativa de escapar na lua cheia de agosto havia falhado.

– Estou tentando manter minha sanidade sendo alegre – Nora sussurrou para ela. – Você devia tentar. Talvez não fique tão deprimida.

– É difícil, mas continuo sonhando com o dia em que sairei daqui – disse Teagan. Ela sempre pensava em Cullen e nos pequenos luxos de que desfrutava em casa.

– Eu quero sair desse inferno – disse Nora. – Esse é o plano mais imediato.

O verão deu lugar ao outono, anunciado por uma série de dias chuvosos e nublados. As sombras projetadas no chão da lavanderia se alongavam conforme o sol se movia para o sul. Em breve, elas também desapareceriam por completo nas profundezas do inverno.

Irmã Ruth informou Teagan de que ela seria transferida da triagem para a estação de remendo das rendas assim que a Madre Superiora ordenasse. Sarah havia sido transferida para os lavatórios, de modo que só ela e Nora estavam na triagem agora. Nenhuma menina nova chegara ao convento e a garota grávida que Teagan vira no primeiro dia desaparecera. As Madalenas veteranas não pareciam se importar com o que podia ter acontecido com a garota ausente, como se tais sumiços fossem corriqueiros.

Teagan sugeriu que ela e Nora desenvolvessem uma linguagem de sinais para evitar a ira da Irmã Ruth. Na maior parte do tempo, aparentemente sedada pela generosa refeição do meio-dia e por vários goles da garrafa de vinho clandestina, a freira cochilava tranquilamente em sua cadeira. Mas sempre havia o risco de que estivesse dormindo com um olho aberto.

Teagan e Nora formularam seu novo modo de comunicação enquanto trabalhavam nos cestos.

– Um dedo para "não" – sussurrou Teagan. – Dois para "sim".

Nora fez um movimento ondulado da esquerda para a direita para indicar "talvez". Um movimento horizontal e plano significava "pare". Depois, vinham todos os termos que poderiam ser necessários para uma fuga, incluindo: "carro", "corda", "escadas", "janela", "corra", "esconda-se", "guardas". Nora mostrou o dedo médio da mão direita quando a palavra "pais" apareceu.

– Esse é o sinal de que a gente se ferrou – disse ela.

Certa vez, Irmã Ruth as surpreendeu praticando os sinais. Ela chegou a poucos metros das meninas, semicerrou os olhos e disse:

– O que aconteceu com vocês duas? É a dança de São Vito?* – A freira encarava as garotas com desconfiança.

Teagan não se atreveu a sorrir, mas Nora, sim. No entanto, nada disseram enquanto Irmã Ruth, ainda de olho nelas, voltava a se acomodar na cadeira.

Em um dia chuvoso no final de setembro, Teagan e Nora estavam separando as peças quando Irmã Mary-Elizabeth apareceu na lavanderia. Nora foi a primeira a perceber a presença da freira na soleira da porta e avisou Teagan, apontando discretamente.

---

* Nome popular da coreia reumática de Sydenham, um distúrbio neurológico caracterizado pela perda do controle motor. (N.T.)

A religiosa lançou um olhar de reprovação para Irmã Ruth, que estava cochilando na cadeira, com a cabeça pendente. A revista que ela estava lendo tinha até escorregado de suas mãos. Irmã Mary-Elizabeth sacudiu os ombros de Irmã Ruth para acordá-la. Teagan ficou observando as duas confabulando, tanto quanto podia.

– A Madre Superiora quer te ver. Você tem um visitante – disse Irmã Ruth, chegando por trás da garota.

– Eu? – Teagan ficou surpresa, porque nunca tinha visto ninguém visitar as Madalenas.

– Por que outro motivo eu viria te buscar? – Irmã Ruth balançou a cabeça como se estivesse falando com uma idiota.

Nora imediatamente olhou apreensiva para a amiga. Irmã Ruth a acompanhou até a outra freira, que aguardava junto à porta.

– É o Padre Matthew, da sua paróquia – comunicou a Irmã Mary-Elizabeth.

Teagan ficou paralisada. Sentiu o ventre se contrair como se tivesse levado um soco no estômago.

– Não quero vê-lo. Não posso vê-lo.

– Venha agora – disse a freira, estendendo-lhe a mão, e ambas deixaram a lavanderia. – Você não tem escolha nessas circunstâncias. Não pode recusar a visita de um membro do clero.

– Você está errada. – Teagan postou-se firmemente ao pé das escadas, decidida a não prosseguir.

Irmã Mary-Elizabeth sorriu daquele jeito suave que lhe lembrava da mãe quando estava sendo gentil.

– Irmã Anne diz que o Padre Matthew tem uma carta dos seus pais.

Foi como levar outro soco. A Madre Superiora não mentiria sobre algo tão importante quanto uma carta. Tinha que ver do que se tratava, apesar de abominar o velho padre. Ainda que ele não fosse o responsável por seus problemas, decerto contribuíra para eles. Ela seguiu a Irmã Mary-Elizabeth por dois lances de escada até a antiga biblioteca, onde Lea estava sentada, debruçada sobre o trabalho. A freira apontou para a mesa de rendas.

– Sente-se. Vou dizer ao Padre Matthew que você está aqui. – Ela colocou outra cadeira à mesa enquanto Teagan se acomodava.

Poucos minutos depois, a Madre Superiora entrou na sala exalando a confiança de um pugilista invicto. Padre Matthew a seguia como uma ovelha gorda.

Irmã Anne deteve-se diante da mesa de rendas. O sacerdote, que continuava tão rechonchudo quanto Teagan se lembrava, permaneceu em pé atrás da cadeira, mas desviou o olhar, observando Lea trabalhar – qualquer coisa para evitar encará-la. A maioria dos envolvidos em sua desgraça queria manter distância. Até mesmo a Madre Superiora limitara seu contato nesses dois meses desde que a garota chegara ali, como se estivesse propositadamente a evitando. Raramente olhava em sua direção e nunca lhe falava, exceto por uma ou outra repreensão ocasional sobre sua postura ou seu vestido. Desta vez, no entanto, Irmã Anne foi obrigada a falar.

– Estou certa de que se lembra do Padre Matthew.

Como eu poderia esquecer? O simples pensamento de ter que falar com o padre lhe causava repulsa, transformando seu humor imediatamente em uma determinação férrea. Ela balançou a cabeça em concordância.

– Ele consentiu em falar com você, concedendo-lhe dez minutos de seu valioso tempo.

Teagan não disse nada e olhou para o padre.

– Não me surpreende que se mostre tão ingrata – disse Irmã Anne. – Você aprendeu muito pouco no período em que está aqui; uma indicação de que ainda temos muito a fazer. – Ela se virou para o padre. – Sinto muito, Padre, pela teimosia dessa menina. Eu rezo por ela todos os dias – disse, e apontou para a mesa onde Lea estava. – E não se preocupe com aquela. Pode dizer o que for na frente de Lea, pois asseguro-lhe que é de total confiança. Deixarei vocês dois a sós para conversarem.

Irmã Anne se retirou da sala. Teagan continuou a encará-lo. Ele não a intimidaria, nem agora, nem nunca.

Padre Matthew tirou a capa salpicada de chuva e colocou-a no encosto da cadeira. Acomodou sua figura corpulenta no assento e apoiou os braços firmemente na mesa. Quando finalmente a encarou, seus olhos pareciam tão nublados quanto o céu lá fora.

Teagan estremeceu. Talvez ele estivesse ali para lhe informar de alguma tragédia; talvez algo terrível tivesse acontecido com sua mãe ou seu pai. Apertou as mãos e esperou que ele falasse.

Os lábios de Padre Matthew estavam trêmulos, como se ele medisse as palavras.

– Eu não tenho muito tempo. Estou aqui a pedido de sua mãe.

– Ela está doente? – Teagan se inclinou para ele.

– Não. – Ele passou os dedos gorduchos para tirar os fios de cabelos grisalhos que lhe caíam sobre a testa.

– Você não vai nem perguntar como estou sendo tratada aqui? – ela disparou, deixando o padre de olhos arregalados.

– Não tenho semelhante intenção. Jamais diria à Madre Superiora como conduzir os negócios do convento. Tenho certeza de que não tem sido fácil, mas é a vida obrigatória de uma penitente. – Ele se remexeu, enfiou a mão no bolso e retirou um pequeno envelope. Permitiu que a garota o estudasse por um momento e depois o entregou para ela.

Teagan reconheceu o papel cor de creme e a caligrafia na frente. A inscrição dizia: *Para minha querida filha*. Era a letra de sua mãe, mas estava diferente... Não era mais o traço solto e amplo de outrora, mas uma escrita miúda e apertada.

– Sua mãe queria visitá-la, mas seu pai a proibiu expressamente. – Ele apontou para a carta. – Uma sábia decisão, creio, considerando as circunstâncias. Isso teria causado um grande dano à família.

– Dano! – Ela mal podia acreditar no que o padre tinha dito. – E o que você acha que eu tenho passado desde que...

Ele a interrompeu com um aceno da mão.

– Sem explosões de raiva ou crises de choro, ou serei forçado a me retirar. Nenhuma mensagem será transmitida à sua mãe.

– Nem mesmo você poderia ser tão cruel – disse ela, com os olhos marejados.

O sacerdote pegou um lenço e lhe ofereceu. Ela ignorou o gesto.

– Pelo contrário. Estou longe de ser cruel, mas sei quando estou certo. Por todos os anjos no paraíso, fiz o que é sagrado.

– Eu quero distância desse seu paraíso – ela jogou a carta na mesa.

– Meça suas palavras, criança. – O padre empurrou a carta de volta para ela. – Leia. O tempo é curto.

Teagan pegou o envelope, abriu o lacre e agarrou o papel de carta dobrado, temendo o que poderia estar escrito. Ainda que hesitante, ela enfim reuniu coragem e leu.

Minha querida filha,

Tantas noites eu chorei por você. Espero que esteja bem e se ajustando à sua nova casa. Meu coração grita de dor enquanto escrevo estas linhas, mas não temos outra escolha, apenas supor que seu pai agiu bem ao mandar você embora.

A paz que eu conhecia desapareceu apesar de todas as minhas orações, e eu acho que seu pai também sofre, embora demonstre de maneiras diferentes. Ele ficou taciturno e retraído ultimamente e passa muitas noites fora de casa, deixando-me sozinha na maior parte do tempo. Minha raiva, decepção e frustração são temperadas pelo tumulto que observo dentro dele. Se ao menos eu pudesse alcançá-lo, ser uma esposa melhor, talvez essa agonia terminasse.

Padre Matthew concordou em visitá-la. Eu implorei que ele fosse. A princípio, ele não cedeu, mas uma boa quantidade de lágrimas tocou seu coração. Por favor, diga-me se está bem. Eu penso em você todas as horas do dia e da noite. Diga ao Padre Matthew que você também pensa em nós.

Sinto sua falta, mas sei que o que ocorreu foi somente pensando no melhor. Padre Matthew me garantiu que seremos todos justamente recompensados. Eu vou rezar pelo seu arrependimento, tantas horas quanto rezo para que você reabra seu coração para nós, e para que nossa família se reúna novamente.

Eu te amo,
Sua mãe

Teagan limpou uma lágrima do rosto, dobrou a carta e a recolocou dentro do envelope. Olhou para o clérigo e disse:

– Você convenceu minha mãe, não foi? Agora você deveria falar por que é que eu vim parar aqui. Tudo isso é por causa do Padre Mark, não é?

O sacerdote desviou o rosto.

– Não é? – ela disse tão alto que Lea até olhou para eles.

– É melhor eu ir andando. – Padre Matthew levantou-se da cadeira.

– Nada aconteceu e você sabe disso!

Ele pegou a capa de chuva da cadeira e pôs-se frente a frente com Teagan, com a mandíbula contraída. Eles se fitaram por um instante, e o padre finalmente falou:

– Só tenho uma coisa a dizer: o que é dito em confidência entre membros do clero não pode ser divulgado. Nada que *você* disser ou fizer vai mudar isso. – O padre jogou a capa sobre o braço e deu as costas à garota.

Irmã Anne abriu a porta.

– Está tudo bem? Ouvi gritos.

– Está tudo bem, irmã – disse o sacerdote. Então se virou de novo para Teagan, com o rosto vermelho de raiva. – Você quer que eu acredite no seu engodo sobre as palavras de um homem de Deus? Diga-me, por que eu deveria fazer isso? – Ele bateu os punhos na mesa. – Diga-me!

– Porque estou dizendo a verdade – ela respondeu calmamente.

Padre Matthew suspirou.

– Você tem alguma mensagem para seus pais?

– Diga à minha mãe que eu a amo. – Ela pegou a carta e colocou no bolso do avental. – Onde está a Irmã Mary-Elizabeth? Creio que já terminamos aqui.

– Ela virá te buscar em breve – respondeu Irmã Anne. – Venha, padre, eu preciso falar com o senhor.

– Adeus, Teresa – disse Padre Matthew. – Duvido que nos veremos novamente na Terra; talvez no paraíso, se você se arrepender.

Não podia dizer o que queria na cara dele, mas podia pensar. *Eu não podia estar menos interessada em te encontrar de novo, seja no Céu ou no Inferno.*

Os religiosos foram para o corredor, em direção às escadas.

Teagan alisou a carta em seu bolso, observando Lea trabalhar em sua pintura do *Livro de Kells*, movendo os lábios em uma reza silenciosa.

Enquanto esperava a freira retornar, sua respiração falhou, vindo em arquejos rápidos e vacilantes. Por um momento, ela sentiu que nada mais importava, como se sua vida tivesse sido roubada. Olhou para as próprias mãos. Sua alma estava ferida, mas seu corpo ainda resistia.

Numa tarde de domingo de outubro, após a missa e a refeição do meio-dia, as Madalenas ganharam permissão de passear pelos jardins do convento. Tal "indulto" só era concedido quando a Madre Superiora estava de bom humor. Teagan, Nora e Lea sentaram-se no gramado para apreciar a brisa de outono; as demais garotas estavam reunidas em pequenos grupos perto dali. Algumas freiras também aproveitaram para se sentar ao ar livre. As irmãs Mary-Elizabeth, Rose e Ruth, com os hábitos tremulando ao sabor do vento, usufruíram o dia sentadas confortavelmente em suas cadeiras dobráveis.

O sol brilhava por entre as nuvens de tempos em tempos, enquanto as folhas caíam das árvores. Teagan pegou uma folha amarelada e admirou os veios que se capilarizavam do centro até as bordas serrilhadas, matizadas por um suave tom de marrom. Sempre detestou essa época do ano, quando os dias eram mais curtos e o sol ficava tímido e recuado mais ao sul. Normalmente, o outono era apenas uma lúgubre indicação de invernos sombrios pela frente. Ela tentou espantar esse humor azedo, dizendo a si mesma que precisava aproveitar o lindo dia – uma pausa bem-vinda na labuta enfadonha da lavanderia. Também era uma oportunidade de falar sem ser punida.

– Amanhã eu começo a trabalhar nas rendas – disse Teagan, girando a folha na palma da mão.

– Ah, que maravilha! – disse Nora, cheia de sarcasmo. – Como você conseguiu esse bico?

– Na verdade não sei – respondeu Teagan.

– A Madre Superiora reserva essa tarefa para penitentes especiais – disse Lea.

– Não vejo a hora de também ser especial. – Nora revirou os olhos. – Não é incrível ter a oportunidade de furar os dedos e arruinar a visão porque você é especial? Não é maravilhoso termos a oportunidade de aprender habilidades que nos serão tão úteis quando finalmente sairmos deste inferno?

Lea colocou o dedo indicador sobre os lábios, pedindo que Nora se calasse.

– Saia da sua bolha, Lea – disse Nora. – Remendar rendas e lavar roupas? O que isso vai nos trazer de bom? – Olhou para os galhos seminus do carvalho sob o qual estavam sentadas. – São apenas tarefas para nos domar. Ah, suponho que um marido talvez as aprecie, isso se um homem algum dia se interessar por nós, agora que estamos marcadas. – Ela arrancou um punhado de grama ainda intocado pela geada. – Eu odeio Pearse. Estou começando a odiar os homens. Ponto final.

Teagan jogou a folha no ar.

– Eu queria ir para a Trinity College, mesmo que não fosse uma universidade católica, mas precisava da permissão do arcebispo da igreja. Bom, acho que agora não vou ter mesmo. As mulheres devem fazer mais do que só cuidar da casa e ter filhos, não acham? Meu pai discordaria.

Nora concordou com a cabeça.

– Meu Deus, como eu queria um cigarro. Acho que vou ter que furtar algum dos entregadores. Ugh!

Lea fixou o olhar em um canto dos muros ao redor do convento.

– Eu posso te conseguir alguns.

Nora ficou boquiaberta.

– Como é que é? Você consegue me arranjar uns cigarrinhos?

– Lea... Uma garota exemplar que nem você? – Teagan riu. – Vendendo cigarros contrabandeados?

Lea ignorou as provocações sem desviar o olhar do canto do muro nem por um minuto.

– Vocês estão sentindo isso?

Nora olhou para o altíssimo muro de pedra. Teagan seguiu seu olhar. Cacos de vidro brilhavam como barbatanas de tubarão no topo.

– Muito esperto da parte delas – disse Nora. – Toda vez que vejo esse muro, fico com raiva. Colocar cacos de vidro na borda para que você não possa se arrastar, a menos que queira ser fatiada. Não tinha percebido quando estávamos no telhado.

– Estava escuro, não tinha como você ver – Teagan comentou.

Lea puxou alguns fiapos de grama e os levou à boca.

– Sim, eu as sinto.

– Lea, às vezes eu acho que você é completamente maluca – Nora riu.

Lea virou-se para Nora, com os olhos arregalados, cheios de excitação.

– Você não consegue senti-las? Elas estão lá no canto. Talvez só queiram se comunicar comigo.

O som de crianças rindo atravessou o gramado.

– Tem crianças por aqui? – perguntou Nora.

– Não podemos ir do outro lado do muro. – Lea apontou para além do extremo oeste do convento. – Mas acho que há outro prédio no extremo norte, um orfanato – ela fez uma pausa. – Crianças. Eu sei que elas estão aqui.

– Você está tentando passar a perna em nós. – Nora apontou o dedo para ela. – Isso é uma pegadinha, não é? Este lugar já é assustador o bastante sem essas suas histórias. Se continuar assim, vai acabar num hospício.

– Não. – Lea pegou uma folha e balançou na frente de seu rosto como um relógio de hipnotizador. – Não estou mentindo. Eu gosto de vocês duas. Vocês são minhas melhores amigas.

– Isso vale de alguma coisa, não é, Teresa? – Nora cutucou o ombro de Teagan.

– Por favor, não me chame assim, nem de brincadeira. Eu não suporto. – Ela tocou a perna de Lea. – O que você sente? Pode nos contar?

– Hoje à noite – disse Lea, com um estranho brilho no olhar –, nós vamos para o telhado e você também as verá. Vou conseguir alguns cigarros para você, Nora, não se preocupe. Você pode fumar no telhado e ninguém vai saber.

Nora inspirou profundamente o ar frio do outono.

– Ah, só de pensar já me sinto bem, mas não se esqueça de levar fósforos ou um isqueiro. Essa mulher não tem mais fogo.

– Pode deixar. Uma hora depois que as luzes forem apagadas. – Lea se levantou e saiu, deixando-as para trás. Foi até o canto do muro e ficou parada de costas para ele, rígida e solitária como uma sentinela.

– Eu realmente acho que ela é louca – disse Nora –, mas se ela pode me arranjar cigarros... Quem sou eu para reclamar?

Teagan também se levantou e chutou as folhas.

– Talvez ela não seja tão louca quanto pensamos. E se for tudo uma encenação?

O rosto de Nora se iluminou, como se tivesse uma revelação repentina.

– Sim! É verdade. Ela age como uma maluca e acaba saindo daqui. É a fuga do hospício, do jeitinho que eu tinha imaginado. Isso sim é um plano!

Teagan pegou outra folha e analisou as bordas amarronzadas que se desintegravam. A tristeza calou fundo em seu âmago. Soltou-a e a deixou flutuar até o chão. Caminhou em direção a Lea, incapaz de se livrar da estranha sensação que lhe oprimia o peito. Gozavam de só mais algumas horas de luz do dia e de prazer ao ar livre. O chá e as orações da noite chegariam cedo demais.

A ansiedade de Teagan por outra excursão ao telhado fez as horas levarem uma eternidade para passar. O chá, como de costume, foi menos do que satisfatório, mas ela aprendera a comer o que tinha diante de si, a menos que fosse absolutamente repugnante. O menu do jantar também não ganharia prêmios se dependesse dela: uma tira fina e dura de carne, beterrabas com molho agridoce e alguns grãos murchos de milho. Conseguiu comer sem engasgar. As freiras sempre faziam uma refeição mais suntuosa – em uma grande câmara do outro lado do salão de café da manhã, adjacente à cozinha. Essa informação veio de Lea, que uma vez jantou com as irmãs quando anunciou seu projeto do *Livro de Kells*.

– A comida era muito melhor – ela disse sem uma pitada de ironia.

As orações noturnas pareciam não ter fim. Lea confidenciou a Teagan que estava animada para ir ao telhado.

– É algo diferente – sussurrou enquanto se dirigiam ao sótão. – Eu gosto de fazer coisas com minhas amigas.

Depois de tomar banho e ir para a cama, Teagan deitou-se de olhos abertos, alternando entre fitar as vigas do teto e verificar se Lea e Nora estavam dormindo. Ela própria estava prestes a adormecer quando um "psiu" a despertou.

Vestida com seus trajes de dormir e segurando algo nas mãos, Lea estava ao pé da cama. Esticou o braço e tocou os dedos dos pés de Nora. A cama balançou e Nora se levantou.

Lea gesticulou em silêncio e acenou com a cabeça, indicando que as outras Madalenas estavam dormindo. Cerrou os dentes, destrancou a janela e ergueu o vidro lentamente, sem fazer o menor ruído. Uma brisa fresca soprou no sótão e Teagan pegou o cobertor de lã cinza, para o caso de estar muito frio no telhado. Cada uma delas recebera um no início do outono.

Lea liderou a expedição, apontando para a cornija onde Nora se sentara em sua primeira noite. Acomodou-se a cerca de um metro da borda e contemplou os jardins que se estendiam diante de si. O convento era cercado principalmente por bosques densos e escuros; no entanto, algumas lâmpadas das ruas adjacentes à propriedade lançavam sua luz fraca sobre o telhado. Teagan e Nora se sentaram, deixando Lea no meio. Uma lua crescente brilhava no céu.

Nora levou dois dedos aos lábios e deu uma sopradinha. Lea entregou-lhe um cigarro.

– Mas que diabos é isso? – perguntou Nora.

– Você queria cigarros – Lea respondeu com naturalidade.

– Meu Deus, mas esses aí são Gauloises. – Nora apontou para o maço. – São franceses e caros.

– Não me custaram nada – disse Lea.

– Eu quero os seus contatos – disse Nora. – Quando sairmos daqui, vamos abrir um negócio juntas. – Ela se inclinou para a frente, com o cigarro na boca, e riscou um fósforo. A ponta se inflamou numa chama laranja, que ela levou até o tabaco. Nora inalou profundamente e logo uma nuvem de fumaça se espalhou ao redor de seu corpo, desaparecendo como uma espiral de névoa. Ela jogou o fósforo queimado para cima; o palito passou pela cornija e caiu fora de vista.

– Tenha cuidado. Não vá incendiar tudo – disse Teagan, e então olhou para Lea. – Como você faz isso? O restante de nós mal consegue uma refeição decente. Você jantou com as freiras e trabalha fora da lavanderia. – Apontou para o pacote que Lea segurava como uma pepita de ouro. – E quem lhe dá cigarros? Você não tem medo de ser pega?

– Não. – Lea sacudiu a cabeça. – Todo mundo confia em mim. Eu sou uma boa pessoa. – Ela esfregou os braços.

– Vem, vamos nos cobrir. Trouxe o cobertor justamente por isso – disse Teagan, e inclinou a cabeça em direção a Nora. – Não o queime com o cigarro ou vou ficar em apuros.

Lea estendeu o cobertor para as amigas, e as garotas se cobriram, aconchegando-se umas às outras.

– Sim, conte-nos – disse Nora, gesticulando com o cigarro, imitando uma dama rica. Ela continuou com um sotaque inglês afetado. – Dê-nos um relato de suas aventuras no mercado clandestino.

– É meu padrasto quem fuma. Ele só compra cigarros caros. Eu queria que ele parasse.

Nora balançou a cabeça, espantada.

– Não é de admirar que eles não tenham te custado nada... Você os roubou!

– Fumar não é bom para ele. Ele tem uma tosse horrível.

– Onde seu padrasto mora? – perguntou Teagan.

– Em uma fazenda a oeste de Dublin.

– Fui poucas vezes para o oeste, e só para dar uma volta pelo campo – comentou Teagan.

– Eu morava perto de Celbridge. Não há muito o que fazer por lá, inclusive para ganhar a vida. – Lea esticou o pescoço comprido e olhou para a lua. Depois de alguns momentos, disse: – Meu padrasto não tinha condições de me sustentar. Eu não era sangue do seu sangue, tampouco levava jeito para o trabalho no campo. Ele dizia que eu era "muito fresca". Então conversou com o pároco, que lhe sugeriu me enviar para as Irmãs da Sagrada Redenção. Isso foi há quatro anos.

– Quatro anos! – Teagan imediatamente se arrependeu de sua exclamação.

Nora colocou o cigarro na boca e puxou o cobertor sobre a cabeça como um capuz.

– Pelo amor de Deus, Teagan, assim você vai nos mandar para a Sala de Penitência. Todo mundo já para baixo da coberta e fiquem quietas por um minuto.

Elas se amontoaram embaixo do cobertor. Nora levantou a borda mais próxima a ela para deixar a fumaça sair.

– Isso é nojento – Lea cuspiu e tossiu, espantando a fumaça.

– Que nem a hóstia – respondeu Nora. – Agora, quieta.

Depois de alguns minutos, Teagan tirou a cabeça de debaixo do cobertor. As estrelas cintilavam por entre a névoa fina em torno da lua. Espiou na direção na janela, para ver se havia alguém ali. Nada.

– Acho que estamos seguras.

– Graças a Deus – Lea disse e acenou freneticamente as mãos na frente do rosto. – Vamos ficar cheirando a fumaça.

– Ora, não reclame. – Nora tragou com gosto, quase no fim do cigarro. – Lea não é seu nome verdadeiro, é?

Ela fez que não.

– Irmã Anne me deu esse nome. Eu mal consigo me lembrar do meu nome verdadeiro de tanto tempo que não o uso.

– É claro – Nora a olhou incrédula e deu outra tragada.

– Meu padrasto precisava de um homem para ajudar na fazenda, então fui eu quem tive de fazer minha trouxinha e ir embora.

Teagan pensou em como era ser tirada de sua própria casa.

– Você não sente falta?

– Às vezes, quando quero alimentar os patos ou brincar com as ovelhas e as cabras. O ar é fresco e meu padrasto é um bom cozinheiro. Ele aprendeu com a minha mãe – ela fez uma pausa. – Mas nada do que eu fazia na fazenda pagava pelo meu quarto e pela minha alimentação. E aqui eu posso trabalhar no meu *Livro de Kells*.

– Você é uma artista? – Teagan perguntou.

– Eu comecei a me interessar na fazenda, mas nunca tinha realmente tentado até vir para cá. Ouvi a Irmã Mary-Elizabeth e a Madre Superiora falando sobre como o *Livro de Kells* era lindo. Elas já o viram. Naquela noite, ele apareceu para mim em sonho. Deus me disse que eu deveria copiá-lo e presenteá-las. Dessa forma, coisas boas aconteceriam para mim. Então, no dia seguinte, contei à Irmã Mary-Elizabeth sobre o meu sonho e ela me deu os suprimentos de que eu precisava. – Lea empertigou-se de orgulho. – Estou trabalhando em "Cristo entronado". Minha próxima pintura será a "Virgem com o Menino". Irmã Anne está entusiasmada com o meu trabalho e mal pode esperar que ele esteja pronto. Ela disse que será "o orgulho dos conventos irlandeses".

– Isso pode levar o resto da sua vida – disse Nora.

– Não vou a lugar algum. Eu gosto do convento. Na fazenda, me sentia inútil.

Nora soltou um gemido e se aconchegou mais perto de Lea.

– Quero ter certeza de que te ouvi, sua tolinha. Não posso crer nos meus ouvidos. – A ponta vermelha do cigarro se apagou. Ela a esfregou contra uma telha e a jogou do telhado.

Teagan puxou mais o cobertor em volta dos ombros, imaginando a Irmã Mary-Elizabeth ou uma das Madalenas olhando pela janela.

Que susto levariam com a cena – três cabeças desencorpadas sentadas no telhado.

– Tudo dá certo se você anda na linha – disse Lea.

– Sim, mas e se não quisermos? – rebateu Nora. – E se quisermos sair? E de onde você tirou que tudo dá certo se lambermos o chão em que as freiras pisam? Você não conseguiu cigarros sendo gentil com as irmãs.

– Eu poderia conseguir mais, mas talvez não sejam franceses. As pessoas são gentis comigo porque eu sou gentil com elas. Um dos entregadores me deu chocolates porque achou que eu era uma "boa menina". Eu não o encorajei, e só os aceitei porque isso o deixou feliz. Ele provavelmente me compraria cigarros se eu pedisse.

– Sim – Nora riu –, você é uma "boa menina", mas ele provavelmente queria algo a mais.

Lea riu zombeteira.

– Ter cigarros, ter qualquer coisa que não seja uma Bíblia, é proibido – acrescentou Nora. – Você está indo contra as irmãs.

– Não estou machucando ninguém. Se posso fazer alguém feliz, vale a pena. Você não ficou feliz com os cigarros?

– Bem, isso eu não tenho como contestar – Nora concordou.

– Minha mãe sempre dizia que pegamos mais formigas com mel do que com vinagre. Posso conseguir doces se...

Teagan interrompeu Lea com um "ssshhh". Olhou para a janela e sussurrou:

– Acho que vi alguém.

As três ficaram encarando a janela por alguns minutos.

– É melhor entrarmos – disse Teagan. – Já ficamos aqui fora mais do que devíamos.

– Está tão bom aqui fora. Não quero entrar – disse Lea, contemplando sonhadora o céu estrelado.

– Aí é que está o problema – sussurrou Nora. – Se estivéssemos em qualquer outro lugar, poderíamos ficar sentadas aqui, fumando até passar mal. Mas, não, temos de entrar porque precisamos levantar às 5 horas da manhã para as orações e depois passar o resto do dia lavando roupa. Para você é mais fácil por causa do seu *talento*, mas o resto de nós sofre.

– Eu fui escolhida por Deus, Nora – Lea sorriu –, mas te perdoo por zombar de mim.

Ela deu os Gauloises para Nora, que olhou para o maço e o devolveu a Lea.

– Fique com eles. Não quero o seu perdão.

Lea parecia magoada pelas palavras de Nora. Teagan deu um tapinha nas costas dela.

– Não vamos brigar. Precisamos uma da outra.

– Vou guardar os cigarros para você – disse Lea. – Você provavelmente vai querer mais daqui a um ou dois dias.

Teagan tirou o cobertor dos ombros, e as outras fizeram o mesmo. Engatinhou de volta para a janela e, através do vidro, avistou uma camisola branca se afastar na penumbra. Uma das Madalenas pulou na cama e puxou as cobertas sobre a cabeça.

– Acho que fomos descobertas – disse Teagan a Nora.

– Quem? – Perguntou Nora.

– No meio, na parede leste. Acho que o nome dela é Patricia.

– Deixe ela comigo – disse Nora.

– Seja gentil e veja o que acontece – Lea sussurrou.

– Tenho uma pergunta para você – a voz de Nora falhou, saindo quase como um silvo. – Se eu quisesse escapar dessa prisão, você me ajudaria?

Lea não hesitou; em vez disso, ela olhou intensamente para Nora.

– Eu quero que você seja feliz. Eu gosto de todo mundo.

– Você não respondeu a minha pergunta.

– Vamos – disse Teagan. – Não temos tempo para discutir.

Então empurrou o vitrô da janela delicadamente, rezando para que as dobradiças não rangessem. Não rangeram. Ela o segurou para que Nora e Lea passassem.

Quando todas entraram, Teagan foi para a cama. Estendeu o cobertor cinza e engasgou. Lea tinha razão; estava com cheiro de fumaça. Tirou o cobertor de cima de si, mas foi difícil espantar o odor das narinas. Levantou-se e abriu uma frestinha na janela para deixar entrar um pouco de ar fresco, mas, em vez de voltar a se deitar, foi até a cama de Patricia e deu uma espiada na garota. Ela estava dormindo – ou fingia estar. As outras Madalenas pareciam descansar em paz. Não havia nada que pudesse fazer agora.

Poucos minutos depois, quando Teagan estava prestes a adormecer, Nora sussurrou:

– Estou morrendo de vontade de fumar.

Lea jogou o maço para ela.

Na manhã seguinte, no café da manhã, Nora assumiu o encargo de vigiar Patricia. Seu alvo era uma garota pequena, de cabelos pretos e olhos castanhos, mas que parecia capaz de se defender em uma briga. Nora se perguntou se seria do norte de Dublin porque a lembrava das amigas de Ballybough.

Patricia olhou furtivamente para ela durante a refeição, deixando claro que sabia de algo e que podia chantageá-la; Nora não se abalou.

Uma das freiras, sem nenhum motivo especial, assou uma grande cesta de pãezinhos, um mimo avidamente consumido pelas Madalenas. Nora notou que, quando a cesta chegou para Patricia, a moça pegou um pãozinho e depois inclinou a cesta para o colo. Embora Nora não tivesse visto claramente, suspeitava que Patricia furtara várias bisnaguinhas. A garota cobriu o colo com o guardanapo.

Ótimo, Nora pensou, *agora eu te peguei.*

Teagan sentou-se à mesa de rendas analisando a grande variedade de itens dispostos em cima dela. Não estivera naquela sala desde o encontro com Padre Matthew. Pegou um círculo de renda que parecia ser um grande porta-copo, ricamente trabalhado com filigrana branca, e sentiu o coração afundar. *Jamais serei capaz de fazer isso.* Várias peças pareciam o que sua mãe chamaria de "bordados" e "crochê".

Após a garota trabalhar quase o dia inteiro na lavanderia, Irmã Mary-Elizabeth a acompanhou até a antiga biblioteca e lhe instruiu a aguardar Irmã Rose. A velha freira que lhe cortara o cabelo seria sua professora.

O sol ainda estava alto o suficiente no fim da tarde e alguns raios se infiltravam pelas janelas, derramando-se sobre as partículas de poeira que pairavam no ar como joias. Teagan observou Lea correndo a ponta do pincel sobre a pintura a que se dedicava. Como de costume, os lábios da amiga tremiam em uma oração silenciosa. A garota nem reparou quando Teagan e Irmã Mary-Elizabeth chegaram.

Ela abriu um dos livros na grande pilha sobre a mesa intitulado *A história da fabricação de rendas desde 1500*. Os outros livros, a maioria com capa de couro e cheiro de mofo, também versavam sobre a fabricação ou o remendo de rendas. Folheou vários, atentando-se aos desenhos detalhados e às fotografias das variedades de renda, desde as tecidas a agulha até as feitas em máquina. Ao que tudo indicava, Irmã Rose estava levando a sério sua instrução.

A garota sempre gostou de História na escola, mas não conseguia se imaginar interessada na história, menos ainda no conserto, das rendas, uma tarefa tediosa na melhor das hipóteses. Aquilo talvez tivesse sido adequado para uma menina no início de 1800, cuja vida consistia em trabalhar dentro de casa. Teagan imaginou uma jovem criada sentada na cozinha, encolhida junto ao fogão, consertando as roupas de sua senhora. A esposa de seu mestre, por outro lado, estaria sentada em uma poltrona, aquecendo-se diante da lareira, lendo a Bíblia ou o último romance que pudesse ter em mãos.

Seu devaneio foi interrompido pela Irmã Rose, cuja figura esquelética apareceu à porta. O hábito pendia como um saco sobre os braços e as pernas quase centenários. A freira trazia algo semelhante a uma almofada azul coberta por um estonteante número de carretéis de madeira, presos por fios que se ligavam a intrincados padrões de renda diferentes. Ela colocou a almofada diante de Teagan e estava prestes a falar quando Irmã Anne, com o cenho franzido, irrompeu na sala tal qual um corvo enfurecido.

– Irmã – ela disse à velha freira –, sua lição terá de esperar. – A Madre Superiora apontou para a porta. – Por favor, reúna as demais Irmãs, exceto Ruth, e volte aqui. Irmã Mary-Elizabeth está a caminho com Monica.

O coração de Teagan disparou. *A caminho com Monica?* Monica era o nome atribuído a Nora. Algo estava terrivelmente errado se todas as freiras seriam chamadas para uma reunião na antiga biblioteca, exceto Irmã Ruth, que estava supervisionando as Madalenas na lavanderia.

Irmã Rose saiu sem dizer uma palavra. A Madre Superiora se aproximou de Teagan como se estivesse caminhando sobre um túmulo, inclinando levemente a cabeça. O capuz de seu hábito mergulhava seu rosto em sombras.

– Você me desafiou. Eu lhe disse que administraria punições, se necessário. Agora você verá que eu cumpro minhas promessas.

Logo as freiras estavam reunidas à porta como um enxame de moscas negras. A maioria olhava ao redor com apreensão, como se estivessem petrificadas pelo que estava prestes a acontecer. Irmã Anne retirou a vareta com alça de couro de dentro de sua longa manga e bateu na mesa.

Irmã Mary-Elizabeth rompeu a falange, trazendo Nora. A amiga parecia determinada, apesar do brilho de medo em seus olhos.

– Lea, Teresa e Monica, fiquem no meio da sala – ordenou Irmã Anne. Lea ergueu os olhos do trabalho, o rosto inexpressivo, como se o que a Madre Superiora dizia não lhe importasse.

Teagan se juntou a Lea e Nora no centro. Juntas, estavam frente a frente com Irmã Anne. A freira apontou a vareta para elas.

– Vocês foram ao telhado ontem à noite. – Antes que as meninas pudessem falar qualquer coisa, a religiosa vetou qualquer objeção. – Não tentem negar. Eu tenho uma testemunha. Uma de vocês fumou um cigarro. – Seus olhos cintilavam de irritação e ela apunhalou o chão com a vareta. – Como ousam? Vocês colocaram todas nós em perigo. O convento poderia ter sido destruído pelo fogo!

A madre se aproximou delas. Teagan sentiu um calafrio ao testemunhar seu rosto desfigurado pela raiva.

– Eu não posso mandar vocês três para a Sala da Penitente. Deus sabe que não posso mandá-las de volta para seus pais, que, por boas e santas razões, nunca mais desejam vê-las novamente. – Ela bateu a vara contra a palma da mão. – Não, *aqui* nós trabalhamos com amor. Uma punição nunca deve deixar hematomas ou provocar sangramentos, pois seria uma profanação ao corpo e traria desgraça à nossa Ordem. Não, é melhor fazer um penitente reconhecer seu erro através do amor de Cristo. Sofrer como Ele sofreu por nossos pecados.

– Espere aí um minuto, porra – disse Nora.

Irmã Anne enfiou a vara no peito de Nora e a fez cambalear para trás.

– Ímpia, não profane nossos ouvidos com seus palavrões. Teresa, deite-se no chão com os braços abertos.

Teagan teve um ímpeto de pular pela janela e acabar com tudo aquilo. Um simples impacto contra o vidro, uma queda na vala abaixo, e essa tortura acabaria. Mas que bem isso faria além de proporcionar à Irmã Anne a satisfação de sua morte?

Algumas freiras riam da situação das garotas, algumas riam de nervoso, ansiosas. Algumas agarravam o crucifixo que pendia da lateral de seus hábitos. Até Irmã Mary-Elizabeth, a mais simpática das freiras, as encarava com severidade.

Teagan não teve escolha a não ser obedecer e se deitar no chão. Os ladrilhos de pedra estavam frios e lhe arrepiaram a pele.

– Deite-se de costas, com os braços abertos, como fez Nosso Senhor ao ser pregado na cruz.

Teagan obedeceu. Subir no telhado foi um erro, e agora elas estavam pagando por isso.

– Monica, um dos ladrões, tome seu lugar à direita de Teresa, na mesma posição, só que mais para baixo.

Nora obedeceu, borbulhando de ódio. Irmã Anne colocou Lea à esquerda em uma posição similar e então se virou para as freiras.

– Vejam, Irmãs, o que temos aqui. Os vestidos simples, os braços estendidos em súplica, os corpos tão rígidos quanto a tábua em que deveriam ser pregados. Imaginem o que Nosso Senhor suportou para nos dar o Seu santo amor. – Ela abriu os braços como um grande pássaro preto. – Não tenho prazer em machucá-las, mas as penitentes precisam compreender quanta dor provocaram à Ordem. Não haverá tolerância mediante tamanha insubordinação, tampouco mediante caprichosa camaradagem entre pecadoras. O laço de pecado que as une precisa ser quebrado.

– Amém – disse baixinho uma das freiras. Irmã Anne fez o sinal da cruz.

– Penitência – a madre pairou sobre Teagan, então ajoelhou-se diante de seu rosto. – Vocês sabem por que estão aqui? Vocês nos desrespeitaram, prejudicaram nossa Ordem com suas palavras e atitudes. Vocês nos desafiaram severamente. – Apontou a vareta para Teagan, mas dirigiu-se às três. – Permanecerão deitadas aqui, em posição de cruz, até que aprendam a lição. Vocês precisam entender o que Jesus padeceu. Não irão comer, beber, nem aliviar suas necessidades corporais. – Passou a alça de couro pelo rosto de Nora. – Quando o mal tiver sido expurgado de seus espíritos, poderão se juntar a nós novamente. O que eu faço é um ato de amor, para que vocês conheçam Cristo e Seus caminhos.

Teagan desviou o olhar para a esquerda, mas não se mexeu. Lea estava de olhos fechados murmurando uma prece silenciosa. Então olhou para a direita a tempo de ver Nora cuspir nos pés da Madre Superiora.

As freiras perderam o ar momentaneamente.

– Irmã, traga-me uma toalha – pediu a Madre Superiora à Irmã Mary-Elizabeth, que se apressou a limpar o fluido ofensivo do hábito de Irmã Anne.

Teagan assistia enquanto a madre concentrava sua atenção em Nora.

– Você ainda tem muito a aprender – disse a freira, retirando um longo alfinete do cinturão de seu hábito. A fina lâmina metálica descia em direção à palma de Nora.

– Não se atreva! – Nora se levantou, apoiando-se nos cotovelos.

– Segure as mãos dela no chão – a Madre Superiora latiu a ordem para a Irmã Mary-Elizabeth.

Nora lutou brevemente, mas não era páreo para a freira robusta. A Madre Superiora riscou uma cruz nas palmas das mãos de Nora.

– Se eu te odiasse, enfiaria isso aqui na sua carne para te mostrar o que Cristo sentiu – disse Irmã Anne. – Seus perseguidores o insultaram.

Queriam que Ele sofresse, e Ele de fato sofreu. Eu não quero que você morra no pecado. Quero que ressuscite no paraíso.

Um coro de "Amém" foi entoado pelas freiras.

Irmã Anne se levantou, recolocou o alfinete no cinturão e agarrou seu crucifixo.

– Irmã, fique com elas até que cumpram a penitência.

As freiras se dispersaram. Irmã Mary-Elizabeth sentou-se em uma cadeira atrás delas, agindo como uma carcereira.

– Lembrem-se de minhas palavras – disse Irmã Anne. – Eu amo vocês.

O barulho de seus sapatos ecoou pelo corredor até que não pudesse mais ser ouvido.

– Eu odeio essa mulher – Nora sussurrou.

Teagan não respondeu, mas esticou dois dedos da mão direita, o que significava um "Sim" na linguagem de sinais que elas tinham criado.

Irmã Anne fechou a porta de seu escritório e rezou. *Por que essas garotas a desafiavam tanto?* Reabilitação e penitência era tudo o que ela pedia. *Por que tinha de ser tão difícil?* A lembrança que tentava afastar desde julho ardia em sua mente como o fogo do inferno. Ela recuou e apoiou a cabeça nas mãos. Não havia nada que pudesse fazer para se livrar das memórias. A imagem do quarto lhe veio à mente: o berço, os brinquedos do bebê, a cama transbordando de sangue onde apenas alguns dias antes... Sim, sua irmã estava trabalhando nas rendas, assim como Teresa trabalharia durante os anos dela ali.

Minha irmã, minha amada irmã, contorcendo-se em agonia, com tanta dor, o sangue quase explodindo em suas têmporas. Por que isso aconteceu? Como tanto mal podia recair sobre uma só pessoa?

Não havia respostas para essas perguntas. A madre levantou a cabeça e olhou para a porta, sabendo que, acima dela, três Madalenas estavam fazendo penitência. Será que deveria deixá-las se levantarem? *Não!* Elas precisavam *pagar*. Precisavam aprender o que significava obediência. Colocá-las na forma da crucificação lhe proporcionara um modesto prazer. Até Irmã Rose veio lhe dizer como ficou linda a punição. A freira sorriu, mais animada com esse pensamento

Sabia instintivamente que Monica seria a última a se regenerar. Medidas mais rigorosas talvez fossem necessárias, mais visitas à Sala da Penitente, mais horas na lavanderia, mais vigílias na capela para rezar. Mas iria dobrar Monica à sua vontade – por um bem maior.

A luz do dia se esvanecera, envolvendo-a nas trevas do anoitecer. Queria crer que de nada adiantaria remoer o passado, mas o ódio não saía de seu peito. *Mais preces. A oração resolverá meus problemas.* Levantou-se e foi para a capela rezar.

Seria bem feito para Irmã Anne se eu fizesse xixi no chão, pensou Nora. A sala estava ficando escura. Irmã Mary-Elizabeth acendera uma vela em vez de acender as luzes. Sob sua vigilância, ninguém se movia. De vez em quando, Nora ouvia um murmúrio vindo da direção de Lea – provavelmente uma oração. Ela batia os dedos silenciosamente no chão tentando passar o tempo.

Quando a noite caiu, alguém parou em frente à sala. Nora não conseguiu ver o que tinha acontecido, mas uma comunicação silenciosa se desenrolou no ambiente. Alguns momentos depois, Irmã Mary-Elizabeth disse:

– Muito bem, vocês três, levantem-se, estrelinhas – disse a freira com seu típico sotaque, embora bem-humorada e animada demais para o gosto de Nora.

– Até que enfim – disse Nora. – Preciso mijar.

– Estão prestes a perder o chá, então é melhor irem rapidinho, vocês três. Talvez cheguem a tempo do último bocado, se forem boazinhas.

Teagan e Lea se levantaram do chão. Os cotovelos de Nora estalaram quando ela também se levantou. Lea bocejou e se espreguiçou como se estivesse despertando de uma soneca. Teagan alongou os braços acima da cabeça e olhou para a amiga. Nora nunca vira Teagan com um aspecto tão deprimido, com os olhos abatidos e a boca contraída. Saíram da biblioteca, Lea por último.

– Não demorem – bradou Irmã Mary-Elizabeth atrás delas. – Não quero ter que vir atrás de vocês. Dez minutos e, depois, comer.

Passaram diante da sala onde as Madalenas comiam. Várias garotas sorriram maliciosamente para elas.

– Você está bem? – Nora sussurrou para Teagan enquanto subiam as escadas.

Teagan sacudiu a cabeça negativamente, alisando o avental.

– Nunca fui tão humilhada... E por alguém que diz "nos amar". – Sua voz era de uma amargura desesperada.

– Ela é uma vaca – disse Nora.

– Não é só isso. – Teagan parou no patamar. Lea se aproximou. – Ela me odeia; não sei por que, mas posso sentir. Ela quer mais de mim do que penitência. Consigo sentir sua alma fria. Se pudesse, ela logo me veria morta.

Nora continuou subindo com a amiga até o andar seguinte.

– Acho que você está dando asas demais à imaginação. Ela até pode ser um capeta com tridente, mas por que iria querer te ver morta?

– O coração dela é duro porque foi partido – Lea falou de repente atrás delas.

– E como você sabe disso? – Nora se virou, fulminando-a com o olhar. – Caia na real, Lea. Eu também tive o coração partido, mas não saio por aí tratando as pessoas que nem merda. Bem... Só às vezes. – Então ela parou. – Bem, senhoras, vocês vão ao banheiro, eu tenho de cuidar de alguns negócios pendentes.

E correu até o fim do corredor, empurrando devagar as portas do sótão para conferir se havia alguém lá dentro. Ninguém – todas as Madalenas ainda estavam no chá.

Nora correu até a cama de Patricia. Apalpou o travesseiro e levantou o colchão antes de reparar nas saliências debaixo do cobertor. Como suspeitava, Patricia escondera os pães extras que tinha roubado no café da manhã. Nora enfiou a mão no bolso e polvilhou um pó branco sobre eles. Limpou os dedos no avental e colocou os pães de volta onde os encontrou.

Espanando o excesso de pó das mãos, juntou-se a Teagan e Lea nas cabines do banheiro.

– Ai, que alívio – disse ao levantar o vestido e se sentar no vaso sanitário. – Agora é lavar as mãos e comer alguma coisa.

– Irmã Anne fechou a janela com pregos – Teagan sussurrou para Nora na hora de dormir. – Não consigo acreditar. Como sairíamos daqui se houvesse um incêndio?

– Não creio que alguém se importe – disse Nora e se cobriu. Elas se desejaram boa-noite.

Teagan acordou mais tarde com alguém tossindo e cuspindo. As Madalenas sentaram-se na cama, olhando para a garota que era a origem de toda a comoção. Patricia, entre acessos de tosse e engasgos, praguejava.

Betty, uma das Madalenas mais velhas – uma mulher grisalha na casa dos 50 anos – correu até a cama da garota. Teagan mal conseguia distinguir a silhueta da mulher mais velha inclinada sobre a cama.

– Meu Deus, o que está acontecendo? – ela perguntou alto o bastante para acordar todas no quarto, se já não estivessem acordadas.

– Alguém tentou me envenenar – disparou Patricia.

– Não seja tola – disse Betty. – Do que você está falando?

Nora se sentou na cama. Sua amiga estava especialmente atenta à interação entre as duas mulheres.

– Vou te dizer do que estou falando – Patricia puxou algo sob seu lençol e quase enfiou no rosto de Betty.

As portas do sótão se abriram e a luz foi acesa. Um sobressalto coletivo percorreu o cômodo.

– Que bagunça é essa aqui? – Irmã Mary-Elizabeth estava na porta, de camisola. Teagan nunca tinha visto a freira sem o hábito. Ela era redonda como uma pera, especialmente o rosto, muito branco e enrolado na faixa usada para conter os cabelos pretos aparados. – Você está fazendo barulho suficiente para acordar os mortos. – Ela foi em direção a Patricia, olhando para todas as garotas enquanto caminhava. – E, acredite, você não vai querer acordar Irmã Anne, que está bem viva. Outra penitência depois do que aconteceu esta tarde será um verdadeiro inferno.

A freira chegou à cama de Patricia e mandou Betty voltar para a dela. Estendeu a mão e Patricia lhe entregou um pão parcialmente comido.

– Como você conseguiu isso?

– Ela roubou – disse Nora do outro lado do quarto.

– Não perguntei para você – disse a irmã, olhando para Nora. Então, voltando-se para Patricia: – Quero ouvir a história da sua boca.

– Eles caíram no meu colo no café da manhã.

Um vendaval de risos varreu o quarto. A freira levantou a mão.

– Quietas! Quietas! Estou avisando: Irmã Anne não vai gostar nada disso. Quantos pães você tem?

Patricia remexeu embaixo do lençol e pegou mais dois.

– Três. – Ela apontou para o topo de um deles: – Olha, alguém tentou me envenenar.

Irmã Mary-Elizabeth pegou o pão e o analisou, depois o levou ao nariz.

– Borato de sódio. Ora, criança, você talvez passaria a noite no banheiro, mas não teria morrido. Isso é sabão em pó, para deixar bem claro. – Ela olhou ao redor da sala. – Quem fez isso?

Teagan sabia exatamente quem salpicara o sabão nos pães. Olhou de relance para Nora, que ergueu ligeiramente as sobrancelhas. Patricia apontou para a rival.

– Foi ela. Tenho certeza.

– E por que Monica colocaria borato de sódio nos seus pães? – inquiriu Irmã Mary-Elizabeth.

– Bem... Porque... – Patricia suspirou.

– Vamos. Estou esperando.

– Não tenho mais nada a dizer. – Patricia cruzou os braços.

– Foi o que pensei – a freira respondeu. – Entregue-os para mim.

Patricia passou os pães para a freira como se estivesse lhe dando uma fortuna.

– Não vou dizer mais nada sobre isso e estou *confiante* de que essa cena nunca mais se repetirá. Muito barulho por nada. – Ela olhou para Nora. – Temos uma disputa de poder acontecendo? Agora, pelo amor de Deus, vão para a cama e *fiquem quietas*.

Irmã Mary-Elizabeth saiu do quarto e apagou a luz. O sótão mergulhou novamente na escuridão.

– Não há nada pior do que um rato – disse Nora em voz alta. – E você sabe o que acontece com ratos.

Um murmúrio de consentimento preencheu a sala e depois morreu no ar. Alguém completou:

– A vida já é dura o suficiente sem delatores.

As Madalenas se acomodaram em suas camas com um farfalhar de lençóis e cobertores. Teagan se mexeu desconfortavelmente, sabendo que Nora colocara o sabão nos pães. Ela se divertiu e, ao mesmo tempo, ficou horrorizada com as ações da amiga, que poderia tê-la colocado em sérios apuros. No entanto, a vingança não foi sem motivo. Patricia as viu no telhado e as denunciou. Foi assim que Irmã Anne ficou sabendo. Mas Patricia não tinha incorrido na ira da Madre Superiora e passado a tarde inteira no chão da antiga biblioteca, por mais injusto que aquilo tivesse sido.

Teagan se inclinou na direção de Nora e sussurrou:

– Não acredito que você fez isso.

– Sem comentários – Nora sussurrou de volta.

Então, Teagan ouviu Nora dizer:

– Oh, Cristo! – Ela se virou para a esquerda e surpreendeu Lea olhando pela janela. Teagan saiu da cama e foi até a amiga.

– O que foi agora?

– É Jesus – disse Lea. Algumas outras Madalenas ouviram o pronunciamento de Lea e correram para a janela. Teagan, competindo por um espaço com as outras, também olhou para fora. Rastros de luz atravessavam o gramado, mas os terrenos estavam vazios.

– Não há nada lá fora – disse ela.

Todas as garotas deram uma olhada e então, balançando a cabeça e resmungando epítetos sobre a sanidade de Lea, voltaram para as suas camas. Mas Lea permaneceu em pé diante da janela.

– Eu o vi – ela disse. – De pé no gramado. No canto. Estava cercado por crianças.

– Claro que viu, Lea – Nora girou o indicador da mão ao redor da orelha e balançou a cabeça.

A linguagem de sinais era clara. Lea estava enlouquecendo depois de quatro anos no convento. Teagan não queria ser vítima do mesmo destino. Era chegada a hora de bolar um plano de fuga das Irmãs da Sagrada Redenção.

CAPÍTULO 7

OUTUBRO ARRASTOU-SE COM muitos dias de céu cinzento e uma chuva monótona.

Teagan agora estava entrincheirada no remendo das rendas, algo de que ela gostava muito mais do que do trabalho na lavanderia. As horas na antiga biblioteca eram agradáveis em comparação com as condições na sauna que era trabalhar em frente aos tanques. Lea era uma companheira de trabalho amável, porém silenciosa. Nora até expressou inveja da "vida fácil" de Teagan. Irmã Anne certificou-se de que Nora trabalhasse horas extras e cumprisse mais orações depois da briga que tiveram.

Teagan aprendeu a consertar com a mão habilidosa de Irmã Rose. Os dedos da velha freira estavam retorcidos e enrugados pela idade, mas ainda eram ágeis. Irmã Rose ensinou-lhe a escolher os materiais apropriados, passar os fios nos carretéis, dar pontos e realizar outras proezas com uma agulha. A mesa da garota agora estava cheia de tesouras, linha, livros sobre padrões e outros instrumentos de que ela precisava para a sua nova função.

Até mesmo Irmã Anne aparecia de vez em quando para avaliar seu desempenho. A Madre Superiora nunca falava muito, mas quando o fazia era para apontar falhas. Em vez de argumentar com a freira, a garota concordava e pedia perdão por seu trabalho negligente. Irmã Anne reconhecia seu pesar com um sorriso amarelo e uma saída rápida.

Enquanto ela trabalhava, era comum sonhar acordada com os pais, em particular com a mãe, se perguntando se ela passava dias a fio na sala olhando para a porcelana ou na cama, chorando. Seu pai passaria a semana no trabalho enquanto a mãe ficaria em casa, exceto quando saísse para jogar *bridge*. Ocorreu-lhe que a mãe teria de explicar sua ausência. O que

Shavon diria às amigas dos jogos de cartas quando perguntassem por ela? As mais ridículas conjecturas lhe vieram à mente. Será que diria que ela foi assassinada? Que tinha sido sequestrada? Abduzida por alienígenas?

O pai, é claro, não teria que explicar nada. Nunca teria que tocar no assunto no trabalho ou com os amigos no pub. Teagan até podia ouvi-lo dizendo "Ela está bem" para os amigos de bar, se o assunto fosse abordado entre uma Guinness e outra. Talvez alguns olhares de desconfiança surgissem na igreja, mas os bons paroquianos de St. Eusebius sabiam como manter um segredo. Somente os mais insolentes seriam ousados o suficiente para tocar em um assunto tão delicado. Talvez a mãe dissesse às amigas que ela estava em Nova York com tia Florence e seu marido rico. Sim, sua mãe poderia aproveitar ao máximo, se quisesse, para se gabar às amigas sobre a ótima vida que a filha estava levando na cidade mais vibrante dos Estados Unidos. Enquanto consertava um rasgo na manga de renda branca de um vestido, Teagan só podia desejar que sua vida tivesse realmente sido um conto de fadas como aquele.

Certa noite, assim como já tinham feito antes quando fora possível, ela e Nora discutiam como escapariam. Nenhum plano fácil lhes vinha à mente. Elas conversavam tão baixo que tinham certeza de que até Lea, na cama ao lado, não conseguiria ouvir. Teagan se encolheu no cantinho do beiral, tão perto dos ouvidos de Nora quanto conseguiu.

– Tentei fazer amizade com alguns entregadores – disse Nora –, mas eles entram e saem tão rápido que dificilmente dá tempo para flertar. Mesmo fazendo horas extras. – Ela se virou para Teagan. – Acho que Irmã Ruth parou de beber. Talvez tenha sido flagrada cochilando pela madre. Agora ela parece um gato perseguindo um rato, toda olhos e ouvidos. Praticamente nada passa batido por ela.

– Eu não tenho nem a sombra de um plano. – Teagan suspirou, balançando a cabeça. – Sento à minha mesa e fico remendando as rendas, pensando nos meus pais e em Cullen. Até sonho com eles, mas nunca tenho respostas. Continuo esperando que algo me guie. Talvez precisemos rezar pela nossa libertação.

– Foi Deus que nos mandou para cá para começo de conversa. – Nora franziu o cenho. – Eu não pediria ajuda para Ele. – Ela apontou para Lea, distinguível apenas como um montinho sob o cobertor. – Se ela não fosse tão maluca, diria que é a nossa melhor chance. Lea provavelmente conhece todos os cantos e recantos deste lugar e sabe onde ficam as chaves de cada fechadura. Mas não confio nela. – Nora estalou os lábios.

– Quase posso sentir o gostinho da liberdade. Tem que haver um jeito. E nós vamos encontrá-lo.

– Acho que sim. Às vezes tenho vontade de desistir e ser como Lea ou Irmã Mary-Elizabeth: aceitar o que a vida me deu. Então caio em mim e quero sair daqui mais do que qualquer outra coisa no mundo.

Uma das Madalenas se mexeu no meio do sótão. Teagan esperava que não fosse Patricia, embora a menina aparentemente tivesse aprendido a lição após a vingança de Nora.

– Melhor pararmos por aqui – disse Teagan. Ela pegou a mão de Nora e disse boa-noite.

Numa segunda-feira no início de novembro, uma chuva leve, misturada com flocos de neve, cobriu os terrenos do convento. Teagan observou os flocos brancos caírem enquanto esfregava as roupas manchadas no tanque da lavanderia. Uma das Madalenas estava com uma gripe forte, e ela foi designada para ocupar seu lugar. Nora estava perto, trabalhando em uma das máquinas de lavar. Irmã Ruth variava suas funções porque achava que era bom para as meninas "aprenderem o máximo que pudessem".

Nora estava certa em sua avaliação sobre a freira supervisora: ela estava mais atenta do que o normal quando os furgões chegaram trazendo os carregamentos. Exceto por uma folheada ocasional em sua revista, não tirava os olhos das garotas. Ela própria verificou os sacos de roupa suja entregues, de modo que os homens só puderam dar uma rápida olhada nas Madalenas antes de voltarem ao trabalho. A entrega das roupas lavadas transcorreu mais ou menos da mesma forma. As garotas levaram os sacos até o corredor e Irmã Ruth observou os homens pegá-los, limitando qualquer interação com as meninas.

Por volta das 10 da manhã, Irmã Mary-Elizabeth entrou na lavanderia e deu um tapinha no ombro de Teagan.

– Você é popular – disse ela com um leve sarcasmo. – Outra visita. – Ela fez um sinal para Irmã Ruth, que assentiu em concordância.

Irmã Mary-Elizabeth sorriu, mas Teagan declinou a oportunidade de compactuar com seu bom humor.

– Vou evitar julgamentos até descobrir quem é. – Lembranças desagradáveis de seu encontro com Padre Matthew ainda permaneciam em sua mente.

O sorriso da freira se ampliou.

– É um jovem acompanhado de um padre anglicano.

A cor sumiu de seu rosto. Ela segurou o braço de Irmã Mary-Elizabeth ao se dar conta de que o visitante poderia ser Cullen Kirby, o namorado que ela não via há quatro meses. A religiosa deu um tapinha em sua mão e disse:

– É um garoto bonito com cabelo castanho-avermelhado.

Só podia ser Cullen. Teagan estava animada agora, o máximo que tinha se sentido desde a conversa com Padre Mark na casa paroquial. Corou na frente da Irmã. *Devo parecer uma aberração!* Olhou para as mãos calejadas, rachadas e vermelhas do trabalho. Passou-as pelo cabelo e alisou o avental.

A freira notou a ansiedade dela e a conduziu escadas acima até a antiga biblioteca. Teagan se preparou psicologicamente quando entrou na sala. Como de costume, Lea trabalhava em seu livro. Um homem alto, de sobretudo escuro, estava perto da escrivaninha admirando seu trabalho. Irmã Anne se encontrava na frente do outro homem sentado ao lado da mesa de rendas. A Madre Superiora se virou quando Teagan entrou na sala, revelando Cullen.

Teagan queria correr até ele e abraçá-lo, mas a expressão severa de Irmã Anne temperou seu desejo. Ela falou asperamente:

– Eu só concordei com esta reunião porque o Reverendo Conry está nesta sala como um emissário da Igreja Anglicana.

O homem parado perto de Lea se virou e sorriu para Teagan.

– Prazer em conhecê-la, senhorita Tiernan.

Irmã Anne fez uma expressão de desagrado.

– Ela deve ser tratada pelo nome que lhe foi dado pelas boas Irmãs da Sagrada Redenção: Teresa.

O Reverendo Conry sorriu para a Madre Superiora.

– É claro. Erro meu. – Teagan supôs que eles não morriam de amores um pelo outro.

– Creio que quinze minutos deve ser tempo mais do que suficiente para que falem o que quer que tenham de falar um ao outro. – A Madre Superiora dirigiu-se a Cullen. – Irmã Mary-Elizabeth voltará para te buscar. – Ela saiu da sala junto da outra freira, com seu hábito roçando em Teagan.

– Não se preocupe comigo – disse o Reverendo Conry para ela. – Estou fascinado com o que esta jovem está fazendo; imagine duplicar nosso tesouro nacional! – Ele tirou o casaco e voltou para junto da mesa de Lea.

Cullen se levantou da cadeira e lhe estendeu a mão. Ele estava sendo cauteloso, pensou Teagan. Não lhe surpreenderia se a Madre Superiora tivesse estabelecido regras para o encontro deles.

Teagan apertou a mão do namorado e deleitou-se com o calor de seu toque, uma vívida surpresa naquele dia frio. Sentiu a tristeza lhe apertando a garganta quando se sentou à mesa.

— Sinto muito que tenha de me ver assim. — Os olhos da garota ficaram marejados.

Cullen segurou a mão da jovem, e Teagan soluçou quando os dedos dele tocaram os dela.

— Por favor, não. Tenho medo de te meter em problemas. E não quero que você se lembre de mim desse jeito. — Ela puxou as mãos e escondeu o rosto nelas.

— Eu não ligo para a velha abelhuda — disse Cullen. — Meu Deus, Teagan, o que elas fizeram com você? — Ele falou com dificuldade, quase ofegando. — Você está tão pálida, parece fraca. Você está bem?

Ela fez que sim, baixou as mãos e olhou para Cullen. Ele ainda tinha os cabelos loiro-avermelhados, o leve rubor e as sardas nas bochechas de que ela se lembrava tão bem. No entanto, parecia mais velho agora, mais maduro, os olhos castanhos brilhantes de determinação e a boca firmemente definida. Não foi difícil imaginá-lo como seu protetor — um príncipe que vinha resgatá-la da madrasta malvada dos contos de fadas.

Ele enfiou a mão dentro do casaco e retirou um pequeno embrulho com papel natalino.

— Isso é para você — ele disse e lhe entregou. — Da sua mãe. Ela achou que seria mais fácil se eu o contrabandeasse. Não teria que passar pela inspeção das irmãs.

Uma fita adesiva segurava as dobras triangulares do papel no lugar. Teagan levantou o dedo indicador para abri-lo e sua mão tremeu.

— Está tudo bem — disse Cullen. — São presentes adiantados. Sua mãe me contou o que havia dentro. Vá em frente. — Ele a olhou como se quisesse revelar mais, mas franziu a testa, como se estivesse com medo de que suas palavras pudessem aborrecê-la.

Teagan se dedicou ao pacote, rasgando o papel e ao mesmo tempo se perguntando o que faria com o presente, preocupada que a Madre Superiora o confiscasse.

— Ela não sabe que você está me dando isso?

— Não — Cullen sorriu. — Escondi no meu casaco. Não foi fácil.

Ela terminou de rasgar o papel, pegou uma tesoura e cortou a fita que mantinha a caixa fechada. Abriu e viu o pequeno rádio que seu pai lhe dera, junto com um pedaço de seda enrolado. Um pequeno fone de ouvido estava ao lado do aparelho. Poderia ouvi-lo enquanto adormecia sem perturbar as outras Madalenas. Teagan levantou a seda. Um lenço de pescoço com estampa de papoulas vermelhas sobre um fundo verde desenrolou-se diante de seus olhos. Ela o dobrou cuidadosamente e o guardou no bolso.

— Por favor, agradeça a minha mãe — disse a garota com a voz embargada. — Vou esconder meus presentes para que ninguém possa pegá-los.

— Vou agradecer. Sua mãe me pediu para colocar pilhas novas no rádio. Elas devem durar alguns meses. — Cullen olhou para o Reverendo Conry. Ele estava do outro lado de Lea agora, observando-a desenhar. Cullen aproximou sua cadeira de Teagan.

Ela podia sentir o calor que emanava do corpo dele. Sentia o perfume de limpeza, não como o sabão em pó da lavanderia, mas de pele recém-banhada. Queria tocá-lo, aproximar-se dele, senti-lo ao lado dela.

— Você sabe por que estou aqui? — ela enfim perguntou.

O jovem abaixou a cabeça por um segundo, mas depois a levantou e olhou no fundo dos olhos da menina sem nenhuma pena. Nenhum padre, nenhuma freira, nenhum amigo, nem mesmo o pai ou a mãe já tinham olhado para ela do jeito que Cullen estava olhando. Sentiu o amor explodir em seu coração e precisou se agarrar à mesa para não sucumbir.

Ele confirmou que sim.

— Ouvi o boato, mas eu não acredito. Meu pai me contou que algumas fofocas bem maldosas estavam circulando a seu respeito. Ele disse que o boato começou com o seu pai no pub...

— Meu pai é um bêbado — ela disse. Talvez estivesse errada sobre a capacidade de Cormac de manter um segredo. — Obviamente, ele não tem pudores no pub, mas mal consegue falar com minha mãe. — Olhou para o rádio, lembrando-se da última vez que o ouviu. A música "I Can't Stop Loving You" lhe veio aos pensamentos.

— Vamos fingir que estamos de mãos dadas — disse Cullen. — Toque a ponta dos meus dedos. — Ele estendeu a mão direita sobre os livros e o rendilhado que estava sobre a mesa.

Teagan estendeu a mão para que as pontas de seus dedos lhe tocassem. Uma corrente elétrica percorreu seu corpo, e ela saboreou cada segundo da emoção.

– Sua mãe entrou em contato comigo – ele continuou. – Nós nos conhecemos em segredo. A história toda é maluca, mas eu estava disposto a fazer qualquer coisa para descobrir o que tinha acontecido com você. Eu me senti um espião. Minha mãe e meu pai nem sabem que estou aqui. Matei as aulas da manhã – ele explicou, acariciando a ponta dos dedos dela. – Queria tanto te ver que fui ao Reverendo Conry e perguntei se ele poderia me ajudar, porque eu sabia que não conseguiria entrar aqui sozinho. Disse a verdade para ele: que sua mãe queria que eu lhe entregasse um presente de Natal, e seu pai não permitia. Não contei sobre os rumores. Não creio que você precise se preocupar com círculos anglicanos. Estou fazendo uma boa ação de Natal antecipada. Tive que dizer algo ao reverendo, apelar para convencê-lo. Francamente, acho que ele estava mais interessado em dar uma boa olhada no interior do convento do que na minha visita. Se eu tivesse 18 anos, tiraria você daqui, pelo menos tentaria.

O coração de Teagan disparou, sabendo que Cullen tinha assumido um risco enorme por ela. Ele avançou seus dedos sobre os dela.

– Ouvi dizer que aconteceu algo com um padre. O boato é que uma garota deu em cima do Padre Mark. Como você foi mandada embora, acabou se tornando essa garota. Um dos meus colegas ouviu dizer que você fez sexo com ele.

Teagan estremeceu e retraiu a mão. *Sexo?* A alegria que tinha experimentado apenas alguns momentos antes foi tragada por uma espiral atordoante de emoções. O boato era muito pior do que imaginara, e suas suspeitas sobre o motivo de ter sido enviada para o convento foram confirmadas. Ela encarou Cullen.

– Não é verdade! Nunca fiz sexo com o Padre Mark. – Queria dizer que nunca tinha pensado nisso, mas não era verdade. – Você não pode acreditar em meu pai ou em qualquer um dos amigos bêbados dele.

Cullen deu um meio sorriso.

– Eu nunca acreditei, desde o começo. – Seu sorriso sumiu. – Eu não sabia onde você estava. Ninguém dizia nada. Era como se você tivesse morrido e não houvesse enterro. Foi terrível.

Teagan olhou para os artigos de costura espalhados pela mesa.

– É horrível aqui. Essa é a minha vida, mas eu vou sair.

Irmã Mary-Elizabeth reapareceu e se dirigiu a eles.

– Sinto muito, mas você terá que sair agora. Teresa é necessária em seus deveres.

Cullen assentiu, levantou-se da mesa e sussurrou:

– Eu voltarei para você. Pode contar com isso.

Teagan sorriu, mas não foi de coração. Qualquer esperança de felicidade parecia distante.

O Reverendo Conry foi até eles, estendeu a mão e disse:

– Foi um prazer conhecê-la – baixou a voz –, Teagan.

– Obrigada, reverendo – disse ela. – O senhor também.

A freira os escoltou, deixando-a sozinha com Lea. Odiou a amiga esquisita naquele momento. *Olhe só para ela, rabiscando seus papéis como se nada no mundo estivesse errado!* Queria arrancar o pincel da mão dela e esfregá-lo em seu precioso "Cristo entronado". Que bem fazia a arte dela? Que diferença faria no mundo? Não era nada além de mais um trabalho pesado, inventado para apaziguar os ânimos da Madre Superiora e manter Lea fora da lavanderia.

Irmã Mary-Elizabeth reapareceu e sinalizou para que Teagan a seguisse de volta para a lavanderia. Teagan colocou um grande pedaço de renda sobre a caixa com seus presentes e passou pela freira. A robusta mulher engasgou de surpresa e foi atrás dela. Teagan desceu as escadas em direção ao escritório de Irmã Anne.

– Volte! – chamava Irmã Mary-Elizabeth atrás dela.

Teagan se aproximou da porta.

– Teresa! Não!

Irmã Anne ergueu a cabeça quando a jovem irrompeu na sala. A religiosa deu um sorriso cruel, como se gostasse de ver as penitentes desmoronarem perante as inebriantes expectativas de liberdade. Levantou a mão, sinalizando para a garota parar.

– Seja lá o que você tenha para dizer, não tenho tempo para ouvir. Nem gaste seu fôlego.

Teagan bateu as mãos no tampo da mesa, derrubando os bloquinhos que formavam a palavra AMOR. A Madre Superiora ficou furiosa.

– Como ousa?! Outro atrevimento desses e irá para a Sala da Penitente; a noite inteira e sem tomar o chá.

Teagan recuou da escrivaninha, enquanto Irmã Mary-Elizabeth finalmente a alcançava. Após inspirar fundo, a garota disse:

– Você está me mantendo aqui atrás de um véu de mentiras fabricadas por um padre. – Ela tentou manter a calma. Talvez Irmã Anne a ouvisse se mostrasse alguma moderação. – Deixe-me limpar meu nome. Eu não fiz nada de errado. Deixe-me ligar para minha mãe, é o mínimo que você pode fazer.

– Sente-se – ordenou Irmã Anne.

Teagan sentou-se em frente à mesa.

– Irmã Mary-Elizabeth, deixe-nos e feche a porta. Devolverei Teresa a você em alguns minutos. – A Madre Superiora reposicionou os bloquinhos de AMOR enquanto a outra freira saía do escritório.

– Ouça-me – disse a Madre Superiora, cruzando as mãos. – Seus pais não querem mais nada com você. Tenho documentos assinados que comprovam isso.

Teagan começou a protestar, mas pensou melhor. Sabia que a mãe sentia falta dela e queria vê-la, embora pedisse na carta que a filha se arrependesse. Se mostrasse à Irmã Anne os presentes como prova da preocupação da mãe, tinha certeza de que ela os confiscaria.

– Eu tenho por escrito, e palavra por palavra, que você está aqui porque seduziu um padre. Você tinha pensamentos carnais em relação a ele, o que levou a ações...

– Que ações?

A Madre Superiora levantou a mão mais uma vez. A manga escorregou de seu pulso, revelando a parte inferior de seu braço. Cortes vermelhos talhavam horizontalmente a pele branca. Irmã Anne puxou o hábito com raiva e encarou Teagan, desafiando a garota a afrontá-la novamente.

– Toques, conversas íntimas, incitamento do pensamento erótico...

Teagan empalideceu com as palavras da Madre Superiora, mas se recusou a se acovardar. Em vez disso, disse:

– Se for preciso, recorrerei a todas as autoridades que puder para garantir minha libertação das Irmãs da Sagrada Redenção.

Irmã Anne riu.

– Quem daria mais crédito à palavra de uma Madalena sobre a de um padre? O arcebispo? O sumo pontífice? Escreva para o Papa, veja até onde você consegue chegar. E caso a ideia tenha lhe cruzado os pensamentos, nem tente fugir. Não terá para onde ir, ninguém irá te esconder. Quando você for encontrada, e você será encontrada, os guardas a trarão de volta ao convento. Você voltará, mas em um estado muito pior do que quando saiu. – A madre apontou para os bloquinhos de AMOR em sua mesa. – Quando parar de lutar contra seu destino, a vida será muito mais leve.

Teagan teve um estalo – um clique diferente de tudo dentro de si, e o mundo ficou vermelho. Agarrou os braços da poltrona, pois o que realmente queria era pular em cima da mesa e estrangular a Madre Superiora. Forçou-se a permanecer sentada tempo suficiente para que sua visão começasse a clarear. A silhueta da Irmã Anne reapareceu cercada por uma névoa avermelhada. Apesar da advertência da Madre Superiora, ela escreveria as cartas; se estas falhassem, então fugiria com Nora.

Irmã Anne inclinou-se para a frente e, com uma voz fria, disse:

– Sua atitude é atroz. De volta ao trabalho.

Uma série de fortes batidas na porta as interrompeu. Eram urgentes, como se o assunto não pudesse esperar.

– Entre!

As irmãs Mary-Elizabeth e Ruth, pálidas e ofegantes, estavam à porta.

– O que há de errado? – perguntou Irmã Anne.

– É Monica, Santa Madre – a Irmã Ruth olhava para o chão.

– Bem, continue – disse Irmã Anne, exasperada.

– Ela se foi – disse Irmã Mary-Elizabeth. – Ela escapou.

Irmã Anne bufou e afundou na cadeira.

Uma onda de desespero, como um balde de água fria, espalhou-se por Teagan. A menina levou as mãos ao rosto. Sua melhor amiga no convento, a mais propensa a fugir com ela, havia desaparecido. Estava sozinha agora e, pior de tudo, tinha dúvidas de que Nora realmente cumpriria sua promessa de voltar. Sentou-se novamente na poltrona, em silêncio, trêmula.

CAPÍTULO 8

TUDO AO SEU REDOR ERA CINZA. Ela mal podia acreditar no que tinha feito. Viu a oportunidade, agarrou-a, e agora estava nos arredores de Dublin – não sabia exatamente onde.

Nora imaginou a humilhação de Irmã Ruth e a raiva de Irmã Anne com sua fuga. A Madre Superiora ficaria furiosa com Irmã Ruth, que cochilara lendo uma revista quando o furgão de entrega do hotel chegou. Era uma daquelas revistas de fofocas de Hollywood, cheias de belas estrelas de cinema e artistas em vestidos decotados e brilhantes. *O que eu não daria para estar lá agora – longe de Dublin, longe dos meus pais estúpidos, saudando Pearse com o dedo do meio do outro lado do Atlântico. Pense nisso! Na costa do Pacífico, bebericando champanhe e fumando cigarros, tendo um encontro com um dos atores das fotos. Deve haver milhões deles para escolher.*

O carro passou por um buraco, e, com o solavanco, Nora bateu a cabeça em uma prateleira. Reprimiu um grito, na esperança de manter sua presença em segredo. Sabia que o motorista não a vira se esgueirando para dentro do veículo. A toalha de mesa que puxou sobre si para se esconder escorregou e ela viu um pedaço da estrada pelas janelas traseiras.

Nora se deliciou com a própria esperteza. Como tinha sido gentil ao se prontificar a ajudar Irmã Ruth, que estava indisposta. A freira tinha sido rigorosa ultimamente, mas esse erro ia lhe custar caro. A garota colocou o dedo sobre os lábios e urgiu ao motorista que não despertasse Irmã Ruth de seu sono. "Ela teve uma noite difícil", disse ao homem baixo e de cabelos ralos, que parecia entediado com tudo ao seu redor, incluindo as Madalenas. "Problemas femininos." O homem não esboçou a menor reação. *Perfeito*, ela pensou, o sujeito não poderia estar menos interessado nos acontecimentos da lavanderia.

Enquanto Irmã Ruth cochilava, e as outras cuidavam de suas tarefas, Nora foi ignorada ao ajudar o entregador a puxar o saco de roupas lavadas pelo corredor e a colocá-lo no furgão. Ele ficou contente com a ajuda. Tudo que ela pediu em troca foi um cigarro, apesar de ter o maço de Lea no bolso do avental. O homem deu um para ela em frente à porta de entregas e, quando entrou na cabine do furgão, Nora abriu as portas traseiras, entrou sorrateiramente e se escondeu debaixo de uma toalha de mesa limpa. A cabine ficava separada do compartimento de carga do furgão por uma divisória de metal. Ele não podia vê-la nem ouvi-la.

Pelo movimento, a garota sabia que o furgão tinha virado à esquerda ao passar pelo portão. Isso era bom, porque significava que estava indo para o norte, em direção à sua casa. Ouviu o Sr. Roche, o velho zelador, se despedir. Agora que estava a uma distância segura, planejava sair do automóvel antes que ele fizesse mais paradas. Irmã Anne mandaria os guardas atrás dela em questão de minutos quando a fuga fosse descoberta.

O dia estava chuvoso e a neve começava a se precipitar. O casulo cinzento em que ela se aninhara com a toalha de mesa era estranhamente confortável, quase como estar em uma caverna aquecida. Espiou pelas janelas. Edifícios desconhecidos se estendiam dos dois lados da estrada. O furgão parou. Ela ouviu o motorista tossir.

O veículo recomeçou a andar, e então virou à direita, lançando Nora mais uma vez na direção da prateleira. Agora ele estava seguindo rumo ao leste, em direção ao mar. Hora de descer.

Nora enfiou a toalha de mesa em uma sacola, rastejou até as portas e esperou o furgão parar.

Quando isso aconteceu, ela abriu as portas e saiu, para a surpresa do motorista, que buzinou e deu um grande sorriso. Nora fechou as portas, correu até a calçada mais próxima e, olhando ao redor, avistou uma placa em um muro. Estava em um bairro residencial em Northbrook Road, uma área de casas antigas com escadas largas na entrada e portas em formato de arco. Seu instinto lhe disse para voltar correndo na direção de onde tinha vindo. Quando abriu uma boa distância da van, diminuiu a velocidade. O ar frio estava cortante, mas era bom respirar do lado de fora, longe da atmosfera sufocante do convento.

Chegou a Charlemont, uma vizinhança movimentada com residências e alguns comércios. Deu uma espiada nas janelas, tentando agir naturalmente, mas todos estavam olhando para ela. *Olhos. Olhos por toda a parte*. Todos olhavam para ela, uma garota trajando um simples vestido cinza, com um avental branco de algodão. *E meu cabelo*. O que as pessoas estariam pensando de seu corte joãozinho, última moda na prisão? As poucas mulheres que se aventuravam no frio levavam guarda-chuvas e usavam casacos pesados para se proteger do mau tempo. Seus penteados eram perfeitos. Cabelos impecavelmente cortados com as pontas enroladas atrás das orelhas, ou coques bem feitos presos no alto das cabeças. Nora estava com frio e esfregou os braços. Não tinha tido tempo de pegar um casaco durante a fuga apressada. Uma rajada de vento soprou contra seu corpo.

A percepção do que tinha feito finalmente lhe atingiu. Estava sem dinheiro, sem uma muda de roupa e a uma boa distância de casa. Correu para um beco, encostou-se na parede úmida e respirou fundo algumas vezes.

Teagan. Teagan também a odiaria, pensando que ela havia quebrado sua promessa. No entanto, Nora tinha feito um voto e iria mantê-lo. Só não sabia como nem quando.

Sirenes soaram ao longe, e Nora permaneceu no beco, fora de vista. Talvez já estivessem atrás dela. Deu uma rápida conferida na rua e viu dois carros da Guarda atravessando o tráfego, passando por ela. Esperou mais alguns minutos antes de sair do beco e, então, seguiu pela via que ia para o norte da cidade.

Todos olhavam para ela. Alguns riam com desprezo; a maioria erguia as sobrancelhas como se tivessem visto uma aberração saída de um circo de horrores. Então ela viu um homem sentado ao lado da grade de ferro de um bueiro, tentando se aquecer. Ele estava com as pernas esticadas na calçada, forçando os transeuntes a pular por cima delas. Não era velho – devia estar na casa dos vinte anos –, e seu rosto estava vermelho como uma beterraba, de bebida e de frio. Nora se perguntou se ele estaria bêbado, e se aproximou cautelosamente.

– Perdão – ela disse.

Ele empurrou o gorro de lã para trás e a encarou com olhos sonolentos e injetados.

– Preciso de comida e de uma muda de roupa – disse Nora. – Você sabe se existe alguma missão de caridade aqui perto?

Com um sotaque carregado, o rapaz respondeu:

– Você está com sorte, meu amor – ele apontou no sentido norte, deu-lhe algumas instruções simples e depois pediu dinheiro. Nora riu, não de condescendência, mas de ironia diante do pedido. Estava tão quebrada quanto ele.

Deixou-o sentado na calçada, com a cabeça caída. A poucos quarteirões dali, encontrou a missão. A placa acima da porta informava Lar do Coração em letras amarelas brilhantes, um pingo de cor naquele dia cinzento. O prédio era estreito e comprido e, ao fundo, Nora viu vários homens e mulheres comendo em uma mesa. Abriu a porta e um sininho tilintou.

Uma mulher com um rosto de traços fortes e proeminentes e cabelos prateados desviou a atenção de suas tarefas. Não sorriu nem cumprimentou Nora, só a olhou como se esperasse que a próxima safra de indigentes entrasse pela porta a qualquer momento. O abrigo estava quente e cheirava a casacos úmidos pendurados nos canos de vapor. O aroma de especiarias de um ensopado de carne também se espalhava pelo ar.

A mulher permaneceu impassível atrás da mesa. Algo nos seus olhos fez Nora sentir um arrepio. Era difícil dizer o que era, mas se tivesse que dar um palpite, diria que era reconhecimento. A mulher sabia, ou suspeitava, de onde ela vinha. Apenas sua necessidade de trocar de roupa a impediu de sair correndo porta afora.

A recepcionista pousou o lápis sobre uma pilha de papéis e a fitou com desconfiança.

– Posso ajudá-la?

– Eu encontrei um homem na rua. Nós dois somos desabrigados e ele me guiou até aqui.

– É mesmo? Há quanto tempo você está desabrigada?

– Cerca de quatro meses.

A mulher abriu um arquivo de cartões sobre sua mesa.

– Qual é o seu nome?

– Monica – Nora respondeu, quase sem pensar. Não havia razão para dar seu nome verdadeiro.

– Último nome? – a mulher inquiriu, tamborilando os dedos no arquivo.

– Tiernan – ela disse com a expressão séria e sem o menor sinal de culpa.

– Monica Tiernan... – Ela folheou o arquivo, parando no "T", e inspecionou os cartões atrás da divisória. – Não tenho registro de nenhuma Monica Tiernan. Conheço todas as pessoas necessitadas no bairro. Conduzimos nosso negócio de modo a conhecer todos que ajudamos, sabe. Nós não atendemos aqueles de baixo caráter moral.

Nora entendeu as entrelinhas. O Lar do Coração não era um santuário para traficantes de drogas, bêbados, cafetões, prostitutas ou outros tipos de moral questionável como as Madalenas.

– Oh, pode acreditar em mim – disse Nora. – Minha moral é bem elevada, só estou passando por uma fase difícil. Meus pais morreram e eu perdi minha casa. – A verdade contida em sua afirmação foi suficiente para trazer um brilho lacrimoso aos seus olhos. Só esperava que a mulher notasse.

– Você tem identificação?

– Nenhuma – respondeu Nora. – Nem mesmo uma bolsa para colocar o que quer que seja.

– Você está usando um vestido bem incomum...

– Ah, eu o encontrei junto com o avental em um beco não faz muito tempo. Era melhor do que o meu e mais quente também; aliás, é por isso que estou aqui. Preciso de uma muda de roupa e gostaria de comer alguma coisinha.

– Onde você achou essa roupa?

– Na Northbrook Road, não muito longe daqui.

A mulher torceu os lábios e entregou um cartão a Nora.

– Preencha isto. Precisamos de algumas informações para nossa missão. Você é bem-vinda para comer. Vou procurar roupas. Acho que temos algo no seu tamanho.

Conforme preenchia o cartão, Nora inventava respostas para as perguntas que se sucediam, sempre de olho na mulher. Pelo que podia ver, havia apenas um telefone na sala, e ficava na recepção. Temia que a mulher chamasse a Guarda.

A recepcionista voltou trazendo roupas de baixo, um vestido azul liso e um casaco quente de gabardina. Todas as peças estavam completamente fora de moda, mas Nora as aceitou com gratidão. Agora poderia trocar tudo o que usava, exceto as sapatilhas pretas das Madalenas. Não eram realmente apropriadas para aquele clima, mas teriam de servir até que ela conseguisse um par de sapatos mais adequado.

– Você pode se trocar no banheiro feminino, nos fundos – a mulher indicou – e depois ir comer alguma coisa.

– Obrigada – Nora agradeceu, entregou o cartão e pegou as roupas. A recepcionista sentou-se novamente e leu as informações.

A caminho do banheiro feminino, o cheiro forte do ensopado despertou seu estômago. Ela abriu a porta e manteve-a ligeiramente entreaberta enquanto se trocava. Deixou suas roupas velhas num canto. Através da fresta, Nora viu outra mulher, que também parecia trabalhar na missão, aproximar-se da mesa. As duas examinaram o cartão e conversaram.

Nora demorou alguns minutos para se trocar, certificando-se de tirar os cigarros do avental. Sem saber quando faria outra refeição, serviu-se uma tigela grande de guisado e um pedaço de pão. Sentou-se junto dos outros homens e mulheres, mas não disse nada enquanto comia, posicionando-se de modo que pudesse observar as duas mulheres.

Enquanto Nora devorava a refeição, a segunda mulher afastou-se da mesa, aparentemente satisfeita com sua conversa com a recepcionista. Um velho usando um casaco surrado sentou-se ao lado da garota, sorvendo ruidosamente a sopa e mastigando o pão com dentaduras que, a todo momento, se desencaixavam de sua boca. Duas notas de uma libra estavam aparentes no bolso do casaco. Seria tão fácil roubá-las, ela pensou.

Observou as notas e então moveu a mão em direção ao homem, certificando-se de que ninguém estava olhando. A recepcionista mexia no lápis, mas não estava olhando para ela.

Nora tocou o topo das notas, sentindo a textura característica do papel. O homem se mexeu e ela retirou a mão. Segundos depois, pegou o dinheiro em um movimento rápido e o enfiou no seu casaco de gabardine. *Isso vai me pagar um táxi para casa. Perdoe-me, mas preciso disso mais do que você.* Ela sabia muito bem que isso poderia ser mentira; no entanto, considerando a situação em que seus pais e Deus lhe haviam deixado ultimamente, pequenos furtos e culpa eram as menores de suas preocupações.

A mulher na escrivaninha discou o telefone.

Nora engoliu o restante de seu ensopado e enfiou o resto do pão na boca. Contudo, em vez de sentir a calorosa satisfação de ter a barriga cheia, ela congelou de medo do que a mulher poderia estar fazendo. Será que estava chamando a Guarda? Será que suspeitava que Nora fosse uma Madalena? Em vez de correr o risco de ser levada de volta ao convento, decidiu sair dali. Já tinha matado sua fome.

Levantou-se, sem se preocupar em retirar a tigela da mesa, e correu até a mulher:

— Com licença, será que posso usar o telefone antes de você? — Ela estendeu os braços, num gesto que tentava despertar pena. — Preciso ligar para a minha tia. Talvez ela possa me acolher!

A mulher colocou a palma da mão sobre o bocal.

– Não está vendo que estou usando? Você terá que esperar alguns minutos. Sente-se. Tem certeza de que você já comeu o suficiente?

– Mais do que suficiente – disse Nora e, em seguida, disparou até a porta.

– Pare! – A mulher deixou cair o telefone e correu atrás dela.

Nora virou para o norte em direção ao centro da cidade, correndo o mais rápido que pôde. A mulher gritou para ela voltar.

– Eu sei o que você é! Você é uma Madalena imunda e obscena! Eu chamei os guardas. Eles vão te pegar!

A voz da mulher desaparecia à medida que Nora corria. Ela dobrou uma esquina para fugir de Charlemont e, ofegante, desabou sobre as escadas diante de uma casa de tijolos. Estava escurecendo, o céu passava gradualmente de cinza-escuro para preto. Atrás dela, o brilho cálido das luzes enchia as janelas das casas. Como seria maravilhoso ter um lar novamente, sentir o verdadeiro calor e carinho do seio de uma família – experimentar o amor que ela nunca sentiu que teve –, passar juntos o Dia de St. Stephen.* Estar em segurança.

Agarrou o casaco e o puxou com firmeza em volta do pescoço. As lágrimas vieram, mas ela estava determinada a não deixar que caíssem. Em vez disso, engoliu o pranto e alimentou a raiva para conseguir ir em frente. Voltaria para casa, enfrentaria os pais e os obrigaria a aceitá-la de volta. Podia não ter sido a melhor das filhas na infância e na adolescência, mas não merecia isso. Se eles apenas ouvissem a voz da razão e não saíssem rotulando-a de vagabunda, ela se arrependeria e viveria como uma boa menina.

Seguiu em frente, mantendo-se na beira da calçada para o caso de ser avistada pelos guardas, mas quanto mais se distanciava da missão, menos temia ser capturada. Logo estava nas redondezas de Charlemont novamente, e continuou seguindo para o norte em direção ao Rio Liffey. Um táxi estava parado na esquina, expelindo espirais cinzentas de fumaça pelo cano do escapamento. Ela roçou as notas no bolso e abriu a porta de trás. Acomodou-se dentro do veículo e disse:

– Ballybough.

O motorista acenou a cabeça e se afastou do meio-fio. Nora recostou-se no banco, apreciando o calor, observando os edifícios passarem por ela.

Estou tão sozinha. E ninguém se importa se estou viva ou morta.

---

* Um dos feriados mais importante da Irlanda. É celebrado em 26 de dezembro, logo após o Natal. (N.T.)

Irmã Anne se debatia com a raiva que crescia dentro de si. Quantas vezes teria de se ajoelhar em oração para expiar os pecados das Madalenas? Como Deus iria puni-las? Ele não seria tão generoso quanto ela. Ajoelhando-se, apoiou os cotovelos na cama. Eles afundaram na colcha macia que sua mãe lhe dera anos antes de entrar no convento. A colcha sempre a lembrava de casa e dos belos artigos que a mãe e a irmã podiam tecer com as mãos. Ela não fora agraciada com tais talentos.

Jesus, na cruz, olhava para ela com seus olhos de madeira. *Oh, Senhor, ouça minha prece.* O silêncio também a lembrava o lar, o pai que abandonara a família depois que a irmã nasceu, a mãe que comeu o pão que o diabo amassou para sobreviver e poupar o mínimo para manter a família vestida e alimentada. Os invernos geralmente eram rigorosos, às vezes com pouco para comer e sem aquecimento para evitar que a família passasse frio.

As mangas do hábito escorregaram pelos braços da madre, revelando as cicatrizes vermelhas que inscreviam na carne a história de um sofrimento doloroso. Como seria fácil atravessar o quarto até a cômoda, abrir a gaveta de cima e retirar as lâminas que por tanto tempo foram suas amigas. Fazia vários meses que ela não se cortava; pensou ter vencido a obsessão que lhe excitava e, ao mesmo tempo, roubava sua força de vontade. Merecia ser cortada. A sensação, a madre suspeitava, devia ser muito parecida com a de viciados em heroína, que mergulhavam em um infinito labirinto letárgico de altos e baixos, sabendo que não podiam escapar da droga.

Apertou as mãos e rezou com mais intensidade, esperando uma resposta divina. A questão do que Deus faria lhe pesava como uma rocha na alma. Mas dessa vez, após alguns minutos, uma confiante voz em sua cabeça lhe disse o que fazer. *Como Satã, ao tentar Jesus no deserto, você deve oferecer-lhes algo e depois tirar delas. Ele ofereceu ao Nosso Senhor todos os reinos do mundo e seu esplendor. Elas podem até recusar a oferta, mas ainda assim terão de aceitar. Devo ensinar-lhes uma lição sobre as consequências do pecado e seu efeito na salvação delas. O pagamento do pecado é a morte.* Essa foi a resposta.

Uma fúria repentina tomou conta dela por causa da fuga de Monica. Saiu correndo do quarto atrás das irmãs Mary-Elizabeth e Ruth. Elas a ajudariam. Encontrou-as comendo junto das outras freiras na sala reservada às religiosas, separadas das Madalenas. A raiva em seu rosto deve tê-las chocado, pois as freiras saltaram de seus assentos e correram até ela.

– Reúna as meninas e leve-as para o andar de cima – ordenou a Irmã Anne.

– Elas não terminaram de comer – disse Irmã Mary-Elizabeth, limpando algumas migalhas da boca com o guardanapo.

– Apenas faça o que eu digo. Traga um prato de biscoitos recém-assados da cozinha, uma vela e fósforos. Veja se Irmã Constance preparou uma fornada de biscoitos de gengibre.

Irmã Mary-Elizabeth franziu o rosto rechonchudo.

Ela estava chocada, pensou Irmã Anne. *Bem, elas ficarão muito mais que chocadas quando descobrirem o que eu tenho em mente.*

As freiras não perderam tempo. Saíram correndo com os hábitos farfalhando atrás de si e voaram até a sala onde as Madalenas faziam sua refeição. Irmã Mary-Elizabeth gritou:

– Todo mundo para fora. Sigam a Madre Superiora.

Irmã Anne estava parada perto da porta, avaliando as expressões das meninas. *Teresa tem a aparência de um animal sendo caçado. Ótimo.*

Todas largaram os talheres e, olhando para a Madre Superiora, levantaram-se sem falar e formaram uma fila única.

– Para cima – Irmã Anne ordenou, indicando o caminho. – Agora!

As Madalenas subiram os degraus até o terceiro andar, escoltadas por Irmã Ruth atrás delas. A Madre Superiora ergueu a mão e as moças pararam no corredor entre seus alojamentos e o banheiro. Esta lição seria brilhante, uma parábola viva do bem e do mal. Instruiu as garotas a permanecerem em fila e, em seguida, passou por elas, olhando uma por uma, julgando-as, tentando avaliar quem poderia ter participado da fuga de Monica. As garotas estavam mudas. Não demonstravam remorso nem culpa; apenas ansiedade se manifestava nos punhos cerrados e nos rostos tensos.

A Madre Superiora falou em tom comedido para reforçar o castigo que estavam prestes a receber.

– Monica deixou as Irmãs da Sagrada Redenção sem permissão. Alguma de vocês teve um dedo nisso?

Um murmúrio se levantou do grupo. A maioria das Madalenas olhava para os próprios pés. Irmã Anne olhou até o fim da fila. Ninguém levantou a mão.

Irmã Mary-Elizabeth chegou trazendo um prato cheio de biscoitos de gengibre ainda fumegantes, a vela e os fósforos. A freira colocou-se ao lado de Irmã Ruth, que também olhava para o chão; Monica escapara sob sua vigilância. Irmã Anne acertaria as contas com ela mais tarde.

– Espero que, pelo seu próprio bem, estejam dizendo a verdade – prosseguiu Irmã Anne –, em nome de Nosso Senhor, se eu descobrir que alguma de vocês ajudou essa penitente em sua fuga, a punição será rigorosa e severa. – Ela abriu os braços como se fosse recebê-las de volta ao rebanho. – Mas, mesmo que nenhuma de vocês tenha ajudado Monica, há uma lição a ser aprendida. – *Olhe só para elas. Parecem cachorros perdidos*, falou a voz em sua mente. *Siga em frente. Mostre como os pecadores são punidos.*

– Os seguidores de Nosso Senhor foram condenados ao ostracismo, punidos por sua lealdade e devoção. Muitas de vocês podem achar sua vida injusta, suas provações como penitentes não merecidas. Nada poderia estar mais longe da verdade. O Senhor morreu, com amor em Seus lábios, pelos seus pecados. Eu quero que vocês conheçam esse amor.

Pegou os biscoitos de Irmã Mary-Elizabeth e passou em frente à fila, segurando o prato sob o nariz de cada uma das garotas. Algumas gemeram quando o aroma quente de gengibre assado penetrou em suas narinas.

– Quem de vocês prefere um biscoito a me ouvir falar sobre o amor e as graças de Nosso Senhor?

Sem hesitar, Patricia, a garota que havia roubado os pães, pegou um dos biscoitos. As demais recuaram, espantadas com sua reação. Lea agarrou o pulso de Patricia e tentou forçá-la a devolver o biscoito de volta no prato.

– Não, eu estou morrendo de fome – reclamou Patricia. – Não consegui terminar minha refeição.

Irmã Anne apertou o punho de Patricia até o biscoito se despedaçar na palma de sua mão e cair aos farelos no chão. Inclinou o prato e, um a um, esmagou os biscoitos que lhe caíam aos pés. Patricia estufou o peito.

– Não é certo... Fazer isso só para nos causar sofrimento.

– Você não tem força de vontade – disse Irmã Anne. – Todas serão punidas porque uma pecou. Nosso Senhor sabia que Ele deveria resistir a todas as tentações de Satã para alcançar o céu. Você falhou.

As demais garotas a observavam sem desmanchar a fila do corredor.

– Você sabe como o inferno tem sido representado ao longo dos séculos? – dirigiu a pergunta a Patricia, mas queria que todas as Madalenas aprendessem a resposta. As garotas observavam cada movimento dela, rígidas como estátuas no corredor. Patricia enxugou as lágrimas e balançou a cabeça em negativa. – Pelo fogo e pelo gelo. Vocês vão experimentar isso hoje à noite por causa do amor que tenho por sua salvação. – Ela apontou para a vela que Irmã Mary-Elizabeth segurava. – O inferno é tanto o fogo eterno quanto o frio mortal. Não haverá orações hoje, apenas penitência, porque uma de vocês se perdeu. Irmã Mary-Elizabeth, acenda a vela e segure-a. – A freira fez o que foi mandada. – Cada uma de vocês colocará a palma da mão sobre a chama até sentir as torturas do inferno, então vai tirar as roupas e imergir em águas geladas. – Ela apontou para os chuveiros. – Irmã Ruth, certifique-se de que a água esteja fria e que as penitentes sejam purificadas.

Betty, a mulher mais velha, foi a primeira a pôr a mão sobre a chama. Com um débil sorriso nos lábios, olhou placidamente para a Madre Superiora. Irmã Anne retirou sua mão quando a mulher fechou os olhos de dor. Betty tirou as roupas, deixou-as em uma pilha no chão, cobriu os genitais com as mãos e correu para o chuveiro. Gritou quando a água gelada a atingiu.

Patricia foi a próxima, colocando a mão sobre a chama até estremecer e gritar. A Madre Superiora ficou tentada a puxar a mão da moça de volta, mas já estava satisfeita por ela ter aprendido a lição. Patricia entrou na água fria.

Irmã Anne averiguou Teresa conforme ela se aproximou. No que estaria pensando? Os olhos da garota demonstravam pouca emoção, exceto por um breve lampejo – o que era aquilo? Ódio? Ressentimento? Medo? Não, resolução. *Seu espírito ainda não foi quebrado. Pela graça de Deus, eu vou quebrar essa menina, fazê-la pagar. Ela é amiga de Monica.*

Teresa manteve-se firme enquanto a vela queimava sua carne. Irmã Mary-Elizabeth arregalou os olhos quando a penitente, sem piscar, recebeu o castigo. A freira tentou afastar a vela da palma de Teresa, mas Irmã Anne a impediu.

A carne borbulhou e Teresa revirou os olhos. A garota sucumbiu e Lea a amparou.

– Chega – disse Irmã Anne. – Vá para o chuveiro.

Teresa afagou a palma avermelhada e, em seguida, tirou as roupas. Irmã Anne disse à Irmã Mary-Elizabeth:

– Certifique-se de que a mão dela seja enfaixada. Não quero infecções. Ela precisa trabalhar. Continue até que todas tenham sido punidas.

Deixou as Irmãs Mary-Elizabeth e Ruth no comando. Enquanto se afastava, ouviu algumas garotas gritando à medida que a punição continuava. Os sons ficaram mais fracos quando ela se recolheu ao silêncio de seu quarto. As Madalenas continuaram sua penitência e a madre se consolou com esse pensamento, enquanto se ajoelhava ao pé da cama para se dedicar a mais orações. Depois de alguns minutos, ela recebeu outra mensagem de Deus. *Você agiu bem. Através de você elas aprenderam o significado da salvação.* Que novas provações teria de suportar por elas?

Lágrimas vieram aos seus olhos quando inclinou a cabeça e apertou as mãos cruzadas contra o rosto. *Obrigada, Senhor.*

A palma de Teagan queimava como se ela a tivesse colocado em um fogão quente. A única vez que sofreu uma queimadura semelhante foi quando era uma criança curiosa e uma brasa ardente caiu em seu pé. Um amigo de seu pai estava limpando as cinzas de um fogão, e ela se aproximou demais.

Até Irmã Mary-Elizabeth parecia abismada com a punição de Irmã Anne. Limpou com cuidado a palma de Teagan, lavou-a com água fria, passou uma pomada para queimaduras na pele com bolhas e a envolveu com uma atadura de gaze. Ao terminar, a freira suspirou, deu-lhe um tapinha no ombro e a mandou para a cama.

O sótão estava tão frio que Teagan via sua respiração se condensando. Depois que as luzes foram apagadas, ela e várias outras garotas esgueiraram-se para a cama uma das outras para se aquecer. Lea, tremendo de frio após o banho gelado, levantou o cobertor e convidou Teagan a se deitar com ela enquanto lutavam para se esquentar. A menina se aconchegou ao lado de Lea, tomando cuidado para não roçar a mão queimada em nada. O menor contato trazia o ardor do fogo de volta à palma.

– Irmã Anne é uma bruxa – Teagan sussurrou. Queria usar outra palavra, mas não o fez por respeito a Lea. Nora, onde quer que estivesse, não teria pudores de usar a palavra. Talvez por isso Nora estivesse livre e ela ainda estivesse presa no convento.

Lea se virou e olhou para ela. As sombras conferiam aos seus grandes olhos uma aparência ainda maior do que à luz do dia. Teagan tinha a sensação de que dividia a cama com um alienígena, talvez vindo de Vênus, com um longo pescoço e olhos que podiam ver o interior das pessoas.

– Ela só está tentando nos ensinar a sermos boas – disse Lea.

Teagan sentiu a raiva tomar conta dela.

– Pare de defender a Irmã Anne! Nora estava certa em fugir. Eu não pensaria duas vezes se tivesse a chance de sair daqui.

Tosses e espirros ecoaram pela sala. Lea franziu o cenho e acariciou o braço de Teagan.

– Eu não queria te chatear. A Madre Superiora só quer ter certeza de que iremos para o céu... Ela quer o melhor para nós.

– Queimando nossas mãos e nos obrigando a tomar banhos gelados? É mais provável que a gente pegue um resfriado ou uma pneumonia. Até a Irmã Mary-Elizabeth ficou chocada com os truques da Irmã Anne.

– Irmã Mary-Elizabeth faz o que lhe mandam fazer. Que escolha ela tem? Eu só quero que todos sejam amigos... Felizes aqui e no céu.

Teagan gemeu. A ingenuidade de Lea tornava quase impossível argumentar com ela. Sabia que Lea estava longe de ser normal e não conseguia compreender a gravidade da situação. Na verdade, Teagan não entendia a mentalidade de muitas meninas. Elas pareciam cordeiros sendo levados ao abatedouro. Será que não sabiam que tinham escolha?

– Falando em truques, que tal um jogo? – Lea propôs. – Vai distrair sua mente dos problemas.

– Um jogo? – Ela se perguntou que ideia maluca a amiga traria a seguir.

– Sim, pegue seu cobertor. Não quero incomodar as outras.

Teagan foi até sua cama, tomando cuidado com a mão queimada. Olhou para trás e viu Lea debruçada, com a cabeça embaixo da cama. Apenas seu traseiro estava visível sob as cobertas.

– O que está fazendo? – Teagan sussurrou ao retornar. Lea levantou a cabeça e levou um dedo aos lábios. Felizmente, a garota ao lado delas havia se enterrado debaixo do cobertor.

Observou maravilhada quando Lea silenciosamente levantou três tacos de madeira e os colocou um em cima do outro. A amiga vasculhou com a mão direita, o braço desaparecendo na escuridão debaixo da cama. Alguns momentos depois, retirou a mão. Teagan não conseguia ver o que havia lá dentro, mas sabia de uma coisa: era o esconderijo perfeito para seus presentes de Natal, que ainda estavam escondidos na mesa de rendas no andar de baixo. Iria contrabandeá-los no dia seguinte.

– Venha aqui – Lea sussurrou.

Teagan sentou-se na cama ao lado dela, ambas com as pernas cruzadas em borboleta. Cobriram as cabeças com o lençol e os dois cobertores, como se fossem duas crianças brincando de cabana em cima da cama. Lea acendeu uma pequenina lanterna preta e a claridade iluminou a acolhedora tenda improvisada. O brilho cegou Teagan por um momento, e ela fechou os olhos até que suas pupilas se ajustassem. Quando os abriu, viu um baralho de cartas perto de seus joelhos.

– Cartas de tarô – explicou Lea.

– Você é completamente maluca, Lea – Teagan ficou de queixo caído. – Se formos pegas com essas cartas, nossas punições anteriores vão parecer um bailinho de sábado à noite. Irmã Anne vai achar que é bruxaria. – Ela se lembrou da ocasião em que Padre Matthew, o pároco, deu um sermão a seus colegas de escola sobre os males da feitiçaria e do satanismo quando os flagrou brincando com um tabuleiro ouija. Ela só se recusou a se juntar a eles porque tinha o pressentimento de que o tabuleiro poderia funcionar. E ficou assustada.

– Tolice – disse Lea. – É divertido, e é só um jogo. Eu costumava brincar com as cartas em casa. – Ela tirou o deque da embalagem e o embaralhou. Algumas das cartas maiores estavam desgastadas e rasgadas pelo uso.

– Como você as conseguiu?

– Elas eram da minha mãe. Eu as resgatei depois que ela morreu. Meu padrasto ia jogá-las fora.

Lea focou a luz da lanterna entre as pernas delas, distribuiu sete cartas sobre o colchão, viradas para baixo, e apontou para elas.

– Você puxa uma primeiro.

Um arrepio de excitação percorreu Teagan, eriçando o cabelo da sua nuca.

– Não quero – ela balançou a cabeça. – É ruim... Errado.

– Os espíritos nunca são maus ou errados; só se você *permitir* que eles sejam. E *nós* não queremos isso. – Lea passou os dedos pelas cartas.

A consciência de Teagan lhe dizia para não as tocar, mas a menina não conseguia deixar de se perguntar o que aconteceria em sua vida. Passou os dedos pelas cartas e sentiu uma carga de eletricidade estática emanando de uma delas. Teve um sobressalto quando um choque fugaz estalou na ponta de seu dedo.

– Viu?! O que eu te disse?

Lea riu e apontou novamente.

– Oh, está bem. – Os olhos de Teagan foram atraídos para a quarta carta à sua direita. A garota pegou e a virou, e Lea apontou a lanterna sobre ela. Mostrava uma mulher de aspecto régio sentada em um trono, segurando um cetro dourado em uma das mãos.

– A Imperatriz – Lea disse solenemente. – Um trunfo nos Arcanos Maiores.

– O que isso significa?

– Você vai engravidar.

Teagan resistiu ao impulso de gritar.

– Engravidar? – perguntou tão baixo quanto conseguiu. Um súbito peso envolveu suas pernas e virilha.

– A Imperatriz é alguém que nutre, a mãe de toda a criação.

– Creio que isso significa que eu vou sair daqui. É a única parte boa.

– É uma boa carta – disse Lea. – Significa que você terá uma vida longa e próspera.

Teagan pegou a carta e a observou atentamente. A mulher parecia ser da realeza, com um sorriso de Mona Lisa no rosto.

– Lea, isso é ridículo. Não acredito nessas bobagens.

Lea iluminou o próprio rosto com a lanterna e piscou.

– Não precisa acreditar. Mas as cartas nunca mentem. Vou tirar uma para Nora.

A menção do nome de Nora deixou Teagan incomodada.

Lea pegou as sete cartas, embaralhou-as e as dispôs na cama. Descreveu círculos sobre as cartas com seus longos dedos e escolheu uma. Era A Imperatriz novamente.

– Que estranho. Nora também terá uma família.

– Fico feliz por isso – disse Teagan. – Significa que Nora e eu vamos escapar desse lugar horrendo. – Ela se perguntou onde Nora estaria e esperava que a amiga se lembrasse da promessa de ajudarem uma à outra a escapar. Como seria glorioso viverem suas vidas livres das irmãs.

Lea colocou a carta junto das outras seis, embaralhou-as novamente e, hesitante, falou:

– Agora vou tirar uma para mim. – Ela redistribuiu as cartas na cama, abriu os dedos sobre elas e murmurou algumas palavras que Teagan não conseguiu entender. Escolheu a carta na extremidade direita e a levantou de modo que só ela pudesse vê-la.

– E então? – Teagan perguntou, curiosa para descobrir o que Lea tinha tirado.

Lea deixou a carta cair entre elas e a iluminou com a lanterna. Era O Enforcado, uma figura suspensa de pernas para o ar em um galho de árvore.

– Parece assustador – disse Teagan. – Espero que não seja nada ruim.

– Não é a carta da morte. – O brilho desapareceu dos grandes olhos da garota. – Você pode interpretá-la de duas maneiras. Pode significar que estou feliz exatamente onde estou, que minha vida está "suspensa". Ou pode ser uma carta de... – Ela virou a carta e a devolveu ao deque.

– O quê?

A expressão de Lea tornou-se grave, como se estivesse processando o peso de uma notícia ruim.

– Sacrifício... Martírio. – Lea recolheu os arcanos e os guardou. – Acho que você deveria voltar para a sua cama.

Teagan queria reconfortá-la.

– Tenho certeza de que não é tão ruim assim. Além disso, não acredito nessas cartas. É bobagem de criança.

Lea apagou a lanterna e a cabana improvisada caiu na escuridão. Ela ergueu o cobertor e o ar gelado soprou sobre elas. Tremendo de frio, Teagan voltou para sua cama.

Ficou deitada por um bom tempo, enrolada no cobertor. Estava com muito frio, depois com muito calor. Não conseguia parar de pensar nas imagens das cartas de tarô, especialmente O Enforcado. Perguntou-se o que aquilo significava para Lea, e então balançou a cabeça, dizendo a si mesma que era tolice acreditar que uma carta poderia prever sua vida.

Como será que Nora havia escapado? Será que tinha escalado o muro? Seria muito perigoso, e com certeza alguém a teria visto. Como conseguiu? Será que tinha se esgueirado pela porta ou se escondido em um dos sacos da lavanderia? Teagan agarrou com força a lateral da cama até sua palma queimada doer. *Maldição. Quero mais é que ela vá para o inferno.* Raramente usava palavrões, porque sua mãe havia lhe ensinado que apenas as "classes mais baixas" os usavam, mas Teagan se pegou praguejando contra a Madre Superiora e Nora. Sua amiga a desertara como uma traidora, e não apenas ela, mas todas as Madalenas tinham pagado o preço. No entanto, considerando o que a amiga teve de passar para escapar, admirou sua coragem. Nora viu uma chance e a agarrou. Muito provavelmente, Teagan teria feito o mesmo.

Ela enxugou os olhos com o lençol. Não podia nem socar a parede ou o travesseiro na cama porque acordaria as colegas de quarto. Seria outra punição.

Lembrou-se de sua promessa de escrever ao Padre Matthew, ou talvez até ao Papa, para contar seu lado da história. Que pecado, que transgressão ela cometera? Alguém na Igreja tinha que acreditar nela. Faria com que acreditassem! Forçou-se a relaxar e aos poucos foi soltando o ferro da cama. A trégua, no entanto, foi de curta duração, e logo seu corpo sucumbiu à tensão.

Uma pergunta a fazia se questionar: que vantagem lhe traria enviar as cartas?

E então foi confrontada com a realidade ainda mais perturbadora de outra questão. *Quem as enviaria para mim?*

CAPÍTULO 9

O TÁXI DEIXOU NORA A vários quarteirões de distância de sua casa. O motorista, pouco interessado em circular por Ballybough, recebeu o valor da corrida, desejou-lhe uma boa-noite, acelerou e foi embora, deixando um rastro de fumaça expelido pelo escapamento.

A garota ficou olhando para as casas geminadas que faziam parte de seu bairro desde que conseguia se lembrar. O período que passou no convento tinha distorcido sua percepção. Parecia que tanto tempo havia transcorrido desde que ela tinha ido embora, mas foram só alguns meses. As portas, os carros, até as lixeiras eram exatamente os mesmos, mas ainda assim pareciam diferentes, como se ela os visse por uma lente que alterava a realidade.

Os postes da rua foram acesos à medida que a noite caía, iluminando os pingos da garoa que atravessavam os focos de luz. Nora levantou a gola do casaco e a manteve perto do rosto. Não queria que nenhum conhecido a identificasse, e as chances de que isso acontecesse eram altas. A certa altura, até se enfiou em um beco para evitar uma mulher que morava na rua dos seus pais. Estava feliz por ter comido, porque entrar em uma loja para procurar alimento seria muito arriscado.

As ruas não estavam muito movimentadas por causa do frio. Nora caminhou por cerca de uma hora, fumou alguns cigarros, e então parou sob um poste, olhando para a porta que conhecia tão bem. As gotículas de chuva em seu casaco refletiam a luz como minúsculos diamantes cintilantes.

Minha antiga casa. Tinha a impressão de que anos haviam se passado desde julho. Um turbilhão de emoções se revolvia dentro dela.

Suas entranhas se contraíram, mas mesmo assim ela tinha uma estranha sensação de alívio por saber que pelo menos teria uma chance de falar com os pais. Limpou os olhos marejados, passando os dedos úmidos e gelados na bochecha.

Perguntou-se o que deveria dizer, o que deveria esperar, assim que reunisse coragem suficiente para bater na porta. A raiva que tinha dos pais foi dissipada pela ansiedade que tomava conta dela. Tinha jurado que mataria o pai por causa do que ele tinha feito, mas a realidade era bem diferente. Como poderia confrontá-los, possivelmente enraivecê-los, quando eles eram tudo o que ela tinha? Talvez fosse melhor implorar por misericórdia. Se eles aceitassem suas desculpas, poderia começar de novo.

O que tinha feito para merecer aquela punição? Já se fizera essa pergunta mil vezes desde que o pai a largara no convento. E sempre voltava a se perguntar. Talvez isso nem tivesse mais importância, mas, ali, parada sob o poste de luz, Nora fez um inventário de seus pecados. Tinha sido vaidosa, atirou-se em Pearse e fantasiou com ele e alguns outros garotos. Nem sempre foi gentil com o pai e a mãe. Evitava o trabalho doméstico e não estudava tanto quanto deveria. Mas era tão diferente assim das outras garotas? Elas não pensavam em rapazes e se perguntavam como seria tocá-los, beijá-los e algum dia fazer amor? Talvez seu grande pecado tivesse sido o orgulho. Ela se achava melhor do que os pais, melhor do que a vizinhança, se achava boa demais até para dizer que a Irlanda era seu lar. Seus pais não toleraram esse pecado. *Orgulho*. Foi o que provocou a derrocada dela.

Nora foi até a porta, levantou a mão, mas hesitou. Seus dedos, subitamente pesados, congelaram a poucos centímetros da madeira. Uma combinação de exaustão e desespero apoderou-se dela, tornando difícil até respirar. Trêmula, molhada, com frio, ela se forçou a bater o punho contra a porta. A cada batida, sentia as forças retornando.

Por trás das persianas cerradas da sala de estar, viu que uma luz foi acesa na parte de trás da casa. Pela direção, sabia que a luz vinha do quarto de seus pais. Um grunhido ecoou pela pequena residência. Então ela ouviu a voz áspera do pai.

– Segure a onda, pelo amor de Deus. Será que um homem não pode nem descansar?

A porta foi escancarada, a luz lá de dentro se derramando sobre Nora e a calçada. Ele a encarou, medindo-a de cima a baixo, e ficou boquiaberto, mas não disse uma só palavra.

– Gordon, quem é? – Sua mãe apareceu na porta do quarto enrolada em seu pesado roupão verde.

– Papai... – disse Nora. – Por favor, deixe-me entrar. – Pela primeira vez, ela se perguntou se tinha cometido um erro.

– Como você chegou aqui? – ele perguntou.

A mãe se aproximou e, então, reconhecendo Nora, cobriu a boca com as mãos.

– Eu fugi.

– Nossa filha está morta. – Ele bateu a porta na cara dela.

O baque dessa recepção a atingiu em cheio.

– Oh, meu Deus – sussurrou, sentindo a raiva crescer. Não tinha vindo tão longe, corrido tantos riscos, para ser detida. Ele nem sequer a ouvira. Ela precisava entrar para... O quê? O que diria a eles, pediria desculpas e suplicaria que eles a aceitassem de volta? Seria uma boa menina e faria tudo o que eles exigissem. Se ao menos a ouvissem, poderia convencê-los de que ela havia mudado. Jamais queria ser mandada embora de novo.

Nora bateu na porta repetidamente. Antes que pudesse bater pela última vez, o pai a abriu com um arranco. Desta vez, uma raiva devastadora estampava seu rosto. Ele cuspiu nela.

– Vá embora, quem quer que você seja. Não me ouviu? Minha filha está morta.

– Papai, por favor, me escute. – Ela estendeu os braços. – Eu mudei. Nunca mais vou aborrecer o senhor nem a mamãe. Eu prometo. Por favor, deixe-me entrar. – Ela deu um passo em direção a ele.

Gordon levantou a mão e a desferiu em direção à filha. Atingiu com força a bochecha esquerda de Nora, que se desequilibrou e saiu cambaleando pela calçada, até cair sentada com um baque surdo. A porta bateu novamente.

– Vá embora – o pai gritou. – Nossa filha está morta. Estou ligando para os guardas. – Também podia ouvir a mãe gritando coisas indistinguíveis do outro lado da porta, a voz aguda repleta de hostilidade.

Nora se levantou e esfregou o traseiro. A bochecha ardia como se uma porção de pequenas agulhas tivessem sido espetadas nela. O pai ainda entreabriu uma fresta da persiana e a xingou novamente. A fresta se fechou e a casa ficou totalmente escura. Nora sabia que ele ligaria para a Guarda.

Não tinha se preparado para a reação deles. Queria acreditar que seus pais a ouviriam e até a receberiam em casa. *Que estupidez*. A quem poderia recorrer? *Pearse?* Ele morava a poucos quarteirões dali. Talvez pudesse convencê-lo a ir até a porta, pelo menos falar com ela, mas, depois desse confronto, não estava preparada para outro. *Frio.* Uma xícara de chá lhe faria bem.

Saiu mancando pela rua, rumo ao leste. Em breve, as casas seriam decoradas para o Natal e as famílias se reuniriam para celebrar. Haveria luzes, música e festas para quebrar a escuridão. Sua casa estava morta. Caminhou em direção ao apartamento de Pearse, cabisbaixa por saber que nunca mais faria parte da vida de seus pais e com raiva por estar sozinha.

Ele tem que me deixar entrar. Afinal, foi ele quem começou toda essa confusão. Se tivesse me levado para Cork, como prometeu, minha vida não estaria essa bagunça. Ela mostraria a Pearse como tinha sido um erro abandoná-la.

Começou a andar mais devagar conforme chegou perto de uma fileira de casas como a de seus pais. Tudo estava frio, escuro e cinza. Os faróis dos carros que passavam a iluminavam, e Nora procurou caminhar casualmente, para evitar quaisquer suspeitas. Não se atrevia a olhar para trás. A raiva dava lugar à ansiedade enquanto um medo gélido a dominava. Um carro andava ao seu lado, seguindo-a, desaparecendo e reaparecendo entre os veículos estacionados na rua. Ela avistou o painel azul na lateral e soube imediatamente que era uma viatura da Guarda.

O carro acelerou para um espaço vazio mais à frente e parou. O oficial baixou a janela e olhou para fora.

– Entre.

Nora parou, inclinou-se para ele e sorriu. Talvez a deixasse em paz se ela cooperasse.

– O que há de errado? – Seus nervos estavam à flor da pele.

– Acho que você é quem eu estou procurando. Recebemos uma denúncia de uma mulher tentando invadir uma casa. Um homem relatou que a filha deveria ser levada de volta para as Irmãs da Sagrada Redenção, onde está morando há vários meses. Isso fica bem longe daqui. Você sabe alguma coisa a respeito?

Nora sacudiu a cabeça em negativa.

– Eu acho que você sabe, então por que não entra no carro e me poupa o trabalho de molhar meus sapatos?

Não tinha jeito. Seu pai tinha chamado os guardas e agora ela fora pega. Poupou o sorriso e estudou o oficial. Ele era jovem, cabelos pretos sob o quepe, um queixo bem marcado e olhos intensos que a examinavam sob as grossas sobrancelhas escuras. Poderia estar em uma situação pior do que com esse homem, ela pensou.

– Suba aí no banco do passageiro – ele ordenou. – Sorte que deixei meu parceiro uma hora atrás. Ele está com um baita de um resfriado. Não sairá amanhã também.

Nora desceu da calçada e deu a volta no carro. Abriu a porta e sentou-se lá dentro. O ar do aquecedor soprou sob seu casaco, esquentando suas pernas geladas.

– Então, você é Nora Craven? – ele pegou o maço de cigarros e acendeu um. A fumaça encheu o interior do veículo.

Aproveitando a névoa de tabaco, Nora inspirou profundamente e se inclinou em direção ao oficial, perguntando:

– Você se importaria de me dar um? – Por que usar os próprios?

Ele ajeitou o quepe para trás e fez que não. Pegou outro cigarro do maço, passou para ela e acendeu o isqueiro. Ela protegeu a chama com a mão, envolvendo a dele.

Recostou-se por um momento, aproveitando o prazer do fumo. Ocorreu-lhe então que podia mentir, embora soubesse que o guarda seria inteligente o suficiente para levá-la à delegacia e interrogá-la. Uma breve ligação às Irmãs da Sagrada Redenção revelaria a verdade. Em pouco tempo, ela estaria de volta e teria de enfrentar a ira da Madre Superiora. Por outro lado, poderia relaxar com o oficial, talvez até se divertir um pouco antes de ser devolvida à sua sentença de prisão sagrada. *Por que não?*

– Você acreditaria se eu dissesse que tenho 18 anos e que meu nome é Molly Malone?*

– Aposto que seu vestido não é tão decotado quanto o dela. – O oficial riu.

– Não. – O calor estava aumentando no carro. Nora abriu o casaco e mostrou o vestido azul liso, torcendo para que o policial notasse as amplas curvas sob sua roupa nada sexy.

– Quantos anos você tem? – ele sorriu.

– Dezoito. Acabei de completar. – Uma mentira levou à outra. Faria 17 anos em fevereiro, mas, dada a maneira como sua vida estava indo, não se importava de contar uma mentirinha. *Todo mundo já acha mesmo*

---

* Famosa personagem do folclore irlandês, símbolo do período da grande fome que assolou o país. Até hoje não se sabe se ela realmente existiu, mas Molly é conhecida por ser uma vendedora de peixes que lutava para sobreviver em Dublin, que acabou morrendo de febre. Algumas versões dizem que ela também vendia o corpo. Em Dublin, há uma estátua dela com um vestido bem decotado. (N.T.)

que eu sou uma vadia. Não foi por isso que me mandaram embora? Porque eu sou uma vagabunda?

– Parece mais velha – disse ele –, talvez 21.

– Se fosse qualquer outra pessoa, eu daria um tapa na cara. Nunca se deve dizer a uma mulher que ela parece mais velha do que é. – Nora se perguntou se ele estava certo. Talvez o tempo que ela passou com as irmãs tivesse deixado marcas horríveis em seu rosto, ou talvez fosse o cabelo curto. Mas não tinha tempo para pensar nesses detalhes.

– Gordon Craven disse que sua filha é uma Madalena. Já ouvi falar delas antes. Levamos algumas de volta para um convento há cerca de um ano. Eram garotas más. Sempre procurando pelo que quer que tenha feito suas famílias as mandarem embora. Você é assim? – Ele tirou o quepe e o colocou sobre o assento, revelando os cabelos pretos, fartos e ondulados.

Nora olhou para a mão esquerda dele. Nem sinal de aliança no dedo.

Ela fez que sim e imediatamente se sentiu triste. Sabia o que o oficial estava insinuando. Talvez se ela o deixasse conseguir o que queria, poderia convencê-lo a deixá-la ir embora. Então poderia ir atrás de Pearse.

Que estupidez! Pearse não vai me querer se eu fizer sexo com outro homem. Eu sei disso. Ah, o que estou dizendo? Ele nunca vai me querer... Sou problemática.

O guarda jogou a bituca de cigarro pela janela, deu partida no carro e seguiu para o sudeste. A princípio, Nora pensou que ele a levaria para a delegacia, mas quando se afastaram de Ballybough, passaram pelo Royal Canal e depois seguiram para o porto de Dublin, ela começou a se preocupar. O rádio chiou e ele pegou o microfone.

– Nenhum sinal dela – relatou. – Ainda vasculhando. Ampliando a área de busca.

Ele parecia saber para onde estava indo. Nora abaixou o vidro e jogou o cigarro fora. O carro passou por uma série de prédios de armazéns em ruas sombrias e desertas. A neblina espalhava seu denso manto e envolvia as luzes dos postes e o topo dos edifícios de tijolos. O oficial desacelerou em uma rua vazia e estacionou entre duas filas paralelas de caminhões perto de um cais.

Desligou o carro e apagou os faróis. O painel ainda emitia um brilho fraco. Ele deslizou para mais perto dela e passou o braço sobre os seus ombros.

– O que você faria para não voltar àquele lugar horrível? – ele a encarou, olho no olho.

Sexo não deveria ser assim. Nora não tinha ilusões de usar um vestido branco, ter um casamento perfeito e uma bem-aventurada noite de lua de mel com seu novo marido. No entanto, uma relação sexual em um carro da Guarda em um cais ermo também não era o cenário que tinha em mente para uma primeira vez ideal. Ele tinha razão. O convento era um lugar horrível e ela não queria voltar para lá, mas a que preço? Seus olhos se embotaram enquanto ela refletia sobre a escolha que tinha a fazer. Era realmente uma escolha? Seus pais a consideravam morta. Não tinha ninguém a quem recorrer. Um homem estava lhe oferecendo um pouco de consolo em troca de prazer. O que havia de errado com aquilo? No que lhe dizia respeito, não tinha outro plano para o futuro. Uma voz em sua cabeça gritou: *vou fazer jus ao motivo por terem me expulsado!*

Ela respirou fundo.

– Qualquer coisa.

– Ótimo. – Ele desafivelou o cinto. Nora desviou os olhos quando ouviu o zíper ser aberto. – Quer outro cigarro?

– Talvez mais tarde. – Ela balançou a cabeça.

– Ok. – Ele deslizou a mão para o topo da cabeça da garota, forçando o rosto dela para baixo.

Ela não ofereceu a menor resistência e o mundo inteiro mergulhou na escuridão.

Alguém sacudiu os ombros de Teagan, despertando-a de um sono profundo. Ela estava muito confortável debaixo das cobertas para se mexer.

– Acorde. – A voz insistiu.

Teagan reconheceu a voz de Lea e disse:

– Vá embora. – Abriu um olho sonolento e espiou a janela fria e vazia. Não tinha ideia de que horas eram, mas, pelo que podia estimar, ainda faltava muito para o amanhecer.

Lea a cutucou novamente.

– Preciso falar com você.

Teagan se virou sob o confortável calor do cobertor, apoiou-se sobre os cotovelos e tentou distinguir o rosto da amiga no escuro. Apenas a luz do poste na extremidade do terreno se infiltrava no sótão, que ficava mais claro agora que era inverno. No verão e no outono, a luz era obscurecida pelas folhas de carvalho.

– O que foi? – perguntou, irritada com a interrupção de seu sono.

– Aconteceu alguma coisa com Nora. – Lea sentou-se na beira da cama. – Algo ruim.

Se estivesse em outro lugar que não o convento, Teagan teria rido, mas sua intuição lhe dizia que deveria prestar atenção ao que a amiga estava dizendo.

– O quê? – Ela puxou as cobertas até o pescoço.

– Algo de que ela vai se arrepender.

– Você não precisa ser uma cartomante para saber disso – Teagan zombou. – Nora está metida em problemas até o pescoço. O inferno não será o bastante se ela for pega. – Retirou o braço debaixo das cobertas e apontou para Lea: – Você está dando atenção demais a essas cartas de tarô, vendo coisas no meio da noite. Estou começando a achar que você *é mesmo* louca.

Lea colocou a mão no ombro de Teagan. Apesar da noite fria, sua pele estava quente.

– Não sou louca. Eu tenho um dom. Tive a minha vida toda. Minha mãe, que Deus a tenha, o passou para mim. Meu padrasto não entendia esse poder e não me deixava usá-lo.

– O que você está falando não faz o menor sentido.

Lea se inclinou e um raio de luz atravessou seus olhos. O jogo de sombras parecia um efeito de filme de detetives dos anos 1940.

– Eu vi de novo ontem à noite – disse Lea. – Desta vez, soube que era real. – Sua voz diminuiu para um sussurro. – Irmãs Anne, Mary-Elizabeth e Ruth. Não consegui ver o rosto das outras freiras, elas estavam na sombra. O Sr. Roche estava cavando um buraco. Era pequeno e elas colocaram algo lá dentro, envolto em branco. Sr. Roche tirou o chapéu e Irmã Anne e as outras se ajoelharam e rezaram. Depois cobriram o chão com terra fresca.

Teagan sentiu um calafrio arrepiar seus cabelos e os pelos dos braços.

– O que você está querendo dizer?

– Elas estão enterrando alguma coisa naquele canto. O mesmo lugar em que eu vi Jesus, onde sei que vivem os espíritos. As freiras estiveram lá com o Sr. Roche. Eu as vi pelo menos cinco vezes. No começo, não tinha certeza do que estava vendo, mas agora sei por que essas visões vêm a mim e por que fico olhando para a grama. Espíritos vivem ali... Espíritos santos.

– Você está me dizendo que Irmã Anne e as outras estão enterrando "coisas" no terreno e ninguém sabe disso? – Teagan se sentou.

– Sim – Lea levantou a cabeça e o feixe de luz recaiu em sua boca. Seus lábios eram firmes e retos e falavam com determinação.

– Bem, com certeza não é ouro ou nenhum tesouro, e não podem ser adultos – Teagan ponderou. – Irmã Anne não é a pessoa mais amável do mundo, mas não acho que se trata de algum ritual satânico ou que seja magia negra. Se eles são pequenos e envoltos em branco... Elas estão enterrando... Crianças. O que mais poderia ser?

Lea concordou.

– Eu sabia, lá no fundo eu sabia, mas não queria aceitar porque é horrível demais. Queria me livrar dessas visões. Isso me faz chorar... Todos aqueles pobres bebês enterrados em uma vala comum sem nem uma lápide ou uma cruz. Nenhum enterro na igreja. Nada além da terra fria. É por isso que Jesus está lá; para dar-lhes conforto.

Teagan deitou-se, de repente abatida por uma grande opressão e muito cansaço. A confissão de Lea lhe encheu de luto e tristeza.

– Está tarde. Vamos tentar dormir mais um pouco antes de nos levantarmos.

Lea se levantou da cama.

– O que você acha que devemos fazer?

Teagan agarrou o braço da amiga antes que ela escapasse, preocupada que a revelação de sua amiga pudesse ir longe demais e trazer um grande sofrimento a todas as Madalenas.

– Estou feliz por você ter compartilhado comigo, Lea, mas vamos manter isso só entre nós. Gostaria que ninguém mais soubesse disso por enquanto.

Lea levou um dedo aos lábios e deslizou silenciosamente de volta para a cama.

Teagan se virou e olhou para o escuro. Não podia ver o canto sudoeste de que Lea falou, mas sabia onde ele ficava. Se levantasse da cama e ficasse em frente à janela, conseguiria vê-lo. O mundo lá fora estava frio, pouco convidativo no outono. Ela pensou nos bebês enterrados sob a terra úmida. No inverno, seus túmulos anônimos ficariam cobertos de gelo e neve; na primavera e no verão, de flores silvestres e grama fresca; e no outono, de folhas de carvalho amareladas. Ninguém jamais saberia o que descansava sob o solo. Exceto as freiras.

Ficou observando a janela, esperando adormecer, mas o descanso não veio fácil. Algumas estrelas brilhavam o bastante para serem vistas. A que distância será que estavam? Será que os planetas que as rodeavam traziam seres que sofriam tanto quanto os terráqueos? Que tolice especular sobre isso. A garota fechou os olhos e pensou na carta que escreveria ao Papa pedindo sua libertação. Não prejudicara ninguém; fora enviada às irmãs por um padre vingativo. E se tais argumentos não adiantassem, talvez ela tivesse de descrever um terreno que continha os corpos de muitas crianças inocentes. Quem sabe o Papa se interessasse em saber que eventos hediondos ocorriam no convento das Irmãs da Sagrada Redenção. Talvez até mandasse alguém para investigar.

Nora descobriu que o nome dele era Sean Barry e ele era membro da Guarda havia dois anos. Soube disso quando chegaram à quitinete em que ele vivia em Ballybough, pouco depois da meia-noite. Ele ainda tinha várias horas para cumprir antes de encerrar seu turno, então teria de comparecer à delegacia. Disse a ela para tomar um banho e ficar à vontade. "Seja lá o que você faça", ele a advertiu, "não saia". A Sra. Mullen, a proprietária, explicou ele, não deveria ser subestimada e não gostava nada de garotas sendo recebidas por rapazes solteiros. "Eu dei muito duro para conseguir este lugar e não quero ficar de mãos abanando."

Nora prometeu que seguiria as recomendações dele.

– Sirva-se do que tiver na geladeira – ele disse, e então a deixou sozinha.

O apartamento, se é que podia ser chamado assim, era meio velho, mas tinha aquecimento e uma cama confortável no meio. As persianas da única janela que tinha vista para a rua estavam fechadas. Um chuveiro, a pia e um vaso sanitário estavam escondidos atrás de uma cortina azul em um canto. Um fogareiro elétrico e uma pequena geladeira estavam em um balcão do outro lado da sala. Uma televisão velha com uma antena prateada torta jazia sobre uma prateleira barata de metal perto da janela. A única outra peça de mobília era uma poltrona estofada com camisas e calças jogadas sobre ela.

Nora tirou as roupas que havia recebido no abrigo e as jogou na cama. Ficou só de sutiã e calcinha, constrangida por estar quase nua no apartamento de um homem. Mas que diferença isso fazia depois do que ela fizera para se safar de ser mandada de volta para o convento?

Ela se despiu e correu para o chuveiro, açoitada pelo ar frio. Os canos de aquecimento a vapor sibilaram pela sala. Faltavam alguns azulejos no boxe do chuveiro e um anel de bolor escuro circundava o ralo. Os hábitos de limpeza de Sean pouco lhe importavam, apesar de que sua mãe jamais teria deixado a família viver daquela maneira. Nora abriu a água quente e deleitou-se com o calor que fluía por seu corpo. Usou o sabonete e o xampu dele e tomou um banho completo. Ainda que não fosse tão bom quanto tomar banho em casa, aquele chuveiro velho era muito melhor do que o do convento. "A cavalo dado não se olha os dentes", era o que sua mãe sempre dizia. Agora entendia o significado do velho provérbio.

Quando a água quente acabou, ela saiu do chuveiro e pegou a toalha pendurada no cabide. O pequeno espelho oval acima da pia estava embaçado e ela esfregou os dedos sobre ele; antes que se turvasse novamente, teve um rápido vislumbre de si mesma – uma garota de cabelos pretos curtos e olhos fundos que parecia muito mais velha do que deveria.

Vestiu novamente o sutiã e a calcinha e se arrastou para a cama.

Sean acordou-a várias horas depois com um beijo na testa. Despiu-se do uniforme e aconchegou o corpo delgado contra o dela. Fizeram sexo duas vezes antes de caírem em um sono profundo.

De tarde, acordaram juntos. Nora fritou batatas e um pedaço de carne e eles comeram juntos na cama, assistindo à televisão. Não falaram muito. A situação a lembrou de seus pais quando eles comiam fora da cozinha. Ela e Sean tinham ficado tão íntimos, tão à vontade um com o outro em tão pouco tempo, e mesmo assim ela mal o conhecia. Será que se tornar adulta e encontrar um homem com quem se casar era assim mesmo? As circunstâncias pareciam estranhas, fora dos eixos, porque o espectro das irmãs pairava sobre ela como o Espírito Santo, alfinetando-lhe a consciência.

Depois que comeram, Sean tomou banho e se arrumou para o trabalho. Enquanto o observava vestir o uniforme, ela perguntou:

– O que você disse a eles na delegacia?

– Sobre o quê?

– Sobre mim. – Nora se mexeu desconfortavelmente na cama.

– Nada. – Ele balançou a cabeça. – Disse que não encontrei a mulher. – Ele jogou um maço de cigarros para ela. – Comprei para você. Divirta-se enquanto eu estiver fora, mas não fume todos. Cigarros são caros.

– E o que eu devo fazer?

– Fique tranquila. Fique bem bonita para mim, e aí, quando eu voltar para casa, podemos chacoalhar essa cama.

– Obrigada. – Ela puxou um cigarro do maço. – E quanto tempo é que isso vai durar antes que eu enlouqueça, ou antes que você decida me jogar fora?

Ele colocou o quepe e pegou o casaco de cima da poltrona.

– Vai ser infinito enquanto durar, enquanto funcionar. Eu sou um homem bom, tentando fazer um favor para uma garota. – Ele colocou a mão na maçaneta e então parou. – Você pode ir embora a qualquer momento, mas para onde iria?

Ele abriu a porta e saiu para o escuro. Nora ouviu o ferrolho sendo trancado. Sean estava certo. Não tinha para onde ir até descobrir o que fazer.

Passou duas noites sentada na cama, assistindo à TV e fumando. Acabou com os Gauloises que Lea lhe deu e com parte do maço de Sean. De vez em quando, tomava um gole da garrafa de uísque irlandês que ele guardava debaixo do balcão. O sexo não era ruim, mas estar novamente isolada em outra prisão estava lhe dando nos nervos. Nora se pegou checando se a porta estava trancada, contando as rachaduras no gesso, limpando o banheiro e o fogareiro, ansiando por um passeio à luz do dia.

Na terceira noite, foi até as persianas e espiou o movimento lá fora. A garoa dos últimos dias havia dado uma trégua; o céu escuro parecia limpo. Tocou o vidro gelado com a ponta dos dedos, pensando no que queria fazer. Apagou as luzes e levantou rapidamente a persiana. Não havia ninguém lá fora, a não ser um gato preto se lambendo em cima de uma lata de lixo do outro lado da rua. Sean tinha bons mapas da cidade e ela sabia onde estava. O apartamento ficava a apenas quinze minutos de caminhada da casa de Pearse.

Testou a tranca da janela e a abriu sem dificuldade. Não havia tela, nada que pudesse lhe atrapalhar se decidisse sair. Abaixou a persiana e sentou-se na cama no escuro, ponderando sobre seu destino. Sean ainda levaria horas para voltar para casa. Podia deixar a janela destrancada, sair, voltar e ele nunca saberia. Pelo menos, era o que esperava. Não achava que ele era um homem violento, mas ele a advertira para não sair.

Ficar sentada ali a estava deixando louca. Nora colocou o vestido azul e enfiou o casaco de gabardina. Poucos minutos depois, caminhava entre as poucas pessoas na rua. Passou por uma loja com um grande relógio de pé na vitrine. Eram 7h50 da noite. Praticamente todo mundo estava em casa jantando, ou no pub virando uma cerveja. O vento frio do noroeste bateu em seu rosto. Quando ela se aproximou de seu destino, as lojas, as próprias ruas ganharam um aspecto familiar. Ainda assim, o bairro parecia estranho, diferente. Mais uma vez se perguntou se era ela quem tinha mudado, e não o ambiente.

Chegou à porta pintada de branco com um número 17 pregado. Levou a mão ao batente. Seu coração batia com tanta força que ela até conseguia ouvi-lo, sentir as marteladas frenética em seu peito. Era a mesma sensação que tivera quando estava na porta da casa dos pais alguns dias antes. Será que Pearse teria a mesma reação? E se ele fechasse a porta na sua cara e se recusasse a conversar com ela? Por que ele ia querer falar com ela? O que Nora faria, iria embora? Todo cenário era insano. Ainda assim, pensando bem, foi ele quem a colocou em toda essa enrascada quando decidiu não levá-la embora. Se ao menos ela não tivesse se jogado em cima dele e tivesse deixado as coisas fluírem naturalmente, talvez ainda houvesse uma chance de Pearse fazer o que ela queria. Será que não havia uma saída para esse horror? Ela nunca saberia se não tentasse.

Respirou fundo, contraiu a mandíbula, disfarçou o medo e bateu na porta.

Havia alguém na casa. Ouviu um barulho de televisão ligada; as piadas de um comediante britânico e o riso da plateia ecoavam pela sala. Bateu novamente, dessa vez mais alto.

A porta foi destrancada e o rosto de uma jovem apareceu na fresta aberta. "Sim?", foi tudo o que ela disse.

Nora deu um passo para trás. A mulher abriu um pouco mais a porta. Era bonita, mas tinha uma aparência cansada e olheiras. Os cabelos eram loiro-avermelhados, da cor de um pôr do sol no outono, e estavam soltos sobre os ombros. Ela usava jeans e uma camisa masculina grande. Quando abriu a porta totalmente, Nora entendeu por quê. A mulher estava grávida.

A visão lhe tirou o fôlego. Ela forçou a pergunta

– Pearse... Ele... Está?

– Quem gostaria?

– Eu sou... Uma velha amiga.

– Ele trabalha até tarde na oficina. Digo que você apareceu. Qual é o seu nome?

Nora falou o primeiro nome que lhe veio à cabeça.

– Monica.

– Monica? – A mulher, estreitando o olhar, postou-se atrás da porta. – Ele nunca mencionou nenhuma mulher chamada Monica. Sei que ele teve namoradas antes de mim. Eu sou a esposa dele.

Nora olhou para a mulher, sem saber o que dizer. Após alguns segundos constrangedores, ela recuou.

– Sinto muito por incomodá-la.

A porta se fechou e Nora se viu sozinha no meio da rua novamente. *É claro*, ela pensou. *Toda porta se fecha na minha cara. O babaca me abandonou e se casou com a mulher que conheceu no pub. Foi ela que o roubou de mim! Tomara Deus que ele não tenha falado tanto a meu respeito a ponto de ela me reconhecer!*

Correu de volta para Sean. O apartamento estava escuro. Abriu a janela, pulou para dentro e a trancou. Jogou-se na cama sem nem tirar o casaco e chorou. Nunca se sentira tão sozinha em toda sua vida. Sean era o único que poderia mantê-la longe das irmãs. Não havia mais nada a fazer.

Sean teve uma noite de folga dois dias depois. Algo parecia perturbá-lo, mas Nora não sabia dizer o que era. Perguntou, mas ele simplesmente ignorou suas indagações.

– Vamos dar uma volta – disse ele depois do chá. – Será bom para nós dois sairmos um pouco de casa.

Nora concordou. Era a primeira vez que ele sugeria que saíssem juntos. Ele vestiu a jaqueta enquanto ela pegava o casaco. Ainda estava usando o mesmo vestido azul que tinha conseguido no abrigo porque não possuía mais nada no mundo.

Caminharam para leste, em uma área que Nora nunca estivera antes. Ela tentou puxar conversa perguntando aonde eles estavam indo, mas Sean só balançava a cabeça e grunhia:

– Não sei. – Ele não estava com vontade de falar.

Quando dobraram uma esquina, Nora viu um homem parado diante de uma porta abandonada bem no meio da rua, com a perna direita dobrada casualmente, o calcanhar apoiado na parede de tijolos. O sujeito os viu chegando e acendeu um cigarro. O fogo iluminou seu rosto e ela reconheceu Pearse. Parecia mais adulto do que ela se lembrava. Os cabelos pretos estavam penteados para trás, mas seu rosto estava mais duro, o corpo mais robusto do que antes. Ele usava uma jaqueta de couro sobre uma camiseta branca e jeans.

Nora girou nos calcanhares, pronta para correr, mas Sean agarrou-a pelo braço e a arrastou pela calçada em direção à porta. Pearse sorriu enquanto ela se debatia contra ele.

– Eu assumo daqui, cara – disse Pearse.

– Obrigado – disse Sean, e empurrou-a para Pearse.

– Deixe-me ir! – Nora pensou em chamar os guardas, mas não adiantaria de nada. Ela já estava sob a custódia de um homem que poderia negar tudo o que ela dissesse.

– Os homens têm que se ajudar – disse Pearse, e segurou o braço dela. – Quando você pega uma mulher dessas...

Nora deu um tapa em Pearse, o mais forte que pôde. Sua cabeça virou com a força do golpe. Ele levantou um punho cerrado, mas Sean o deteve.

— Lembre-se do que combinamos, cara – disse. – Sem brutalidade. Ela já terá o bastante com que lidar quando voltar para as irmãs.

— Eu vou me certificar disso – Pearse esfregou o maxilar com a mão livre.

— Ela te deixou um presente de despedida – disse Sean. – Quatro marcas de dedo na bochecha.

— Espero que você tenha conseguido o que queria. – Pearse bufou. – Ela tentou comigo, mas não conseguiu.

— Sim, sim – disse Sean. – Estou fora agora. Você garante que ela será entregue?

Pearse balançou a cabeça em concordância. Sean deu alguns passos, mas então voltou-se para Nora, falando com o sotaque carregado:

— Não consigo acreditar que você se aproveitou de mim. Comeu minha comida, bebeu meu uísque, fumou meus cigarros. Você mentiu sua idade. Um homem pode se dar muito mal por causa disso.

Então se afastou, deixando-a sozinha com Pearse.

— Quer um cigarro? – Pearse enfiou a mão no bolso da jaqueta. – Talvez o seu último?

— Sim.

Ele estava com dificuldade para segurá-la e pegar o cigarro no bolso.

— Eu te solto, se você prometer não correr.

— Não vou correr – Nora suspirou. – Para onde eu iria? Nem sei onde é que estamos.

— De todo modo, eu corro mais rápido que você – Pearse ofereceu-lhe o cigarro –, mesmo com uma pedra amarrada no pé.

Nora também se encostou na porta, que dava acesso a uma loja abandonada de móveis de segunda mão. Uma mesa quebrada e algumas cadeiras velhas ainda estavam nas vitrines encardidas. Ela se sentia como aquela mobília – usada, descartada, incapaz de fazer muita coisa além de apodrecer.

— Então sua esposa me dedurou.

— Como pôde ser tão burra? – Pearse deu uma tragada no cigarro. – Eu me casei com ela depois que você foi embora. Você achou mesmo que eu abandonaria minha esposa grávida por uma galinha, por uma trepada, só porque você voltou? Só se eu estivesse louco, completamente fora de mim. Seu pai me fez um favor.

– Eu pensei que te amava – disse Nora. – Agora vejo quem você realmente é.

– Você só queria dar o fora de Ballybough – Pearse pisou no cigarro e olhou para o relógio. – Elas devem chegar a qualquer momento.

– Quem?

– As irmãs.

Nora tragou e depois soprou a fumaça no rosto dele.

– Eu vou sair de novo e, quando fizer isso, não vou voltar. Para mim, vocês estão todos mortos. – Ela empurrou as costas contra a porta para não tremer.

– Na hora que minha esposa me contou, eu soube que era você. Fui direto para a delegacia e descobri que você estava desaparecida. Sean ficou sabendo e estava mais do que disposto a te entregar quando soube quantos anos você realmente tem. – Ele se colocou na frente dela. – Meu Deus, Nora, até que ponto você vai se rebaixar para ter um homem?

– Não tanto quanto você para arruinar uma mulher.

Ele cuspiu aos pés dela.

– Você tem sorte de um dia eu ter prestado atenção em você.

Faróis cortaram a noite. Um Ford preto parou no meio-fio e ficou aguardando. Nora viu o motorista pela janela lateral. Sr. Roche, o zelador, inclinou-se sobre o volante, olhando pelo vidro. A porta do passageiro se abriu.

Nora reconheceu o jeito de andar, a postura alta e ereta da freira que desceu do carro. A Madre Superiora era inconfundível.

– Obrigada, senhor McClure – disse Irmã Anne. – Eu assumo a partir de agora. Garanto que isso não acontecerá novamente. Você nunca mais terá de se preocupar com essa penitente lhe incomodando outra vez. Venha, Monica.

Pearse olhou para Nora, com o cenho franzido.

– Monica?

– Um dos maravilhosos benefícios de se viver com as Irmãs da Sagrada Redenção. – Ela deu um passo em direção a Irmã Anne. – Foi um prazer vê-lo, *Sr. McClure*. Passe para uma visita a qualquer momento. Tenho certeza de que vai se divertir.

A Madre Superiora agarrou seu braço, mas Nora se desvencilhou.

– Não toque em *Monica*. *Monica* pode ficar chateada e fazer um grande escândalo.

– Eu duvido. – Os lábios de Irmã Anne se separaram em um sorriso fino. – Irmã Ruth está à sua espera no banco de trás.

Nora fulminou Pearse com o olhar, em seguida foi até o carro e entrou no banco de trás. Deslizou para o lado de uma carrancuda Irmã Ruth, enquanto a Madre Superiora fechava a porta.

Irmã Ruth agarrou Nora com os braços musculosos.

– *Você* arruinou todos os meus planos para a noite.

– É bom te ver também – disse Nora, empurrando-a no banco. – Tenho certeza de que o que tinha planejado não era tão importante quanto isso.

– Ora, sua...

– Chega, irmã – a Madre Superiora a repreendeu do banco da frente. – Seja gentil com Monica. Ela passará um bom tempo na Sala da Penitente. – A freira se virou e sorriu para Nora.

O Sr. Roche manobrou o carro e afastou-se do meio-fio, disparando em direção ao convento. À medida que passavam pelas casas de Ballybough, Nora se deu conta de que se entregara a um homem a troco de nada, a não ser uma viagem de volta às Irmãs da Sagrada Redenção. Sean havia perdido seus cigarros e um pouco de uísque, mas ela perdera algo muito mais importante. Algo que jamais poderia recuperar.

CAPÍTULO 10

IRMÃ ANNE TIROU O HÁBITO e vestiu a roupa de dormir. Monica continuava a surpreendê-la. Voltara ao convento sem dizer uma palavra; até entrou na Sala da Penitente sem oferecer resistência. Talvez finalmente estivesse aprendendo a se arrepender, afinal. Talvez sua aventura de volta ao mundo exterior a tivesse aberto para a possibilidade de uma vida sem pecado.

Ajoelhou-se na frente da cama, seu local habitual de oração, desejando estar em outra parte do convento. As janelas estavam fechadas contra o frio. O aquecedor estalava e funcionava com ruído no canto. Respirou profundamente, sentindo o ar um tanto úmido enchendo seus pulmões. Na Sala da Penitente tudo estaria escuro e silencioso após o término das orações noturnas na capela adjacente. Desejou ter a coragem de estar com Monica, amparando-a, dando-lhe o conforto e o amor de que ela necessitava durante seu período de penitência. As boas madres superioras talvez fizessem isso, mas o tempo que passava sozinha com Deus era mais importante que as preces com uma Madalena.

Irmã Anne inclinou a cabeça e rezou com uma reverência e um fervor chocantes. Cuspiu as palavras, dizendo-as quase aos gritos. *Pai Nosso, que estais no céu, santificado seja o Vosso nome!* Parou. Deus ouvia suas preces? Ele estava ouvindo?

Olhou de volta para a cômoda e pensou nas lâminas, límpidas, prateadas, reluzentes, gélidas, esperando para cortar a pele macia. Quantas horas ela própria passou na Sala da Penitente tentando exorcizar a dor? Suas Irmãs nunca souberam que esteve lá. Na maioria das vezes, era tarde da noite, muitas horas depois que as outras tinham se recolhido. Levara as lâminas consigo. Ninguém podia ver o sangue manchado na parede por seus dedos. A pedra antiga o absorvia como o barro absorve a água.

Tantas vezes lá rezou – o Pai Nosso, a Ave Maria, orações desoladas de absolvição. Tantas vezes procurara alívio para o desespero que varria sua alma como um rio caudaloso.

Nunca entendeu por que a própria mãe lhe odiava, quando a culpa não era dela.

– Por que sua irmã teve que morrer? – a mãe lhe perguntava incessantemente. – Você conversa com o Senhor todos os dias. Você é uma pessoa do divino. Por que Ele não a salvou? Você não poderia tê-la salvado com suas petições para Deus? – A raiva impregnava a voz da mãe.

As perguntas se tornavam mais insistentes à medida que sua depressão piorava. Irmã Anne só esperava o dia em que ela perguntaria: "Por que Ele não levou *você* em vez dela?". Não era sua culpa a irmã ter morrido no parto, mas a freira estava no quarto, rezando por ela, e tinha assegurado à mãe do bebê que ela iria viver, pela graça de Deus. Rezava com tanta veemência que sua cabeça doía, mas sua irmã morreu apesar de todos os seus pedidos. O bebê sobreviveu, mas não foi o bastante. Sua mãe murchou como uma rosa morta, a flor vermelha tornara-se marrom, reduzindo-se ao pó. Até que não lhe restou família alguma.

A culpa e a recriminação a atormentaram até que Irmã Anne foi obrigada a colocar o bebê para adoção, enquanto começava uma nova vida com as Irmãs da Sagrada Redenção. A mãe morreu alguns meses depois, em um hospital psiquiátrico. Antes disso, Irmã Anne a visitou uma vez depois que ela foi internada. A mãe não a reconheceu, e ela mal podia esperar para se afastar do cheiro de merda e urina, do gemido constante e da tagarelice dos loucos. Retornou ao convento, despiu-se e permaneceu debaixo da água escaldante durante uma hora. Sua pele ficou vermelha pelo calor; ela mal conseguia respirar e seus pulmões ardiam no vapor quente. Foi a primeira vez que se cortou.

Esta noite, suas preces pareciam parar no teto. Pensou em Monica e se perguntou o que ela estaria fazendo. Doía ficar sozinha no quarto? Ela sabia que sim. Às vezes, era mais doloroso do que qualquer um poderia suportar. Será que Monica estava com fome? Claro, mas a penitente deve suportar o castigo. A única maneira de ficar mais forte era recebê-lo, absorvê-lo e torná-lo parte de si.

Irma Anne levantou-se e foi até a cômoda. Foi como se o tempo desacelerasse, e, a cada passo, parecia que estava no corpo de outra mulher, andando sobre um colchão esponjoso. Chegou à gaveta. Os dedos se arrastaram, tocaram o puxador de carvalho arredondado e liso após meio século de uso. Abriu e viu as lâminas, o metal frio chamava por ela. *Pressione-as contra a carne. Que a penitente sangre.*

Pegou uma, manuseou-a, tomando cuidado para não se cortar. Levantou a manga e contemplou as cicatrizes na parte inferior do antebraço. Apenas uma, só mais uma, faria a dor desaparecer.

Não querendo ceder à vaidade de sua condição, evitou o espelho sobre a cômoda. Um conjunto de lavabo de porcelana holandesa azul jazia sobre o tampo de carvalho. Ela ergueu o braço sobre a bacia e correu a lâmina na pele. Um rastro carmesim seguiu-se ao corte, formando uma linha a princípio fina, mas que foi se espessando, correndo em gotas pelo seu braço. O sangue caiu na bacia tingindo a água de um rosa pálido.

Um choque, semelhante à adrenalina, foi desencadeado pelo corte. Seu braço relaxou enquanto ela observava o sangue correr e a água finalmente se tornar vermelha. Uma sensação de leveza fluiu em seu interior, que ela imaginava ser semelhante ao ópio se infiltrando nos pulmões. Nada mais tinha importância – nem o convento, nem Monica, nem certamente a sua dor. A euforia apoderou-se de seu corpo. Mergulhou o braço na água e, em seguida, ergueu-o cuidadosamente e o envolveu em uma toalha branca limpa que estava ali perto para estancar a ferida. Amanhã colocaria a toalha junto aos itens de lavanderia e ninguém nem perceberia.

Ajoelhou-se novamente aos pés da cama e olhou para o crucifixo. Recomeçou suas orações, dessa vez relaxada e sincera. O olhar de Jesus ia em sua direção, e ela sabia que Ele estava sorrindo.

Irmã Mary-Elizabeth abriu a porta e olhou para Nora. Um sorriso se formou no rosto da robusta freira, não exatamente acolhedor, mas era o mais perto de uma saudação amigável que a jovem via em meses.

– Ouvi dizer que passou por maus bocados – disse a freira, entregando-lhe um prato com uma xícara de chá e torradas. – Isso é tudo que terá até sair daqui, então é melhor aproveitar. Volto em uma hora para te levar ao banheiro antes da hora de dormir.

A garota olhou para si mesma, derrotada, exausta pela fuga e pela captura, incapaz de pensar no futuro. Até mesmo a ideia de chá com torradas lhe dava repulsa. Pegou o prato e o colocou no chão.

– Você já se cansou, Irmã Mary-Elizabeth? Já se cansou de viver?

– Não fale assim – disse a freira, fazendo uma cara feia. – Tudo o que você tem a fazer é se purificar e todos os seus problemas serão resolvidos, assim como foram para mim. Não consigo pensar em uma vida melhor do que servir a Deus. Logo, logo você também verá.

Nora riu da ironia das palavras da freira. *Purifique-se e todos os seus problemas serão resolvidos?* Presa em uma caverna escura, obrigada a comer torrada até ser liberada e então o quê? Uma vida na lavanderia até que alguém – quem quer que seja – viesse em seu socorro. Um cavaleiro montado num cavalo branco parecia um cenário improvável. Não podia confiar nos homens, não podia confiar nas mulheres, em quem poderia confiar?

Como se lesse a mente de Nora, Irmã Mary-Elizabeth falou com a voz alegre:

– Você precisa chegar a um acordo consigo mesma. Isso vai te dar forças para seguir em frente. Não deixe ninguém governar sua vida, exceto Deus. Ele vai falar com você.

– Agradeço o conselho, mas no momento não tenho nenhum amigo, real ou imaginário

– Oh, por que perco meu tempo falando com uma garota como você? Use o tempo que está aqui para pensar! Encontre-se. – A freira fechou a porta um pouco, prestes a mergulhar Nora novamente na escuridão, mas parou. – De verdade. Encontre Deus e sua vida vai mudar.

Antes que o último resquício de luz abandonasse a sala, Nora viu os arranhões que havia notado nas paredes em sua primeira vez na Sala da Penitente. Então se jogou no banquinho afundando a cabeça pesadamente no peito. Sua mente estava tão vazia quanto o cômodo. Era bom não pensar em nada, deixar a escuridão tomar conta dela, infiltrar-se em sua alma. *Talvez seja assim que eu deva lidar. Pensando em absolutamente nada.* Até mesmo o cômodo parecia bom. Sem umidade, sem frio. Nora estava afundando-se no vazio e gostou disso. Talvez Irmã Mary-Elizabeth estivesse certa. Se seus pais não a salvariam, e se Pearse e um homem como Sean não queriam saber dela, talvez ela devesse se voltar para Deus. Tal pensamento lhe proporcionou um alívio temporário, antes de fechar os olhos. Estava cansada demais para pensar. As trevas a engoliram e, junto com ela, seus pensamentos sobre Deus.

Teagan nunca se sentiu tão sozinha desde que Nora fugira. Irmã Anne reforçara estritamente a regra de "não conversar" e punira todas as freiras, particularmente Irmã Ruth, por seu comportamento negligente. A garota não conseguia falar nem com Lea – não que houvesse muito o que conversar – porque havia sido transferida da antiga biblioteca e voltado para a lavanderia, para assumir o lugar de Nora. Ambas estavam tão cansadas que pouco diziam uma à outra antes de se arrastarem para a cama. Antes de sua transferência, conseguiu pelo menos contrabandear seus presentes de Natal para o esconderijo sob a cama de Lea. A amiga ficou deslumbrada por alguém se importar tanto com Teagan a ponto de lhe dar presentes, e se ofereceu para mantê-los em segurança.

Por dias, seu trabalho concentrou-se novamente em B.C.E.D.: Brancos. Claros. Escuros. Delicados. O trabalho era sempre árduo e rotineiro: triar, separar, alguns dias nos tanques, então voltava à triagem sem nada para quebrar a monótona rotina. Pele nova já nascera sobre a ferida de queimadura que ganhara da punição na noite em que Nora fugiu, mas manchas vermelhas cobriam suas mãos por causa do contato com água sanitária e detergente. Todas as noites, quando se arrastava para a cama, seus ombros lhe matavam. Até Betty, uma das Madalenas mais velhas do convento, se queixou antes das luzes se apagarem de que as meninas haviam se tornado muito "rabugentas".

– O Natal está chegando – lamentou. – Não poderíamos ter um pouquinho de alegria em nossas vidas?

As Madalenas ouviram que a Madre Superiora punira severamente Irmã Ruth pela fuga de Nora. A atlética freira aceitou a culpa por adormecer. Também circulavam rumores de que Irmã Ruth fora mandada para a Sala da Penitente, mas nenhuma das fofoqueiras podia atestar a veracidade desse boato. Entretanto, pouco depois de ter sido reprimida por Irmã Anne, Irmã Ruth parecia ter desistido de beber clandestinamente no trabalho. Agora a freira sentava-se em sua poltrona, nunca mais lendo uma revista ou um livro como costumava fazer, raramente descuidando da postura. Era como se ela tivesse uma prancha presa às costas que a mantinha rígida e irritadiça. Descontava sua punição nas Madalenas latindo ordens durante todo o dia e administrando a lavanderia como se fosse uma carcereira. Todos os pacotes de roupa que entravam ou saíam pela porta de entrega eram agora inspecionados, sem hesitação, por Irmã Ruth.

Certa noite, Teagan pegou emprestada a lanterna de Lea e, debaixo dos cobertores, escreveu as cartas que previra. Escreveu longamente, meticulosamente, sobre um taco retirado sob a cama de Lea. Até o papel, a caneta e os dois envelopes foram "emprestados" da mesa de sua amiga na antiga biblioteca. Lea jamais perguntou para que serviriam os itens. Como sempre, só queria ajudar Teagan.

Ponderou exaustivamente cada palavra, afinal uma delas seria endereçada ao Papa e a outra ao Padre Matthew. Quando chegou a hora de executar seu planejamento cuidadoso, os pensamentos organizados foram transpostos para a folha assim que a ponta da esferográfica preta tocou o papel.

Seu tom era conciliatório, mas firme no entendimento de sua situação. Havia sido injustiçada, e a Igreja deveria reconhecer o "engano de seus pais" ao enviá-la às Irmãs da Sagrada Redenção. Compreendia que seu "relacionamento" com Padre Mark fora "equivocadamente" interpretado além das proporções por Padre Matthew. As condições na lavanderia eram deploráveis e deveriam ser corrigidas. A resposta para seu problema era simples: liberação imediata e um pedido de desculpas por parte da Igreja. Para não piorar o caso, não mencionou as supostas crianças mortas. Isso bastaria. Escreveu por duas horas antes de assinar as duas missivas.

Devolveu a lanterna, a caneta e o taco a Lea, que os ocultou como um exímio ladrão. A furtividade da amiga era assombrosa quando necessário, e ela se moveu sem emitir um único som.

Teagan não dormiu bem naquela noite, imaginando como conseguiria postar as cartas. As irmãs Anne, Ruth e Rose estavam fora de questão, pois não eram confiáveis. Sua única chance de conseguir postá-las seria apelar à Irmã Mary-Elizabeth, que vez ou outra demostrara boa vontade para com as garotas.

Deparou-se com a freira na manhã seguinte após o café da manhã. A insólita refeição à base de creme de milho com açúcar, torradas e chá aguado revirou seu estômago, que já não estava muito bom desde a decisão de enviar as cartas.

Irmã Mary-Elizabeth, carregando uma bandeja com torradas e chá, atravessava o corredor com as Madalenas, que seguiam para a lavanderia. Teagan conversou com ela do lado de fora da Sala da Penitente. A freira colocou a bandeja em uma pequena mesa entre a capela e a sala, e então levantou a corrente que pendia de seu cinturão. Ela parou quando a viu.

– Ande logo, vá trabalhar – ordenou a irmã. – Nada aqui é da sua conta.

– É apenas um minuto – disse Teagan. Olhou para as escadas e depois para o corredor enquanto as garotas passavam, certificando-se de que nenhuma irmã estivesse de olho. – Você poderia, por favor, postar essas cartas para mim? Eu ficaria muito grata. – Ela as retirou do bolso do avental.

– Duas cartas. Alguém anda bem ocupada. Canetas, papel e envelopes são escassos por aqui. – A freira a encarou com desconfiança. – Para quem você escreveu?

O sangue subiu ao rosto da garota. É claro que a Irmã Mary-Elizabeth gostaria de saber. Ela tinha realmente achado que a freira simplesmente postaria as cartas sem nem conferir?

– Para os meus pais – disse Teagan. A freira franziu a testa.

– É proibido entrar em contato com o exterior do convento, a menos que haja uma emergência. Isso é uma emergência? – Ela forçou um sorriso. – Você parece bem saudável para mim.

Ela devolveu as cartas ao bolso do avental.

– Só queria dizer a eles o quanto eu os amo e que está tudo indo bem.

– Ah, que beleza, não é – disse Irmã Mary-Elizabeth com um toque de sarcasmo. – Não acredito nem por um minuto.

Então Teagan disse abruptamente:

– Uma é para o Papa e a outra é para o Padre Matthew. Essa é a verdade.

A freira olhou surpresa para ela.

– Agora me diga, o que você está querendo com esses dois ilustres senhores? Melhor se livrar dessas cartas. E ande logo, antes que arranje um monte de problemas para nós duas.

Teagan seguiu para o fim do corredor, torcendo para que a freira não contasse à Madre Superiora sobre as cartas. Qualquer desvio da "normalidade" era um risco no convento. Mas esse era um que ela estava disposta a correr.

Quando se virou para descer as escadas para a lavanderia, viu Irmã Mary-Elizabeth abrir a porta da Sala da Penitente. Havia alguém sentado lá dentro – uma garota de vestido azul. Seu rosto estava oculto pela sombra. Seria uma nova Madalena, já sendo punida por suas transgressões?

O dia se arrastou para Teagan. Irmã Ruth a colocou em um tanque na parte da frente. Seu trabalho era cuidar dos tecidos delicados para se certificar de que todas as manchas tinham sido tratadas e removidas antes da lavagem à mão. Tomou todo cuidado para que suas cartas não fossem arruinadas com detergente ou água respingando no bolso.

Irmã Ruth era um verdadeiro cão de guarda e mantinha um olhar atento ao desenrolar do dia de trabalho. Várias vezes, furgões estacionaram diante da porta de entregas. Ela estava esperando o momento certo para entregar as cartas para alguém. Alguns dos homens já eram familiares, mas nenhuma oportunidade se apresentou.

Depois da refeição do meio-dia, Teagan retomou seu posto no tanque. Irmã Ruth voltou para sua cadeira no meio da sala e, assim, ela não teve nenhuma chance de conseguir despachar as cartas.

Por volta das 3 horas da tarde, um furgão marrom parou à porta. Irmã Ruth inspecionou os pacotes à medida que um homem de meia-idade e seu jovem assistente os empurravam para dentro. Perto de sua cadeira, a freira trocou cumprimentos e papéis com o homem mais velho, ignorando o jovem de cabelos escuros, que não poderia ter muito mais que 18 anos.

Enquanto os dois adultos estavam distraídos, Teagan decidiu agir. Esgueirou-se de seu posto, piscou para o jovem e lhe entregou as cartas.

– Por favor, poste-as para mim o mais rápido possível – sussurrou. – Não conte a ninguém. É importante. Eu vou lhe pagar pela postagem, e ainda mais, quando você voltar. – Ela piscou novamente.

– E ainda mais? – Ele abriu um largo sorriso, medindo-a da cabeça aos pés.

Teagan passou a mão pelo cabelo e balançou o quadril para o lado.

– Ainda mais. Tudo que eu puder dar. – Odiava agir como uma vagabunda, mas se conseguisse o que queria...

Ele piscou de volta para ela.

– Já ouvi falar de vocês, meninas. Meu chefe me contou. Eu vou voltar procurando por mais.

Irmã Ruth estava terminando. O tempo estava acabando.

– Lembre-se: não conte para ninguém. – Ela soprou um beijo e correu de volta para seu posto.

O jovem colocou as cartas no bolso de trás e esperou o chefe. Quando estavam saindo, ele olhou para trás e sorriu. Os dois desapareceram no furgão. Teagan torcia para ter tomado a decisão certa, mas, como em todas as suas ações ultimamente, não tinha muita escolha.

Nas orações do chá e da noite, Teagan pediu perdão a Deus pelo que fez. Tinha agido como uma sedutora e mentido para o jovem rapaz. Se Ele a escutasse, esperava que Deus a perdoasse. Ela se preocuparia com o garoto mais tarde. Suas preces eram sinceras, muito mais do que tinham sido em meses. Talvez o Criador tivesse coisas melhores a fazer, problemas maiores para resolver, do que prestar atenção a uma penitente nas Irmãs da Sagrada Redenção. Afinal, em outubro daquele ano, o mundo oscilava à beira de uma guerra nuclear quando Estados Unidos e União Soviética se confrontavam por causa de bases de mísseis em Cuba em 1962. Até as freiras rezaram pela paz.

Naquela noite, depois que as luzes foram apagadas, ela conversou baixinho com Lea sobre o que tinha feito – contou que havia escrito as cartas ao Papa e ao Padre Matthew e pedido ao jovem entregador que as enviasse.

– Até lhe ofereci favores – disse ela, pensando que suas palavras chocariam Lea, mas a amiga nem se abalou.

– Isso acontece o tempo todo. No campo, os garotos sempre queriam algo de mim. Quando eram jovens e viam o que os animais faziam, queriam experimentar também. Era natural que fossem tão curiosos, mas eu lhes dizia que não, que estava me mantendo virgem para Deus e os Santos. Bastava lhes dizer "Deus e os Santos" e eles paravam com as mãos bobas. Meu padrasto os teria assassinado se descobrisse o que eles estavam procurando.

Teagan riu alto demais e Lea pediu que se calasse. A amiga levou a mão ao ouvido e se enfiou embaixo das cobertas. Teagan fez o mesmo quando ouviu passos no corredor. A porta se abriu e um raio de luz penetrou no quarto.

Teagan abriu os olhos e espiou por baixo do cobertor. Uma freira – só poderia ser a Irmã Anne, alta daquele jeito – segurava uma tocha elétrica. O feixe de luz cortou o ar e passou pelas camas até chegar à de Nora.

Uma garota que parecia Nora seguia a Madre Superiora, mas essa penitente não tinha a ousadia ou a confiança de sua amiga. Na verdade, parecia que seu espírito estava quebrado: cabeça baixa, braços caídos, arrastando-se como uma mulher velha alguns passos à frente da freira. Teagan se perguntou quem seria a nova Madalena.

Quando a garota se aproximou, ela reconheceu o rosto, o cabelo preto, este mais desgrenhado do que quando a vira pela última vez. Era Nora! Usando um vestido azul como a garota que tinha visto na Sala da Penitente.

A amiga caiu na cama. Não disse nada quando Irmã Anne a cobriu e desligou a tocha. O sótão ficou escuro até a Madre Superiora abrir a porta e desaparecer no corredor.

– Nora. Nora – sussurrou Teagan, sentando-se na cama. Não se importava se as outras a ouviam ou não. Tinha certeza de que estavam tão curiosas quanto ela.

– Teagan? – A pergunta era fraca, a voz embargada de exaustão.

– Sim. Você está de volta! – Sua amiga havia retornado, mas não da maneira que ela esperava. Como poderia estar com raiva dela pela deserção? – O que aconteceu?

Nora se revirou embaixo dos lençóis.

– Cansada. Muito cansada. – A voz diminuiu como um sussurro perdido no ar.

– Você está bem? – Teagan perguntou, mas não houve resposta.

– Deixe-a em paz. – Lea apareceu na cama de Nora, olhando para ela. – Eu te disse que algo de ruim aconteceu. Eu tinha razão.

Teagan, preocupada que Nora pudesse estar ferida, recuou quando Lea voltou para a cama. Queria dormir, mas também queria ouvir o que a amiga tinha a dizer sobre sua fuga. Desanimada e exausta, ela acabara de volta no convento. Era a garota na Sala da Penitente. Teagan olhou para a figura silenciosa sob o cobertor. *Se ela não conseguiu escapar, como eu conseguiria?* O pensamento lhe caiu como uma bomba. Estava morrendo de curiosidade para ouvir a história de Nora. A manhã nunca demorou tanto para chegar.

CAPÍTULO 11

O AR FRIO NO DIA DE NATAL penetrava-lhes cortando os pulmões. Nevara durante a noite e o chão se transformara em um tapete branco leitoso. Teagan e as Madalenas, felizes por estarem fora do sótão gélido, observavam os flocos caindo do céu carregado pela janela da sala onde tomavam café da manhã. Betty comentou que a neve sempre lhe trazia um bom pressentimento sobre o feriado e lembrou-se da última vez que nevara no Natal: 1956. Irmã Rose, com um aspecto frágil, entrou para anunciar uma missa especial para as Madalenas após a refeição. O restante da manhã e a maior parte da tarde, com exceção das orações do jantar e da noite, seriam dedicados a jogos na antiga biblioteca.

– Não haverá expediente hoje – disse Irmã Rose, despertando uma onda de júbilo em volta da mesa.

As freiras tinham pendurado pisca-piscas coloridos nas paredes do primeiro andar do convento e havia uma árvore de verdade no final do corredor perto da Sala da Penitente. Quando teve a oportunidade de passar por elas, Teagan admirou as luzes vibrantes piscando, cintilando em tons de vermelho, azul e verde. A árvore exalava um inebriante cheiro de pinheiro que a lembrava dos feriados celebrados em casa, em reuniões noturnas ao redor da lareira. Sempre pensara neles como bons momentos, mas agora já duvidava. Longe dos pais há tantos meses, ela foi capaz de colocar em perspectiva como eram os feriados em família. O pai começava a beber ao meio-dia – qualquer coisa era uma desculpa boa o bastante – e não parava até que fosse dormir. As horas se arrastavam enquanto a mãe e ela observavam o pai se perder em um abandono alcoólico. A mãe bebia alguns drinques também, para evitar conflitos com o marido, e sempre acabava subindo para o andar de cima. Se fosse um feriado de dois ou três dias, o processo recomeçaria na manhã seguinte com "uma dose de veneno para curar outro veneno". Suas experiências no convento e em casa tinham semelhanças psicológicas. A Madre Superiora, no entanto, era um assunto diferente. O abuso físico dela era diferente das ameaças do pai. Aqui, Teagan estava aprendendo a cuidar de si mesma, para se proteger do abuso quando pudesse.

Depois do café da manhã, as Madalenas foram conduzidas pelas escadas, passaram pela árvore e entraram na capela, que, apesar da quantidade de velas acesas, não estava tão mais quente que o sótão. Teagan tomou assento em um banco a meio caminho do pequeno altar. Nora deslizou para o lado dela.

Elas tinham tido pouco tempo para conversar desde o retorno de Nora, embora Teagan estivesse ávida para ouvir o que acontecera no período que ela passou longe do convento. Nora nunca quis tocar no assunto, como se tivesse se tornado uma pessoa diferente daquela que conseguira escapar. Muito do fogo que Teagan admirava na amiga havia se apagado. Nora andava ligeiramente pálida e muitas vezes enxugava suor da testa mesmo nos dias mais frios. Conversar com ela era como conversar com uma mulher de meia-idade cuja vida fora reduzida a uma existência monótona, muito parecida com a imagem que a própria Nora tinha pintado da mãe em Ballybough.

Teagan virou-se para a amiga. Os lábios de Nora se separaram e ela pegou a mão de Teagan. Não haveria chance de falar agora.

As freiras entraram na capela em uma cadência silenciosa. A quietude do templo foi quebrada apenas pelo farfalhar de seus hábitos quando elas se sentaram nas duas primeiras fileiras de bancos. Três padres vinham atrás da Madre Superiora, que parou perto do altar.

Teagan perdeu o fôlego. Um padre que ela não reconheceu liderava o cortejo, mas ele era seguido pelos padres Matthew e Mark. Os homens não olhavam para as Madalenas. Olhavam para a frente, caminhando tão solenemente quanto as freiras, e sentaram-se em cadeiras colocadas em lados opostos do altar. Irmã Anne levantou as mãos.

– Aqui nos reunimos neste dia abençoado para celebrar o nascimento de Nosso Senhor.

Nora olhou para Teagan, enquanto Irmã Anne falava.

– O que foi? – ela perguntou num sussurro.

– Aquele à esquerda é o Padre Matthew, e o Padre Mark está à direita. Foi ele que me colocou em apuros... Bem, você sabe o que quero dizer.

Nora esticou o pescoço para dar uma boa olhada.

– Nada mal para um padre. Posso pensar em homens piores com quem se meter em problemas.

Betty virou-se do banco à frente, olhando feio para elas.

– É melhor vocês engolirem as línguas ou vão se ver com Irmã Anne.

Nora fez uma careta para a mulher mais velha, mas Teagan estava muito chateada para se importar com a reprimenda de Betty.

– Nossos convidados especiais hoje são os padres Matthew e Mark de St. Eusebius – apresentou-os Irmã Anne. – O bem-estar de vocês é uma preocupação de primeira ordem para eles e, como presente de Natal, trouxeram Padre Anthony, que veio da Itália e está de visita, e vai realizar a missa de hoje. Dediquem a ele sua atenção.

O sacerdote alto de olhos fundos começou a missa em latim. Teagan prestou pouca atenção às palavras porque estava analisando os padres Matthew e Mark. Nenhum deles parecia interessado nas garotas. O Padre Mark virou o rosto bonito para Teagan uma vez, mas desviou o olhar rapidamente. Será que a viu, ou estava olhando para o grupo?

Ela tremia no banco frio e duro, perguntando-se se Padre Matthew teria recebido suas cartas. Será que era por isso que eles estavam aqui? Essa possibilidade a deixou abalada, e ela se escorou com força no encosto duro do banco. Queria gritar com eles, proclamar sua inocência na frente das Madalenas e exigir sua libertação. Mas uma visão surgiu-lhe diante dos olhos – uma mão. Era a mão de seu pai, ameaçando golpeá-la se causasse problemas. Os dedos diante de si refrearam sua raiva. Ela se dissipou em tristeza.

– Você está bem? – Nora perguntou, segurando a mão da amiga com mais força.

Teagan fez que sim com a cabeça e respirou fundo. De nada adiantaria ficar especulando. Os padres estavam ali para celebrar a missa natalina e provavelmente nada aconteceria.

Padre Anthony conduziu a comunhão atrás do pequeno altar. Cada uma das Madalenas se alinhou em uma fila logo depois das freiras para comungar. Padre Matthew segurava o vinho. Padre Anthony sorriu para Teagan e a abençoou enquanto colocava a hóstia sobre a língua da garota. Padre Matthew limpou o vinho que escorria do cálice, mas não sorriu tampouco falou com Teagan quando o verteu para ela beber. A garota não sabia dizer se ele ao menos a reconhecera. Padre Mark permanecia sentado imóvel no altar.

A missa durou cerca de 45 minutos. Os padres e Irmã Anne foram os primeiros a se retirar, deixando as Irmãs Mary-Elizabeth e Ruth encarregadas da saída das Madalenas.

Teagan abriu caminho e colocou-se à frente das demais para ver os padres Matthew e Mark. Eles iam afobados atrás de Irmã Anne, como se estivessem com pressa de escapar das garotas. A Madre Superiora virou-se e estendeu o braço. A manga de seu hábito pendia como uma cortina preta enquanto ela os conduzia a seu escritório. Acompanhou-os lá para dentro e fechou a porta. Eles se foram. A vaga sensação de que poderia ter tido uma conversa com os padres evaporou-se.

Irmã Ruth segurava-se no corrimão enquanto levava as meninas para a antiga biblioteca. Irmã Mary-Elizabeth ficou na retaguarda. Teagan esperou nas escadas até Nora alcançá-la. Elas subiram lado a lado.

– Talvez possamos nos sentar juntas – propôs Teagan. – Assim teremos uma chance de conversar.

Nora bufava, seu rosto ficava mais vermelho a cada passo.

– Você está doente? – Teagan perguntou e amparou Nora, passando o braço por sua cintura. – Você não parece a mesma desde que voltou.

– Estou bem – disse Nora, passando a mão pela testa. – Acho que peguei um resfriado na Sala da Penitente. Fiquei um dia e meio lá.

– Tanto tempo assim? – Teagan lembrou-se de ter visto a garota de vestido azul. Chegaram ao topo da escada e ela soltou a amiga enquanto caminhavam até a biblioteca. – Que horror.

– Não foi tão ruim, sabe... – Nora balançou a cabeça. – Eu me entreguei. Sei que pode parecer estranho, mas foi como se eu tivesse me tornado parte da sala. Eu me fundi às paredes, me tornei parte da escuridão, parte da rocha. E ficava triste quando a porta era aberta porque significava que eu tinha de comer torrada, ou ir ao banheiro, e lidar com tudo isso de novo.

Um brilho caloroso filtrou-se da porta da biblioteca. As Madalenas entraram em silêncio. Fazia uma semana que Teagan não pisava naquela sala porque precisavam dela na lavanderia. Uma onda de resfriados havia tomado conta do convento, e, dependendo da gravidade, algumas garotas ficavam confinadas na cama.

As freiras decoraram a sala com velas e enfeites de papel-crepom vermelho e verde. Uma longa mesa estava encostada na parede, perto da mesinha de remendos de Teagan. Sobre ela, havia uma poncheira e duas fileiras de pacotinhos redondos, embrulhados individualmente. Quatro mesas redondas com cadeiras dobráveis estavam dispostas no centro da sala.

Irmã Mary-Elizabeth bateu palminhas.

– Meninas, hoje é Natal! Lembrem-se de dar graças quando abrirem os presentes. Agradeçam a bênção de viverem aqui, de terem a chance de desempenhar um trabalho significativo, em vez de viverem nas ruas, à mercê da própria sorte como tantos pobres e infelizes desafortunados. – Ela apontou para a mesa. – Sirvam-se de ponche, lembrando que esse aí não está batizado. – Algumas Madalenas riram e a freira sorriu. – O presente de cada uma está marcado pelo nome. Aproveitem com as bênçãos de Cristo. E podem conversar até as orações da noite!

Exclamações de alegria preencheram a sala; Teagan segurou Nora enquanto as outras Madalenas punham-se a conversar de bom humor.

– Vamos para o final da fila, para conversarmos – disse ela, ansiosa para saber detalhes de um evento que em qualquer outro contexto teria sido banal: a incursão de Nora por Dublin. – Conte-me tudo que aconteceu.

– Estou acabada, completamente acabada. – Nora suspirou e inclinou-se para bem perto de Teagan. – Não conte a ninguém, nem mesmo para Lea, mas acho que estou grávida.

Teagan ficou boquiaberta.

– Feche a boca e aja com naturalidade – disse Nora. – Não deixe as freiras desconfiarem.

– Grávida? – ela perguntou o mais silenciosamente que pôde.

Nora deu alguns passos para trás.

– Acho que sim. Eu *dei* para um guarda enquanto estive fora. Ele acabou se revelando um boçal. Mas era de se esperar... A maioria dos homens é. Estou me sentindo muito estranha ultimamente. Meus seios estão doloridos e tenho enjoos toda manhã. Por enquanto, estou mantendo em segredo.

– Oh, meu Deus, Nora... O que você vai fazer? – Teagan cobriu a boca assim que as palavras saíram. – Sinto muito, que pergunta idiota. Não há nada que você possa fazer além de ter o bebê.

– Eu não queria mesmo ter esse bebê – Nora olhou para baixo, ruborizada –, mas não posso fazer um aborto, então vou ter que carregar minha semente ruim até o fim. Haverá um novo Craven no mundo em agosto, mais ou menos.

A notícia de Nora deixou Teagan totalmente chocada. Toda a felicidade e o planejamento geralmente envolvidos em uma gestação eram inúteis aqui. Ela observou as Madalenas à sua frente aproveitando o Natal, pegando seus presentinhos, quando novidades muito mais importantes se desenrolavam ao seu redor. Se Nora estivesse apaixonada por esse homem e eles pretendessem ter esse filho, estariam celebrando a gravidez com bolo. Todas estariam falando sobre a vida que o casal teria junto. Mas aqui, tudo o que Nora poderia esperar era ter o bebê e entregá-lo para adoção. Teagan se perguntou se a amiga sequer pensara tão adiante. Sabia que, à medida que o bebê crescesse, seria mais difícil para Nora escapar do convento, então qualquer fuga que planejassem em conjunto teria de se realizar em breve. O tempo ficaria mais curto a cada dia.

Teagan pegou as mãos da amiga.

— Eu não sei o que dizer. Parabéns?

— Eu não iria tão longe. — Nora sorriu. — Eu suspeito, mas ainda não tenho certeza.

— Quando vai contar para as freiras?

— Andei pensando nisso. Se for mesmo verdade, vou manter em segredo o máximo possível e depois vou contar à Irmã Mary-Elizabeth. Pelo menos ela não vai me bater... — Nora olhou para a barriga. — Não dá para ver ainda.

As jovens estavam bem em frente à poncheira. Nora pegou uma xícara, despejou uma concha cheia nela e tomou um gole.

— Hummm, uva. — Estalou os lábios.

Teagan fez o mesmo. Então procurou seu presente em cima da mesa, entre os poucos que restavam. Viu um pacote redondo, embrulhado em papel branco com tema de Natal e fita vermelha. Estava escrito *Teresa* na parte de cima, à caneta.

Nora também achou o dela e o cheirou. As outras garotas já estavam desembrulhando os seus — eram todos iguais.

— Biscoitos de chocolate — disse Teagan. — Creio que é melhor do que nada. Nunca ganhamos sobremesa. — Imaginou o que os pais estariam fazendo na manhã de Natal. E Cullen? Será que estava pensando nela? Sentiu borboletas no estômago.

— Pois é, biscoitos — disse Nora e esfregou a barriga. — Eu já ganhei o meu presente. — Ela revirou os olhos.

Teagan riu e deu o braço a Nora enquanto procuravam Lea. Acharam-na sentada em uma das mesas, degustando seu presente. Ninguém se sentou com ela. A maioria das Madalenas a evitava por sua fama de esquisitona. Teagan e Nora sentaram-se ao lado dela, comeram suas guloseimas e desfrutaram do dia de folga. Pouco depois, Sarah juntou-se às garotas para um jogo de cartas sobre escritores famosos.

Quanto mais pensava no dia de Natal, mais irritada Teagan ficava. Sabia que os padres tinham ido ao convento para uma reunião com Irmã Anne e queria descobrir por qual motivo. Algo mais também a incomodava. Se ela e Nora fossem escapar, teria de ser dentro das próximas semanas, e não nos meses seguintes. Um plano precisava ser traçado, e rápido. Não tinha certeza se Nora havia mudado de ideia.

Alguns dias depois do Natal, Teagan reassumiu seu posto na antiga biblioteca. Agora que Nora estava de volta e os resfriados estavam melhorando, ela não era mais necessária na lavanderia. Mal começara a remendar uma toalha de renda quando Irmã Anne apareceu junto à porta e sinalizou para que a menina a seguisse. A Madre Superiora conduziu-a até o escritório, fechou a porta e mandou que se sentasse. Os bloquinhos de AMOR estavam organizados em uma posição diferente em relação à última vez que ela os vira. Estavam diretamente na frente de Irmã Anne, de modo que ninguém que se sentasse na poltrona poderia deixar de ver.

– Estou tentando controlar minha raiva – começou a freira. – Como você se atreve a fazer isso?

A Madre Superiora retirou duas cartas da gaveta da mesa e quase as esfregou no rosto de Teagan. Ela corou com intensidade, mas, em vez de se sentir mal, o constrangimento só lhe deu mais forças. Segurou o braço da poltrona e se inclinou para a frente.

– Como *você* se atreve a fazer isso *comigo* quando eu não fiz nada de errado? Você está com raiva porque sabe que estou certa.

Irmã Anne jogou as cartas na mesa e retirou a vareta com alça de couro de uma das dobras do hábito. Bateu de leve contra a palma da própria mão.

– Eu deveria lhe dar uma surra por causa do que fez. Você tem ideia da confusão que poderia ter criado se essas cartas tivessem sido enviadas? Felizmente, o entregador que você subornou com favores sexuais as entregou para o chefe dele. O homem já faz negócios conosco há anos e sabe como as meninas podem ser tolas. Ele agiu bem ao entregá-las a mim. – Ela apunhalou a mesa com a vareta. – Idiota! Uma petição ao Santo Papa e ao Padre Matthew alegando que *você* foi injustiçada? Quem acreditaria na palavra de uma menina promíscua sobre a de um padre ordenado?

Teagan deu um tapa nos bloquinhos de AMOR e os enviou pelos ares.

– Você não tem a menor ideia do que é amor. Só quer saber de manter suas prisioneiras na linha e de ganhar dinheiro às nossas custas.

– Recolha-os *agora*!

Teagan se negou.

– Não há amor neste lugar.

Irmã Anne agarrou a vareta horizontalmente com os punhos cerrados e investiu contra Teagan, que jogou as costas para trás quando a vara se aproximou de sua garganta. Foi por pouco que não a atingiu, acertando o encosto da poltrona em vez disso.

A religiosa tremia ao falar.

– Eu poderia matá-la pela dor que me causou.

A freira avançava mais e mais sobre a poltrona. A vareta se aproximava cada vez mais do pescoço de Teagan, que a agarrou e a empurrou de volta.

– Me matar? É isso que você quer? É essa a sua noção de virtude cristã?

Irmã Anne firmou os pés no chão e golpeou com força, afundando a vareta na poltrona. Teagan engoliu em seco, conseguiu inspirar rapidamente e disse:

– Então, me mate. É um favor que você me faz.

Irmã Anne parou subitamente; o rosto severo mortificado. Recuou, com a vareta ainda em mãos, para trás de sua mesa. Devolveu-a à gaveta e foi recolher os bloquinhos caídos. Ajoelhou-se e os pegou, gentilmente, um por um. Então olhou para Teagan, com olhos lacrimejantes, mas ainda chamuscando de raiva.

– Tanto o Padre Matthew quanto o Padre Mark negam qualquer irregularidade. Suas acusações contra o convento feriram a mim e à Ordem grandemente. – A freira recolheu as cartas e as guardou em sua escrivaninha.

– Foi por isso que os padres vieram aqui, não foi? Você queria lhes mostrar as cartas?

Irmã Anne admitiu. A Madre Superiora se inclinou sobre a escrivaninha como um pássaro ferido e inseguro, que se debate sem saber o que fazer quando o corpo vacila. Teagan não se compadecia dela.

– Se persistir nessa loucura, não terei outra escolha a não ser enviá-la para longe – disse Irmã Anne.

– O que quer dizer?

– Para um manicômio, onde você será tratada até que atestem que está bem.

Teagan sacudiu a cabeça, incrédula. A Madre Superiora não ia parar enquanto não arruinasse sua vida.

– Eu não sou maluca.

– Não é? Falsas acusações. Paixão por um padre. Pensamentos suicidas.

– Suicidas?

– Você quer morrer, não é? Acabou de me pedir que eu te matasse. É isso o que você quer. Eu sei muito mais sobre essas coisas do que você.

– Você sabe que eu sou inocente. É tudo que tenho a dizer. – Ela se levantou da cadeira e caminhou em direção à porta.

– Pare – a Madre Superiora ordenou. – Eu deveria mandá-la para a Sala da Penitente, mas à luz do seu estado de confusão emocional, desejando a morte, não creio que seja uma boa ideia. Vou ligar para a Irmã Mary-Elizabeth. – Ela pegou o telefone e se virou, para Teagan não ouvir a conversa.

Ofegando, Irmã Mary-Elizabeth chegou menos de um minuto depois.

– Vim o mais rápido que pude – ela disse à Irmã Anne.

– Quero que todos nesta sala vejam o que estou fazendo, de modo que não restem dúvidas sobre o que aconteceu com essas cartas.

Rasgou a primeira em pedacinhos e depois fez o mesmo com a segunda. Juntou os pedaços nas mãos e os entregou à Irmã Mary-Elizabeth:

– Queime-as – ordenou – e certifique-se de que mais nenhuma seja escrita.

Teagan abriu a porta sem olhar para trás. Irmã Anne gritou enquanto ela se afastava.

– Lembre-se do que eu disse sobre o seu futuro! Eu cumprirei minha promessa se for preciso.

Teagan seguiu pelo corredor, sem querer dirigir a palavra à Irmã Anne.

– Eu vou me lembrar – murmurou, enquanto subia as escadas de volta para a antiga biblioteca. Sentou-se à sua mesa, mas não conseguia trabalhar. Suas mãos tremiam, enquanto observava Lea. Agora havia algo a mais com o que se preocupar. E se a Madre Superiora cumprisse sua ameaça?

Durante semanas após o confronto com Irmã Anne, Teagan teve dificuldade para dormir. Passava a maioria das noites afofando o travesseiro, brigando com o cobertor, virando e se revirando em todas as posições possíveis, tentando achar uma que fosse confortável, mas quase nada funcionava. Geralmente acabava olhando fixamente para o teto, tentando bolar à força incontáveis planos de fuga. Quando o sono finalmente chegava, sonhava que estava correndo livremente pelas ruas de Dublin, caminhando ao longo das margens do Rio Liffey com Cullen, até mesmo plantando jardineiras na casa de seus pais. Os sentimentos eufóricos de liberdade se extinguiam quando ela acordava, deixando-a com uma sensação de exaustão e nervosismo.

Em janeiro, foi forçada a trabalhar na lavanderia novamente porque outra rodada de resfriados assolava o convento. Felizmente, ela e Nora haviam escapado do vírus. Quando podiam, usavam sua linguagem de sinais manuais para traçar como escapariam, já que eram poucos os momentos em que conseguiam conversar. Fugir pela porta de entrega, como Nora fizera, estava fora de questão agora que Irmã Ruth fora ludibriada. "Se me enganam uma vez, a culpa é de vocês; se me enganam outra vez, a culpa é minha", ela advertira todas as Madalenas com um brilho assassino no olhar. A freira as vigiava o dia inteiro, raramente desviando os olhos. A cada semana, o prazo para a fuga se tornava mais crítico por causa da gravidez de Nora, embora os sinais ainda não fossem óbvios. Teagan notou um pequeno inchaço na barriga dela depois que a própria Nora lhe mostrou, mas ninguém mais parecia ter notado. Nem mesmo Lea sabia.

Um dia, no início de fevereiro, Teagan retornou à biblioteca para trabalhar no reparo das rendas. Ninguém estava por perto à tarde, já que as irmãs confiavam em Lea, então ela aproveitou a oportunidade para falar com a amiga. Lea estava debruçada sobre o pergaminho, dando os últimos retoques no "Cristo entronado".

– O que acha? – ela perguntou quando Teagan se aproximou.

A menina se inclinou sobre a mesa e admirou o desenho.

– As cores são lindas. Seu trabalho é maravilhoso. – Teagan espiou o corredor para se certificar de que ninguém estava por perto. As luzes estavam acesas, embora o dia estivesse razoavelmente ensolarado. Todo e qualquer resquício de neve tinha sido derretido à medida que o sol se elevava e os dias se tornavam mais longos.

– Preciso falar com você – sussurrou Teagan. – É importante.

Lea olhou para ela intrigada, pousou o pincel no suporte e se virou para Teagan.

– Você é nossa amiga? – perguntou a Lea. – Você quer o que é melhor para nós?

Lea acenou em concordância, parecendo perplexa com tais perguntas.

– Eu quero que todas nós sejamos amigas. Todas, até as freiras.

Teagan empalideceu mediante a afirmação de Lea de que elas poderiam ser amigas das freiras, mas decidiu ignorar o comentário.

– Lembra quando jogamos as cartas de tarô?

– Sim. A carta da Imperatriz surgiu para você e para Nora... Vida longa e próspera.

A velha freira, Irmã Rose, passou pela porta, mas não olhou para dentro. A presença da freira assustou Teagan e ela se afastou da mesa. Irmã Rose sumiu no corredor, provavelmente muito ocupada pensando em cortar o cabelo de alguma penitente para notar qualquer conversa na biblioteca.

Teagan voltou para a escrivaninha e pôs a mão no ombro de Lea.

– Isso mesmo, e isso significa que vamos sair daqui.

– Suponho que sim – Lea torceu os lábios.

– *Você* me disse que as cartas nunca mentem. Nora e eu precisamos de sua ajuda.

– Minha ajuda? – Lea olhou para ela pesarosamente. – O que posso fazer? – ela balançou a cabeça. – Não quero perder minhas duas melhores amigas no mundo.

Teagan agarrou as mãos de Lea.

– Então venha conosco. Nós três podemos fazer isso. Vamos nos ajudar.

– Não acho que eu poderia sair daqui – Lea afundou-se na cadeira. – O que eu faria? Desenharia imagens? Ninguém me pagaria por elas. Não posso voltar para a fazenda onde não sou bem-vinda. Eu não tenho nenhum outro talento.

– Você pode ler a sorte das pessoas – Teagan disse, agarrando-se a qualquer argumento para tentar a amiga.

– A maioria das pessoas pensa que as cartomantes não passam de fraudes – Lea riu. – Decerto eu seria presa.

– Pense em como seria maravilhoso viver no mundo novamente. Sentir o cheiro do ar fresco; estar no campo e brincar com os patos e os gansos... Ficar longe do fedor deste lugar.

Lea inclinou a cabeça.

– Se você quer que sejamos felizes, ajude-nos – implorou Teagan. – As freiras confiam em você. Você é a melhor amiga que temos. As portas do convento estão sempre trancadas, as chaves ficam aos cuidados do Sr. Roche, e os jardins são cercados. Ajude-nos a elaborar um plano.

Os olhos de Lea se encheram de lágrimas.

– Ajude-nos, por favor.

– Eu quero que você e Nora sejam felizes – Lea limpou a lágrima que escorreu por sua bochecha; Teagan a abraçou.

– E nós queremos que você seja feliz. Mas Nora e eu não seremos até sairmos daqui – ela fez uma pausa. – Sei que parece estranho, mas você pode me arranjar um martelo e um pouco de óleo de máquina?

O rosto de Lea se iluminou.

– Acho que o Sr. Roche tem essas coisas em seu escritório.

– Ótimo. Eu vou ficar com febre esta tarde. Tente levá-los para mim entre o chá e as orações. Faça o seu melhor. Se não conseguir hoje, veja se consegue para amanhã.

Ela caminhou em direção à porta.

– Aonde você vai?

– Estou ficando doente. Lembra? – Teagan se esgueirou até o banheiro e passou água escaldante pelo rosto. Então procurou Irmã Mary-Elizabeth e a encontrou postada do lado de fora do escritório da Madre Superiora. Irmã Mary-Elizabeth imediatamente a mandou para a cama por causa de sua "febre".

Algumas horas depois, Lea entrou no sótão com um martelo e uma latinha de óleo de máquina de costura no bolso. Antes do chá, conseguiu uma chance de entrar no cubículo do zelador pelo outro lado do corredor onde ficava Irmã Anne. A porta do escritório da Madre Superiora estava fechada. "Precisava de um martelo para consertar uma perna bamba em minha mesa", Lea diria a ela. Essa seria sua desculpa se fosse pega.

Assim que Lea saiu, Teagan pôs-se a trabalhar na janela perto de sua cama, retirando os pregos que tinham sido usados para lacrá-la. Lubrificou os trilhos e as dobradiças do vitrô e o levantou e abaixou várias vezes até que não fizesse ruído algum. Guardou o martelo, o óleo e os pregos debaixo da cama, caso precisasse fechar a janela novamente. Seu único arrependimento foi ter perdido o chá. Seu estômago estava roncando. Amanhã, com certeza, sua saúde retornaria.

– Vou subir no telhado hoje – Teagan sussurrou para Nora e Lea, depois que Irmã Mary-Elizabeth apagou as luzes.

– Você perdeu o juízo? – perguntou Nora. – Deixe de besteira, você vai morrer congelada.

– Não vou demorar mais que cinco minutos.

– Por quê? – Lea perguntou. – E se você for pega?

– Vou daqui a algumas horas. Quando voltar, eu explico. Agora, fiquem quietas.

Ela se cobriu e adormeceu sob o calor dos cobertores. Seus nervos, formigando de excitação, a acordaram pouco depois da meia-noite. O sótão estava quieto; ninguém se mexia. Saiu sorrateiramente da cama e foi até as portas do quarto, como se estivesse indo ao banheiro. Na luz fraca, conseguia distinguir as garotas dormindo, algumas até roncando. Os sons constantes e familiares do sono ajudariam seu plano.

A garota retomou sua tarefa e levantou a barra da janela sem fazer barulho. Destrancou o vitrô e o abriu, fechando-o rapidamente para que uma corrente indesejada de ar invernal não despertasse as Madalenas.

Suas roupas de dormir não fizeram a menor diferença contra o frio da noite. Teagan sentou-se nas telhas, avaliando se era seguro andar; talvez fosse melhor engatinhar. As neves de inverno na porção oeste do telhado já haviam derretido com o sol de fevereiro. Parecia seguro o bastante. Ela passou os dedos pela ardósia – aparentemente não havia gelo, mas no escuro era difícil dizer. Decidiu engatinhar até seu objetivo: o canto noroeste do convento, no lado oposto onde Lea, Nora e ela haviam se reunido antes.

Ventava um pouco. Assim que seu corpo se acostumou à temperatura, ela achou o frio suportável. A lua pairava em um céu sem nuvens adornado por uma rajada de estrelas. As luzes de Dublin diluíam-se na névoa mais ao norte.

Testou a firmeza de cada telha antes de se arrastar mais adiante, seguindo a beirada do telhado do convento. A linha escura do precipício a atraía como um explorador primitivo que anseia por encontrar a extremidade plana do mundo. Levou mais tempo para chegar ao meio do telhado do que tinha calculado. Nesse ritmo, ela ficaria ali fora por pelo menos meia hora. Tentou ir mais rápido, esperando chegar ao seu objetivo mais cedo.

Sua camisola enroscou na beira de uma telha, então ela puxou o traje, o prendeu pelos joelhos e continuou, como um cachorro apoiado nas quatro patas. Seu pé esquerdo escorregou, mas ela se salvou se segurando nas telhas com as mãos. A queda era alta. Ela teria caído ao norte da lavanderia, em algum lugar no terreno ao redor da capela. Teve outra surpresa conforme se aproximava: a ala norte do convento se unia a uma extensão mais longa do prédio, em formato de T, que seguia a oeste por alguns metros. Era uma parte de apenas um andar, com telhado plano, e além dela uma fileira de lâmpadas se alinhava em uma estrada deserta. Essa estrutura só podia ser o orfanato de que Lea falou, onde viviam e trabalhavam algumas freiras que as Madalenas viam ocasionalmente.

Teagan chegou ao seu destino, sobre a capela, ofegante com os esforços. Deitou-se sobre as telhas inclinadas, enganchou os dedos sobre a borda, puxou o corpo para a frente e conferiu os arredores. Seu coração acelerou com o que viu.

Abaixo, uma cerca de ferro com lanças nas pontas subia do chão a menos de um metro da fundação. Era uma queda de três metros no máximo. Um muro de arrimo bastante escarpado aflorava da parede, dificultando, mas não impossibilitando uma fuga, como acontecia no lado sul do convento. A cerca era um problema. Seria preciso evitar as lanças e balançar o suficiente para aterrissar na encosta que levava à estrada. Uma cruz latina jazia no topo do telhado e parecia sólida o suficiente. Teagan tinha um plano em mente e mal podia esperar para contar às amigas.

A garota olhou para o lado oeste por cima do prédio baixo e ficou maravilhada com o fato de o orfanato ser tão isolado do prédio principal do convento. O único acesso a ele era por uma entrada norte, quiçá por uma pequena porta a oeste na capela. Ela ficou curiosa para saber até onde o anexo se estenderia, mas imediatamente sentiu um arrepio ao pensar nas crianças que poderiam ter morrido ali.

Engatinhou de volta sem pressa, saboreando o ar fresco e frio soprando em sua pele. A sensação era tão diferente do calor e da umidade da lavanderia e do ar geralmente parado da biblioteca. Se tivesse mesmo que ficar ali para sempre, conseguia se imaginar vivendo no telhado. A quietude e a bela escuridão preencheram-na com uma sensação de paz, uma serenidade que poucas vezes ela experimentara na vida. Sabia que estava fazendo a escolha certa, convencida mais do que nunca de que ela e as amigas tinham que escapar daquela prisão sagrada.

Na manhã seguinte, Teagan estava louca para contar seu plano a Nora. As outras Madalenas andavam de um lado para outro, apressadas, o sótão já desperto para o início de mais um dia, então ela teve que guardar silêncio. A oportunidade de falar surgiu enquanto se dirigiam à sala de café da manhã.

– Fiz uma descoberta noite passada – a menina disse discretamente.

Nora segurava-se ao corrimão enquanto desciam.

– Vou falar com Lea hoje à tarde. – Ela sorriu para a amiga. – Acredito que meu plano funcionará. – As demais garotas vinham logo atrás, então conversar era difícil. Em especial, Teagan não queria que Patricia ouvisse. A garota era uma inimiga desde que Nora salpicara borato de sódio em seus pãezinhos. – Isso é tudo o que posso dizer.

Nora cambaleou em direção à parede e se agarrou com mais força ao corrimão. Teagan a segurou e deixou as outras passarem

– Você está bem? Está pálida...

– Estou bem, mas acho que chegou a hora de divulgar o segredo.

Teagan recuou, tentando imaginar como as freiras reagiriam à gravidez de Nora. E se a mandassem embora?

– Oh meu Deus, temos que tirar você daqui! *Todas nós* temos que sair daqui!

– Eu não vou a lugar nenhum me sentindo assim. – Nora levantou a mão. – Eu só atrapalharia. – Ela apontou o polegar para o telhado. – E se envolver agilidade, pode me tirar dessa. Além disso, tive bastante tempo para refletir sobre o que aconteceu quando saí. Que vida temos fora deste convento?

As palavras de Nora caíram como um soco no estômago de Teagan.

– Você não está desistindo, está?

– Não – Nora balançou a cabeça e desceu mais alguns degraus –, mas estou grávida, pelo amor de Deus.

– Eu não vou deixar você desistir – retorquiu Teagan, ajudando a amiga a descer as escadas. – Juntas, nós podemos fazer isso dar certo. Lea é diferente... Talvez ela deva ficar aqui, mas você e eu precisamos sair.

As duas se juntaram às outras Madalenas na sala de café da manhã. Não havia abertura para falar agora. Teagan olhou para fora da janela e suspirou. Nuvens tinham se formado durante a noite. O pavor brotou dentro dela, tão opressivo quanto o céu cinzento. O dia feio de inverno a engoliu. Quanto ainda poderia aguentar antes de sucumbir? Dublin, a Irlanda, o mundo inteiro estava do outro lado daqueles muros. Se encontrasse uma saída, nunca mais voltaria. Era capaz de se afogar no Rio Liffey antes de voltar para as Irmãs da Sagrada Redenção. Servidão forçada não se comparava a uma vida.

O chá morno, o bacon frio e a torrada servidos no café da manhã reviraram o estômago de Teagan. Não era o suficiente para abastecer o corpo em uma manhã gelada.

Nora estava sentada à sua frente, beliscando a comida. A amiga levantou o bacon, colocou metade na boca, tentou mastigar e depois cuspiu. Ela ficou branca e franziu os lábios, como se estivesse segurando o vômito. Patricia levantou as mãos, alarmada, enquanto observava Nora.

– Irmã...

– Cale a boca! – Teagan levantou-se da cadeira. – Ela está bem, não está, Nora?

Nora fez que sim.

– O bacon é que está ruim.

As outras garotas pararam no meio da mordida e olharam para a comida.

– Obrigada por arruinar o meu apetite – disse Patricia.

– Sempre às ordens – Nora sorriu.

A refeição se arrastou enquanto todas as outras mantinham os olhos em Nora. Após o café da manhã, Teagan foi para a biblioteca, e Nora desceu para a lavanderia. Irmã Rose já estava na porta da biblioteca com um cesto de rendas que precisavam de reparos. A freira deixou o trabalho ao lado da mesa e deu instruções sobre o que deveria ser feito e o prazo em que precisava ser concluído. Assim que Irmã Rose saiu, Teagan pegou seus instrumentos e começou a consertar um rasgo num lenço feminino de renda irlandesa.

Antes da refeição do meio-dia, conseguiu uma brecha para conversar com Lea.

– Se conseguirmos tecido suficiente, podemos fazer uma corda para descermos pela beira do telhado – explicou Teagan. – Às vezes, algumas peças são tão velhas que rasgam na lavagem ou na secadora. Algumas estão em bom estado, mas as manchas não saem de jeito nenhum... Irmã Ruth faz um relatório e explica aos clientes o que aconteceu. A lavanderia faz negócios há tanto tempo, e todo mundo confia nas freiras, então dificilmente alguém reclama. As garotas jogam os restos em uma cesta de vime que o Sr. Roche esvazia uma vez por dia. Eu já o vi fazendo isso várias vezes. – Ela se inclinou para Lea. – É aí que você entra! As freiras confiam em você mais do que em qualquer outra Madalena no convento. Tudo o que Nora e eu recolhermos terá de ser guardado debaixo de sua cama até que tenhamos o suficiente para fazer a corda. Você vai fazer isso por nós?

Lea olhou para baixo, fez uma cara feia, mas assentiu.

– Sim, mas não é perigoso?

– É o único jeito de sair daqui; a menos que você saiba onde as chaves ficam guardadas.

– O Sr. Roche tem as chaves, mas não acho que ele as perca de vista. – Lea bateu o pincel na mesa. – Irmã Anne também tem um molho, mas não sei onde ela o guarda.

– Então, está resolvido. Teremos de ter cuidado com a cerca; é o obstáculo mais difícil de eliminar. Podemos amarrar a corda ao redor da cruz e descermos. Há apenas uma pequena rosácea no lado norte da capela. Não temos meses, nem mesmo semanas, porque Nora... – Teagan congelou.

Lea esticou o longo pescoço como um pássaro à procura de comida.

– O que tem Nora?

– Não posso dizer – Teagan ficou ruborizada.

– Ela está grávida, não é? – Lea a encarava com um olhar tão penetrante que parecia ler tudo o que se passava no interior de Teagan. Ela apontou o pincel para a amiga. – Eu sabia que isso ia acontecer. As cartas disseram, então deve ser verdade. – Ela se voltou para a mesa e baixou cabeça. – As cartas disseram que vocês duas teriam vidas longas e prósperas. Não me disseram onde, no entanto... Esperava que fosse aqui comigo.

Teagan acariciou o ombro de Lea.

– Nora está grávida, mas ninguém sabe além de nós. – Ela fez uma pausa. – Você também pode vir. Não precisa ficar aqui para sempre.

Lea sacudiu a cabeça.

– Meu padrasto costumava dizer: "Não se deve dar murro em ponta de faca". Ele estava certo. Eu não vou a lugar nenhum. Esta é a minha casa.

– Prometo que depois que eu sair daqui e me reestabelecer, volto para te buscar. Juro do fundo do meu coração.

Lea encolheu os ombros e voltou ao trabalho. Alguns momentos depois, ela disse:

– Vamos ver... Veremos.

Uma sombra se esgueirou pelo chão, escura, fluindo como um rio negro. Teagan se virou e deparou-se com Irmã Anne, o rosto frio como pedra, a poucos metros de distância. A Madre Superiora nada disse enquanto avançava na direção delas.

– Eu acho que está muito bonita – Teagan apontou para a pintura de Lea.

A Madre Superiora continuou a lenta caminhada.

– A senhora não concorda, madre? – Teagan perguntou. – Lea queria minha opinião.

Irmã Anne parou, agarrando o crucifixo.

– Por que eu deveria acreditar no que você me diz? Você já provou ser uma mentirosa. Suspeito que vocês duas estavam tramando alguma conspiração. – Seus olhos cintilavam. – Teresa, você tem uma visita, então venha comigo. Lea, concentre-se em sua pintura. Se sabe o que é bom para você, não irá se envolver com essa garota.

– Sim, madre – respondeu Lea mansamente. A vida se esvaiu dos olhos da amiga.

– Venha comigo, Teresa – disse Irmã Anne.

Quando chegaram à porta fechada do escritório, a Madre Superiora parou. Teagan esperou no corredor.

– Não vou entrar porque o visitante solicitou uma conversa em particular. Eu te vejo quando ele terminar.

Ele? O coração de Teagan se agitou. Será que era Cullen? Não, Irmã Anne jamais a deixaria sozinha com o namorado. Outro pensamento lhe ocorreu: *Talvez seja meu pai. Não, não pode ser.*

– Bem, vá em frente – Irmã Anne instigou. – Abra.

Teagan abriu a porta. Apenas as pernas do homem estavam visíveis, estendendo-se de uma das duas poltronas em frente à mesa de Irmã Anne. Ele usava calças pretas e um par de sapatos brilhantemente polidos. Lentamente, inclinou-se para a frente, conforme ela adentrava a sala. A porta se fechou atrás dela.

Teagan reconheceu os cabelos pretos encaracolados e o rosto bonito, que se tornava visível pela lateral da poltrona. Padre Mark levantou-se do seu assento e sorriu para ela. Sua expressão não era insincera, Teagan pensou. Ainda assim, era estranha, demonstrando um sorriso forjado em culpa e dor. Ele não lhe estendeu a mão; em vez disso, apontou para a poltrona ao lado da dele.

– Por favor, sente-se. Eu vim para tirar algo do meu peito. Uma confissão, ou algo do gênero.

Teagan se sentou, ainda sem entender aonde o padre queria chegar, mas duvidando que algo de bom pudesse sair de uma conversa com o homem responsável pela sua expulsão de casa.

CAPÍTULO 12

TEAGAN FORA CEGADA PELA PERFEIÇÃO DELE. À medida que a raiva fervilhava dentro dela, a jovem jurou encará-lo somente como um homem e nada mais, nem mesmo um homem de Deus. Ele parecia tão comum sentado na poltrona. Irmã Anne abriu as cortinas, convidando o dia de inverno a entrar; a luz insípida fez pouca diferença, recaiu atrás dele deixando seu rosto obscurecido pela sombra. Seus olhos haviam perdido o brilho que a impressionou quando se conheceram na paróquia. Como aquele início fora glorioso: um dia repleto de flerte inocente, obliterado por álcool e mentiras. As linhas de expressão ao redor dos olhos dele também tinham se aprofundado, envelhecendo sua fisionomia.

Ele começou a se inclinar na direção dela, mas se jogou de volta na cadeira, como se estivesse abatido pelo esforço de ser amigável. Agarrou os braços da poltrona.

– Eu nem sei por onde começar – ele disse, enfim. – Seria tolice perguntar como você está. Dá para ver pela sua aparência. – Ele a observou atentamente. – Você parece cansada, Teagan. Está descansando o suficiente?

Teagan precisou se segurar para não rir e ponderou se, por despeito, deveria bancar a Madalena nada arrependida e responder-lhe com sarcasmo. Seria tão fácil se mostrar leviana, tão fácil se exaltar, mas de que adiantaria bater de frente com ele?

– Na verdade, nenhuma de nós descansa o suficiente – ela disse com calma. – Você não tem ideia de como é a vida aqui, tem?

– Creio que nenhum sacerdote tem. – Ele virou o rosto e ficou olhando pela janela por alguns instantes. – As freiras administram as operações nas lavanderias. É o domínio delas.

Ele olhou de novo para a menina e se endireitou na poltrona.

— Irmã Anne nos mostrou as cartas que você escreveu. Padre Matthew ficou satisfeito por elas não terem ido além da mesa da Madre Superiora. Todos concordam que não houve nenhum dano real.

— Era o que eu suspeitava.

— É claro que eu fiquei um tanto quanto chocado com a sua aparência... Seu peso, o aspecto macilento, o corte extremamente curto do cabelo... Você já era magra antes de vir para cá.

Teagan não pôde deixar de sorrir diante da ironia.

— Você olhou para mim. Sabia que tinha olhado. — Ela passou a mão pela cabeça — Irmã Rose, "a açougueira da Sagrada Redenção", como nós gostamos de chamá-la, mantém nosso cabelo aparado. Ela o corta a cada duas semanas, religiosamente, então não perde o corte, sabe, por mais que ela mal consiga segurar a tesoura. Às vezes as garotas sangram porque a freira machuca a cabeça delas. — Ela gargalhou e o riso ecoou pela sala. — Não queremos copiar os cortes da moda, afinal Deus nos proíbe de jogar os cabelos ou fazer penteados. Creio que tais vaidades são para aqueles que vivem no reino do "mundano". Mas você me viu na missa de Natal; creio que não suportou olhar para mim.

— Eu sinto muito. — Padre Mark se retraiu.

Teagan já aprendera o bastante para dispensar suas desculpas vazias. Ela o encarou com uma frieza implacável no olhar.

— Por que veio aqui? Tenho certeza de que não foi para me ver. Caso contrário, teria vindo muito tempo atrás. Ou talvez você não queira falar sobre isso e, nesse caso, vou chamar Irmã Anne.

— Por favor... Por favor... Me escute. — Ele se inclinou em direção a ela. — Você não sabe o inferno que eu tenho vivido com toda essa história.

— *Você* tem vivido um inferno? — Ela queria socar o padre. Cerrou os punhos e os brandiu diante dele. — A menos que você me dê uma boa razão para ficar, não temos mais nada para conversar. Por que não volta para sua Bíblia, seus rosários e suas missas e não salva outras pecadoras ao seu redor? — Teagan se levantou e lhe deu as costas. — Você me dá nojo!

Ela sentiu o calor emanando de seu corpo quando ele se colocou atrás dela e pousou as mãos em seus ombros.

— Eu queria rezar por nosso pecado, para que Deus nos perdoe.

Ela se desvencilhou bruscamente.

— Os mentirosos devem fazer por merecer sua absolvição.

Teagan ouviu o padre arquejar. Conforme se virou, ele cambaleou para trás e explodiu em soluços ao cair de volta na poltrona. Limpou os olhos.

– Estou pedindo seu perdão, Teagan.

Ela permaneceu impassível, nem um pouco comovida com o apelo.

– Você me ouviu? Estou procurando seu perdão. Foi *nossa* culpa. Nós dois somos culpados. Você sabe disso. *Você* também sentiu.

– Conte a verdade sobre o seu pecado. Tire-me deste convento.

– Não posso fazer isso. – Ele balançou a cabeça. – Nós dois pecamos e temos de pagar o preço.

Teagan lhe deu as costas novamente, decidida a se retirar. Ao alcançar a porta, olhou para trás:

– Nunca imaginei que um padre pudesse ser tão fraco. Você tem medo da verdade. Vou chamar Irmã Anne; ela, pelo menos, é honesta em seu ódio. Vou voltar para a lavanderia. Quando eu sair desta sala, nunca mais quero te ver. Você me ouviu? Nunca mais quero nem ouvir falar de você.

Padre Mark levantou-se sem articular nem uma palavra, os braços caídos inertes ao lado do corpo. Recolheu o casaco e o chapéu e passou por ela, parando brevemente no escritório do Sr. Roche. O velho zelador foi mancando até as portas e as abriu para o clérigo, que desceu os degraus do convento e sumiu de vista.

Desconcertada demais para chorar, Teagan cambaleou de volta para a poltrona. Os bloquinhos de AMOR sobre a mesa de Irmã Anne a insultavam com sua mensagem ridícula. Sua mente desacelerou. Agora que era oficialmente um inimigo, Padre Mark seguiria com sua própria vida, ignorando-a para todo o sempre. Ela esperava ao menos tê-lo incitado a uma reflexão, ter colocado a culpa de suas atuais circunstâncias inteiramente sobre os ombros dele. Como ele podia ser tão frívolo a ponto de pensar que seria absolvido simplesmente com uma admissão dos sentimentos que ela nutriu em relação a ele?

Poucos minutos depois, a madre apareceu à porta, como se tivesse se materializado do éter. A visão da arrogante Irmã Anne jogou Teagan mais fundo nas profundezas do desespero. Ela caiu em prantos, sem se importar com a presença da freira. A Madre Superiora foi até ela, numa reação de quase simpatia. Teagan sentiu uma fagulha de compaixão no gesto, que se extinguiu tão brevemente como se acendeu.

Irmã Anne recolheu a mão, endireitou-se e disse:

– Não sei o que Padre Mark poderia ter a dizer... – Sua voz falhou. – Ele me falou algo de compaixão e perdão. Foi tudo o que me disse.

Teagan levantou a barra do avental e limpou os olhos.

– Você não acreditaria em mim se eu te contasse.

– Eu já sei a verdade.

– Então nada do que eu disser ou fizer vai mudar a sua opinião

A religiosa soltou um suspiro exasperado e bateu as mãos.

– Não há tempo para essas tolices na vida de uma penitente. Trabalhe. Trabalho dedicado, árduo e honesto é o que você precisa para salvar sua alma. E assim será. De volta aos remendos. – Ela apontou para a porta.

Teagan sentia como se tivesse correntes presas nas pernas conforme se arrastava de volta para a biblioteca. Lea, debruçada sobre a mesa, a ignorou enquanto ela terminava de trabalhar em um lenço. Suspeitava que a amiga tinha levado a sério as palavras da Irmã Anne: "Não se envolva com essa garota".

Em fevereiro, ninguém celebrou o aniversário de 17 anos de Nora. Ela decidiu não contar a nenhuma das meninas, nem mesmo a Teagan. O bebê era o mais importante em sua mente.

Alguns dias depois, escorregou a mão na porcelana lisa de uma bacia. Ela se segurou com a outra mão quando sentiu uma forte pontada no estômago. *Ai, meu Deus, eu vou parir bem aqui.* Olhou por cima do ombro para Teagan, que estava perto de uma secadora. Outra tarde na lavanderia para as duas. Não havia escapatória. Irmã Ruth estava atarantada com uma entrega recém-chegada e não viu o escorregão. A garota mais próxima, Sarah, olhava para ela com preocupação.

Olhou para as mãos – ásperas, feridas, com vergões avermelhados da água quente e do cloro. Tal visão e o cheiro acre da lavanderia subitamente reviraram seu estômago, e Nora se virou sobre a bacia. Sarah correu até ela.

– Você está bem? – Seus olhos estavam arregalados de medo. – Devo chamar Irmã Ruth?

Nora olhou para a freira corpulenta, que estava inclinada sobre a encomenda levada à lavanderia perto da entrada. Não queria recorrer a ela, apesar da febre que lhe subia à cabeça e dos pontinhos azuis que turvavam sua visão.

– Não. – Ela se agarrou à beira da bacia com ambas as mãos. – O cheiro está me matando. Só preciso de um minuto.

Nora afastou-se da pia e bambeou nos braços de Sarah. A garota franzina a amparou, mas a jovem era muito pesada para ela, e as duas acabaram caindo de joelhos no chão.

– Irmã Ruth! Irmã Ruth! – Os gritos de Sarah suplantaram o rugido das máquinas.

Nora fechou os olhos e se afundou no peito de Sarah. A sensação de se aconchegar na garota era estranhamente confortável, como ter uma boa amiga que entendia todos os seus problemas. Queria fechar os olhos e tirar um longo cochilo; e, quando acordasse, tudo seria melhor.

– Qual é o problema? – uma voz severa perguntou.

Nora abriu os olhos e viu Irmã Ruth a encarando. Teagan olhava por cima do ombro da freira.

– Levante-se já! – a religiosa mandou. – Agora não é hora de tirar uma soneca, não quando há trabalho a ser feito. – Pelo tom dela, era óbvio que Irmã Ruth ainda guardava rancor de Nora por ter escapado.

Nora estendeu a mão para Teagan, que tentou levantá-la, mas caiu de costas contra Sarah.

– Oh, pelo amor de Deus – bradou Irmã Ruth. – Me dê a mão. – Seus dedos grossos se estenderam da manga preta do hábito. Nora estendeu a mão, mas escorregou da pegada da freira e aterrissou contra Sarah novamente. Irmã Ruth se abaixou e a segurou por baixo dos braços. A freira grunhiu ao tentar colocar o peso morto de Nora em pé, até que, meio a arrastando, meio a carregando, levou a garota para um canto isolado no lado norte da lavanderia, longe das lavadoras e secadoras. Nora chamou Teagan, mas a Irmã Ruth a dispensou.

– O que aconteceu com você? – perguntou Irmã Ruth, chegando o rosto bem perto do de Nora. – Você parece o próprio demônio encarnado. Sente-se.

Nora se sentou em uma cadeira dobrável de plástico colocada no canto. Sentiu o choque do metal frio contra sua pele quente. Limpou a testa com a mão.

– Estou passando mal – disse Nora, forçando um sorriso. – É esse café da manhã horroroso que vocês servem para a gente. Revira meu estômago.

– Besteira – disse Irmã Ruth. – Nenhuma garota reclama da comida, só você. – Ela passou a mão pela testa de Nora e depois sacudiu os dedos no ar. – Sua cabeça está pingando de suor. Está com febre.

A freira avaliou Nora da cabeça aos pés algumas vezes, depois se deteve na barriga da garota. Seus olhos faiscaram.

– Levante-se – ordenou.

Nora levantou-se da cadeira, trêmula, mas se apoiou na parede. Irmã Ruth pôs a mão sobre a barriga da garota e acenou positivamente com a cabeça.

– Permita-me dizer o que está acontecendo, se não se importar de eu bancar um pouco o Sherlock Holmes. – Ela sorriu com malícia. – Você passou quase uma semana fora, está com o estômago enjoado e sua barriga está inchada. – A freira pôs as mãos nos quadris. – Você está grávida.

Nora se perguntou como deveria responder. Não queria que nenhuma das freiras soubesse até que ela dissesse à Irmã Mary-Elizabeth, que poderia suavizar o golpe para Irmã Anne. Talvez pudesse blefar com Irmã Ruth.

– Isso é ridículo. Só estou passando mal. – Ela se sentou de novo na cadeira. Sua cabeça girava como se estivesse em um carrossel.

– Nada disso, mocinha, você está ficando verde e não é de inveja. Vou chamar Irmã Anne. Ela decidirá o que fazer com você. – A freira se afastou, o hábito farfalhando atrás dela.

Assim que Irmã Ruth saiu, Teagan correu até Nora e se ajoelhou na frente dela. A amiga pegou suas mãos.

– Estou perdida – disse Nora. – Ela foi buscar Irmã Anne.

– Você contou para ela? – Teagan perguntou.

– Não, mas Irmã Ruth não é estúpida. – O salão girava em torno dela, e Nora abaixou a cabeça. – Eu sinto que preciso muito vomitar. É melhor voltar para seu posto ou vai se encrencar.

– Tudo bem – Teagan ficou de pé –, mas estou de olho.

Nora mal conseguia se sustentar na cadeira, enquanto os minutos passavam. Engoliu em seco e fechou os olhos, tentando inibir os círculos que giravam diante de sua visão. Irmã Anne ficaria furiosa; conseguia sentir isso em seu âmago. Quem poderia saber qual seria a reação da Madre Superiora? Talvez a mandasse para algum lugar mais confortável durante sua gravidez, como um hospital. Imaginou-se repousando em um quarto, lendo uma revista, uma enfermeira servindo seu chá e o café da manhã na cama.

Sua ilusão foi despedaçada quando a garota abriu os olhos. A Madre Superiora olhava para ela. As irmãs Ruth, Mary-Elizabeth e Rose estavam de pé, ao lado da Irmã Anne, e seus olhares severos caíam sobre Nora como raios de um ameaçador sol negro.

– Levante-se – disse Irmã Anne, puxando o braço de Nora.

– Não me sinto bem – ela agarrou o braço da Madre Superiora.

– Já chega disso! Levante-se! Quero ver com meus olhos.

A garota se firmou contra a parede e se levantou. Irmã Anne olhou e apontou para a barriga de Nora.

– Aí está, bem à vista de todos, só os cegos não veriam. Venha comigo.

Ela puxou Nora, que parou a poucos metros da cadeira.

– Estou passando mal.

– Não seja...

A garganta de Nora convulsionou, e ela vomitou uma rajada de bile esverdeada bem em cima do hábito de Irmã Anne. A Madre Superiora recuou, com os lábios retorcidos e a expressão cheia de nojo.

– Oh, madre! – Irmã Ruth correu para pegar uma toalha em um dos cestos.

– Idiota! – Irmã Anne deu um passo à frente quando Nora caiu. – Você vai passar o resto da tarde limpando isso. Não apenas a sua bagunça, mas o resto do chão. – Irmã Ruth correu de volta com uma toalha e começou a limpar o hábito de Irmã Anne.

– Pare com isso – disse Irmã Anne e afastou a freira. – Vou ter que queimar este aqui. O diabo cuspiu nele.

Embora sua cabeça ainda estivesse girando, Nora já sentia o estômago bem melhor. Agarrou-se ao corrimão diante da longa fileira de janelas.

– Não vê que ela está doente? – Teagan gritou acima do tumulto.

– Cale-se! – A voz da Irmã Anne era estridente, enfurecida com a intromissão da garota.

– Não vou me calar. Ela está doente. Precisa de cuidados ou pode perder o bebê.

Irmã Anne se virou e desferiu um tapa na bochecha esquerda de Teagan, com toda a força. A garota perdeu o ar e cambaleou para trás. Irmã Anne estava vermelha de raiva quando levantou a mão novamente.

Teagan não disse nada, mas ofereceu a outra face para a Madre Superiora. A cor sumiu do rosto da religiosa. A freira então se dirigiu para a porta, mas disse antes de sair:

– Levem Monica para passar a noite na Sala da Penitente, onde ela terá a chance de considerar as consequências de seus atos. – Ela se virou e encarou Teagan desafiadoramente. – Teresa pode limpar essa bagunça e, já que o fará, também pode esfregar todos os salões deste convento. Não deixem que ela pare até terminar.

Então a freira se retirou e desapareceu pelas escadas.

– Você ouviu a madre – Irmã Ruth apontou para Teagan. – Vá se ocupar. O Sr. Roche lhe providenciará um balde e um esfregão.

Irmã Mary-Elizabeth pegou Nora pelo braço e a conduziu pela lavanderia até as escadas.

– Parece que você se meteu em uma grande confusão dessa vez. Ninguém te ensinou as regras do jogo?

Nora acenou com a cabeça.

– Acho que nunca joguei limpo.

– E veja aonde isso te trouxe – a freira balançou a cabeça em reprovação. – Outra noite na Sala da Penitente.

Nora agarrou o corrimão enquanto subiam as escadas.

– Você teria a bondade de me trazer um copo de água antes de me encarcerar? Minha garganta está seca.

– Acho que posso fazer isso – respondeu Irmã Mary-Elizabeth. – Não há necessidade de punir o bebê.

Elas pararam diante da porta da Sala da Penitente. Irmã Mary-Elizabeth destrancou-a com a chave. Nora entrou e se sentou no banquinho. A porta se fechou, selando a escuridão sobre a jovem. Ela terminou de limpar o vômito dos lábios ressecados. *A Sala da Penitente nem parece mais tão ruim*, pensou, enquanto esperava a freira voltar. *Talvez eu esteja me acostumando. Vou passar o resto da minha vida nas trevas.* Acariciou o ventre e fez uma promessa: *O que quer que aconteça, quero que você tenha uma vida melhor do que a minha. Farei o melhor que puder por você.* Nora fechou os olhos e pensou em um refrescante jato de água.

Irmã Anne despiu o hábito e o jogou diante da porta. Teria que ser jogado fora, como os antigos que haviam se desfeito. Abriu o guarda-roupa, pegou um hábito limpo e o vestiu. Sentou-se à mesa e olhou pela janela, observando os galhos nus dos carvalhos e o céu opaco, o entardecer caindo lentamente e tornando o horizonte monocromático. Mal podia esperar pela primavera. Quando era criança, sonhava em ir ao Caribe ou às Bermudas para passar os dias de inverno em praias ensolaradas, sem nada para fazer além de nadar nas águas cristalinas e observar as nuvens de algodão passeando no céu. Mas esse sonho nunca se realizou. As circunstâncias familiares impossibilitavam férias fora da Irlanda. Mesmo alguns dias fora de Dublin eram um luxo para a família.

A madre procurou não pensar na penitente. Monica não era boa. A garota merecia ficar na sala para refletir sobre seus pecados, mesmo estando grávida. Se sua irmã também tivesse refletido sobre seus pecados, talvez não tivesse morrido no parto. A punição de Deus ao pecador podia ser impiedosa. *Contemplação. A contemplação é boa para a alma. Pelo menos os budistas, com seus horrendos pretextos de religião, acertaram em um ponto.* Liberaria Monica pela manhã, após uma noite de "contemplação".

Não tinha vontade de rezar e, então, pegou um livro de versículos religiosos. Folheou as páginas, pensando que assim acalmaria os nervos, mas outra voz vinha lhe tentar. *Só mais um corte e a dor passará. Quanto mais profundo, melhor você se sentirá.* Bateu o livro na mesa e gritou:

– Não! – O grito reverberou contra a janela e se dissipou no vazio do quarto. As lâminas não seriam boas hoje; o pensamento a assustou. E se cortassem muito fundo?

Uma débil batida a tirou de seus devaneios. Irmã Anne levantou-se, alisou o hábito e virou-se para a porta.

– Entre.

Irmã Rose, que cada vez mais se parecia com uma velha garça, entrou no quarto.

– Irmã Mary-Elizabeth queria que eu lhe informasse que tudo foi resolvido antes do chá, madre. Monica está na Sala da Penitente, e Teresa está cuidando da limpeza.

– Ótimo. – Irmã Anne apontou para o hábito sujo perto da porta. – Leve isso e cuide para que seja destruído.

– Sim, madre – Irmã Rose fez uma reverência e depois pegou a roupa suja. A velha freira parecia tão frágil que Irmã Anne tinha a impressão de que ela se quebraria ao meio.

– Mais uma coisa – disse Irmã Anne. – Traga Teresa e Lea até mim. Preciso falar com elas. E certifique-se de que as irmãs Mary-Elizabeth e Ruth não permitam que Teresa se alimente até que ela tenha lavado todo o chão. Está claro?

– Sim, madre. – A freira recuou e fechou a porta.

Irmã Anne sentou-se à sua mesa e esperou as garotas. Alguns minutos depois, a mesma batida fraca soou mais uma vez.

– Entre – disse Irmã Anne, sem muito entusiasmo, virando a cadeira. As três entraram na sala e colocaram-se diante da madre, a qual ordenou que Irmã Rose esperasse do lado de fora até que terminasse com as meninas.

Avaliou as duas. Teresa ainda era bonita, embora estivesse mais magra do que quando chegara. Sua pele estava mais clara; suas cores desbotaram ao longo dos meses. Nenhuma das Madalenas via muito o sol. Ainda assim, ela conservava o olhar desafiador. A sombria determinação marcada em sua mandíbula cerrada e na postura ereta lembravam-na de outra mulher que ela conhecera. Lea, por outro lado, parecia uma garota que para sempre lutaria para encontrar um lugar no mundo. Irmã Anne sabia que Lea era esperta e artística – talvez talentosa demais para seu próprio bem. Tinha conhecido pessoas assim. Alunos brilhantes que, quando se tratava de tocar a vida, não conseguiam nem acender um fogão, quanto mais criar uma família. Com frequência, eles eram sufocados emocionalmente por sua própria dor. Lea, com seus grandes olhos e o pescoço longo, tinha a aparência de um ser frágil, inábil para viver neste mundo. Bastava um pequeno empurrão para levá-la ao limite. Ocorreu a Irmã Anne que a vulnerabilidade de Lea foi o que lhe despertou a afeição pela menina desde o início. Era um laço secreto entre elas, mas não para ser cultivado, apenas explorado.

– Respondam-me honestamente – disse Irmã Anne. – Eu vou saber se estiverem mentindo.

Teresa sorriu, mas a malícia escorria sorrateira por baixo da candidez.

– Eu vou lhes perguntar apenas uma vez. – A madre levantou o crucifixo de prata que pendia de seu cinturão. – Alguma de vocês sabia que Monica estava grávida?

As meninas permaneceram em silêncio. Irmã Anne teve a impressão de que Lea estava perplexa com a pergunta, mas não estava inteiramente convencida de sua culpa. Podia facilmente estar apenas triste por Monica ter sido mandada para a Sala da Penitente.

Teresa olhou de relance para Lea. *Agora estamos progredindo.*

– Ora, vamos – persuadiu. – Vocês duas sabiam.

As duas continuaram mudas. Lea arrastou os pés e olhou pela janela; Teresa ficou imóvel.

– Falem – ordenou, mas não foi obedecida. Irmã Anne fitou as duas por um momento, decidindo o que faria. Não queria colocá-las na Sala da Penitente com Monica. Lea era um caso perdido; não passava de uma criança, na verdade. Mas Teresa era outra história. Duvidava de sua inocência, mas não tinha provas concretas. A Madre Superiora chamou Irmã Rose.

A freira idosa abriu a porta.

– Leve-as de volta ao trabalho.

As garotas foram retiradas do cômodo e a madre se viu novamente só, enquanto o crepúsculo abarcava o convento com sua luz índigo.

Acendeu a lareira para espantar o frio. Esperava romper o vínculo entre elas e averiguar quem era o pai do filho de Monica, para que pudesse reportá-lo à Igreja. Não que isso adiantasse de alguma coisa naqueles dias.

Tinha certeza de um fato, no entanto, se nenhuma das meninas tinha falado, então nenhuma delas tinha mentido.

Nora não conseguia enxergar o copo em sua mão, mas podia sentir sua textura lisa e fria depois de beber a água. Irmã Mary-Elizabeth fora gentil e também lhe trouxera uma maçã. A menina a guardou no bolso do avental para comer mais tarde, quando tinha certeza de que estaria com fome. Contemplou a escuridão. Padrões rodopiantes de luzes e estrelas se formavam diante de seus olhos. O rosto de suas amigas, Teagan e Lea, aparecia na parede. Ambas sorriam para ela de um jeito bobo, e ela sorria de volta, embora ninguém estivesse ali para testemunhar sua breve felicidade.

Será que a morte seria mais fácil, mais bem-vinda, do que ficar sentada ali naquela sala de tortura? Ou será que a morte era assim? Estremeceu, sentiu uma mão fria agarrando seu ombro e pulou para trás, esperando ver o Anjo da Morte, mas era só o vazio das trevas que se estendia atrás dela.

Tomou o último gole do copo e mais uma vez correu os dedos sobre sua superfície. Irmã Mary-Elizabeth cometera um erro que poderia ser fatal. Irmã Anne ficaria furiosa se uma Madalena cometesse suicídio na Sala da Penitente. Poderia quebrar o copo no granito, pegar um caco e talhar um corte profundo em seu pulso. Quando as freiras a encontrassem, Nora estaria morta. Mas seu filho também estaria morto. O bebê não merecia morrer por causa de suas escolhas. A garota colocou o copo no chão e fechou os olhos. Precisava dormir.

Irmã Ruth havia cuspido na direção de Nora quando Irmã Mary-Elizabeth a conduzia para fora da lavanderia. *"Expurgue a meretriz de seu coração!"* As palavras reverberavam em seus ouvidos enquanto a boca contorcida da irmã não saía de sua cabeça, repetindo sem parar: *Meretriz, meretriz, meretriz! Eu devo mesmo ser uma.*

Nora deu um tapa no próprio rosto e sacudiu a cabeça. *O que está acontecendo? Não posso desistir. Não vou deixar que elas vençam.*

Uma onda doentia de exaustão tomou conta dela. Chegou mais para a beira do banco, escorando-se na parede rochosa. Uma pontada atingiu seu estômago. Será que o bebê tinha acabado de chutar? Poderia ser, embora ela tivesse apenas três meses de gravidez. Provavelmente tinha imaginado.

Um minúsculo ponto de luz se formou na frente de seus olhos e, assim como os outros redemoinhos de luz e as estrelas que já tinha visto, ela esperou que este também desaparecesse. Ele cresceu, no entanto, de um pontinho para uma aura que enchia seus olhos. A menina piscou, rastejou em direção à porta na esperança de se livrar do clarão desconfortável – era cegante. Mas em vez de desvanecer, ele só ficava mais brilhante. Nora manteve os olhos abertos, pensando que sua visão tinha sido de algum modo comprometida pela escuridão, pois a luz estava ali, crescendo, enchendo a sala com seu poder. As paredes entraram em foco, até as marcas brancas, os arranhões das penitentes que vieram antes dela. O copo que Irmã Mary-Elizabeth lhe dera se iluminou como um prisma no chão. A sala explodiu em um arco-íris.

Nora fechou os olhos por um momento. Quando os abriu, perdeu o fôlego. Uma bela dama estava de pé diante dela, chorando, as lágrimas escorrendo por suas bochechas. Usava um vestido branco brilhante e segurava uma rosa branca nas mãos. Um véu azul cobria sua cabeça, cascateando em ondas sedosas pelos lados.

Nora abriu a boca para falar, mas nenhuma palavra saiu. As lágrimas da mulher caíram sobre o avental da garota e o calor se espalhou por todo seu corpo. Sentiu como se estivesse sentada em seu lugar favorito no parque em um dia quente de primavera, a luz do sol animando sua alma, enchendo-a de alegria, vencendo o frio do inverno. O medo foi drenado de seu espírito quando a dama lhe estendeu a mão. Queria que Nora pegasse a rosa.

A menina aceitou a flor e sentiu o caule firme e espinhoso, a maciez das pétalas brancas. Uma corrente elétrica percorreu seu braço direito e seu ombro antes de se instalar em seu coração.

Ela pensou que iria explodir de felicidade, mas o sentimento era mais do que felicidade. *Êxtase*. Conhecia a palavra, mas nunca o experimentara, nunca soubera realmente o que significava. Cada nervo de seu corpo se incendiava em chamas de alegria. Não havia dor em lugar algum, na sala iluminada, no convento, talvez em lugar nenhum da Terra. Tudo era paz e felicidade. Era um amor luxuriante.

A dama sorriu, e as lágrimas de Nora cessaram. Ela pegou a mão da mulher, beijou-a e a sala começou a girar. Fechou os olhos e se entregou ao redemoinho de luz.

Uma estranha sensação atingiu Lea nas orações noturnas. Via o tempo que passava na capela, após quatro anos, como uma meditação em vez de uma súplica diante do altar. Em vez de rezar, de cabeça baixa, pernas no genuflexório, como fazia a maioria das Madalenas, ela se concentrava nas velas e deixava a mente voar livre. Não considerava essa atitude um escape, mas uma oportunidade de relaxar de sua arte. Achava o cômodo reconfortante com a luz amarela oscilante, o cheiro de cera queimada, o murmúrio de orações sussurradas.

Mas esta noite foi diferente. Algo extraordinário acontecera na Sala da Penitente, ao lado da capela. Lea tinha tanta certeza disso quanto de que aqueles pequenos fardos haviam sido enterrados no quintal, tanta certeza quanto de que vira Jesus no gramado. O sentimento se apoderou dela enquanto não pensava em nada em particular, a sensação de uma força tão poderosa que poderia rasgar os céus. Não era sinistro ou maléfico; pelo contrário, uma onda de alegria lhe subiu pela espinha e lhe arrepiou os braços. Era uma mulher, a Virgem, vestida de branco, chorando por sua amiga Nora. A visão não durou mais do que um minuto e então evaporou, deixando Lea esgotada, mas formigando em êxtase.

Após as orações, a garota acompanhou as Madalenas que seguiam aos seus aposentos para dormir. Irmã Mary-Elizabeth as conduzia esta noite. Lea achou que a freira, normalmente afável, parecia meio irritadiça hoje, com pouca paciência para as meninas. A irmã fez uma careta quando a garota tocou seu braço. Lea não sabia se deveria importuná-la, mas decidiu contar a experiência que teve na capela, apesar do humor da freira.

– O que foi, criança? – A freira olhou para ela, irritada.

– Você já sentiu alguma coisa durante as orações, Irmã Mary-Elizabeth? – sentiu-se uma tola fazendo essa pergunta.

– Além da dor na minha lombar que piora nessas noites frias, não. – Ela parou no patamar para deixar as Madalenas passarem. – Eu vou te dizer o que senti: que já tive o bastante por hoje, com certeza. Só quero colocar vocês na cama e me arrastar para a minha – ela reclamou, balançando a cabeça.

– Quem está na Sala da Penitente? – Lea perguntou.

Irmã Mary-Elizabeth passou a mão na testa, desgostosa.

– Por que isso te interessa? Não me diga que ela aprontou mais uma que eu deveria saber. Ela só se mete em problemas... – A freira relaxou um pouco e abaixou a mão. – Oh, é verdade, você não sabe nada do que aconteceu na lavanderia hoje. Bem, melhor para você, mas sua amiga Nora... Monica... é quem está na sala.

As outras Madalenas dispersaram-se no banheiro ou no sótão, deixando Irmã Mary-Elizabeth e Lea em pé sob o foco de uma luz acesa no teto.

– Tenho uma confissão a fazer, irmã.

Irmã Mary-Elizabeth revirou os olhos e balançou a cabeça.

– Sou freira, Lea, não padre.

– Não, não é isso. É que às vezes eu vejo coisas que os outros não veem.

– É isso o que está te incomodando? – A freira sorriu. – Sabemos que vê, até a Madre Superiora sabe; de certo modo, até esperamos que veja. – Ela se virou e começou a se afastar.

– Eu vi as crianças enterradas no quintal. Às vezes, eu as vejo à noite quando todos estão dormindo. Elas vêm me acordar.

A freira parou abruptamente e se virou para Lea. Seu rosto estava rígido, procurando uma resposta.

– O que você quer dizer?

Lea caminhou em direção a ela.

– O que eu acabei de dizer. Vi você e as outras irmãs enterrando os embrulhos no quintal com a ajuda do Sr. Roche. Mas isso não é tudo.

– Prossiga – Irmã Mary-Elizabeth cruzou os braços, as mãos encaixadas nas mangas do hábito, tal qual um monólito preto.

– Eu vi Jesus e a Virgem.

– Cuidado com o que diz, criança. – A freira franziu os lábios. – Há uma grande diferença entre realidade e blasfêmia. Eu vi a Virgem também, muitas vezes, na Bíblia, em pinturas, nos meus sonhos, mas *nunca* diria que a vi pessoalmente.

– Eu vi a Virgem hoje. – Lea inclinou a cabeça. – Ela usava um vestido branco e carregava uma rosa branca. Visitou Monica na Sala da Penitente. Ela estava chorando.

– Monica?

– Não, a Virgem. Ela estava triste por Monica.

A freira agarrou Lea pelos ombros.

– Acho que já tivemos tolice o bastante. Hora de ir para cama. – A religiosa acompanhou a menina pelo corredor. – É a emoção do dia. Muitas confusões se desenrolaram esta tarde nas Irmãs da Sagrada Redenção. Isso é o que está te afetando.

Lea parou diante das portas do sótão. Empurrou-as suavemente e olhou para dentro. As outras Madalenas, incluindo Teagan, preparavam-se para dormir. Ela deixou a porta se fechar sozinha.

– Eu sei que bebês e meninas morreram aqui. Sei disso tão bem quanto sei que estou viva.

Irmã Mary-Elizabeth, com os olhos sombrios, abaixou a cabeça. Então disse, devagar:

– Este convento já viu muitas tragédias. Algumas sucumbiram pela doença e pela negligência, mas não foram causadas pelas irmãs. Suas famílias as negligenciaram ou elas negligenciaram a si mesmas. Em alguns casos, já era tarde demais para salvá-las. É uma tristeza que pesa sobre todas nós. – Ela levantou a cabeça e conseguiu dar um sorriso débil. – Mas não devemos nos concentrar nessas coisas. Isso não fará bem.

– Alguma garota já tentou escapar pelo telhado e morreu?

A freira a sacudiu gentilmente.

– Você está cheia de histórias hoje, cheia até cansar. – Abriu a porta e empurrou-a para dentro. – Luzes apagadas em dez minutos! Vá para a cama e esqueça todo esse absurdo. Não é de admirar que você seja artista. Você cria coisas na sua cabeça.

A porta se fechou, deixando Lea se perguntando se seria loucura subir ao telhado esta noite, conforme planejara.

Depois que as luzes foram apagadas, Lea contou a Teagan sobre a Virgem e sua conversa com a Irmã Mary-Elizabeth.

– Você vê coisas o tempo todo – Teagan retrucou. – Ninguém leva você a sério.

A amiga murmurou um relato conciso de sua interação vespertina com a Madre Superiora, incluindo o tapa no rosto. Aparentemente, Teagan ainda estava remoendo o encontro com Irmã Anne.

– Eu tenho que sair daqui – foi a resposta de Teagan, antes de puxar as cobertas sobre a cabeça e se acomodar em posição fetal sob o cobertor. A cama de Nora estava vazia.

Fazia muito tempo desde a última vez que ela esteve do lado de fora, pensou Lea, enquanto olhava pela janela. Ninguém havia descoberto que Teagan removera os pregos e lubrificado os corredores e as dobradiças. As vidraças estavam geladas por causa do frio, mas, na realidade, a temperatura lá fora provavelmente não era mais fria do que quando ela tinha de correr da cama para o banheiro em uma manhã gelada. Crescera no frio do inverno e no calor do verão, uma garota do campo que sabia lidar com o clima. Como seria maravilhoso respirar ar fresco novamente, talvez pela última vez no telhado, porque depois que Teagan e Nora fugissem, ela tinha certeza de que a janela seria protegida com muito mais do que pregos, talvez até mesmo com tijolos.

As estrelas distantes brilhavam como borrões nebulosos pela janela. Tudo o que Lea tinha a fazer era levantar a barra, destrancar o vitrô e empurrá-lo para fora. Queria fazer isso por suas amigas. Elas estavam tão infelizes aqui e, francamente, o convento tinha virado de cabeça para baixo desde que elas chegaram. Todas as outras garotas pareciam se encaixar – não causavam muitos problemas nem confrontavam Irmã Anne. Houve desentendimentos antes, é claro, mas nada semelhante ao que estava acontecendo com Teagan e Nora. Talvez o mundo estivesse mudando... Para pior. Havia o *rock and roll* e outras modernidades às quais ela tinha prestado pouca atenção. *Não quero fazer parte disso. Não vou voltar para casa. Só quero terminar minhas pinturas e ter algum conforto até a hora de morrer. Então vou conhecer Jesus e a Virgem.*

Até agora, o plano de Teagan e Nora não progredira muito. Armazenar pedaços rotos de lençóis e toalhas de mesa debaixo da cama na esperança de fazer uma "corda" para descerem do telhado era mais difícil do que pensavam. Tinham juntado apenas alguns pedaços mais longos que o comprimento de um braço, e Lea não tinha certeza de que eles aguentariam o peso delas. Riu por dentro. E as amigas achavam que ela era tola!

Lea escorregou das cobertas e postou-se diante da janela. Nenhuma das outras Madalenas suspeitaria de nada. Já fora vista tantas vezes parada no mesmo lugar, olhando para o terreno. O ar frio penetrou pelas frestas, entrando por sua camisola e provocando-lhe arrepios. Agora era a hora.

Ela ergueu a barra, soltou o trinco, arrastou-se para fora e fechou a janela, um processo que levou apenas alguns segundos. O frio a acertou em cheio, mas Lea respirou profundamente, saboreando o ar gelado que mergulhava em seus pulmões. Segurou-se na janela e se abaixou sobre as telhas. O frio queimou sua pele e seus pés escorregaram em uma camada lisa de gelo. Teagan tinha lhe contado como se arrastara até a face norte do convento para descobrir a rota de fuga planejada. Era para onde Lea iria também.

O caminho era lento e escorregadio, mas ela conseguiu chegar à extremidade, encaixando os dedos das mãos e dos pés nas fissuras entre as telhas. Olhou por cima do telhado. O terreno se inclinava ao final da capela, exatamente como Teagan lhe dissera. A cerca de ferro com as lanças, de fato, era um problema. As garotas teriam de se balançar para passar por cima dela e depois descer fazendo rapel como alpinistas. Se conseguissem, seria apenas uma pequena queda até o solo. Mesmo se conseguissem ultrapassar a cerca, poderiam balançar de volta e se chocar contra ela. Nesse caso, poderiam simplesmente descer, apoiando os pés contra as barras. Mas ainda havia o problema de como prender a corda improvisada.

Lea olhou para a cruz posicionada no ápice do telhado. Parecia robusta o suficiente, mas muito mais material do que elas tinham reunido seria necessário para confeccionar uma corda que fosse da cruz até o chão – ela estimava pelo menos dez metros.

Ouviu um som, como de garras arranhando algo, vindo lá de baixo. Segurou-se na borda do telhado e olhou por cima do ombro. Havia alguma coisa no quintal. Não conseguia enxergar o que era, mas uma aura, branca e brilhante, iluminava o canto onde a capela se conectava com o prédio baixo que se estendia para o lado oeste. A luz subia pelas paredes, erguendo-se do chão.

A voz da Irmã Mary-Elizabeth ecoou em sua mente. "Não é de admirar que você seja artista. Você cria coisas na sua cabeça."

O ar parecia mais frio à medida que a voz da freira ficava mais alta: "Há uma grande diferença entre realidade e blasfêmia. Eu vi a Virgem também, muitas vezes, na Bíblia, em pinturas, nos meus sonhos, mas nunca diria que a vi pessoalmente".

Lea segurou-se nas telhas e tentou se virar. Seus dedos escorregaram e ela deslizou um pouco. Seria o Sr. Roche com uma tocha elétrica? Será que ele sabia que ela estava no telhado? Se soubesse, ela estaria em sérios apuros.

A garota analisou a luz. Seu brilho se espalhara, não estava mais confinado ao canto; o quintal parecia estar iluminado por algum tipo de brilho sobrenatural. Resquícios de algo branco, glóbulos de poeira cintilante, emergiam da terra, subindo cada vez mais alto pelos muros do convento até quase alcançarem o terceiro andar do telhado.

Então ela viu os dedos, arqueados, com unhas sujas, agarrando as telhas. Então uma cabeça – um garotinho sem olhos, órbitas escuras em um rosto muito branco e brilhante, olhando maldosamente para ela. Outro borrão apareceu, uma criança muito jovem para dizer se era um menino ou uma menina, que flutuava em direção a ela. Estava chorando, debatendo os braços pequeninos no ar. Mais e mais deles subiam pela lateral do prédio. Crianças enroladas em cobertores esfarrapados com os corpos sujos de terra.

Lea proferiu uma oração. Ela vira essas crianças serem enterradas e não fez nada a respeito. Agora elas estavam vindo pegá-la. Gritavam em silêncio, cobrando-a por não ter revelado seu segredo ao mundo.

– Não! – as pernas da garota escorregaram nas telhas.

Eles estavam chegando mais perto.

– Eu não posso contar. Elas vão me odiar! Não vão acreditar em mim, vão me mandar embora!

O menino sem olhos tocou o pé da garota. Sua perna virou gelo sob o toque dele. Eles estavam se levantando do túmulo porque Lea sabia o segredo deles. Seus rostos estavam em toda parte.

Ela se enrijeceu à medida que eles se aproximavam. O frio a engoliu. Seus dedos ficaram dormentes.

As faces brancas lhe fitavam lascivamente quando ela caiu.

Teagan levantou-se com o som do grito. Virou-se para a cama de Lea e sentiu um nó nas entranhas. As Madalenas se revolviam em seus leitos.

– O que foi isso? – Patricia perguntou, ainda grogue.

As luzes foram acesas e Irmã Mary-Elizabeth apareceu na porta, com o rosto retorcido em horror.

– Esse foi o grito mais horripilante que eu já ouvi, alto o suficiente para acordar os mortos. O que está acontecendo?

Teagan não disse nada quando a irmã percorreu o sótão e parou diante da cama de Lea. A freira cobriu a boca com as mãos quando viu que estava vazia.

– Oh, meu Deus! – ela exclamou, olhando pela janela para a noite escura.

CAPÍTULO 13

O GRITO ESTRIDENTE ECOOU NA Sala da Penitente. Nora teve um sobressalto, pensando que tinha sido um pesadelo, mas não demorou para se dar conta de que o lamento era real. Era uma voz estranha, sobrenatural, e o grito a fez estremecer. Suas costas doíam de dormir nas pedras ásperas. Levantou-se do banquinho, tropeçando no escuro, e se arrastou até a porta. Encostou o ouvido nela. Havia uma comoção no andar de cima. Estranho, pensou, calculando que ainda devia ser madrugada.

Gritos. Mulheres gritando.

Oh, meu Deus. E se for um incêndio? Eu vou ser queimada viva e ninguém se lembrará até que eu esteja reduzida a uma pilha de cinzas.

Ouviu a voz abafada de Irmã Anne gritando instruções:

– Ela precisa de tratamento médico! Levem-na para dentro!

Passos ecoaram nas escadas.

Ao constatar que, se uma catástrofe estivesse se desenrolando do lado de fora, ela poderia ser esquecida na Sala da Penitente, Nora entrou em pânico. Bateu na porta, pedindo ajuda. Ninguém pareceu ouvir. A comoção continuava a todo vapor.

Nora berrou e chutou a porta, tentando desesperadamente chamar atenção de alguém.

Finalmente, a chave arranhou contra o trinco. A menina pestanejou quando o rosto atormentado de Irmã Mary-Elizabeth apareceu contra a luz.

– Não tenho tempo para você agora. – A freira balançou a cabeça. – Volto amanhã de manhã.

– Preciso usar o banheiro – disse Nora. Na verdade, não precisava, mas estava disposta a dar qualquer desculpa para sair da sala. – O que está acontecendo?

– Nada com que você deva se preocupar. Não consegue segurar um pouco? Estamos com problemas aqui. – A irmã começou a fechar a porta.

– Eu vi a Virgem – Nora soltou a única resposta que achava que chamaria a atenção da freira.

A religiosa ficou paralisada, a testa enrugada de espanto.

– Você? – perguntou, incrédula.

– Sim. A dama de branco carregando uma rosa branca.

– Oh, meu Jesus! – A freira respirou fundo. – Você e... – Irmã Mary-Elizabeth puxou Nora para fora da sala, bateu a porta e a trancou.

Nora piscou para se acostumar com a luz. Olhou para cima e viu várias Madalenas, incluindo Teagan, aglomeradas na escada espiando lá embaixo.

– Voltem para a cama! Todas vocês – disse a freira, sacudindo as mãos para espantá-las. – Assim é demais... – Ela se virou para Nora. – Vá se deitar com elas. Amanhã vamos falar com a Madre Superiora e lhe contar o que você viu. – Ela saiu correndo pelo corredor.

As garotas recuaram um pouco, mas ainda estavam postadas perto do patamar.

As portas da frente estavam abertas. Era a primeira vez que Nora as via assim desde os dias mais quentes de outono. Um corpo todo torcido, com a roupa manchada de sangue, jazia perto da porta. A Madre Superiora e várias freiras, inclusive as irmãs Mary-Elizabeth, Ruth e Rose, estavam debruçadas sobre ele.

As freiras não notaram Nora se aproximando da garota. Lea estava pálida e inerte no mármore frio, de olhos fechados. Sua camisola estava puxada para cima, deixando à mostra um profundo corte vermelho na perna direita. Sangue escorria de sua carne e se espalhava pelo chão.

As freiras enrolavam toalhas em volta da perna de Lea. Irmã Rose se ajoelhou atrás da garota e apoiou a cabeça dela em seu colo; a velha freira tirou um lenço de sua camisola e o passou pela testa de Lea. Irmã Ruth juntou as mãos e rezou sobre o corpo.

Logo depois, o barulho de uma sirene ecoou pelo corredor e faróis irromperam na entrada do convento. Dois homens de uniforme branco se adiantaram trazendo uma maca. As freiras observaram enquanto eles se inclinavam sobre Lea, tratavam da ferida e verificavam seu pulso. Quando levantaram o corpo da menina na maca, Nora se juntou às outras garotas no patamar, ao lado de Teagan.

– O que aconteceu? – Nora perguntou.

Teagan se afastou e gesticulou para que Nora a acompanhasse. Subiram as escadas até o sótão antes de Teagan falar.

– Rápido, me ajude. – Ela apontou para a cama de Lea. – Encontre os tacos soltos aí embaixo. Tenho que tirar os pregos e o martelo de debaixo da minha cama.

Nora correu para a cama de Lea, ajoelhou-se e enfiou a mão lá embaixo. Deu batinhas no chão até que o som reverberou com um baque surdo. Puxou uma das tábuas e a retirou facilmente.

– Encontrei!

Teagan já estava ao seu lado, entregando-lhe os pregos e o martelo. Nora tinha acabado de recolocar o taco no lugar quando as outras garotas chegaram ao quarto. Ela e Teagan ajeitaram suas camas e então se sentaram em silêncio enquanto as outras reocupavam o sótão.

– O que ela estava fazendo no telhado? – perguntou Patricia antes de se deitar. – Pensei que a janela estava pregada.

– Também pensei – respondeu Betty. – Mas ela sofreu uma queda feia, com certeza. Bem, antes ela do que eu. Alguém vai pagar o pato por isso. – A mulher mais velha encarou Teagan com olhos acusadores.

– Não tenho ideia do que ela estava fazendo lá fora – disse Teagan.

As Madalenas começaram a tagarelar entre si, mas ficaram em silêncio quando viram a Madre Superiora e Irmã Mary-Elizabeth no corredor. As garotas se enfiaram debaixo das cobertas e fingiram estar dormindo. As freiras ignoraram as outras Madalenas e foram direto até Nora.

– Quero conversar com você depois das orações e do café da manhã – disse Irmã Anne. – Irmã Mary-Elizabeth me relatou um assunto muito sério. – Seus lábios tremiam. – Eu vou investigar isso até o fim, blasfêmias não serão toleradas neste convento. – Seus olhos fulminaram Nora e então miraram em Teagan. – Se eu descobrir que tem dedo de vocês duas no que aconteceu hoje à noite, é melhor se prepararem.

Ela foi até a janela, levantou-a e balançou a cabeça.

– Irmã, a partir de amanhã quero grades nessa janela. Lamento termos que chegar a esse ponto. – Fechou o vitrô e se retirou.

– Muito bem, Madalenas, luzes apagadas – disse Irmã Mary-Elizabeth, parada diante da porta; desligou o interruptor e saiu do quarto. Mais uma vez, Nora estava na escuridão.

Ela foi na ponta dos pés até a cama de Teagan:

– Lea caiu do telhado? – sussurrou.

– Somos nós as culpadas – Teagan respondeu.

– *Nós?*

– Ela estava nos ajudando a planejar a nossa fuga – disse Teagan revirando-se debaixo do cobertor para se ajeitar, e então perguntou a Nora: – E por que você terá uma reunião particular com Irmã Anne?

– Eu vi a Virgem na Sala da Penitente.

Após um longo silêncio, Teagan sussurrou:

– Quem é a louca agora?

Lea ficou vários dias ausente. Fiel à sua palavra, Irmã Anne ordenou que fossem instaladas grades na janela no dia seguinte ao acidente. Teagan continuou trabalhando no reparo das rendas e Nora, na lavanderia. Certa noite, depois das orações, Teagan finalmente conseguiu convencer Nora a relatar a "visita" que a Virgem lhe fez.

Irmã Anne reunira-se com ela e a Irmã Mary-Elizabeth em seu escritório. Ambas as freiras se mantinham céticas quanto à afirmativa de que Nora tinha visto a Santa Mãe de Deus. Irmã Anne era severa e inflexível, exigindo que Nora renunciasse à visão; Irmã Mary-Elizabeth às vezes ria da "imaginação vívida" da penitente.

– A sala mexe com as pessoas – disse Irmã Mary-Elizabeth.

– Não estamos aqui para encorajar alucinações – afirmou Irmã Anne. – Estamos aqui para penitência e absolvição.

Teagan coçou a cabeça, tentando assimilar o relato das aparições.

– Irmã Mary-Elizabeth te contou que Lea viu a Virgem ao mesmo tempo que você? Você estava na Sala da Penitente e ela estava na sala ao lado, na capela.

– Não! – Nora ofegou. – Acho que isso prova que eu não sou maluca.

– Isso não prova nada... A não ser um caso de alucinação coletiva ou, pelo menos, de uma visão dupla. – Teagan queria acreditar, mas não conseguia se forçar a aceitar o que as duas amigas tinham relatado.

– Mal posso esperar para falar com Lea – disse Nora. – Irmã Mary-Elizabeth deve ter pensado que um surto de loucura estava se desencadeando. Eu estava sozinha e Lea; na capela. Não poderíamos conversar através das paredes. – Ela se arrepiou. – Isso me deixa de cabelo em pé.

Na manhã seguinte, as portas do convento se abriram e vozes ecoaram pelas escadas. Teagan precipitou-se até a porta da biblioteca a tempo de ver Lea, auxiliada por duas enfermeiras, mancando pelas escadas. A amiga parecia frágil, incapacitada pela queda. Seus cabelos tinham um brilho quase prateado; seu rosto estava flácido. Com toda cautela, enquanto movia a perna para andar, Lea parecia ainda mais um ser de outro mundo, pensou Teagan, uma criatura delicada como um pássaro, de frágeis sensibilidades.

Lea não compareceu ao trabalho, nem às refeições, nem às orações. Teagan esperava encontrar a amiga mais cedo na cama naquela noite, e ficou surpresa ao deparar-se com Irmã Mary-Elizabeth sentada em uma cadeira perto da cabeceira de Lea.

Enquanto se preparava para dormir, Teagan observou a freira, que estava sentada lendo a Bíblia, olhando ocasionalmente para Lea, que de tão pálida, parecia um cadáver protegido por um cobertor. Não pôde deixar de se espantar com a rapidez com que os planos e a vida podem mudar. Agora que Irmã Anne mandara instalar grades na janela, não havia chance de escapar pelo telhado. Sem a ajuda de Lea, não haveria coleta de trapos para a corda. Outro plano teria de ser bolado.

Na ponta dos pés, Teagan aproximou-se da cadeira de Irmã Mary-Elizabeth.

— Perdoe-me, irmã, eu queria fazer uma pergunta antes das luzes serem apagadas...

A freira fechou a Bíblia e olhou, cansada, para a garota:

— Sim? — ela parecia derrotada.

— Lea vai ficar bem?

— Só Deus sabe... — A freira colocou as mãos sobre o livro. — Ela não falou nada desde a queda. As enfermeiras conseguiram lhe dar um pouco de sopa. — Olhou para Lea, cujo peito subia e descia com o movimento da respiração fraca. — O médico nos disse que ela teve uma infecção generalizada e quase perdeu a perna. Mas eles garantiram à Irmã Anne que conseguiram conter o estrago.

A religiosa parecia prestes a chorar. Retirou um lenço do bolso e o apertou no punho.

— E pensar que ela viu a... — Interrompeu-se, incapaz de prosseguir até se recompor. — Bem, Deus sabe de todas as coisas. De qualquer forma, as outras irmãs e eu ficaremos de plantão, 24 horas por dia. Estamos rezando para que nossa pequena Lea fique melhor.

— Eu posso ajudar, irmã, se você quiser. — Teagan se aproximou da freira, cujo rosto se iluminou.

— É muita gentileza de sua parte, Teresa. Vou falar para a Madre Superiora.

– Creio que Monica também não se importaria de auxiliar, se precisarem de ajuda.

– Irmã Anne dará a palavra final sobre quem deve cuidar de Lea. – O sorriso da freira desapareceu. – Mas eu agradeço a oferta. Agora, creio que é hora de todas nós irmos para a cama.

– Onde você vai dormir?

– Nesta cadeira. – Ela deu um tapinha na Bíblia. – Eu vou ficar bem.

Lea subitamente se levantou, apoiando-se nos cotovelos.

– Eu vejo a dama de branco! Eu vejo!

Irmã Mary-Elizabeth estendeu a mão para a menina, mas Lea recuou, com os olhos vidrados pelo delírio.

– Voltarei para as irmãs e viverei minha vida. Voltarei... Para a minha vida! – Lea fechou os olhos e desabou sobre o travesseiro.

– Pobre criaturinha. – A freira passou o lenço pela testa de Lea. – Imagine só o que ela está passando. É a loucura.

Teagan concordou e voltou para a sua cama. A jovem ouviu a Irmã Mary-Elizabeth apagar as luzes e reassumir seu posto ao lado de Lea.

Quando Irmã Ruth acendeu as luzes na manhã seguinte, Irmã Mary-Elizabeth estava deitada bem na beiradinha da cama de Lea. Levantou-se junto com as Madalenas, enquanto Irmã Ruth assumia seu turno na cadeira.

A vigília à beira do leito de Lea estendeu-se pelas semanas seguintes. Nem uma vez as freiras pediram que Teagan as ajudasse a cuidar da amiga, por mais que a garota tivesse se oferecido para ficar quando as irmãs tinham de se ausentar por um breve intervalo. A jornada de trabalho seguiu inabalável, já que sua rotina entre a lavanderia e o conserto de rendas dependia da urgência das entregas que precisavam ser feitas. Até Nora às vezes segurava a mão de Lea à noite antes de ir se deitar.

Irmã Rose, a freira que cortava os cabelos, agora ficava encarregada da lavanderia a maior parte do tempo. Foi o único benefício advindo da enfermidade de Lea que Teagan pôde constatar. A velha freira não era tão rigorosa quanto Irmã Ruth. Nora continuava trabalhando, embora sua barriga estivesse cada vez maior e mais redonda. Não era mais segredo para nenhuma das Madalenas que ela estava grávida. Irmã Anne continuava a expressar o seu desdém ao pedir por "Monica" nas orações noturnas; no entanto, a Madre Superiora reduziu a jornada de trabalho de Nora. Era como se ela soubesse que Nora não tentaria escapar. Afinal, corria o risco de ferir a si ou ao bebê se algo desse errado.

Um dia, na lavanderia, sob a supervisão mais branda de Irmã Rose, Teagan detectou uma mudança na atitude de Nora. A amiga, que geralmente tinha um comentário sarcástico na manga para disparar às freiras e à maioria das Madalenas, estava cantarolando enquanto trabalhava nos cestos. Teagan afastou-se do tanque e foi até Nora, que estava remexendo em uma pilha de roupas sujas. Exceto pela barriga da gravidez, a amiga estava bem magra; suas bochechas estavam coradas e ela se empenhava em seus esforços.

Teagan parou ao lado dela e começou a mexer nas roupas para não levantar as suspeitas de Irmã Rose. Os odores permeando o ar aqui eram diferentes, já que nos tanques predominava o cheiro de detergente e água sanitária. Os cestos de triagem eram um festival de revirar o estômago para as narinas. O cheiro de comida podre, fezes, colônia e perfumes vencidos emanava das pilhas. Apesar disso, Nora cantarolava alegremente.

– A que devemos o bom humor? – Teagan perguntou.

Nora olhou para ela e depois voltou ao trabalho.

– Sei que parece estranho, mas algo mudou. Não me sinto mais tão enjoada como costumava me sentir durante as manhãs... – Ela acariciou o ventre. – Estou me acostumando com essa criança dentro de mim.

Teagan tirou um par de jeans sujos da pilha e os jogou no cesto de "escuros".

– Pelo jeito, você está se acostumando à ideia de ser mãe. Algumas semanas atrás, achei que você não queria ter o bebê.

Nora deu um sorriso intrigante, como se soubesse de algo que Teagan não sabia.

– O que aconteceu com Lea me fez repensar a vida. Não quero morrer; quero que meu filho viva. Eu sei que as freiras vão me forçar a colocá-lo para adoção, mas pelo menos ele terá uma vida; e pode ser boa se for adotado pela família certa. É claro que a vida aqui não é maravilhosa, mas é melhor do que viver nas ruas. Além disso, as freiras vão cuidar do meu bebê.

Teagan ficou atônita com as palavras da amiga e sentiu um mau humor tomando conta de si.

– Uau, você mudou mesmo. Quem te ouve falar até acha que você quer ficar aqui agora. O que aconteceu com "pocilga" e "prisão"?

Nora a encarou com a intensidade que sempre fora reservada para expressar seu descontentamento com as irmãs.

– Que escolha eu tenho? É difícil para uma mulher grávida se esconder. Eu quero ter meu bebê, e agora que isso foi decidido, vou jogar pelas regras delas por algum tempo.

– Bem, estou desapontada, para dizer o mínimo, mas entendo sua posição. Talvez nós possamos...

Teagan sentiu alguém passar a mão em seu ombro. Deu um pulo e se virou, deparando-se com Irmã Mary-Elizabeth atrás dela. Sua ampla figura obstruía qualquer visão do restante da lavanderia.

– Sigam-me, vocês duas. – Ela as direcionou para o canto da lavanderia onde Teagan teve o confronto com a Madre Superiora. Nora sentou-se na mesma cadeira de antes, e Teagan colocou-se ao lado dela.

Irmã Mary-Elizabeth segurava um enorme saco de roupa suja nas mãos, que estendeu para as duas.

– Deixei Irmã Ruth com Lea para vir aqui. Vejam isso.

Teagan e Nora se entreolharam, calculando o que deveriam fazer.

– Andem, vamos lá. – A freira pediu. – Não tenho o dia todo.

Teagan pegou o saco pelas alças de corda, colocou-o no chão e o abriu. A boca larga revelou os trapos de roupas e lençóis esfarrapados que haviam sido coletados e armazenados sob a cama de Lea. Um baralho de cartas de tarô, o martelo do Sr. Roche, o óleo de máquina de costura, os pregos retirados da janela e os presentes de Natal de Teagan estavam por cima do amontoado de tecido. Teagan estava com as mãos trêmulas e desviou o olhar do saco, mas não tinha coragem de olhar nos olhos da freira.

– Vocês duas deviam se ajoelhar e dar graças a Deus por *eu* ter encontrado isso, e não uma das outras irmãs – disse a freira. – Duvido que Lea tenha algo a ver com isso.

– Estávamos planejando uma fuga – admitiu Nora. – Lea estava nos ajudando.

Teagan não conseguia acreditar nos próprios ouvidos.

– Nora!

Irmã Mary-Elizabeth estendeu o dedo e o sacudiu para as meninas:

– Não quero ouvir nem mais um pio sobre isso. Corromper a mente de uma menina inocente como Lea... – Ela apontou para Nora. – Você não está em condições de tentar uma estripulia dessas e... – Os olhos ferozes foram cravados em Teagan. – Estou surpresa, mas, pensando bem, devia ter imaginado que você estava metida em tal absurdo. Você é a mimada do grupo. Que tal uma inspeção todas as noites antes de dormir? É isso o que você quer?

Teagan começou a se opor, mas a freira não permitiu.

– E se a Irmã Anne tivesse encontrado tudo isso? E essas cartas?! Me dá arrepios só de pensar no que teria acontecido. Imagine só, um culto a Satã bem debaixo de nossos narizes.

– Como você os encontrou? – Nora perguntou.

– Não é da sua conta, mas se uma Madalena joga algo embaixo da cama e você tem que ir procurar... – Irmã Mary-Elizabeth fechou o saco e o levantou. – Vou devolver esse martelo e o óleo para o Sr. Roche, e destruir o restante desses itens.

– O rádio e o lenço são presentes de Natal que minha mãe me deu – disse Teagan. – Não consegui nem usá-los.

– E como eles chegaram aqui? – perguntou a freira. – Você sabe que esses itens são proibidos.

Teagan relembrou o dia tristonho em que Cullen lhe entregou os presentes.

– Alguém que me ama os entregou.

– Vou pedir à Madre Superiora para guardá-los – a freira suspirou. – Mas não tenho como garantir. Eu não quero ver nem ouvir falar dessa bobagem novamente. – Sua voz caiu para um sussurro. – Se me forçarem a agir como um cão de guarda, vou denunciá-las à Irmã Anne. Andem na linha. – Ela lhes deu as costas e as deixou ali no canto.

Nora se levantou e foi a vez de Teagan ocupar a cadeira. Irmã Mary-Elizabeth conversava com Irmã Rose do outro lado da lavanderia. Nora pousou a mão no ombro da amiga.

– Você parece abatida.

O desejo de se dobrar às freiras, de chorar e de desistir de tudo nunca fora tão forte. Teagan sentia as entranhas pesadas como chumbo. Qual era a finalidade de lutar contra uma força muito mais poderosa do que ela? Não tinha como enfrentar as Irmãs da Sagrada Redenção, muito menos a Igreja. E se não conseguia vencer a batalha nem aqui, nada que fizesse, nenhuma carta que escrevesse, jamais a libertaria do convento.

– Nós íamos ser uma equipe. – Teagan olhou para a amiga. – Íamos sair daqui juntas.

– Eu sei – Nora respondeu melancolicamente –, mas preciso assumir as consequências das minhas ações. Sinto muito. – Ela se inclinou e sussurrou: – Mas ainda vou te ajudar do jeito que puder.

– Não... – Teagan sacudiu a cabeça. – Você já tem problemas suficientes. Eu posso cuidar de mim mesma. – Olhou para o lado de fora, para as árvores nuas de março. – Sabia que hoje é meu aniversário?

– Não – disse Nora. – Feliz aniversário. O meu foi mês passado.

– É glorioso ter 17 anos, não é?

Nora conseguiu dar uma risadinha. As garotas continuaram trabalhando em silêncio até a hora do chá.

Depois das orações, Teagan e as outras Madalenas foram para o sótão. Patricia, a garota que as denunciara por subirem no telhado meses atrás, sorriu-lhe presunçosamente enquanto Teagan ia para a cama.

Fulminando a garota, Teagan falou em alto e bom som para todas as Madalenas ouvirem:

– Eu vou transformar a sua vida num inferno se dedurar alguém de novo.

Patricia sentou-se com uma expressão de horror fingido, levando as mãos ao rosto.

– Eu não sei do que você está falando. – Ela voltou a se acomodar no travesseiro. – E, se eu fosse você, pensaria cuidadosamente no que diz a partir de agora, ou você será a única aqui a viver no inferno.

Teagan queria cuspir no rosto de Patricia, mas, em vez disso, deu-lhe as costas enquanto a garota dizia:

– Eu vou me tornar freira. Vou rezar por você.

Algumas Madalenas riram.

Mais tarde, Irmã Mary-Elizabeth sentou-se na cadeira ao lado de Lea, mas não antes de checar embaixo de todas as camas. Teagan olhou para Lea, que ainda estava na mesma, e para Nora, que cobrira a cabeça com o cobertor. Pela primeira vez, desde que a amiga chegou ao convento, Teagan sabia que estava sozinha em sua busca por liberdade.

O tempo começou a mudar no final de abril e, embora os dias ainda estivessem frios e úmidos, o sol começava a brilhar, anunciando o calor da primavera. A relva do inverno, que conservara pouco de sua cor, recuperou o profuso verde irlandês com o passar das semanas.

Lea também recuperava suas forças e estava bem o suficiente para andar, mesmo que ainda mancando, pelo sótão. As freiras lhe traziam as refeições diariamente, para ela não precisar descer as escadas. Embora meio quebrada, Irmã Rose providenciou-lhe uma escrivaninha, além de papéis e tintas, para que Lea pudesse continuar seu trabalho no *Livro de Kells*.

Ela ainda passava a maior parte dos dias descansando com a perna elevada, mas a vigília de cabeceira das freiras havia terminado, bem como a inspeção noturna das camas, para alívio de Teagan.

Certa noite, Teagan contou à amiga que a trama fora descoberta. Lea suspirou de alívio.

– Nunca deveríamos ter planejado uma fuga. – Ela apontou para o céu. – Veja, não era para ser. Deus está cuidando de nós. Seremos felizes aqui, todas nós.

Teagan agarrou a mão da companheira com o coração apertado, sabendo que a aliança de Lea com as freiras estava assegurada. *Não posso acreditar que não há saída. Eu me recuso a acreditar.*

Em um domingo, Teagan, Nora e Lea sentaram-se do lado de fora do convento para desfrutar o dia. Teagan não conseguia se lembrar de uma tarde de primavera mais bonita. Os raios cálidos do sol as banhavam gloriosamente, derramando-se pelos rostos e braços, espantando o frio do inverno de seus ossos. As outras Madalenas, espalhadas pelo gramado, também se deleitavam com o dia, felizes por não estarem confinadas na lavanderia. Até mesmo as freiras gozavam de uma liberdade especial porque a Madre Superiora estava fora da cidade, por causa de assuntos eclesiásticos. Irmãs Mary-Elizabeth e Ruth corriam pelo gramado, divertindo-se com uma peteca improvisada, que jogavam bem alto no céu. Irmã Mary-Elizabeth era pior no jogo do que Irmã Ruth e não conseguia rebater a peteca na maioria das tentativas, balançando desajeitadamente os grandes braços sob as mangas do hábito.

Teagan largou-se no chão quente e pensou novamente em fugir do convento. Em um dia tão bonito, era difícil se concentrar em um plano adequado. Ficou assim à deriva enquanto Lea e Nora conversavam sobre bebês. Seus olhos estavam fechados quando uma sombra bloqueou o sol de seu rosto. Irmã Rose inclinava-se sobre ela, esticando os longos dedos em sua direção.

– Um padre anglicano está aqui para te ver, Teresa – disse Irmã Rose com extrema formalidade, endireitando-se quando Teagan saltou do chão. Seu coração bateu rápido; tinha que ser o padre que tinha vindo com Cullen antes do Natal. Quem mais poderia ser? As únicas notícias que recebera da família tinham vindo por meio do namorado. Será que o padre viera sozinho?

A garota seguiu a freira, que dava passos longos e rígidos.

– Ele quer falar com você. Eu não tinha certeza do que a Madre Superiora faria, então tomei uma decisão – declarou a irmã. – Você pode recebê-lo na biblioteca, com as portas abertas. Eu vou me sentar em uma cadeira do lado de fora até vocês terminarem.

O padre estava sentado à mesa de Lea. Era o mesmo homem. Teagan precisou fazer um esforço para se lembrar de seu nome. Irmã Rose o cumprimentou com um aceno de cabeça, pediu licença e se retirou.

– Sou o Padre Conry – disse o sacerdote. – Espero que se lembre de mim.

– Claro que sim – Teagan respondeu. – Que bom vê-lo novamente, padre. Por favor, sente-se.

Ele se sentou na cadeira em frente à mesa de remendos, esticando as longas pernas diante de si.

– Obrigado. Os arranjos aqui no convento são bastante estranhos, mas não temos outra escolha... Irmã Rose me informou que a Madre Superiora não está aqui hoje, então sinto que podemos falar livremente.

Era estranho ter um homem, um padre, tão perto dela. Teagan estava um pouco nervosa; afinal, a experiência que tivera encontrando-se com outro padre no verão passado não tinha terminado bem.

– Cullen lamenta não poder estar aqui hoje – disse o Padre Conry. – Ele gosta muito de você, creio que saiba disso.

O padre a observou com tristeza, como se sentisse que havia um amor não correspondido entre Cullen e Teagan.

O sangue lhe subiu às bochechas e ela se perguntou por que teve uma reação tão emocional. Nesse caso, não era resultado de uma atração proibida que sentia pelo namorado, mas constrangimento. Por que seria tão desconfortável ver Cullen? Em julho passado, ela teria dado qualquer coisa para estar com ele. Será que os meses sob a influência das irmãs tinham penetrado em sua cabeça e em seu coração? Sentia-se suja ao pensar em um garoto de quem já tinha gostado e desejado, e também por estar sozinha com aquele padre – o mais perto que chegava de um homem recentemente. Tais pensamentos a fizeram questionar seu compromisso de fugir do convento, e ela sentiu um calafrio. *Não! Eu não vou ficar aqui!* Espantou esses pensamentos de sua mente e olhou para o padre. Ele tinha um rosto gentil e preocupado, largo e com traços masculinos; não havia delicadeza feminina em suas feições. A jovem poderia falar com ele sobre qualquer coisa, se sentisse vontade.

– Estou certo de que ele esperaria o mesmo de você – instigou o sacerdote.

– Oh, sinto muito – Teagan baixou o olhar. – É que fiquei surpresa com sua visita... Eu... Nós raramente recebemos visitantes.

– Infelizmente, não tenho boas notícias. – Ele recostou-se no assento e cruzou as pernas.

A menina se inclinou para a frente, em antecipação às palavras seguintes.

– Sua mãe solicitou uma reunião comigo, o que foi uma medida muito mais sábia do que ligar para Cullen. – Ele respirou fundo. – Acredito que sua mãe goste desse rapaz, mesmo que ele não seja católico. Ela ficou feliz por saber que ele lhe entregou os presentes de Natal.

Teagan ficou pesarosa com a lembrança dos presentes. Não sabia se eles tinham sido destruídos ou não.

– Sua mãe está preocupada, a ponto de recorrer a um membro do clero; não da sua paróquia, no entanto. Ela soube que estive aqui em dezembro, acompanhando Cullen. – Ele fixou os olhos nela, e Teagan se preparou para más notícias. – O problema de seu pai com o álcool piorou, e sua mãe... – Ele entrelaçou os dedos. – Eu sinto muito... É difícil dar essa notícia a qualquer um, mas especialmente a uma jovem em sua situação.

– Por favor, diga-me.

– Sua mãe está com depressão. Creio que seja porque perdeu a filha e está prestes a perder o marido.

– O que quer dizer?

– Ela acha que o alcoolismo de seu pai não tem mais salvação. Ele pode acabar se machucando.

Teagan fechou os olhos. Padre Conry estendeu o braço por cima da mesa e pegou sua mão.

– Não se desalente. Ainda há esperança. Talvez ele consiga superar esse mal. Sua mãe está procurando ajuda para os dois, pela primeira vez em suas vidas.

A raiva, uma velha conhecida, voltou para atormentar Teagan. Um ressentimento aguerrido contra o pai por tudo o que ele tinha feito com a família. A garota procurou se acalmar o melhor que pôde.

– Conheço meu pai. Seria preciso um milagre para ele parar de beber. Até o Padre Matthew já lhe disse, e mais de uma vez, que ele bebe demais. – Lembrou-se do dia em que conheceu Padre Mark e do surto de raiva do pai. Ele tinha bebido além da conta, e fora advertido por Padre

Matthew. – Espero que ele não machuque minha mãe. Se eu não estivesse neste lugar, convenceria minha mãe a deixá-lo...

– Cullen precisou de muita coragem para me contar sua história. – Ele soltou a mão dela. – Cá entre nós, não acredito nos rumores. Você é uma garota gentil, e acho que foi injustiçada.

Teagan engasgou e lutou contra as lágrimas. Até que enfim alguém acreditava nela, mas de que adiantaria?

– Infelizmente – prosseguiu o padre –, estou de mãos atadas. Não tenho influência legal sobre você e, muito menos, sobre a Igreja Católica.

Ela permaneceu sentada, tentando absorver tudo aquilo. Não havia nada que o Padre Conry pudesse fazer? Provavelmente não, mas pelo menos estava animada por ele acreditar nela.

– Há algo mais... – Ele ficou ruborizado. – Se não fosse pela sua situação, eu nem diria, mas você tem idade suficiente para saber. – O padre deu uma olhada ao redor da sala. – Qualquer um que visse uma biblioteca como essa pensaria que tudo corre às mil maravilhas nas Irmãs da Sagrada Redenção. Mas eu não caio nessa. Acredito que a inocência pode ser perdida nas residências santas tão facilmente quanto nas moradas do mal.

Irmã Rose apareceu na porta, esticando o pescoço para espiar o que estava acontecendo. Padre Conry acenou para a freira.

– Só mais alguns minutos, irmã. – Ele se virou para Teagan. – Vou direto ao ponto: corre um boato de que Padre Mark, o jovem clérigo de St. Eusebius, deixou uma garota em apuros. Lembre-se, é apenas fofoca e nada foi comprovado. Mesmo assim, acho que a diocese está um pouco tumultuada.

Drenada por tais palavras, Teagan afundou-se na cadeira.

– Oh, padre, não sei nem o que pensar. Se for verdade, as pessoas podem acreditar que ele não é o homem de Deus que diz ser, e eu poderia limpar o meu nome. Por outro lado, podem achar que fui eu que o desviei do caminho.

O padre concordou.

– Achei que você deveria saber. Essas notícias podem lhe ser úteis no futuro. Faça-me um favor, no entanto. Não mencione que ouviu isso de mim. Manterei meus olhos e ouvidos abertos e, se houver algo que eu possa fazer, tenha certeza de que o farei. – Ele se levantou da cadeira e sorriu. – Eu, sinceramente, espero que tudo acabe bem. Vou transmitir seus cumprimentos a Cullen.

– Obrigada, padre – Teagan apertou a mão dele. – Suas palavras me deram mais encorajamento do que eu tive em meses. Vou dormir hoje à noite com esperança. Sim, transmita meus cumprimentos a Cullen.

– Irmã, estou pronto para sair – ele chamou.

A velha freira reapareceu na porta e acompanhou Padre Conry até o carro dele. Teagan os seguiu até o gramado que verdejava sob o sol intenso.

O padre dirigiu rumo ao portão. Ela sabia que o Sr. Roche estaria esperando ali para liberar a saída e se sentiu mais abalada do que imaginava.

– E depois você diz que não é mimada – alfinetou Nora, quando Teagan se juntou a ela e a Lea. – Você recebe todos os visitantes: sacerdotes, namorados, anglicanos... Enquanto Lea e eu ficamos chupando dedo.

Teagan não respondeu. Sentou-se, puxou um fiapo de grama e o enfiou na boca. Sua atenção estava focada no carro que seguia em direção ao portão.

CAPÍTULO 14

ANTES DO RAIAR DA AURORA em uma manhã no fim de junho, Teagan acordou assustada e se sentou na cama. Com o coração acelerado, viu Irmã Anne ajoelhada diante de seu leito. A freira estava com o cabeça curvada, seu corpo formava um triângulo preto, iluminado por uma única vela que estava atrás dela. A chama oscilante espalhava uma luz fantasmagórica pelo sótão e as mãos de Irmã Anne, dobradas em oração, emergiam da escuridão.

A religiosa ergueu a cabeça e, à luz fraca, Teagan viu os lábios dela se mexendo, a pele amarelada e os olhos riscados de lágrimas. As outras Madalenas permaneciam deitadas imóveis e em silêncio. Teagan se perguntou se estava tendo um pesadelo, mas a freira levou um dedo aos lábios e começou a sussurrar suas preces novamente, entoando um mantra suave. Não era um sonho. Irmã Anne continuou por vários minutos, enquanto Teagan, com as pernas tensionadas e os braços colados ao lado do corpo, permaneceu rígida na cama. As outras garotas pareciam estar sob um feitiço.

Finalmente, Irmã Anne olhou para cima.

— Estou orando por mim mesma, mas queria ver você. Você sabe a dor que me causou?

— Por quê? O que eu fiz para você? — Teagan conseguiu responder à pergunta.

— Pouco importa agora. — A freira balançou a cabeça. — O passado é passado, mas as lembranças permanecem. Quando olho para você, vejo toda a escuridão da minha alma.

Suas palavras não faziam sentido. Teagan não podia forçar a Madre Superiora a revelar sua dor, e não queria gritar com ela. As outras podiam pensar que Irmã Anne estava rezando em sua cabeceira para exorcizar algum espírito demoníaco, e então as Madalenas nunca mais olhariam para ela do mesmo jeito. Portanto, fechou os olhos e ficou quieta enquanto a freira continuava as orações. *Basta! Basta!* Tentou manter a calma ao passo que as orações da freira chegavam aos seus ouvidos: penitência, perdão, redenção.

Nora e Lea não lhe serviam de nada agora. O plano de fuga tinha sido frustrado quando Irmã Mary-Elizabeth descobriu o saco de trapos embaixo da cama de Lea, esta que quase perdeu a vida por causa de seu plano. Nora só estava preocupada com o bebê. Olhando para trás, fugir era uma ideia desesperada. Imaginou-se com a idade de Betty, ainda remendando rendas ou trabalhando na lavanderia, dia após dia, semana após semana, ano após ano. A monotonia e a penitência iriam matar sua alma um pouquinho a cada dia até não sobrar nada além de uma casca vazia e robótica de uma mulher que reza continuamente a Deus, mas que não tem vida ou alguma razão verdadeira para viver.

Durante todo o mês de maio e de junho, Teagan orou para conseguir sair do convento, mas nenhuma oportunidade se apresentou. Irmã Ruth agia como um cão de guarda na lavanderia, então uma fuga como a de Nora estava fora de questão. Desde que caiu do telhado, Lea parecia dispersa e confusa. A confiança entre elas diminuía. A janela agora tinha grades, então não restara mais chance de escapar pelo telhado. A garota não queria perder a esperança; se a perdesse, temia perder também a sanidade. E sabia que esse medo era real, tão certo quanto as batidas de seu coração.

Teagan abriu os olhos. A luz do amanhecer infiltrava-se pela janela. Olhou para o pé da cama. Irmã Anne não estava mais lá. Será que tinha estado mesmo ali? Checou se havia algum vestígio no cobertor sobre seus pés. Nora e Lea dormiam tranquilamente, com os sonhos imperturbados pela visitante noturna. Jogou as cobertas de lado e foi até o local onde vira a madre. Nada – nem cera, nenhum indício de que a Madre Superiora estivera lá.

No entanto, o cheiro de fumaça, como se uma vela tivesse se extinguido, pairava no ar. A porta do sótão estava entreaberta. Teagan correu até ela e olhou para o corredor. Tudo estava normal na manhã que se levantava, exceto por uma ligeira névoa, talvez o resquício esfumaçado de um pavio fumegante.

No início de agosto, as Madalenas mais uma vez labutavam na lavanderia. As lavadoras borbulhantes e as secadoras elétricas intensificavam o calor e a umidade do verão. Teagan se perguntava se Nora aguentaria as poucas semanas que faltavam para o parto. A criança crescia dentro dela, inflando-a tanto que as freiras a colocaram no "trabalho leve", o que significava fiscalizar as máquinas, garantindo que todos os ciclos estivessem completos. Sarah estava encarregada de transferir as cargas entre as máquinas, enquanto Nora, segurando a barriga inchada com as mãos, supervisionava o trabalho.

Uma tarde, ela caiu sobre uma lavadora. Teagan e Irmã Ruth correram para socorrê-la.

— Eu vou ter o bebê — Nora ofegou. A cor sumiu de seu rosto; o suor escorria por sua testa.

— Bobagem — disse Irmã Ruth. A freira agarrou o braço esquerdo de Nora e a segurou firme, tentando acalmá-la. Olhou para Teagan: — Volte para o seu trabalho!

— Ela é minha amiga e eu quero ajudar — Teagan disse com firmeza.

— É o meu bebê e eu posso muito bem dizer quando ele está chegando, droga — Nora tentou se afastar da máquina de lavar, mas suas pernas bambearem. Irmã Ruth segurou seu braço esquerdo, enquanto Teagan a pegou pelo direito. Foram necessárias as duas para erguer Nora, que sacudiu a cabeça como se quisesse se livrar da dor.

— Viu, o que eu disse?!

— Ainda não está na hora — disse Irmã Ruth, de cara feia, mas chamou Sarah. — Diga a Irmã Mary-Elizabeth para chamar o médico.

Logo as irmãs Mary-Elizabeth e Rose estavam na lavanderia junto de algumas outras freiras, que Teagan deduziu que tinham vindo do orfanato ao lado.

Uma, a quem Irmã Ruth chamava de Irmã Immaculata, uma freira com proeminentes sobrancelhas escuras e penetrantes olhos azuis, examinou Nora enquanto Betty trazia uma cadeira. Nora agradeceu e se sentou, parecendo uma criança perdida, mas satisfeita com toda a atenção que recebia.

Irmã Immaculata apalpou o estômago de Nora, descendo os dedos para a barriga distendida. A irmã pousou a mão na testa da grávida.

— Tsc, tsc... — Ela balançou a cabeça e disse: — Eu diria que essa penitente precisa de tratamento médico. Acho que ela entrou em trabalho de parto.

As freiras ergueram Nora da cadeira e a levaram embora. Teagan não teve tempo de desejar boa sorte ou dizer adeus. Ficou ali ao lado da cadeira enquanto sua amiga, apanhada por um enxame de hábitos pretos, desaparecia porta afora.

Nora escapou de novo, só que dessa vez sob o olhar atento das freiras. Teagan não tinha certeza de quando, ou se, Nora voltaria – nem do que aconteceria com o bebê. Retornou, com passos comedidos, à bacia onde trabalhava. Após mais de um ano de penitência, era chegada a hora de deixar as Irmãs da Sagrada Redenção, custasse o que custasse.

Nora escapou pela primeira vez em um furgão de entregas. Desde a última visita do Padre Conry, Teagan ficou muito atenta aos detalhes, incluindo cronogramas de entrega e a rotina das freiras. Agora que estava de volta à lavanderia, registrava tudo mentalmente, mas não compartilhava o que via com ninguém. Ficou cada vez mais claro que a fuga de Nora havia sido um caso isolado de boa sorte. Teagan não tinha intenção de escapar por essa via. Irmã Ruth e as outras Madalenas estavam mais atentas agora. A menina formulara um novo plano e havia chegado a hora de colocá-lo em ação, mas precisava da ajuda de outra pessoa, uma garota que pudesse ter acesso ao que ela procurava ou, pelo menos, soubesse a respeito. Lea sabia onde encontrar tudo no escritório do Sr. Roche.

Teagan conseguiu sua chance dois dias depois que Nora foi levada embora. Uma tempestade se abateu sobre o convento após as orações das vésperas. O tempo ruim tornava seu plano ainda mais possível. *Quem pensaria que uma Madalena tentaria escapar em uma noite como essa?* A chuva lhe proporcionaria uma boa cobertura.

Depois de ir ao banheiro, viu Lea diante da janela do sótão antes das luzes serem apagadas. As outras Madalenas estavam se preparando para dormir. Um relâmpago brilhou do lado de fora, iluminando o quarto e delineando a forma da amiga com um fantasmagórico clarão branco. Pôs-se atrás de Lea, tentando averiguar se havia capturado a atenção da garota.

– Olhe! – Lea apontou para o local no canto sudoeste onde as crianças foram enterradas. – Eles estão lá fora hoje à noite. – Ela juntou as palmas. – Aproveitando o clima.

Teagan semicerrou os olhos, espiou por cima do ombro da amiga, mas não viu nada, apenas o chão encharcado e as torrentes escuras da chuva. Estava tentada a rastejar para a cama, mas lembrou a si mesma que tinha de agir.

– Sim, eu também os vejo.

Lea se virou, estreitando os olhos.

– Você está brincando. Não zombe de mim.

– Não, é verdade, eu os vejo. – Colocou-se ao lado da amiga. – Lá no canto.

– O que você vê?

Teagan tentou se lembrar de como Lea os descrevera. *"Envoltos em branco"* lhe veio à cabeça.

– Duas figuras de branco, um menino e uma garotinha, eu acho. É difícil ter certeza porque está chovendo muito.

– Sim! É o que eu vejo também! Mas e quanto ao outro, escondido no canto?

– Sim, também estou vendo ele.

– *Ela.* – Lea cruzou os braços e olhou para a chuva. – Eles estão me chamando para sair, mais do que nunca. Estavam tentando se comunicar comigo na noite que eu caí. Quer vir comigo?

Teagan foi pega de surpresa com a sugestão da amiga. A única maneira de Lea falar com as crianças era indo lá fora, e elas não podiam sair sem abrir uma porta. A ocasião não podia ser mais propícia, ela só precisava entrar no jogo.

– Claro, adoraria bater um papo. O que você quer perguntar a eles?

– Quero saber se estão felizes. Espero que eles não tenham sido maltratados.

Teagan mal podia acreditar em sua sorte. A ideia tinha sido de Lea. Ninguém suspeitaria porque as freiras a amavam, apesar de seu comportamento estranho. Sim, ela se tinha esgueirado pelo telhado com as amigas, mas não era uma encrenqueira que queria destruir a ordem no convento. Lea estava feliz onde estava, contanto que pudesse trabalhar em sua arte e conversar com os espíritos.

– Não vista sua camisola – disse Lea. – Vá para baixo das cobertas. Vamos esperar algumas horas após as luzes se apagarem. Quando eu bater no seu ombro, levante-se, mas não diga nada.

Um relâmpago rebimbou e um trovão poderoso reverberou pelas paredes. Teagan levantou o cobertor, tirou os sapatos e foi para a cama. Lea fez o mesmo. Da própria cama, Patricia gritou:

– Ei, o que está acontecendo por aí?

Teagan se questionou se deveriam abandonar o plano, mas foi surpreendida pela resposta de Lea:

– Modéstia, algo sobre o qual você não sabe muito. Teresa e eu decidimos nos despir no escuro como uma penitência a Deus.

– Que besteira! – Patricia bufou e sacudiu a cabeça.

– Tenho certeza de que Irmã Anne aprovaria, e você, como futura freira, poderia aprender algumas lições.

– Vocês são duas lunáticas – Patricia se enfiou debaixo das cobertas e virou para o outro lado.

Lea deu uma piscadinha para Teagan. Agora só teriam de esperar as luzes serem apagadas.

Irmã Mary-Elizabeth, como sempre, apareceu alguns minutos depois do lado de fora das portas do sótão, seguida pela Madre Superiora. Ainda de hábito, elas caminharam lentamente pelo dormitório, olhando para cada uma das garotas.

A respiração de Teagan ficou presa na garganta. Não entendia por que a Madre Superiora tinha vindo com Irmã Mary-Elizabeth em sua vigília noturna. Será que Patricia as entregaria por não terem vestido as camisolas para se deitar? No entanto, as freiras passaram e nem uma palavra foi dita. Pelo jeito, a advertência sobre "dedos-duros" surtira efeito.

Exausta após um dia de trabalho nos tanques, Teagan logo caiu em um sono profundo. Mais tarde, sentiu a cama balançar. Lea, parecendo um fantasma, pairava sobre ela, chamando-a para segui-la.

Levantou-se, calçou os sapatos e foi até a porta na ponta dos pés. Era improvável que qualquer uma das Madalenas acordasse quando saíssem, pois era comum as garotas se levantarem para usar o banheiro a qualquer hora da noite. Já estavam acostumadas a dormir com essa movimentação.

O corredor estava escuro, exceto por uma luz amarela que vazava da porta do quarto de Irmã Mary-Elizabeth – um cômodo ao lado do sótão que ela dividia com Irmã Rose.

– Ela pode estar acordada – Teagan advertiu Lea.

A amiga parecia despreocupada.

– Teremos que aproveitar essa chance se quisermos conversar com os espíritos. Eles ainda estão lá no canto.

Teagan segurou o ombro de Lea.

– Você vai na frente. Se formos pegas, direi que você estava sonâmbula e que eu estava tentando levá-la de volta para a cama.

Olhou para as próprias roupas. Seria difícil explicar por que ainda estavam em seus uniformes de trabalho, mas ela inventaria uma desculpa se fosse necessário.

Lea passou reto pelo quarto de Irmã Mary-Elizabeth e desceu as escadas. Teagan espiou lá dentro. A freira, com a cabeça pendendo, estava dormindo, com o livro que ela estava lendo sobre seu estômago. Irmã Rose dormia no lado oposto do cômodo.

O segundo andar estava completamente escuro. Os quartos de Irmã Anne e de Irmã Ruth ficavam no final do corredor, mas não havia nenhum sinal de movimento.

– Aonde estamos indo? – Teagan perguntou.

– Ao escritório do Sr. Roche. Ele pode ter as chaves.

Logo estavam passando pela capela no primeiro andar. Uma lâmpada acesa na catedral lançava seus raios frios no chão de mármore, projetando sombras que se erguiam pelas paredes. Depararam-se com as grandes portas de madeira do convento. Lea parou diante do escritório do Sr. Roche, em frente ao da Madre Superiora, e passou os dedos pelo caixilho acima da porta. Quando os retirou, tinha em mãos uma chave prateada.

Enfiou a chave na fechadura e a girou. A porta se abriu, revelando um paraíso de ferramentas, algumas sujas, dentro de uma caixa sobre a bancada de trabalho, outras, de jardinagem, amontoadas em um canto junto das vassouras e dos ancinhos; também havia uma escrivaninha e uma pequena cadeira.

– Como sabia da chave? – sussurrou Teagan, com o coração martelando no peito.

– Eu o vi colocando lá.

– Você veio aqui para pegar o martelo e o óleo.

– Já estive aqui em algumas ocasiões – Lea entrou. – O Sr. Roche fica aqui às vezes. Além disso, ele gosta de mim.

Teagan não queria pressionar a amiga, afinal cada passo de Lea fazia sentido. Se alguém tinha as chaves que davam acesso ao quintal, esses eram a Irmã Anne e o Sr. Roche. Ela nunca pensou em propor a Lea que roubasse as chaves do escritório do Sr. Roche porque duvidava que a amiga faria algo contra a Madre Superiora, mas contra o zelador era outro assunto.

– Você poderia ter nos tirado daqui o tempo todo, sem cair do telhado – Teagan disse, irritada. No entanto, seu aborrecimento foi temperado pelo caráter imprevisível de Lea; nunca foi fácil decifrá-la.

– Eu não sei se o Sr. Roche guarda as chaves aqui – Lea lançou um olhar exasperado para a amiga. – É apenas um palpite. Ele pode dormir com elas ao lado de sua cama. E, além disso, é você e Nora que sempre estão planejando alguma fuga. Eu não tenho o hábito de vasculhar escritórios. Só estou fazendo isso por causa dos espíritos. Conversar com eles é o que importa.

– Tá bom, não vamos perder tempo – disse Teagan.

Elas atacaram a mesa juntas, abrindo as gavetas, mas tomando cuidado para deixar o conteúdo exatamente como encontraram. Em vez de chaves, acharam papéis, cigarros, canetas, lápis, uma revista feminina e um frasco de bebida amassado.

– Nada – disse Lea.

– Não vamos desistir. – Teagan deu a volta no pequeno escritório. – Talvez elas estejam em outro lugar.

Procurou no canto onde as vassouras, os ancinhos e as enxadas estavam amontoados. Juntou os cabos e os afastou da parede. Um gancho prateado cintilou no granito. Um grande anel com uma dúzia de chaves estava pendurado na parede.

– É isso que estamos procurando – disse Teagan, aliviada por encontrá-las. Entregou o anel para Lea. – Agora temos de encontrar a chave certa.

– Elas estão marcadas – disse Lea, apontando para uma que parecia uma grande chave mestra preta. – Essa aqui abre as portas da frente.

O coração de Teagan acelerou. As portas estavam a apenas alguns metros de distância, juntamente com a possível liberdade. Se a chave das portas estivesse no anel, ela poderia escapar e nunca olhar para trás, a não ser para cumprir a promessa que fizera a Nora. Mesmo assim, estava determinada a não cometer os mesmos erros da amiga.

– Há outra coisa que podemos usar – Lea apontou para um guarda-chuva do outro lado da mesa do Sr. Roche. Teagan o pegou.

– Vamos lá.

Lea fechou o escritório e colocou a chave de volta ao caixilho. Diante das portas do convento, a amiga inseriu a chave em uma fechadura ornamentada por uma moldura de metal. Lea a virou, e elas ouviram o clique da trava. Teagan abriu a porta e sentiu o ar frio derramar-se em seu corpo, num primeiro sopro de liberdade. Sem hesitação, abriu o guarda-chuva e saiu. A noite nunca parecera tão bonita, apesar da chuva torrencial que açoitava o guarda-chuva. Estendeu a mão e deleitou-se com a sensação acetinada das gotas na palma de sua mão.

Lea desceu correndo os degraus e virou no sentido sul, indo em direção aos espíritos. Teagan ficou parada; Lea notou a atitude e se virou para ela.

– Eu não vou com você. – Teagan entregou o guarda-chuva para a amiga e sentiu a chuva fria cair em seu rosto e escorrer pelos ombros.

Lea permaneceu firme, fiel à sua natureza, e lhe estendeu a mão.

– Eu me perguntava quando você iria embora. Você me enganou?

Em meio à pouca luz das lâmpadas do convento, Teagan olhou para o chão escuro, incapaz de encarar a amiga.

– Se está achando que planejei esta noite, você está errada. Eu te disse desde o começo que queria sair daqui. Há semanas venho pensando em como poderia passar pelas portas. Você tornou isso possível, Lea. – Ela olhou para cima e franziu o cenho. – Mas eu menti. Não vi os seus amigos espirituais; mas acredito que você pode vê-los. Então vá falar com eles, ajude-os, faça o que tiver de fazer. Depois volte e devolva as chaves antes de ser pega. Não quero que você sofra mais na Sala da Penitente. Não precisa contar nada à Irmã Anne. Ela vai punir todas as Madalenas amanhã e, por isso, eu sinto muito. – Ela apontou para as chaves. – Por favor, deixe-me sair.

Lea deu um passo à frente e abraçou Teagan, segurando o guarda-chuva sobre elas. O leve odor das tintas – que Lea usava para pintar – penetrou em seu nariz. O cheiro seria uma lembrança de sua amiga.

– Eu te levo até o portão – disse Lea. – Você e Nora devem ser felizes. Os espíritos vão esperar por mim.

As meninas se protegeram sob o guarda-chuva e caminharam pelas sombras dos carvalhos e pinheiros. Teagan se perguntou o que seria dela no mundo fora do convento. O pensamento lhe trouxe lembranças que cruzaram sua mente como um *flash*: o pai bêbado; a mãe sentada de mau humor esperando o marido ficar sóbrio; caminhadas com Cullen ao longo do rio. Na época, tinha acreditado que tudo aquilo era normal, porque não tinha outras referências. Agora sabia que não era. Então veio seu encontro casual com Padre Mark, uma catástrofe que mudou sua vida de incontáveis maneiras. O que a esperava do outro lado do portão? Liberdade ou mais escravidão? Se os pais não a aceitassem de volta, ela não teria para onde ir. Qual tortura – dentro ou fora do convento – seria mais fácil suportar?

Teagan parou quando viu o portão. Lea tropeçou ao lado dela.

– Não sei se consigo fazer isso – confessou a garota, lutando contra as lágrimas que se formavam. – Não tenho certeza se sou forte o bastante.

– Por quê? – Lea perguntou. – É isso o que você quer.

– Não sei o que fazer. Não posso voltar para os meus pais. Não posso recorrer a Cullen. Ninguém vai me aceitar... – Ela desabou sobre a amiga e afundou o rosto em seu ombro. O guarda-chuva caiu no chão.

Lea abraçou Teagan e deu um tapinha em suas costas enquanto a chuva caía sobre elas.

– Deus vai te proteger. Se é isso que você quer, é o que Ele quer.

– Tem certeza? – Teagan enxugou as lágrimas com a manga. – Perdi minha fé no ano passado. Não acho que Ele existe.

Uma lamparina faiscava na rua. Lea sorriu.

– Claro que Ele existe. Por que você acha que Ele quer que você deixe este lugar? Você tem outro trabalho a fazer. O meu trabalho é conversar com os espíritos... Para ajudá-los a encontrar a paz. – Lea deu um passo para trás. – Vá para os seus pais. Peça a eles que te aceitem.

Teagan pegou o guarda-chuva e o entregou à amiga.

– Não, leve com você – Lea disse.

– Não, fique com ele. Se sumir, vão saber que eu estive no escritório do Sr. Roche. Seque-o e o coloque de volta onde estava.

Teagan foi em silêncio até o portão. A amiga destrancou o cadeado e o levantou para que a corrente não batesse contra o ferro. O portão também estava trancado, mas logo se abriu. Teagan saiu. Seus ombros estavam encharcados, e ela estremeceu no ar úmido.

Lea fechou o portão, trancou-o e recolocou o cadeado na corrente com um estalo. Espiou pelo portão como uma mulher se despedindo de uma amiga que está sendo levada para a prisão.

– Adeus, minha amiga – disse Lea. – Vou sentir sua falta. Deus te abençoe.

Suas palavras comoveram Teagan. Ela alcançou o portão e apertou a mão de Lea. Se a amiga estivesse certa – se houvesse um Deus –, precisava dele mais do que nunca. O Deus de Lea era gentil e receptivo, o tipo de Deus que Teagan queria conhecer.

Elas se soltaram, e Teagan caminhou para o norte, em direção a St. Stephen's Green. Lembrava que o pai tinha passado pelo parque quando a trouxe ao convento. Ocorreu-lhe que encontrar a casa de Cullen poderia ser mais fácil do que chegar à de seus pais. Ele morava perto da Catedral de St. Patrick. Quando se conheceram em uma festa, ele mostrou que dava para ver as torres da catedral da porta da frente de sua casa, e ela o visitara várias vezes.

Acelerou o passo, sentindo um pico de adrenalina. Ela queria ver Cullen e estava ansiosa para rever os pais, na esperança de ser aceita. A estrada se estendia pela noite interminável, mas, de ambos os lados, o caminho era iluminado pelas luzes das residências e das lojas; guiaria-se por elas. Talvez o sentimento de esperança que elas lhes proporcionavam persistisse até ela encontrar o caminho de volta para casa.

CAPÍTULO 15

TEAGAN NUNCA EXPERIMENTARA sentimentos tão conflitantes. O medo pairava sobre ela como uma nuvem. A cada minuto, sentia impulsos de excitação que acabavam a paralisando. Era como se nunca tivesse sido livre na vida, como um passarinho abrindo as asas pela primeira vez. Dublin era grande, maior ainda à noite, e agora a jovem era uma fugitiva. Os guardas iriam atrás dela assim que as freiras descobrissem sua ausência.

Tentou se proteger da chuva, mas era difícil. Alguns edifícios tinham toldos e marquises; outros, não. Procurou evitar os focos de luz dos postes das ruas. O avental grosso protegera seu vestido, mas, agora que ele estava encharcado, o vestido também estava ficando molhado. Andou o mais rápido que pôde, seguindo para o norte, se abraçando e tremendo de frio.

Contornou as esquinas do parque St. Stephen, pelo qual passara na terrível madrugada em que foi levada ao convento.

Uma caminhada de vinte minutos a conduziu até um bairro que parecia familiar. As pontas das torres da Catedral de St. Patrick se tornaram visíveis à noite. Ela se abrigou sob um dos arcos e se sacudiu como um cachorro para se livrar da água. De pé sob o arco da catedral protestante, teve um vislumbre de esperança. A casa do Cullen Kirby ficava nas proximidades. Sabia disso por causa de suas visitas ao namorado. Da varanda, ela tinha visto as torres da catedral com suas cruzes projetando-se no céu. Estava tarde e ela não tinha outro lugar para onde ir. Precisava dar um jeito de chegar a seus pais, em Ballsbridge, pela manhã. Não tinha nada a perder.

Por que não? O pior que pode acontecer é eu ser presa. Os guardas me levarão de volta para o convento e eu passarei a noite na Sala da Penitente.

A memória de Teagan lhe foi útil nesse momento de necessidade. Exceto por ter virado errado em uma rua, o que atribuiu à hora tardia e não a uma falha em seu senso de direção, logo estava do outro lado da rua da casa onde Cullen morava com os pais. A janela do quarto do rapaz ficava na lateral da residência, abrigada por um beco estreito formado por uma casa adjacente. O quarto de seus pais ficava na frente, com vista para a rua. Nenhuma luz estava acesa, exceto por uma pequena lâmpada iluminando a porta de entrada.

A passagem até a porta da frente estava obstruída por um portão, mas o beco, não. Teagan atravessou a rua e o gramado e parou na frente da janela de Cullen. E se ele tivesse trocado de quarto com os pais? Eles certamente ficariam aborrecidos e denunciariam uma jovem que invadiu a propriedade. Os guardas seriam chamados. Mas ela tinha que arriscar.

Bateu na janela – a princípio tão de leve que nem ela conseguiu ouvir direito a batida. O vidro estava coberto por grossas cortinas. Reuniu coragem e bateu novamente. Dessa vez, tinha certeza de que alguém lá dentro ouviria o barulho.

As cortinas se separaram. Um olho apareceu. O tecido voltou a se fechar, mas logo foi entreaberto novamente. Da segunda vez, as cortinas foram um pouco mais abertas. De repente, foram escancaradas, revelando Cullen de olhos arregalados, em choque. Ele estava nu da cintura para cima, vestindo apenas a calça do pijama.

Teagan levou um dedo aos lábios, pedindo silêncio.

Ele abriu a janela, boquiaberto ao vê-la. Sussurrou após alguns momentos:

– É você mesmo! Achei que estava sonhando.

– Eu fugi. – Ela estava envergonhada por admitir isso. Que tristeza ser reduzida a uma garota fugitiva da clausura de uma prisão.

Cullen sacudiu a cabeça, balançando os cabelos claros.

– Meu Deus, para onde você está indo? – Ele olhou de volta para o quarto. – Você sabe que são mais de 2h30 da manhã?

Ela se encolheu, cruzando os braços junto ao peito. A umidade piorava, como um revestimento de gelo se formando sobre seus membros.

– Posso entrar? Estou molhada e com frio.

– Claro, mas temos que ficar quietos. Meus pais estão em casa, e eu nunca recebi uma garota no meu quarto no meio da noite. – Ele abriu a janela o máximo possível e estendeu as mãos. A borda era ligeiramente mais alta do que a cintura de Teagan. Ela o agarrou ao passo que Cullen a puxava e, alguns segundos depois, ela estava sentada no chão.

— Shhhh – ele sussurrou e foi pegar a blusa de seu pijama na cômoda.

— Posso ficar só o suficiente para me aquecer? – Teagan sussurrou de volta, tremendo mais violentamente.

Cullen acendeu um pequeno abajur à cabeceira da cama.

— Deixe de ser boba. – Ele se sentou na beira da cama. – Você não pode acordar seus pais às 3 horas da manhã. Eles vão ter um chilique. Seu pai já é difícil o bastante em condições normais. – Ele deu um tapinha no colchão, chamando Teagan para se sentar ao seu lado e sair do chão.

— Estou bem. – Teagan sacudiu a cabeça, mas se aproximou e, sentada no chão, em frente a ele, pegou as mãos de Cullen. – Eu sei que é muito estranho aparecer na sua casa assim, no meio da noite, mas eu só vim porque você é meu melhor amigo... – Ela o fitou, receosa de que pudesse fazer algo de que se arrependeria depois. Ali, com ele, não estava ansiosa como se sentira com o Padre Conry. No máximo, era tentador estar com o namorado. Qualquer sentimento de desconforto se dissipou no calor do quarto de Cullen. Ela não se envergonhou de seus pensamentos.

Um clima surgiu entre eles.

— Acho melhor eu ficar no chão – ela finalmente decidiu.

— Que tipo de cara você pensa que eu sou, Teagan? É claro que você é especial para mim; eu quero te ajudar, não te seduzir.

— Obrigada. – Ela olhou no fundo dos olhos dele. – Não tem como acontecer mais nada entre nós no momento. Eu não consigo nem pensar em... – A garota abraçou as pernas dele, saboreando a sensação do toque do corpo de Cullen. Suas pernas eram finas, mas fortes, como as de um corredor. Ele sempre foi magro, não muito musculoso, mas com um talento especial para os esportes de campo.

— Brrrr... Você está fria. Precisa tirar essas roupas molhadas. – Ele se soltou das mãos dela e pegou um cobertor no armário em frente à cama. – Pode se trocar lá dentro, mas não há muito espaço para entrar. Por que você não se enrola nisso e dorme na minha cama? Eu fico no chão. – Ele lhe entregou o cobertor. – Você terá que sair daqui em algumas horas porque meu pai acorda cedo para ir trabalhar, mas acho que eu consigo te arranjar uma torrada ou alguma coisinha para beliscar.

— Que bom. Acho que vou aceitar sua oferta.

Cullen tentou segurar uma risadinha.

– Se alguém bater, role da cama e fique entre ela e a janela, e eu vou pular de volta para a cama.

Que bom seria tê-lo em meus braços e segurá-lo em um abraço apertado, Teagan pensou. Espantou tal pensamento quase tão rapidamente quanto o formulou. Abraçar Cullen levaria a mais do que carícias inocentes. Ele poderia não resistir e, se insistisse, ela provavelmente também não faria muita resistência. Fazia tanto tempo desde que eles tinham passeado de mãos dadas... Até um beijo poderia ser perigoso. Agora, ele era o amigo de que ela precisava. Se houvesse mais tempo, ela teria lhe contado tudo sobre o convento – todas as dificuldades e como era bom estar livre de novo.

Cullen deu as costas quando ela tirou as roupas e se enrolou no cobertor. Quando ele se virou de volta, ela segurava o vestido e o avental nas mãos.

– Vou pendurá-los no armário por algumas horas. Talvez sequem um pouco.

Ele pegou as roupas dela, colocou-as nos cabides e as pendurou. Então pegou um travesseiro e se acomodou no chão.

Ainda enrolada no cobertor, Teagan foi para a cama e se cobriu com o lençol. Rolou de barriga para baixo e se inclinou sobre a borda. Cullen olhou para ela.

– Só um beijo de obrigada – disse ela.

Ele se ergueu, apoiando-se com os cotovelos. Seus lábios se encontraram por menos de um segundo, e uma corrente elétrica percorreu todo o corpo dela. Eles se afastaram. Teagan sentiu que, se a ocasião fosse outra, poderia ter perguntado a ele se queria se deitar na cama com ela. Agora já estava aquecida o suficiente para que o cobertor estivesse quente e pesado. Mantendo-se coberta com o lençol, tirou o cobertor e o deixou cair no chão ao lado dele.

– Ei – Cullen disse –, não precisa fazer isso.

– Você vai estar com frio pela manhã.

– Eu estou ótimo. – Ele sorriu para ela. – Simplesmente ótimo.

– Boa noite – Teagan apagou a luz e se acomodou na cama, pensando em como era afortunada por ter um amigo como Cullen. A casa estava quieta, e ela se sentia calma e protegida no quarto dele. A luz dos postes da rua se infiltrava pela parte superior das cortinas, lançando finíssimos fachos brancos pelo teto. Passou os dedos pelo ventre, pelos seios e pelo rosto, sentindo-se mais viva do que em meses. Quando olhou para cima, o teto parecia misturar-se ao céu, deixando à mostra um universo de estrelas acima de si.

Quando Cullen a cutucou, ela estava em um sono profundo, que terminou rápido demais. Ele se sentou na beira da cama e beijou sua testa, mas logo se afastou.

– É bom acordar com você de manhã. – Ele abriu as cortinas. A luz azul do dia inundou o quarto.

Teagan bocejou e esfregou os olhos. Estava acostumada a acordar de madrugada, mas não costumava ficar fora até tão tarde.

– Meus pais vão se levantar em meia hora – disse ele, olhando pela janela. – Quer algo para comer?

Por mais estranho que fosse, ela não sentia fome; estava ansiosa para chegar à casa dos pais o mais breve possível.

– Não se incomode. Para que correr o risco de acordá-los? Como alguma coisa em casa. – Ela se espreguiçou sob as cobertas, ciente de que estava só de calcinha. Cullen tossiu.

– Vou esperar no corredor enquanto você se veste. Quando voltar, vou abrir a porta em vez de bater. Diga-me se precisar de mais tempo. – Tão ligeiro e quieto como um gato, ele se foi.

Teagan jogou o lençol de lado e correu para o armário. O vestido estava úmido, mas não importava, afinal ela não tinha mais nada para vestir. Se houvesse sol, talvez estivesse seco quando chegasse à casa dos pais. Vestiu-se rapidamente, com pressa para sair. Cada minuto à luz do dia significava cuidado redobrado, especialmente se os guardas estivessem por perto. O relógio no quarto de Cullen marcava 5h30 da manhã – bem na hora que descobririam seu desaparecimento no convento.

Cullen deu uma espiada pela porta e então se sentou na cama, ao lado dela.

– Padre Conry me disse que te visitou.

Teagan fez que sim.

– Ele me deu más notícias sobre meu pai. Também me contou sobre o boato de que o Padre Mark tinha engravidado uma garota. Não sei o que pensar.

– Vai dar tudo certo – ele segurou suas mãos. – Você vai ver, e quando isso acontecer, lembre-se de mim. – Ele se inclinou e beijou sua cabeça, os cabelos avermelhados roçaram o rosto da garota. Ela adorou a sensação suave.

– Tenho que ir. Não quero que a Guarda me veja. Eles vão questionar uma mulher sozinha na rua a essa hora. Vou deixar meu avental aqui. Livre-se dele quando puder.

– Deixe comigo – Cullen o enrolou e o enfiou em uma gaveta. Voltou com uma nota de cinco libras. – Tome. Daqui até Ballsbridge é uma bela caminhada, mas isso deve dar para você pegar um táxi e ficar com algum troco. Tem um ponto no fim da rua.

– Não! É muito – protestou Teagan.

– Um dia você me devolve. – Ele dobrou a nota e a colocou em sua mão.

Teagan pousou um beijo delicado na bochecha dele e se levantou. Cullen abriu a janela e a amparou enquanto ela saía. A garota sentiu-se suja, meio vagabunda, saindo escondida do quarto de um homem ao amanhecer, mesmo que nada tivesse acontecido. Ele falou baixinho, enquanto ela se afastava:

– Lembre-se do que eu disse. – Ele se inclinou para fora da janela e acenou. – Volte para mim.

Ela soprou-lhe um beijo e foi para a calçada. Olhou para o fim da rua e viu vários táxis em fila. As cinco libras que Cullen lhe deu seriam úteis.

A casa parecia vazia. Teagan inclinou-se para a frente, no banco de trás, e olhou através do vidro. Estava com os nervos em polvorosa. Uma vida inteira de lembranças veio à tona quando o motorista parou junto ao meio-fio: ela brincando no jardim dos fundos, as festas de aniversário, as visitas dos amigos da escola, o encontro com Padre Mark. Apagou aquela mancha escura de sua mente.

O carro já tinha ido embora, e as cortinas da casa estavam fechadas. A mãe sempre as mantinha abertas a menos que não estivessem em casa. Teagan conferiu a caixa de correspondências – vazia. A ansiedade que experimentou no táxi diminuiu um pouco com a ideia de que os pais poderiam estar fora. Gostaria que apenas a mãe estivesse em casa, assim podiam conversar antes que o pai voltasse do trabalho.

Não queria ficar em pé no quintal enquanto os vizinhos saíam. Alguns bisbilhoteiros provavelmente já tinham lhe visto. A mãe sempre guardava uma chave reserva sob o gnomo de jardim na beira da entrada. Teagan o inclinou de lado, mas não achou a chave no chão. Estava prestes a reposicioná-lo no lugar quando um brilho ligeiro chamou sua atenção. A chave estava presa na base da estátua com fita isolante. A garota arrancou-a e abriu a fechadura.

Nada havia mudado. O cabideiro do vestíbulo permanecia ao lado da porta de entrada como sempre... Foi ali que o pai pegou o paletó na noite em que a levou embora. A passadeira de estampa oriental da escada tinha um aspecto limpo e macio; o corrimão castanho-dourado brilhava por causa do polimento feito nele. As pinturas em tons de branco e vermelho nos pratos de porcelana da mãe ainda reluziam na sala de estar. No entanto, seu retrato havia sido removido da cornija da lareira. Ela ficou curiosa para saber se todos os vestígios de sua existência tinham sido destruídos.

Havia algo diferente na cozinha: um suporte repleto de violetas africanas perto da porta dos fundos, em frente à janela do jardim. Sua mãe nunca tinha cultivado plantas domésticas. Contentava-se em cuidar das jardineiras das janelas na primavera. Uma dúzia ou mais de vasinhos descansavam nos braços de metal do suporte alto. As violetas floresciam profusamente, oferecendo ramos de flores brancas, roxas e amarelas. As folhas verdes e saudáveis pareciam travesseiros pequeninos e macios, recobertos de uma fina penugem.

Teagan viu um bilhete sobre a mesa da cozinha:

Prezada Sra. Bryde, obrigada por cuidar das plantas enquanto estamos de férias. Eu ando meio obcecada com elas ultimamente. Basta regá-las na quarta-feira, e elas ficarão bem durante a semana. Por favor, não deixe nenhuma gota pingar nas folhas.

Que dia era? *Quarta-feira?* Os dias pareciam todos iguais no convento. Domingo era a exceção.

Era só ligar a televisão ou o rádio do andar de baixo para descobrir. Teagan não conhecia a Sra. Bryde; na verdade, nunca ouviu a mãe mencionar esse nome. Será que essa mulher também procuraria a chave sob o gnomo do jardim? A sensação de estar sozinha em sua "casa" era quase insuportável.

Voltou para a escada e subiu devagar. A porta do quarto de seus pais estava aberta; o dela, que o pai havia arrombado, estava fechada. Ela colocou a mão na maçaneta, temendo o que veria, mas a abriu mesmo assim.

A luz do corredor adentrou o cômodo, como o sol tentando penetrar as águas de um oceano escuro. As cortinas da janela estavam extremamente cerradas. Tudo entrou em foco e em tons de cinza. Nada parecia fora do lugar: sua cama estava intacta; os livros exatamente como os deixara em sua escrivaninha; e o suéter que esquecera na casa paroquial durante o encontro com Padre Mark estava pendurado no encosto da cadeira. Ela passou um dedo sobre a mesa, percebendo que havia uma camada de poeira acumulada sobe o móvel, e se perguntou se ninguém havia colocado os pés em seu quarto por mais de um ano.

O armário estava fechado. Quando o abriu, viu as roupas alinhadas nos cabides, intocadas desde que o pai a levara embora. O vestido que usou no dia do fatídico encontro com Padre Mark ainda estava pendurado: branco e brilhante, um belo chamariz de problemas diante de seus olhos.

Tirou o vestido que usava e ficou nua diante do espelho. Havia poucos espelhos no convento porque eles encorajavam a vaidade. A única vez que a garota viu seu reflexo foi no vidro das janelas da lavanderia. No entanto, o espelho acima da escrivaninha não mentia. Estava mais magra, o rosto cansado e com linhas de expressão; ela parecia muito mais velha do que uma garota de sua idade.

O cabelo loiro curtíssimo parecia mais escuro, possivelmente porque havia pouca luz no quarto, mas quando abriu um pouco as cortinas, percebeu que o brilho lustroso de sua juventude tinha evaporado. Estava ossuda e nada apresentável – graças às irmãs.

Ela não queria ficar no quarto – trazia muitas lembranças ruins. A sala era o único lugar agradável para passar algumas horas. Mas e agora? Um banho, uma refeição e roupas limpas? Foi o melhor plano em que pôde pensar. Tomou um banho e colocou um vestido azul de verão, além de calcinha e sutiã limpos. Os tecidos macios, de qualidade, eram puro luxo em comparação com os tecidos grosseiros que usava no convento. Voltou para a cozinha, enfiou o vestido velho na lixeira e o cobriu com lixo. Duvidava que os pais iriam notar.

Não havia muita coisa na geladeira, já que os pais estavam de férias; apenas o suficiente para fazer um sanduíche e água gelada em um jarro. Decidiu experimentar uma cerveja do esconderijo do pai na despensa. Já tinha bebericado antes, quando ele permitia, mas o gosto parecia particularmente ruim e amargo naquele momento. *Ugh. Não sei como ele consegue gostar disso.* O líquido castanho espumoso a deixou sonolenta depois de meia garrafa.

Comeu o sanduíche na mesa da cozinha, observando as violetas, depois ligou o pequeno rádio que a mãe deixava em uma prateleira sobre a pia e ouviu o locutor relatar a previsão do tempo para a quarta-feira. A Sra. Bryde estaria ali a qualquer momento, pensou a garota, tentando não entrar em pânico. Limpou o prato, despejou o resto da cerveja na pia e se jogou no sofá da sala.

O som da porta da frente sendo aberta lhe despertou. Teagan olhou sonolenta para a pequena mulher, que usava um vestido floral, entrando no corredor.

– Olá! – ela disse.

A mulher deu um pulo, soltando a chave. Agarrou a bolsa, que estava pendurada no ombro direito.

– Meu Deus! – disse, recuperando o fôlego. – Você quase me mata de susto!

– Sou Teagan Tiernan. – Ela se levantou do sofá.

– Quem? – A mulher deu um passo em sua direção. Ela tinha uma aparência bastante agradável, Teagan pensou, com um rosto bonito e cabelos escuros grisalhos.

– Teagan. – Estendeu-lhe a mão. – Eu sou a filha de Cormac e Shavon.

– Eu sou a Sra. Bryde. – A mulher a apertou.

– Eu sei. Eu vi o bilhete.

– Vim regar as violetas – disse a Sra. Bryde, medindo Teagan da cabeça aos pés. A mulher deu alguns passos em direção à cozinha e depois se virou. – Espero que não me ache rude, mas esta situação é muito estranha. Sua mãe nunca mencionou que tinha uma filha no nosso grupo de *bridge*... – Ela remexeu as mãos, virando os anéis de prata em seus dedos.

– Há quanto tempo você joga *bridge* com minha mãe?

– Cerca de um ano. Ela é nova no nosso grupo em Donnybrook.

Então a mãe havia abandonado as velhas parceiras de *bridge* em Ballsbridge por mulheres que não a conheciam. Teagan sorriu enquanto inventava uma desculpa.

– Isso explica tudo. Eu passei um tempo fora, morando com minha tia Florence em Nova York. Minha mãe sente tanto minha falta que nem gosta de tocar no assunto. Eu vim apenas para uma breve visita. Só não planejava chegar antes que eles voltassem das férias.

A Sra. Bryde franziu o cenho, aparentemente não acreditando na explicação de Teagan.

– Eles não voltam antes de domingo – Ela apertou as mãos. – Você terá uma longa espera pela frente.

Teagan voltou ao sofá e esticou as pernas.

– Bem, por favor, vá em frente e regue as violetas. Não sou boa com plantas. – Ela riu. – Minha mãe decidiu exercitar os dons de jardinagem depois que fui embora.

A mulher olhou para ela, intrigada, e foi para a cozinha. Teagan ouviu o barulho da água da torneira e do regador de metal na pia. Enquanto ouvia, formulou respostas às perguntas que sabia que a mulher faria. A Sra. Bryde retornou em poucos minutos.

– Quanto tempo você vai ficar? – ela perguntou.

– Fico com alguns amigos nas próximas noites e, então, volto no domingo. Eu vim para dar uma olhada na casa, minha mãe queria que eu fizesse isso.

– Foi um prazer conhecê-la – disse a Sra. Bryde. Teagan via nitidamente que não tinha sido prazer algum. – Talvez ainda nos encontremos em sua visita.

– Possivelmente. Não precisa trancar. Eu cuido disso.

– Adeus – a Sra. Bryde abriu a porta. Teagan observou a mulher entrar em seu carro.

Fechou a porta, desmoronou sobre ela e soltou um longo suspiro. Então era isso. Por embaraço e vergonha, a mãe tinha se juntado a um novo grupo de *bridge* depois que Teagan foi levada para o convento. Assim, nunca teria que falar sobre uma filha. A mãe aderira à moda do silêncio. Não tinha dúvidas de que a Sra. Bryde estava curiosa após encontrá-la em casa e decerto achava as circunstâncias estranhas, mas provavelmente não sérias o bastante para chamar a Guarda. Se falasse com as outras integrantes do grupo, elas saberiam tanto quanto a Sra. Bryde.

Voltou para a sala e se esparramou no sofá. Tinha trocado uma prisão por outra. Não havia como deixar de ser uma Madalena? Ligou a televisão, tentando se distrair. Um longo dia se estendia à frente sem nada para fazer. Comeria mais alguma coisa e depois o quê? Não podia visitar Cullen, tampouco suas amigas. Suspeitava que todos os seus conhecidos soubessem de sua história. Imaginou Padre Matthew e Padre Mark tomando uma taça de vinho na casa paroquial, ao passo que ela era uma prisioneira em sua própria casa enquanto os pais estavam de férias. Que deprimente. O pai provavelmente já estava bêbado, e ainda nem era meio-dia.

Teria de se contentar com a companhia da TV durante o dia. Nada dava certo. Que vida horrível, e com possibilidades reais de se tornar ainda pior. Levaria uma eternidade até chegar o domingo. Planejava manter as cortinas fechadas e as luzes apagadas após o pôr do sol. Exatamente como uma prisão. Que deprimente. As horas não passavam.

Na tarde seguinte, Teagan já estava farta. Dormiu mal no sofá, sem conseguir relaxar durante a noite. Cada ruído e rangido, cada sopro do vento deixava seus nervos em alerta. Esperava que a Guarda aparecesse à porta da casa a qualquer momento. Sanduíche frio e água era tudo o que tinha para comer. Sentia falta da comida da mãe: tortinhas de salmão, carne com repolho, guisado de linguiça e ensopado de batata. Os aromas imaginários permearam sua memória e a deixaram faminta por algo mais substancial do que os restos que estava comendo. Ainda tinha boa parte do dinheiro que Cullen lhe dera. Talvez devesse sair para comprar comida.

Enquanto o dia se arrastava, ela encontrou uma folha de papel de carta da mãe e uma caneta. Escreveu três bilhetes, mas destruiu todos até encontrar o tom certo na quarta tentativa. Era uma carta simples explicando sua fuga do convento e como voltara para casa para se reunir com os pais. Esperava que eles a perdoassem e a recebessem de volta, pois era isso o que desejava "mais do que tudo no mundo".

Deixou o bilhete sobre a mesa da cozinha, ao lado das instruções para a Sra. Bryde. Não teria como Shavon não encontrá-lo. Enquanto andava de um lado para o outro, pensou em ir ver Cullen ao anoitecer. Pelo menos quebraria o tédio de ficar sozinha. Talvez ele concordasse em deixá-la passar a noite em seu quarto de novo e, juntos, poderiam pensar nas opções que ela tinha.

O crepúsculo caía quando Teagan ouviu a batida da porta de um carro na frente de casa. Ergueu uma ripa das persianas da sala e espiou lá fora: um sedã preto estava parado no meio-fio, e dois homens de terno preto saíam do veículo. Ambos os homens, altos e esguios, tinham um aspecto oficial e severo. Perdeu o fôlego quando viu quem estava no banco de trás. Cullen, com a cabeça entre as mãos, inclinado para a frente.

Correu para a cozinha, na esperança de escapar pela porta dos fundos, mas um dos homens já vinha pelo caminho de tijolinhos que levava ao jardim. Uma batida pesada reverberou pelo corredor. Não tinha opção. Teria de abrir a porta da frente. E se eles a quebrassem? Não havia como se esconder e, mesmo se tentasse, por quanto tempo conseguiria resistir até que a encontrassem?

Alisou o vestido, respirou fundo e voltou pelo corredor. Com os dedos trêmulos, alcançou a maçaneta. O homem inclinou a cabeça e tirou o chapéu quando a porta foi aberta.

– Teagan Tiernan? – perguntou, arqueando as sobrancelhas.

– Sim? – ela respondeu com uma pergunta, como se atestasse sua inocência.

Ele se apresentou como um "detetive do distrito", mostrando um documento de identificação que logo devolveu ao bolso do casaco.

– Por favor, venha comigo. Estamos aqui para te levar de volta às Irmãs da Sagrada Redenção.

Ela espiou por cima do ombro do homem. Cullen ainda estava afundado no banco.

– Ele não teve nada a ver com isso – disse ela.

O detetive olhou para o carro. Cullen se recostou, desaparecendo de vista.

– Nós sabemos – respondeu o detetive. – A senhora idosa que mora ao lado dos Kirby viu você pulando a janela ontem de manhã. Demorou um pouco para ela contar aos pais de Cullen, e para ele confessar o que tinha acontecido. Ele não está em apuros, exceto com a própria família. Não foi difícil descobrir onde você estava.

– Deixe-me fechar a casa – disse Teagan. O homem a seguiu, enquanto ela pegava a chave sobre uma mesa da sala de estar. Quando trancou a porta, o outro homem apareceu, vindo da lateral da casa, e entrou no banco do motorista. Ela recolocou a chave sob o gnomo de jardim.

O detetive a escoltou até o carro. Teagan entrou no banco de trás com Cullen.

– Sinto muito – disse ele, enquanto o carro dava a partida. – Meus pais me pressionaram. Eu menti a princípio, mas depois acabei contando a verdade. Eles ficaram chateados por você ter passado a noite no meu quarto. Aquela velha intrometida e bisbilhoteira, que vontade de...

Ela o encarou com intensidade.

– Não fale demais. Não se preocupe, tudo ficará bem. – Mas, no fundo, ela sabia que estava apenas acalmando os sentimentos de Cullen. A emoção esmagadora de desespero, que dominara sua vida por mais de um ano, apoderou-se dela novamente. A vida se tornara areia movediça. A euforia que ela experimentou ao escapar do convento havia desaparecido quando chegou à casa dos pais.

Teagan não disse mais nada a Cullen, além de adeus. O carro seguiu para o convento. Perguntou-se o que a Irmã Anne teria reservado para ela. Temia revê-la. Passaram pela Catedral de St. Patrick e pelo parque St. Stephen's Green, percorreram algumas ruas que ela desbravara em seu breve período de liberdade. O Sr. Roche estava de pé diante do portão quando o carro parou. Olhou para ela como um pai mortificado, abriu o portal de ferro e acenou para que eles entrassem. Conforme passavam sob os carvalhos e os pinheiros, Teagan se perguntou o que sua fuga havia lhe proporcionado. Não muito, pelas suas contas: um breve encontro com Cullen e um bilhete sincero deixado para os pais. Se o pai dela encontrasse o bilhete antes da mãe, ele o destruiria e ninguém mais saberia. Seria como se ela nunca tivesse colocado os pés na casa. A única coisa de que o pai sentiria falta era da cerveja que ela tinha bebido.

Quando o automóvel parou, Teagan abriu a porta. A Madre Superiora aguardava no alto da escada, no mesmo lugar onde a vira pela primeira vez. Nada havia mudado em um ano, a não ser os pensamentos em sua cabeça. Ela olhou para a fachada de granito e suspirou. *Essa será minha casa para sempre. Melhor ir me acostumando.* Sua declaração foi proferida no vazio. Nenhuma sensação de alívio, depressão ou júbilo a acompanhou. De repente, não sentia mais nada.

Teagan subiu os degraus até Irmã Anne. As pesadas portas pelas quais escapara apenas alguns dias antes estavam abertas. As irmãs Mary-Elizabeth e Rose estavam no corredor.

O rosto da Madre Superiora refletia uma fúria silenciosa, ainda que ela estivesse com muita raiva. A freira nada disse quando ela passou, muito menos as outras irmãs. Teagan seguiu pelo corredor e ouviu o tilintar dos talheres e das cadeiras. A refeição da noite estava sendo servida.

Parou diante da entrada da Sala da Penitente. A porta estava aberta, revelando a sombria caverna de solidão. A garota a tinha evitado durante todo o tempo em que estivera ali, mas dessa vez não havia saída. Sentou-se no banquinho. Irmã Mary-Elizabeth se aproximou e a porta se fechou, a fechadura foi trancada e ela foi abandonada à escuridão em meio ao nada. Sentiu o ar lhe faltar e apoiou as palmas das mãos nas paredes para se firmar. *Preto. Preto.* Um escuro como jamais experimentara. A pedra fria enrijecia suas mãos. Poucos minutos depois, seus dedos pareciam congelados. Ela arranhou o granito enquanto sucumbia para o chão.

CAPÍTULO 16

A LUZ DO SOL SE REFLETIA NO gramado lá fora quando Nora teve alta do hospital e voltou para o convento. Ela queria andar pela relva exuberante e sentir o orvalho em seus tornozelos, mas seu bebê clamava por atenção. Ele não estava dormindo; em vez disso, batia nos seios dela com os punhos pequeninos e gorgolejava incessantemente. Aquele som a deixava feliz. Na verdade, emocionava-a muito mais do que podia esperar.

Ele era um menino forte, apesar de ter nascido prematuro, mas tinha feito um bom progresso desde o parto natural. Os médicos a mantiveram em observação por alguns dias a mais que o normal por causa da chegada precoce do bebê, a quem ela chamou de Seamus, porque sempre gostou da sonoridade do nome. Nem pensou em chamá-lo de Pearse, seu ex-namorado; Sean, o pai da criança; ou Gordon, seu pai. Tais nomes só a lembravam de todos os problemas que teve com os homens.

Queria sentar-se ao sol com o bebê e aproveitar o dia cintilante. Ele bateu os longos cílios negros e soltou um gemidinho. Seamus tinha o queixo forte do pai. Um dia seria um belo galã, Nora pensou, bem o tipo que arranca suspiros das mulheres.

A enfermeira do hospital a acompanhou até os degraus superiores do convento e depois voltou para o carro. As irmãs Mary-Elizabeth e Ruth esperavam por ela. Ambas as freiras, particularmente Irmã Mary-Elizabeth, abriram grandes sorrisos quando Nora baixou o cobertor e mostrou o rosto do bebê.

– Oh, por todos os santos – exclamou a Irmã Mary-Elizabeth e beliscou de leve sua bochecha. – Que jovenzinho mais lindo.

– Ele vai fazer uma família muito feliz – Irmã Ruth entrou na conversa.

As palavras da freira atingiram Nora como um balde de água gelada no rosto. Nora recuou quando a Irmã Ruth estendeu a mão para tocá-lo. Ela sabia o que ia acontecer com seu filho. Nada no mundo poderia mudar o destino de seu bebê. Seria amamentado por ela, depois por uma ama de leite e então colocado para adoção. Ela tinha descoberto entre conversas sussurradas o que acontecia com o filho de uma Madalena. Até os médicos e os enfermeiros gentis do hospital não lhe ocultaram a verdade, aconselhando-a a aproveitar o bebê enquanto podia. Todos sabiam o que acontecia com uma criança nascida fora do casamento. Muitas famílias católicas "merecedoras" dariam as boas-vindas a Seamus porque não podiam ter filhos. Mesmo assim, era uma tremenda falta de tato e uma grosseria sem tamanho da Irmã Ruth falar da adoção de seu filho assim que ela pisou no convento.

Irmã Ruth entrou no escritório da Madre Superiora e Irmã Mary-Elizabeth guiou a garota até uma porta no lado oeste da capela. Nora já havia notado essa porta antes, durante as orações, mas não fazia ideia de onde ela dava. No máximo, pensou que poderia dar acesso ao complexo dos portões que circundavam o convento. A corpulenta freira balançou o molho tentando achar a chave certa. Para espanto de Nora, um salão luminoso abriu-se diante delas quando a porta foi destrancada. Um grupo de freiras que Nora só vira nas orações e nas refeições perambulava pelo prédio comprido e estreito. Irmã Mary-Elizabeth a conduzira para a outra área do convento, que abrigava um orfanato. Os gritos e os risos das crianças ecoaram pelo corredor.

A ala era moldada por uma série de arcos de granito, como se um dia tivesse sido um pórtico. Mas, ao contrário do edifício principal, as paredes eram revestidas por painéis. Vigas antigas, marcadas pela ação dos cupins, atravessavam o telhado. O edifício refletia o quanto já tinha durado, um pensamento reconfortante. Era de algum modo convidativo e tinha a atmosfera de um lar, muito mais do que as câmaras sepulcrais nas quais as Madalenas viviam e trabalhavam.

Irmã Mary-Elizabeth abriu uma porta no meio do amplo corredor, dando acesso a uma pequena sala com uma cadeira e uma mesa. Uma engenhoca de sucção, com uma grande ventosa presa a uma garrafa de vidro, estava sobre a mesa.

– Alimente seu bebê e depois tire um pouco de seu leite – mandou a freira, apontando para o estranho aparelho. – A ama de leite não estará disponível por alguns dias, por isso precisamos de suprimentos para agora e depois. Queremos que seu filho seja bem alimentado. Ele ficará no orfanato sob nossos cuidados.

– O quê? Já? – a garota não podia acreditar que elas estavam tirando Seamus de seus braços tão rapidamente.

– Não se preocupe – disse a irmã. – Ele vai ficar bem. Acredite, quanto mais cedo desistir dele, mais fácil vai ser se acostumar. Não faz sentido prolongar a agonia.

– Meus seios estão em agonia agora – disse Nora. – Ele é um diabinho faminto. – Seus mamilos estavam feridos e sensíveis por baixo do uniforme. Queria pegar aquela garrafa de sucção e estraçalhá-la no chão. Assim, sempre veria seu menino na hora da amamentação.

– Vamos – a freira persuadiu. – Deixe-me ajudá-la com o vestido. – A irmã desabotoou o uniforme de Nora nas costas. – Se quiser privacidade, eu saio.

Nora fez que sim e a freira a deixou a sós com o bebê. Irmã Mary-Elizabeth ainda poderia ver os dois se quisesse, porque a porta tinha uma janelinha de vidro.

Ela apoiou Seamus em suas pernas e abaixou o vestido e a alça de algodão do conjunto, revelando o seio direito. Seamus olhou para cima com avidez, como se soubesse o que estava prestes a receber. Estendeu a mãozinha para ela. Nora o pegou e levantou sua cabeça. Estremeceu de dor quando o garotinho anexou a boca ao seu mamilo, mas, após alguns segundos, o incômodo desapareceu e ela e o filho se tornaram um. Era uma sensação diferente de qualquer outra que ela já tinha experimentado. Essa pequena criatura, tão dependente dela, olhava em seus olhos com desamparo e amor. Ninguém nunca a amara tão incondicionalmente. Ela passou os dedos pelos cabelos pretos da cabecinha do menino, enquanto ele mamava alegremente. O som era reconfortante e a preenchia com a sensação de que havia um propósito naquilo. Estava fazendo algo bom pela primeira vez na vida. Não queria que aquela felicidade tivesse fim.

Irmã Mary-Elizabeth olhou pela janela e sorriu. A freira apontou para a bomba de tirar leite e fez uns gestos com a mão.

– Eu te mostro como usá-la, se você precisar de ajuda – a freira disse através do vidro.

– Acho que eu consigo descobrir – Nora respondeu.

Irmã Mary-Elizabeth se virou para falar com outra freira que passava, deixando Nora em paz com o bebê e seus pensamentos. A alimentação durou até que Seamus afastou os lábios. Nora o levantou, ajeitando-o sobre o ombro, e deu-lhe tapinhas suaves nas costas até ele soltar um arroto alto.

Nora ajeitou Seamus confortavelmente em suas pernas, e então usou a máquina. Seu leite, um líquido branco e ralo, foi despejado até encher o recipiente.

Ela bateu na porta com o pé e Irmã Mary-Elizabeth se virou, fazendo um sinal para Nora esperar. A freira reapareceu com Immaculata, a irmã que despachou Nora para o hospital. Ela tomou Seamus dos braços da garota e sorriu quando viu a garrafa sobre a mesa.

– Isso será útil – afirmou Irmã Immaculata. – Ele é um bebê tão bom. É incrível como coisas boas podem brotar do mal. – Olhou severamente para Nora. – Só precisamos do seu leite até a ama de leite chegar. Pode retornar aos seus afazeres. Tenho certeza de que a Madre Superiora vai aprovar.

O estômago de Nora revirou. Só de pensar em abrir mão de Seamus, ela se sentia nauseada. Ele já tinha sido tirado dela! As irmãs nem sequer lhe permitiram alguns escassos momentos de felicidade materna.

Immaculata se retirou levando Seamus e se dirigiu a uma porta no lado esquerdo do salão. Nora registrou mentalmente a localização da sala enquanto se vestia. Já tinha um plano traçado em sua mente.

– Hora de voltar – chamou Irmã Mary-Elizabeth. – Como está se sentindo?

– Um pouco fraca – disse Nora, aumentando a verdade.

– Não duvido que você esteja exausta do parto – disse a freira. – Você provavelmente precisa descansar antes de voltar ao trabalho. Mas, se te conheço bem, tenho certeza de que amanhã estará novinha em folha.

Nora assentiu, mas não disse nada quando a irmã a conduziu pelo corredor. Quando a freira abriu a porta que levava à capela, Nora tombou para a frente, arrastando a freira consigo. A porta se fechou sozinha. Nora tropeçou em um banco e desmoronou.

Irmã Mary-Elizabeth correu até ela, tão preocupada que se esqueceu de trancar a porta. Era exatamente o que Nora queria.

– Você está bem? – a freira perguntou pairando sobre ela.

– Vou ficar – Nora engasgou algumas vezes para reforçar a dramaticidade. – Só me leve para a cama.

A religiosa ajudou a jovem a se levantar do banco. Logo Nora estava repousando com um sorriso no rosto. Tinha escapado do serviço na lavanderia.

Olhou para a cama de Teagan. Parecia que ninguém dormia ali há vários dias. O cobertor estava bem dobrado aos pés, e os lençóis, mais esticados do que nas camas das outras Madalenas. Não havia ninguém por perto a quem ela podia perguntar sobre o paradeiro de sua amiga.

Nora desceu se arrastando para o chá. Teagan ainda estava desaparecida. Nas orações das vésperas, no entanto, os pensamentos de Nora não podiam estar mais longe da amiga. Ela manteve os olhos na porta que levava ao orfanato. Pelo que via, tudo permanecia igual. Esperava que ainda estivesse destrancada quando voltasse nas primeiras horas da madrugada.

Na hora de dormir, perguntou a Lea sobre Teagan, mas a amiga não revelou nada. Se muito, Lea parecia deprimida, incapaz de falar. Até o sorriso enigmático da garota do campo desaparecera, mas Nora suspeitava de que ela sabia muito mais do que seu silêncio indicava.

Sem ter nada para fazer por algumas horas, ajeitou-se na cama e dormiu. Alguns sonhos sobre parto e amamentação invadiram seu sono. Um, em que dava de mamar, foi tão real que ela acordou com os mamilos ardendo de dor.

O sótão estava escuro e a hora era perfeita. As Madalenas, inconscientes, roncavam e fungavam enquanto ela ia até as portas. Parou no banheiro antes de descer para a capela.

As pesadas portas de madeira tinham o mesmo entalhe das portas da entrada do convento, só que em menor escala. Estavam sempre fechadas, exceto durante as orações ou a missa, mas nunca trancadas. Nora prendeu a respiração ao puxar a alça de madeira. E se uma das freiras estivesse lá dentro? O pensamento a assustou por um instante, mas ela mentiria se necessário. *Desculpe incomodá-la, irmã, mas senti a necessidade de rezar.*

Uma pequena lâmpada elétrica estava acesa no canto, lançando uma luz fraca em toda a capela. Todas as velas já tinham se apagado, mas Nora sabia onde elas eram guardadas, pois vira as freiras as manuseando inúmeras vezes. Encontrou-as dentro da gaveta de uma cômoda no fundo da capela; pegou uma das velas mais longas e uma grande caixa de fósforos e rumou para a porta que levava ao orfanato.

Suas preces foram atendidas: a porta de acesso ao salão do orfanato estava destrancada. Uma grande lâmpada como a do centro da capela pendia de uma das desgastadas vigas, iluminando o granito e a madeira num intricado jogo de luz e sombras.

Nora conferiu o relógio na parede. Passava das 2 horas da manhã e tudo estava quieto. Não sabia onde dormiam as freiras que trabalhavam ali, mas não havia ninguém em pé. Passava, e muito, da hora das alimentações noturnas. Quantas freiras, quantas crianças viviam ali? Ela não tinha ideia.

Chegou à sala aonde Immaculata tinha levado Seamus. Com o coração acelerado, criou coragem e abriu a porta.

Demorou alguns segundos para seus olhos se ajustarem, já que a parca luminosidade de uma pequena lâmpada acesa na parede dos fundos do orfanato era tudo o que se infiltrava pelas janelas. À medida que o quarto escuro foi entrando em foco, Nora conseguiu enxergar uma fileira de berços de metal no centro, sendo cinco no total. Uma escrivaninha e uma cadeira estavam à sua esquerda, enquanto um pesado armário com espelhos na frente ocupava a maior parte da parede, à direita. Ela farejou algo no ar. Cheiro de bebê, o inconfundível odor de uma criança de fraldas.

Acendeu a vela e deixou os fósforos sobre a mesa. Protegendo a chama, passou pelos berços na ponta dos pés, olhando um por um, da esquerda para a direita. Todos estavam vazios, exceto o último, perto do armário. Nora colocou a vela sobre a mesa e voltou ao último berço. Tirou as cobertas do bebê lá dentro e o virou. O cabelo preto e o queixo forte de Seamus ficaram visíveis. O bebê resmungou, e Nora levou um dedo aos lábios dele, para acalmá-lo. Ele agitou os braços brevemente, mas, como se estivesse esperando o conforto da mãe, fechou os olhos e adormeceu.

Nora pegou o bebê e sentou-se na cadeira, feliz por niná-lo em seus braços, observando as sombras oscilantes da vela brincando nas paredes do berçário. Não pôde deixar de se sentir como uma Madona – cuidando da pobre criança que trouxera ao mundo. Poderia estar em qualquer lugar – em seu quarto, em um chalé perto dos Penhascos de Moher, em uma manjedoura –, pois o lugar não importava desde que houvesse seu calor materno. Nada no mundo poderia ser mais importante do que estar perto de seu bebê. Ele dormia pacificamente, embalado pelo silêncio e pela profundidade da afeição materna, enquanto ela também se deixava envolver pela suave atmosfera do sono.

Por cerca de uma hora – não sabia ao certo quanto tempo –, Nora permaneceu em vigília, saboreando sua devoção ao bebê. Sabia que estar ali com ele era proibido. Irmã Immaculata deixara bem claro que ela não voltaria a ver Seamus, mas seu amor era mais forte do que as exigências das freiras. Queria ver seu bebê quantas vezes pudesse.

Seamus esperneou e se mexeu quando ela o ajeitou contra o peito e logo explodiu em berros lamentosos. Com certeza, uma das freiras o ouviria gritar. Se fosse descoberta, ela nunca mais poderia desfrutar de nenhum momento com ele.

Devolveu-o depressa ao berço e o cobriu, enquanto o menino se debatia. A vela ainda ardia na mesa. Um pensamento terrível lhe ocorreu: não podia apagá-la, porque a fumaça se espalharia pela sala e então ela seria descoberta com certeza.

O armário. Era o único lugar grande o suficiente para se esconder. Pegou a vela e os fósforos, correu e abriu as portas duplas. O armário tinha duas repartições, com gavetas à esquerda e um compartimento alto à direita que estava vazio, exceto por lençóis pendurados nos cabides. Nora se enfiou lá dentro, com a vela ainda acesa, e fechou as portas.

Seamus, agora totalmente acordado, berrava sem parar.

Manter a vela queimando era muito arriscado, portanto Nora a assoprou na esperança de que o pavio não ficasse queimando por muito tempo. A fumaça se espalhou no ar; Nora agarrou a borda de um dos lençóis e improvisou uma máscara, respirando através do tecido para não tossir. Uma fagulha alaranjada morreu no pavio. Ela colocou a vela dentro da caixa de fósforos e deixou no canto do armário.

A porta do berçário rangeu ao ser aberta. Passos ecoaram no cômodo. Nora ouviu a agitação ao redor do berço de Seamus, bem perto de onde ela estava. A voz da freira era quase inaudível, mas parecia dizer "calma, calma", pelo que ela conseguia ouvir detrás das portas do armário. Por alguns minutos, uma suave canção foi entoada; Seamus se acalmou, e a voz da cantora desapareceu. A garota ouviu o barulho da porta se fechando.

Por segurança, esperou mais alguns minutos antes de se esgueirar lentamente para fora do esconderijo. Espiou antes de sair. O berçário estava escuro e vazio, exceto pelo bebê. Seamus dormia de barriga para cima, com uma chupeta empoleirada perto dos lábios. Era muito perigoso ficar ali. Ela tinha que voltar para a cama antes do amanhecer.

Inclinou-se, deu-lhe um beijo e depois olhou em volta para certificar-se de que tudo estava exatamente do mesmo jeito de quando chegou. Fechou o armário, empurrou a cadeira para perto da mesa e saiu na ponta dos pés. O relógio marcava 3h45 da madrugada. Voltou pelo mesmo caminho através da capela e deitou-se de novo em sua cama, sem ser notada.

Gritos a despertaram ao raiar da alvorada.

– Fogo! Fogo!

Irmã Mary-Elizabeth, de camisola, abriu as portas do sótão e gritou para as Madalenas:

– Saiam agora! Desçam para o gramado. O Sr. Roche vai cuidar de vocês!

Nora se levantou em sobressalto, despertada pelo horror ao seu redor. Gritos ecoavam pelo corredor. Olhou pelas grades da janela e viu espirais de uma densa fumaça escura subindo do orfanato, tomando conta do terreno, agitando-se contra o céu cor-de-rosa da aurora.

Um pensamento terrível abalou suas estruturas: *a vela e os fósforos! Eu coloquei a vela dentro da caixa de fósforos e deixei no armário.*

Ela caiu de joelhos na frente da janela.

– Seamus! Seamus!

Lea agarrou-a pelos ombros e a levantou.

– Temos de sair. – A amiga estava calma em comparação com o frenesi de vozes que vinham de todos os lados.

– Meu bebê... Meu bebê está lá. Por favor, deixe-me ir.

Lea pegou as mãos dela e a conduziu até a porta.

– Eu te ajudo.

O cheiro de madeira queimando enchia o salão, enquanto elas desciam as escadas. Lá embaixo, as freiras gritavam e as Madalenas, tal qual um rebanho de animais assustados, corriam em direção às portas.

Lea não tirou as mãos de Nora, empurrando a amiga adiante até que chegassem ao quintal; passaram pela frente do convento, correram e se reuniram às outras garotas em uma área segura, fora dos limites que eram permitidos a elas e de onde viam o orfanato sendo consumido pelo fogo.

Nora tremia violentamente ao ver o prédio em chamas.

– Oh, meu Deus! Querido Jesus! – Seu filho estava lá dentro, o filho que ela esperava que tivesse uma vida melhor do que a dela. Cerrou os punhos e os levou às têmporas. A dor era excruciante. Como pôde ser tão estúpida? *Por favor, não deixe meu filho morrer! Não posso seguir em frente se ele morrer!*

Ela desabou no chão e enterrou o rosto nas mãos.

Lea ouviu algo quando ela e Nora passaram pela capela. Pareciam batidas frenéticas na Sala da Penitente. Ficou incomodada com o barulho, mas algo mais importante no quintal demandava sua atenção. Precisava salvar o filho de Nora porque *os outros* lhe pediam que o salvasse.

Flutuando com seus minúsculos corpos envoltos nos panos funerários, eles apontavam para as janelas do orfanato. E choravam, especialmente um garotinho com manchas de sujeira no rosto e nas mãos. *Salve-o. Seu berço está em frente à janela.* O garoto lhe apontou a direção com o dedinho sujo. *Atravesse a capela.* Lea tinha estado no orfanato com as freiras algumas vezes, quando precisaram de ajuda, mas nunca ficou muito tempo por lá.

As irmãs combatiam as chamas com baldes de água, mas não eram páreo para o calor e para a fumaça. Irmã Immaculata apareceu pela lateral do convento, trazendo para o gramado uma fila de crianças que tossiam.

— Por favor, cuide de Monica — Lea pediu à Irmã Rose, a velha freira que vigiava as Madalenas. — O bebê dela está lá dentro. — A freira juntou as mãos em oração e assentiu.

Lea correu até Irmã Immaculata; as crianças do orfanato se agrupavam em torno das pernas da freira.

— Onde está o bebê de Monica? — Lea lhe perguntou.

A freira balançou a cabeça.

— A fumaça, as chamas... — A freira estava abalada demais para ser de alguma serventia.

Lea viu o Sr. Roche na entrada do convento, parado nos degraus, agitando as mãos no ar como se pudesse remover a fumaça do prédio com um passe de mágica.

— Preciso das suas chaves, Sr. Roche — disse Lea.

Ele olhou para a menina, estupefato, e agitou ainda mais as mãos para espantá-la.

— Ora, saia daqui! Não tenho tempo para suas loucuras.

— Tem alguém na Sala da Penitente. Está trancada lá dentro!

— Jesus Cristo! — Ele fez o sinal da cruz, então correu, com as chaves na mão, em direção à sala. A fumaça tomava conta do convento, escurecendo ainda mais o interior já sombrio. Ele enfiou a chave na fechadura, girou e puxou a maçaneta. Teagan, tossindo, ofegante, caiu em seus braços.

— Saia! — Ele apontou para as portas abertas do convento. — O orfanato está pegando fogo.

Lea empurrou a amiga para o Sr. Roche, que estava prestes a sair.

— Cuide de Nora.

Sirenes soaram lá fora; os bombeiros estavam chegando.

— Onde você vai? — Teagan olhou para trás.

Lea correu para a capela. O Sr. Roche agarrou o braço de Teagan e a arrastou para fora. A amiga estava gritando, mas suas palavras não faziam sentido; era como se estivesse em um sonho.

Régio e sereno, Ele a esperava em frente à porta do orfanato, dando-lhe as boas-vindas com as mãos estendidas. Lea sorriu porque Ele era parecido com as imagens que tinha visto na Bíblia e nos livros de arte. Até havia alguma semelhança com o retrato do "Cristo entronado" do *Livro de Kells*. Ela se lembrou da pintura que estava fazendo d'Ele, mas o rosto diante dela era real. Ele vestia uma túnica vermelha e um robe azul, mas as cores de Suas roupas faziam pouca diferença, pois ficavam difusas na luz do círculo luminoso que O rodeava. A pele parda brilhava na luz branca; Sua barba luxuriante, marrom como a pele, estendia-se só um pouco abaixo do queixo. Seus olhos se fixaram nos dela. Lea ficou chocada ao ver que eram azuis, mas então notou que no brilho intenso de suas pupilas se revelavam as estrelas e as galáxias do universo.

Ele fez sinal para que ela prosseguisse. A porta se abriu e uma espessa coluna de fumaça invadiu a capela, como se soprada por um vento feroz.

Lea cobriu a boca, mas logo a coluna se abriu em duas, em torno da garota, e ela conseguiu respirar. Então a garota O seguiu até o corredor. As chamas se transformavam em cinzas onde Ele pisava. Vidros estouravam no lado norte do orfanato, e uma torrente de água fluiu sobre sua cabeça, acertando as vigas em chamas e respingando no chão de forma fumegante. Parte do teto desabou atrás dela com um baque surdo. Seguiu em frente. Ele ergueu as mãos e o fluxo de água recuou como se tivesse atingido uma parede invisível. Uma chuva de gotas refrescantes caiu sobre Lea, aliviando o calor escaldante.

A porta que ela procurava estava perto, à esquerda. Ele apontou para a maçaneta, e ela a virou. O metal chamuscou sua carne, mas ela não sentiu nada além do desejo de se mover para dentro do fogo. Atrás dela, a água espirrava, chiando em contato com o calor. Ela abriu a porta.

A fumaça preta e espessa rodopiou ao redor de Lea. Com os olhos ardendo, viu os bombeiros correndo do outro lado das janelas. Foi apunhalada pelo calor; as chamas lambiam seus pés e seus braços. Seu guia fora embora. Estava sozinha em uma sala tomada pelo fogo. O garotinho morto do lado de fora apontou para a janela no final da sala. Lea viu um berço e foi até ele, sentindo como se o sol ardesse em torno dela.

A criança olhou para ela, piscando. Como ele era lindo! Belos cabelos pretos cobriam sua cabeça. Lábios perfeitamente formados complementavam o queixo de traços fortes. E que bonitos os olhos. Eram azuis, também, como os olhos do homem que a guiara até ali, e refletiam o brilho das mesmas estrelas. A criança lhe estendeu os braços, e a garota o pegou.

O bebê se aconchegou em seu peito.

Ela o acolheu em seus braços e correu para alcançar a janela, tentando levá-lo o mais longe possível daquele inferno. A mobília ardia, os berços se retorciam nas chamas, as paredes e o teto sucumbiam ao calor.

Nora! Nora! Aqui está ele!

– Oh, meu Deus! – Teagan ficou ao lado de Nora, impedindo-a de correr para a janela.

O bombeiro quebrou o vidro com um machado, espalhando estilhaços para todos os lados. Um turbilhão de fumaça saiu pela janela. Quando a nuvem cinzenta arrefeceu, Teagan viu Lea com as roupas incendiadas atravessando as chamas e trazendo o bebê.

Nora gritou. O bombeiro a alcançou lá dentro com as mãos e os braços protegidos, pegou o bebê que Lea lhe estendia e o colocou no chão. Debruçou-se sobre a criança, com a boca sobre a do bebê, massageando seu peito, mas ele não se mexia. Inclinou-se de novo e de novo, tentando recuperar a respiração do garotinho.

Teagan correu o mais perto que pôde da janela antes que o calor a obrigasse a recuar.

– Saia, Lea! Salve-se!

A amiga lhe sorriu daquele jeito que Teagan vira milhares de vezes, com um olhar enigmático de paz e uma tranquilidade que ela raramente experimentara.

A parede de fogo avançou para a frente. As janelas do orfanato estalaram.

Lea estava em meio às chamas, tremendo, com os braços estendidos ao lado do corpo. Seus cabelos queimavam quando ela foi engolida pelas labaredas de fogo.

– Oh, meu Deus! Não! – Teagan gritou. *Você era boa demais para esse mundo, uma santa vivendo nesta Terra perversa. Vou sentir sua falta.*

Um jato de água do lado oposto do orfanato atravessou as janelas, até que a sala se reduzisse a fumaça e cinzas.

Teagan se virou a tempo de ver o bombeiro ainda debruçado sobre a criança, com Nora ao lado dele. A amiga olhava fixamente para o filho, murmurando "Seamus... Seamus". Até suas lágrimas tinham parado de fluir.

O bebê jazia inerte sobre a grama molhada.

O bombeiro pôs a mão no ombro de Nora e balançou a cabeça.

Nora arrebentou num uivo de dor e caiu de joelhos. E Teagan soube que, naquele grito, todo o bem, todas as razões para viver, tinham se esvaído da alma de sua amiga.

Ajoelhou-se e abraçou Nora, que se enrijeceu, mas não gritou. Todos os músculos do corpo de Nora entraram em colapso quando ela tentou pegar Seamus. Seus braços falharam e ela desmoronou no chão. Teagan caiu por cima dela e chorou.

CAPÍTULO 17

AS GAROTAS PASSARAM A MAIOR parte do dia desconfortavelmente sentadas na antiga biblioteca, aturando o zumbido de ventiladores enormes
que sopravam a fumaça pelas janelas. Teagan se pegou, na maior parte
do tempo, encarando a mesa de Lea com os olhos rasos de lágrimas. O
inacabado *Livro de Kells* estava sobre ela, um testemunho da perda do
convento. Pela janela, via os bombeiros trabalhando e algumas freiras
vagando pelos destroços carbonizados. Irmã Anne, silenciosa e severa,
raramente desviava o olhar dos restos do orfanato. Com frequência, abai-
xava a cabeça e entrelaçava as mãos em oração.

As Madalenas tinham sido dispensadas do serviço na lavanderia enquanto os bombeiros limpavam a fumaça do convento. O orfanato foi
destruído, mas todas as crianças foram salvas, exceto Seamus. Ele estava
perto demais da origem do incêndio, mais do que qualquer um dos outros. Os bombeiros não sabiam como tinha acontecido, mas no armário
destruído encontraram os restos de uma vela derretida e as cinzas de
fósforos queimados.

Nora estava encolhida em um canto perto da mesa de reparos de
renda. Se Teagan não soubesse que a amiga estava no cômodo, não a
teria visto. Ela parecia um animal acuado, escondido, contraído, sem
falar nem se mexer. Quando o pessoal da cozinha lhes trouxe o almoço,
Nora se recusou a comer.

– Por favor, diga alguma coisa – Teagan incentivou a amiga após a
refeição. – Sinto muito por seu bebê. – Esforçou-se para conter a tristeza
que a inundava.

Nora olhou para ela, muda, com o olhar tresloucado de uma interna
de um manicômio. Teagan não tinha ideia se a amiga sequer ouvia sua voz.

O dia passou sem nada para fazer. Irmãs Mary-Elizabeth e Ruth estavam sempre por perto, atentas às Madalenas, ordenando-lhes que ficassem quietas e advertindo-as para que dedicassem o dia a orações. De todo modo, era difícil conversar com o rugido dos ventiladores.

No final da tarde, Irmã Mary-Elizabeth ajoelhou-se no chão perto de Nora, tomou-lhe as mãos e, entre as suas, rezou pelo que pareceu uma eternidade. Quando a freira se virou, tinha os olhos marejados. Reuniu as outras Madalenas em um semicírculo diante de si para que pudesse ser ouvida.

– O orfanato foi destruído – anunciou a freira com a voz embargada. – Acreditamos que o fogo começou, acidentalmente ou de propósito, por uma vela e fósforos na sala dos recém-nascidos.

As garotas ficaram boquiabertas. Teagan olhou para Nora, que olhava para a frente como um manequim.

– Estamos devastadas – continuou a irmã –, mas o estrago já foi feito e levaremos meses até que possamos reabrir. Os bombeiros acham que a ala não é segura e talvez precise ser demolida. Felizmente, graças à Irmã Immaculata, todas as crianças escaparam com vida do fogo, exceto uma. – Ela tirou um lenço da manga e enxugou os olhos. – Também perdemos uma pessoa muito querida para nós, sua irmã Lea, que agora descansa nos braços de Nosso Senhor no céu. Ela morreu tentando salvar... Um bebê. – A freira olhou para Nora, que permanecia sentada como uma pedra no canto. Não obteve resposta. – Não haverá expediente hoje, mas retomaremos nossas atividades amanhã com algumas alterações. Vocês vão dormir aqui esta noite porque precisamos de suas camas para ceder às freiras que foram desabrigadas pelo fogo.

As Madalenas gemeram descontentes, algumas resmungando sobre a falta de conforto. Teagan as fulminou com raiva e indignação por elas só pensarem em ter uma cama confortável, como se aquelas no sótão fossem um grande luxo. Manteve a boca fechada, no entanto, porque todas estavam com os nervos à flor da pele.

O chá foi servido e era melhor do que a maioria oferecida nos últimos meses, com uma boa porção de carne, batatas e molho encorpado. Talvez as freiras e as cozinheiras estivessem com pena das meninas.

Irmã Rose conduziu as orações da noite em frente à ampla galeria de janelas da biblioteca. Atrás dela, o sol se pôs em um esplendor avermelhado. Mais tarde, os bombeiros e alguns sacerdotes prestativos, os quais Teagan nunca tinha visto antes, trouxeram colchões extras.

Depois do chá, as Madalenas tiveram permissão para usar o banheiro e recolher suas próprias roupas, bem como as roupas de cama no sótão. As de Lea estavam dispostas sobre a cama dela, como se ela as tivesse arranjado para usar mais tarde. Teagan juntou seus itens rapidamente, feliz por não ter de ficar no quarto que continha tantas lembranças da amiga.

As meninas se acomodaram nas camas improvisadas. Nora se balançava no canto. O cheiro de fumaça ainda persistia, mas, em relação à manhã, o fedor avassalador diminuíra. Os bombeiros reduziram a potência dos ventiladores de modo que soprassem uma brisa constante sobre as Madalenas.

Irmã Mary-Elizabeth entrou na biblioteca e se agachou ao lado de Nora. Tentou levantá-la, mas a jovem desmoronou de lado, continuando a se balançar inquieta. Frustrada, a freira a deixou e foi até a cama de Teagan.

– Não sei o que fazer – a irmã sussurrou para ela. – Já esgotei todos os meus recursos. Acho que ela deveria ir para a Sala da Penitente para sua própria segurança.

Teagan sentou-se, horrorizada com semelhante sugestão.

– Irmã, isso a mataria. Nora já está fragilizada o bastante do jeito que se encontra. Olhe só para ela... Não sei nem se um dia voltará a ser quem era.

A freira olhou para Nora e depois balançou a cabeça.

– Talvez você esteja certa, mas não podemos vigiá-la 24 horas por dia. Se ela não melhorar, a Madre Superiora a mandará embora.

– Eu vou dormir com ela. Vamos colocar o colchão dela ao lado do meu. Eu vou abraçá-la e, se ela se mexer, eu saberei.

– Veja só, quem é que está demonstrando uma santa paciência agora? – Irmã Mary-Elizabeth sorriu. – Excelente ideia, mas você sabe que terão de voltar para a lavanderia amanhã de manhã. Você vai estar exausta. – A freira contraiu os lábios. – Você vai precisar de outro uniforme. O que aconteceu com o seu?

– Deixei na casa dos meus pais – respondeu Teagan. Não queria contar à freira que tinha deixado o avental na casa de Cullen e o uniforme na lixeira dos pais. Pôs a mão no bolso do vestido e sentiu as notas que restavam das cinco libras que Cullen lhe dera. O dinheiro lhe fez lembrar que havia uma vida fora do convento. A fuga pouco lhe proporcionara a não ser retaliação. Passou quase dois dias na Sala da Penitente, com pouco para comer e beber e, se não fosse por Lea, também teria morrido sufocada pela fumaça. Foi salva pela amiga.

Agora, Nora precisava dela. Teagan não poderia fugir se tivesse a chance. Tinha que ajudar a amiga a ficar bem, ajudá-la a superar o luto pela perda de seu bebê. *Eu ficarei por ela. Ninguém mais. Prometi a ela.* A garota fitou a Irmã Mary-Elizabeth.

— Eu não sou nenhuma santa, mas Nora precisa de mim, e eu farei o que puder para ajudá-la.

— Vou falar com a Madre Superiora. Ela pode ter outras ideias em mente para lidar com Nora, como a Sala da Penitente ou algo pior, mas vou tentar demovê-la disso.

— Onde está Irmã Anne, por falar nisso? – perguntou Teagan. – Ela não esteve aqui o dia todo.

— Acho que está rezando. Ela passou a maior parte do dia vagando pelos destroços. Falou muito pouco com qualquer uma. – A freira apontou para o colchão vazio de Nora. – Ajude-me a arrastá-lo para perto do seu, e então vamos pegar Nora... Quero dizer, Monica.

Elas puxaram o colchão e o colocaram ao lado do de Teagan. Passaram os braços sob as axilas de Nora, levantaram-na e arrastaram-na para a cama. Nora não ofereceu resistência, caiu sobre o colchão e enrolou-se em posição fetal.

— Ela é como uma criança agora – disse Irmã Mary-Elizabeth. – Você terá de cuidar dela como tal.

— Deixe comigo.

Teagan se acomodou ao lado da amiga. Nora choramingou e manteve as mãos perto do rosto como se estivesse se protegendo de um pesadelo. A freira apagou as lâmpadas do cômodo, mas a luz forte do corredor se derramava pela porta aberta. As Madalenas pareciam inquietas, pensou Teagan, desconfortáveis com o novo ambiente. Tossiram, se reviravam e se mexeram noite adentro. Ela cobriu Nora com um cobertor e abraçou sua cintura enquanto as horas passavam. A noite de sono foi intermitente para a jovem, que pensava no que Nora deveria estar passando. Nada poderia ser pior do que a morte de um filho.

Não restavam dúvidas. Ela lutou contra a ansiedade e a sede de vingança, que lhe dominava. O conteúdo da pasta marrom estava espalhado em sua cama como folhas de outono.

Irmã Anne temia esse dia, tentara evitá-lo a todo custo; negara-se a deixar que fosse mais forte do que ela. Durante meses, recusou-se a crer nas suas suspeitas, por mais que todos os instintos traíssem sua intuição. Por que era obrigada a reviver algo tão horrível?

Os cortes das lâminas ardiam nos braços da madre, e ela lutou contra o chamado da laceração. Em vez disso, pegou um par de luvas da gaveta, vestiu-as e as prendeu nos pulsos com um elástico. Seus dedos podiam se mover confortavelmente.

Sentou-se na beira da cama e soltou um suspiro. Não queria acreditar, mas, no fundo, a certeza sempre esteve lá, piscando como uma estrela distante no céu noturno. Antecipara esse pesadelo desde o início, e agora a realidade se abatia sobre ela como um espírito malévolo, ameaçando rendê-la.

Os horrores do dia eram esmagadores: o incêndio, a morte de Lea, a morte do bebê de Monica, a destruição do orfanato, o deslocamento de sua leal equipe. O que esses desastres mostravam sobre seus poderes como administradora? Os líderes da diocese decerto cruzariam os braços, soltariam as línguas ferinas e questionariam sua competência. Talvez até a exonerassem do posto de Madre Superiora. Como ela poderia ser confiável para administrar um convento? Sua credibilidade fora destruída em um dia trágico.

Cruzou os braços com força, contendo-se para não deixar o corpo sucumbir ao tremor.

Após acalmar-se, estendeu as mãos literalmente atadas e pegou a primeira página do relatório. Se olhasse de novo, quem sabe o nome teria mudado magicamente? Uma caneta, uma borracha, um risco de caneta hidrográfica sobre o nome e ele seria eliminado. No entanto, não havia mágica, tampouco nenhuma exclusão de dados que pudesse mudar os fatos. Sem dúvidas, havia cópias dos documentos espalhados sobre sua cama.

O nome lhe feria os olhos como uma lâmina. *Sarah Brennan*. Sua irmã. Morta após um longo trabalho de parto e uma cesariana que a irmã e a mãe adiaram até o último minuto. Irmã Anne implorou para que agissem antes, mas Sarah insistiu em um parto natural, até que, é claro, seu corpo começou a falhar. Quando o médico finalmente fez o corte para retirar a menina, vários coágulos sanguíneos já tinham migrado para os pulmões de Sarah e depois chegaram ao seu coração. Ela morreu em menos de uma hora. Os medicamentos foram administrados tarde demais. *Tarde demais.* Tudo aconteceu tarde demais! O semblante de Sarah foi perdendo a cor até ficar azulado, contraído pelas garras da morte. A mãe assistia horrorizada enquanto eles puxavam o lençol ensanguentado para cobrir o rosto de Sarah. Irmã Anne chorou até ficar sem ar, e lembrou-se do ódio que sentiu pelo bebê que esperneava em um berço. Não queria saber daquela criança; até se recusou a visitá-la no hospital. A mãe da freira perecia dia após dia em casa. Quando a criança estava forte o suficiente, esta foi adotada.

Irmã Anne balançou a cabeça. A família se chamava Tiernan. E batizaram a garotinha como Teagan. Uma respeitável família católica tinha adotado a filha de sua irmã, e 16 anos depois elas se reencontravam, ressuscitando todas as lembranças de sua morte.

Irmã Anne amava tanto Sarah que a dor de sua perda nunca parecia diminuir. Sua irmã fora a criança perfeita, uma garota amorosa e prestativa, que sempre tinha uma palavra gentil e que, tantas vezes, enxugou suas lágrimas. A mãe tinha uma natureza nervosa e irritadiça. Sarah foi o pilar de estabilidade da família, quando o pai as abandonou. Perder a irmã foi como perder um dos pais.

Tanta coisa voltou à sua memória quando viu Teagan nos degraus: o modo de andar; as maçãs altas do rosto; a linha do maxilar; o porte alto e magro. Já sabia com toda a certeza quando a papelada lhe foi entregue, mas queria acreditar que havia outra Teagan Tiernan, embora fosse coincidência demais. Por meses, evitou a penitente, a não ser para aplicar-lhe punições quando necessário, para fazer a vida de Teresa tão árdua e dolorosa quanto fora a de sua irmã. Mas nenhuma vingança poderia amortizar o preço pago por Sarah. Nenhuma punição seria doce o suficiente.

Até decidira colocar Teresa, como lhe chamava, na mesa de remendo das rendas. Era um hobby em que sua irmã se destacava. Daria à filha da irmã um gostinho dessa arte – uma prazerosa tortura, ela esperava.

E foi assim que se sentiu até então. Agora o mundo estava desmoronando ao seu redor. Suas punições não funcionaram; no máximo, tornaram algumas Madalenas, como Teresa e Monica, ainda mais indisciplinadas. Era verdade que Patricia, Betty e algumas outras garotas encontraram um lar com as Irmãs da Sagrada Redenção, mas muitas outras feneceram e se reduziram a nada. Seres ocos cuidando da lavanderia, consertando rendas, rezando, comendo, dormindo. Mas era assim que os deveres sempre tinham sido conduzidos no convento. Ninguém, muito menos a Igreja, jamais questionou as operações do dia a dia.

Irmã Mary-Elizabeth lhe contou o que Teresa estava fazendo – dormindo ao lado de Monica. Isso era amor no sentido mais elevado da palavra. Pensou nos bloquinhos de AMOR sobre sua mesa, os que tirou do berço no quarto da irmã. Que deveriam ter sido do bebê recém-nascido. Eles jaziam sobre sua mesa, oferecendo uma mensagem para todas as Madalenas, mas, até aquele dia, Irmã Anne não tinha compreendido seu verdadeiro significado. Os bloquinhos de AMOR tinham sido uma consequência não da afeição, mas sim do ódio da freira.

Jogou a página na cama e se levantou. Os carvalhos verdejantes e os pinheiros escoceses do lado de fora de sua janela tinham um aspecto sombrio ao crepúsculo. De vez em quando, sentia o cheiro persistente da fumaça. Não conseguia ver o orfanato destruído de seu quarto, porém a destruição era real e ainda estaria lá amanhã ao nascer do sol. Eis outra realidade, entre muitas, que ela não podia negar.

Ajoelhou-se ao pé da cama e mirou o crucifixo. Naquela noite, havia mais verdade em suas orações do que houvera em anos. Irmã Anne baixou a cabeça e rezou para que, pela manhã, encontrasse forças para exorcizar os demônios de seu coração.

Após uma noite curta, Irmã Mary-Elizabeth despertou as Madalenas. Teagan afastou-se de Nora, que abriu os olhos ao chamado matinal da freira, mas não se mexeu.

A religiosa lhes informou que a capela ainda estava muito esfumaçada, então conduziu as orações matinais na antiga biblioteca, mencionando Lea e o bebê. Então ordenou que as Madalenas subissem para se trocar para o café da manhã e depois seguissem para o trabalho. Além do serviço acumulado na lavanderia, o convento também precisava de uma faxina para livrar os quartos da fumaça e da fuligem.

Teagan permaneceu com a amiga, enquanto as outras garotas se apressavam. A freira estava de pé ao lado da cama de Nora, com um olhar intrigado no rosto.

– Nora. Nora? – Teagan sacudiu o ombro da amiga. Os olhos de Nora se fecharam e ela se encolheu ainda mais. Teagan olhou para a freira.

– Deixe-a quietinha – disse Irmã Mary-Elizabeth. – Não há nada que possamos fazer. Ou ela melhora e volta a conversar, ou Irmã Anne a mandará para o hospital psiquiátrico. Ela não tem serventia para nós assim, e não podemos vigiá-la o dia todo.

– Mas ela vai morrer – protestou Teagan. – O hospital psiquiátrico vai ser o fim para ela. Por favor, peça à Irmã Anne que não seja precipitada.

A freira olhou para a menina, com os lábios firmemente contraídos.

– Você mesma pode apelar à Madre Superiora. Ela quer te ver após o café da manhã.

Teagan pensou nas duas noites passadas na Sala da Penitente e em como poderia ter morrido inalando fumaça, se não tivesse sido salva por Lea.

– E por quê? Vai me dar mais castigo? – perguntou, levantando-se do colchão.

– Não tenho ideia do que a Madre Superiora quer. – Ela fez o sinal da cruz. – Vou orar por seu arrependimento. – A religiosa se inclinou, estudando o rosto de Nora. – Creio que ela vai ficar bem aqui. Não parece que ela está pensando em fugir. É melhor você ir agora. Não faça Irmã Anne esperar.

A freira saiu, deixando Teagan sozinha com Nora. Ela se ajoelhou ao lado da amiga e tocou o ombro dela:

– Nora, se puder me ouvir, por favor, preste atenção ao que vou te dizer. Ouça com toda atenção que puder. Se você não se levantar, se não se mexer, Irmã Anne vai te mandar embora. Você não vai gostar nem um pouco de um manicômio. Você não é louca, só está quebrada de tristeza. Mas se você acha que morar aqui é ruim, pense em como vai ser viver lá. – Teagan suspirou e afastou o cabelo bagunçado do rosto de Nora. – A menos, é claro, que você não queira acordar... Eu tenho que ir. Pense no que eu disse.

Sentiu um aperto no coração ao pensar em Nora definhando lentamente de estagnação física e mental.

A maioria das Madalenas já tinha cuidado de suas tarefas matinais e se dirigia ao café da manhã no momento em que Teagan subia as escadas. Ao galgar os degraus, olhou para a Sala da Penitente e para as portas da capela. Torceu o nariz com o cheiro de madeira carbonizada que ainda pairava no ar. Só de pensar em conversar com Irmã Anne logo cedo, ficava ainda mais deprimida. A Madre Superiora estaria de mau humor depois dos acontecimentos do dia anterior. O que ela queria? Mais castigo, penitência, um relato de sua fuga? Seja lá o que Irmã Anne quisesse, ela não estava ansiosa para saber.

Tirou o vestido azul e o jogou sobre sua antiga cama. A freira que dormia lá agora que desse um jeito nele. Tomou banho, vestiu o uniforme limpo que Irmã Ruth lhe providenciara e foi tomar café da manhã. A melancolia imperava na sala. Nenhuma das Madalenas queria voltar ao trabalho; a rotina também fora destruída pelo fogo. A regalia de uma comida decente não durou mais que o jantar da noite anterior: hoje voltaram a aveia morna e aguada, torrada tostada e uma tira de bacon encharcada de óleo.

Teagan comeu o tanto que seu estômago foi capaz de tolerar e seguiu as garotas escadas abaixo, mas enquanto as demais seguiam para a lavanderia, ela entrou no escritório de Irmã Anne. A Madre Superiora estava sentada à sua mesa, absorta no trabalho, com os bloquinhos de

AMOR dispostos à sua frente. A sala estava mais luminosa do que Teagan jamais vira. Por causa do fogo, as cortinas e as janelas tinham sido abertas, permitindo que uma brisa fresca de fim de verão fluísse pelo cômodo.

Irmã Anne olhou para a frente ao ouvir os passos. Indicou a poltrona diante da mesa.

Teagan se sentou.

A Madre Superiora se levantou e fechou a porta.

Estavam sozinhas agora. Teagan sentiu-se nauseada.

Irmã Anne sentou-se com as costas bem eretas na poltrona e olhou para os arquivos sobre a mesa. Pegou uma carta e empurrou-a para a garota. Ela havia sido enviada sem selo ou endereço de retorno. Teagan não reconheceu a caligrafia.

– Vá em frente, leia – a freira disse categoricamente. – Foi entregue ontem pelo remetente. Ele a deixou no portão com o Sr. Roche.

Não havia sorriso em seu rosto, nem mesmo um sorriso sarcástico; na verdade, a Madre Superiora não demonstrava emoção alguma.

– Eu tive que ler – a freira explicou. – Tenho de ler as cartas que chegam para as Madalenas... Tenho certeza de que você entende.

Teagan puxou a folha de papel dobrado do envelope. Era de Cullen.

– Os guardas me disseram que você estava com ele... Cullen.

A Madre Superiora estava estranhamente calma, como se sua mente estivesse concentrada em questões mais importantes.

Teagan admitiu. Não podia negar. Não havia razão para negar.

Abriu a carta. Cullen se desculpava pelo que sentia ter sido uma traição, mas escreveu que não teve escolha quando foi questionado pelos pais. A vizinha os delatara. Ele também declarou sua afeição por ela e prometeu que, quando completasse 18 anos e tivesse os meios legais para tanto, ele a resgataria do convento. Teagan corou e enfiou a carta de volta ao envelope.

– O casamento é um voto sagrado entre um homem e uma mulher – disse Irmã Anne. – Não deve ser encarado levianamente. Você entende as obrigações e as responsabilidades do casamento?

– É claro – disse Teagan. – Mas eu também sei o que é viver em uma casa onde o casamento é uma luta, uma união sem amor.

– Sim – a Madre Superiora concordou –, não serve praticamente de nada, a não ser para criar filhos.

– Não tenho intenção de fazer sexo ou de me casar, se é com isso que você está preocupada. – Teagan estudou a Madre Superiora. Os olhos da freira estavam marejados.

255

– Rezei por você, Teresa – Irmã Anne olhou para ela. – Eu assumi como missão da minha vida erradicar o mal, especialmente os pensamentos sexuais, das Madalenas que adentram esses corredores. Mas não importa o quanto eu tente, nunca parece ser o bastante.

– Você está errada – rebateu Teagan, com a voz cheia de raiva. – Você tira de nós qualquer centelha de vida. Olhe ao seu redor, veja as mulheres que estão aqui, como Betty. O que ela faria se acabasse saindo daqui? Seria como uma criança perdida ou se sentiria prisioneira em sua liberdade, como eu me senti. Eu me senti triste e inútil em minha própria casa, confinada por causa de culpa e desespero, porque é assim que eu me vejo depois de um ano. Uma inútil. Uma pecadora que nunca poderá ser redimida.

Irmã Anne foi até uma janela aberta.

– Veja que bonito... A grama, as árvores em folha. A Irlanda pode ser tão adorável no verão. – Ela apoiou as mãos no batente por alguns instantes, depois se virou e perguntou: – Você dormiu com ele?

Teagan sobressaltou-se na cadeira, surpresa com a franqueza da pergunta da Madre Superiora.

– Não é da sua conta... Mas não, não dormi. Nunca dormi com homem algum. – Fez uma pausa. – E nunca seduzi nenhum homem, apesar do que os padres Matthew e Mark dizem.

Irmã Anne voltou para a mesa e apontou para os bloquinhos de AMOR.

– Gostaria de saber onde eu os consegui?

Teagan deu de ombros. Sabia que Irmã Anne lhe diria mesmo se ela não quisesse saber. A Madre Superiora agora aparentava mais firmeza, estava mais parecida com o seu "eu" de sempre.

– Minha irmã deveria ter um bebê, mas ela morreu durante o parto. Os bloquinhos estavam no berço da criança – ela inclinou a cabeça brevemente. – Nunca foram usados, então eu os guardei comigo para sempre me lembrar do que aconteceu. Olho para eles todos os dias, e às vezes choro, principalmente de raiva e ódio. Quero me livrar dessa raiva e desse ódio, mas é a tarefa mais difícil que já enfrentei. Os demônios são muito insistentes e ardilosos, e nos incitam ao mal com seus tridentes.

Teagan não sabia o que dizer e apenas assentiu.

– Por anos, tentei me livrar do ódio que sinto pela criança que matou minha irmã. Minha irmã não era casada, e o pai de seu filho não passava de um moleque à beira de se tornar um homem, e é claro que ele fugiu de sua responsabilidade. Minha mãe e minha irmã esconderam a gravidez de todos, inclusive de mim, até que ela se tornasse óbvia. Que grande decepção foi para minha mãe. Isso assinalou a sua destruição. Ela não queria que minha irmã acabasse aqui, ou em um lugar como esse. Ao pensar em tudo o que aconteceu, vejo que teria sido melhor para todos se ela tivesse. Pelo menos aqui, a criança teria sido assistida por médicos e pelo clero. O nascimento não teria ficado ao encargo de minha irmã e de minha mãe.

– Por que você está me contando tudo isso? – Teagan perguntou. – Eu fiz algo errado? Eu vou ser punida novamente?

Irmã Anne pegou o bloco com a letra A e o revirou nas mãos.

– A punição foi que você sobreviveu, e minha irmã, morreu.

Teagan estremeceu na poltrona, arregalando os olhos ao processar lentamente aquela informação. O que a Madre Superiora dizia não fazia sentido. Só podia ter ouvido mal. Era monstruoso, até mesmo horrendo, considerar que tal ideia poderia ser real. Sorriu, descrente, certa de que a Madre Superiora estava tentando algum tipo de piada perversa para deixá-la insana. Talvez Irmã Anne quisesse deixá-la louca, como Nora, para que também pudesse ser enviada para um manicômio. A garota afundou-se na poltrona, trêmula.

Irmã Anne recolocou o bloco na mesa, alinhando-o com os dedos, e voltou a se sentar. Um olhar sombrio se espalhou por seu rosto, em oposição ao dia brilhante lá fora.

– É verdade. Você é a filha da minha irmã... Minha sobrinha.

– Não pode ser...

– Asseguro-lhe que é verdade. – Irmã Anne lhe mostrou a pasta em sua mesa. – Eu também não queria acreditar. Fique à vontade para conferir a documentação, se quiser. Está tudo aqui.

Teagan pegou a pasta e a abriu. A leitura confirmou tudo o que Irmã Anne dissera. Os pais nunca lhe contaram que ela tinha sido adotada. Pensou no pai, a quem culpou por lhe esconder a verdade. Era mais uma das muitas coisas não ditas, incluindo seu alcoolismo, em uma família cheia de segredos. Não era de admirar que ele estivesse ansioso para se livrar dela. Ela nunca fora carne de sua carne, sangue do seu sangue.

– Quando você soube? – Teagan perguntou, mal conseguindo formular a pergunta. Olhou através das janelas para o alpendre verde lá fora. A cena era como uma pintura. As folhas farfalhavam ao sabor da brisa, suas cores entremeando-se ao cinza dos troncos das árvores. A sala, as árvores lá fora: nada parecia real.

– Eu sabia desde o começo, mas às vezes a mente não quer aceitar a verdade – a freira falou devagar, quase forçando as palavras. – Houve uma conexão estranha; algo em você despertou um gatilho dentro de mim. Seu rosto, o formato da sua cabeça, seu jeito de andar, tudo em você me torturava. Eu orei ao lado da sua cama uma noite. Não sei se percebeu.

Teagan fez que sim, recordando-se da lembrança que achou ter sido um sonho e do cheiro da vela no corredor.

— Eu precisava ter certeza, então pedi os arquivos de minha irmã. É claro que tudo o que eu mais temia se encaixou. — Irmã Anne suspirou. — Eu te odiei desde o dia em que você pisou aqui. — Ela entrelaçou as mãos e baixou o olhar. — Pronto, aí está. Eu admito. Eu odeio você e o pecado que você representa. Tentei fazer você sofrer, apesar do amor que deveria me guiar, e então você pagaria por ter matado minha irmã. Eu esperava que através do seu sofrimento, um presente concedido a mim por Nosso Pai celestial, você se tornaria uma mulher melhor. Mas por mais que eu tente, não consigo te amar. Eu não tenho nem certeza de que posso te perdoar. E isso é trágico para alguém na minha posição. Estou tentando, mas não sei se vou conseguir.

— Você poderia me libertar e então nunca mais teríamos que nos ver novamente, — Teagan recolocou o arquivo sobre a mesa de Irmã Anne e imediatamente se arrependeu de suas palavras ao pensar em Nora, imóvel na cama.

— Eu gostaria de poder, mas não tenho autoridade para tanto. A Igreja não permitiria isso. Você fica aqui até que alguém interceda por você e te leve embora. Não importa quantas vezes você escape, sempre voltará para passar seus dias conosco.

Teagan sentiu todo o peso da impotência. Poderia levar anos até Cullen ter condições de lhe proporcionar uma saída. E se até lá ele mudasse de ideia ou arranjasse outra namorada? Que horror seria envelhecer no convento, como Betty, murchando até não passar de uma lembrança empoeirada na memória do mundo.

Irmã Anne abriu o arquivo e olhou para os papéis lá dentro. Permaneceu calada por algum tempo e depois soltou a pasta.

— Os tempos mudam. Mais cedo ou mais tarde, todos nós mudamos. Se não formos capazes de mudar, morremos. O incêndio de ontem me ensinou algo sobre o amor. Lea demonstrou isso com a sua disposição de abrir mão da própria vida para salvar uma criança. Monica também me mostrou, mesmo que do jeito dela. A profundidade de seu amor foi demonstrada por seu luto.

— Por favor, não a mande embora — Teagan pediu.

– Espero que, pelo seu próprio bem, ela se recupere, mas se não...

A Madre Superiora recuperara o impenetrável véu de obstinação.

– Acho que você já disse tudo o que preciso ouvir – disse Teagan. – Pela primeira vez, estou me dispensando.

Irmã Anne não levantou objeções.

– O trabalho será dignificante para você. É dignificante para todos nós, como o amor.

Teagan quase não podia crer no que ouvia.

– Acho que é melhor se nos cruzarmos o mínimo possível. – Foi até a porta e a abriu. Irmã Anne concordou em silêncio enquanto a jovem saía para o corredor, consumida pela tristeza enquanto descia os degraus e era engolida pelo zumbido da lavanderia.

Teagan manteve-se ensimesmada na semana seguinte. Suas emoções estavam à flor da pele e ela não tinha vontade de reviver sua dor. Enquanto trabalhava na lavanderia, tentava pensar em formas legítimas de deixar o convento. Com apenas 17 anos de idade, todas as ideias pareciam irreais, impraticáveis; nada do que cogitava, por vias legais ou não, dava-lhe alguma segurança de que seria libertada. O pai não queria saber dela, a Igreja, especialmente Padre Matthew, se oporia à sua libertação.

Nora estava andando e comendo agora. As funções básicas da vida pareciam mantê-la de pé, mas a modesta recuperação não deixava Teagan muito animada. Irmã Mary-Elizabeth, sabendo que a alternativa era um manicômio, pressionou a garota para voltar à lavanderia. Nora trabalhava nos cestos de triagem com Sarah, mas pouco dizia, e no máximo lançava um olhar tristonho para Teagan e as outras Madalenas.

Nora pegava as roupas, as toalhas de mesa e as colchas de cama com os braços duros, deixando o corpo sucumbir ao peso dos tecidos sujos até seus membros ficarem cheios de hematomas. Mais de uma vez, Teagan chegou a pensar que talvez o hospital fosse uma alternativa melhor para Nora, em vez de se matar lentamente na lavanderia. Por mais que suplicasse à amiga que voltasse, não conseguia romper a barreira mental que Nora construíra.

O corpo de Lea foi levado pelo padrasto para ser enterrado. Betty ocupara o lugar de Teagan na mesa de reparos de rendas, relegando-a de vez à lavanderia.

Uma nova Madalena tinha chegado para ocupar a vaga de Lea, uma linda garota de cabelos castanho-escuros que fugira de casa com o namorado. Teagan estava relutante em conhecê-la porque o destino de suas amigas ainda pesava em seu coração.

Irmã Anne a evitava, passando silenciosamente, como se ela não existisse.

Durante uma onda de calor, ela e as outras garotas enfrentaram dias cáusticos e sofridos na lavanderia. O trabalho as esgotava dentro de poucas horas e o cheiro de alvejante e detergente era de revirar o estômago. O trabalho era monótono, e a rotina diária, cada vez mais maçante; o sono era um alívio temporário para o tormento, mas, assim como Nora, Teagan sentia que estava se perdendo de si mesma. Mais um ano ali e seu espírito se extinguiria – ela se renderia como Sarah, Betty e muitas outras. Sabia disso.

Enfiou as mãos na água quente e sentiu sua temperatura corporal subir ainda mais. O suor escorria por sua cabeça. Tirou os dedos ensaboados da água e os passou pela testa, então ouviu gritos e vozes iradas ecoando pelas escadas.

As Madalenas interromperam o que faziam para ouvir a comoção, que ultrapassava o barulho das máquinas. Irmã Ruth deu sinal para as meninas desligarem o equipamento. Um estranho silêncio caiu sobre o salão.

Os gritos continuaram lá em cima. Teagan ficou tensa quando ouviu a voz de Cullen chamando seu nome. A Madre Superiora também gritava, estridente e mordaz, tentando calar o garoto.

– Não saia daqui – ordenou Irmã Ruth. – Eu vou ver o que está acontecendo.

Se alguém pudesse deter Cullen, seria Irmã Ruth. Teagan não tinha a menor intenção de obedecer ao comando da freira e correu para as escadas. Quando lá chegou, viu que a Madre Superior e a Irmã Ruth tinham bloqueado a passagem. O Sr. Roche segurava Cullen, mas o rapaz o empurrava, tentando alcançar as duas freiras. Quando viu Teagan, sua expressão mudou da raiva para o desespero.

– O meu amiguinho aqui pulou o portão e invadiu o convento – gritou Sr. Roche para Teagan.

– Eu sabia que ela estava na lavanderia – disse Cullen. – Soltem-me. Não vou causar problemas.

Irmã Ruth, espumando de raiva, virou-se para Teagan:

– Eu mandei você ficar onde estava. Você tem alguma coisa a ver com isso?

A Madre Superiora ergueu a mão.

– Está tudo bem, irmã. Vamos ouvir o que este jovem tem a dizer. Sr. Roche, solte-o. – Ela encarou Cullen. – O que você tem a dizer de tão importante?

Cullen se concentrou na namorada, cujo rosto estava pálido ao vê-lo caminhar em direção a ela.

– Seus pais estão mortos.

Teagan perdeu o chão.

– Se você estiver inventando isso, eu vou... – Irmã Ruth ameaçava Cullen com o punho cerrado.

– Você está me chamando de mentiroso? – Cullen gritou, enfrentando-a. – Por que eu faria uma brincadeira tão horrível? Leia o jornal da noite. Cormac Tiernan trabalhava para o governo.

Irmã Ruth se interpôs entre os dois, mas Irmã Anne a puxou de volta.

– Solte-o.

O convento estava girando. Nada mais importava. As palavras estavam presas na garganta de Teagan. A morte zombava dela mais uma vez com suas piadas brutais; seu corpo não aguentou o baque.

– Eles estão... – foi tudo o que ela conseguiu articular.

– Eu sinto muito – disse Cullen e agarrou suas mãos. – Os dois faleceram. O carro perdeu o controle e saiu da estrada, caiu num canal. Eles se afogaram. Seu pai estava bêbado.

Teagan olhou para ele. Os lábios se moviam, mas as palavras que ele dizia não pareciam reais. Foi tomada por lembranças da casa, dos pais; não aguentou e desabou, cobrindo o rosto com as mãos. Cullen se ajoelhou ao lado dela.

– Eu vou continuar tentando. Pelo seu bem, eu juro que vou continuar tentando.

A garota não conseguia pensar no futuro quando o presente parecia tão morto. Alguém tocou seu ombro. Olhou para cima e viu Irmã Anne em pé ao seu lado.

– Obrigada, meu jovem, mas acho melhor você ir agora.

– Sim, eu vou – Cullen recuou e parou na porta. – Mas eu voltarei. Eu prometo. – Ele abriu a porta e saiu, escoltado pelo Sr. Roche.

Irmã Anne ajudou Teagan a se levantar.

– Irmã Ruth, prossiga com o trabalho. Nós não podemos vacilar...

A robusta freira desceu as escadas de volta para a lavanderia. A Madre Superiora passou o braço pelo ombro de Teagan e a levou para a capela.

– Devemos rezar. Vamos pedir a Deus que nos dê força.

A menina se sentou no banco da frente, enquanto Irmã Anne pegava velas para acender no pequeno altar dedicado a Nossa Senhora.

O tempo parou quando ela, ali parada, ficou olhando para as paredes da capela. As chamas ardentes lhe lembraram o incêndio do orfanato. A Morte estava perto demais, uma entidade que a agarrou e não queria mais soltar. Talvez o Anjo da Morte ainda tivesse mais surpresas à sua espera.

Uniu as mãos. O murmúrio da voz de Irmã Anne, que rezava no genuflexório ao seu lado, não fazia sentido. Como podia acreditar que a Madre Superiora, sua tia, a mulher que a odiava, agora compartilhava sua dor? Será que a mãe tinha lido seu bilhete antes de morrer? Tomara que sim. Foi inundada pelo pranto e não conseguiu conter os soluços.

Rezou na capela até não lhe restar mais lágrimas.

CAPÍTULO 18

NADA PODERIA TÊ-LA PREPARADO para o choque de perder os pais.

Tornara-se órfã novamente à beira da idade adulta, mas ainda não maior de idade. Os pais a tinham abandonado mais uma vez. Não sabia se a casa lhe pertencia ou se passaria para outra pessoa, mas isso não tinha a menor importância já que ela não podia deixar o convento. Todos os caminhos estavam fechados para ela. Esses pensamentos deixavam-na anestesiada.

Os funerais foram realizados em St. Eusebius três dias após o acidente. Padre Matthew, o velho clérigo, conduziu as missas. Ainda arvorado no próprio preconceito, ele não olhou para Teagan nem uma vez sequer. A Madre Superiora e Irmã Mary-Elizabeth acompanharam-na à igreja.

Um grande contingente de funcionários do governo compareceu para prestar homenagens, além das amigas do círculo de *bridge* de Shavon, tanto as novas quanto as antigas. A Sra. Bryde, a mulher que a viu em casa algumas semanas antes, fez pouco caso dela. Teagan deduziu que, agora que a mulher sabia a "verdade" sobre as Madalenas, não queria chegar perto dela.

Cullen assistiu à missa com a mãe, sentado algumas fileiras atrás de Teagan. Eles só conseguiram prestar suas condolências. Não tiveram chance de falar em particular, não com as freiras ao lado dela o tempo todo.

Os funerais trouxeram lembranças dolorosas dos pais e dos muitos dias que Teagan passou na igreja, incluindo a ocasião em que foi apresentada ao Padre Mark na casa paroquial. Não conseguia deixar de pensar no domingo em que o velho padre chamou o pai dela de lado para repreendê-lo pelo encontro da filha com o belo novo sacerdote. Reaver seu suéter foi um ato simples e inocente e, mesmo assim, tantas consequências se desenrolaram por causa disso. Depois que ela foi mandada embora, a depressão e a bebedeira de Cormac pioraram, levando à morte de seus pais. Sentada entre a Madre Superiora e a Irmã Mary-Elizabeth, Teagan só queria sair da igreja o mais rápido possível, mesmo que isso significasse retornar à sua vida no convento. As lembranças eram dolorosas demais.

Quando a missa terminou, ela reparou em um homem sentado nos fundos da igreja perto de uma fonte de água benta. Ele desviou o olhar, mas havia algo de familiar naquele rosto, sombreado por uma farta barba preta.

Virou-se por um instante para receber as condolências de um vizinho e, quando olhou de novo para o homem, ele tinha desaparecido. Ela acompanhou as freiras até o carro, e então o Sr. Roche as levou de volta para o convento.

Na manhã seguinte, Teagan seguia para a lavanderia após o café da manhã e deparou-se com Irmã Anne no corredor. Tentou avaliar o humor da Madre Superiora, rigidamente ereta, cujos lábios estavam contraídos em uma fenda estreita; seus olhos pretos eram como as órbitas escuras de um corvo. Com um gesto, mandou que Teagan entrasse em seu escritório e fechou a porta.

Um homem estava sentado em frente à mesa da Madre Superiora. Conforme Teagan se aproximou, ele se virou. Ela o reconheceu como o homem barbado que vira na parte de trás da igreja. Ele se levantou da poltrona.

– Olá.

Teagan reconheceu a voz de Padre Mark. Não era de admirar que ela não o tivesse reconhecido na missa fúnebre. A barba escura e farta até o alto de suas bochechas escondia seus belos traços. Ele vestia uma camisa branca de botões, simples, como a de qualquer operário irlandês, e calças escuras. Os sapatos estavam surrados; as calças e a camisa, um pouco amassadas. O estilo impecável, que uma vez ele exibira, estava no passado.

Um silêncio constrangedor crescia entre a Irmã Anne e o Padre Mark. Teagan recusou-se a se sentar ao lado dele. Finalmente, Irmã Anne falou.

– Padre Mark quer falar com você. Ele já me disse o que pretende dizer, então não há segredos entre nós.

Ele a encarou, seus olhos estavam soturnos e pesados.

– Eu vim interceder pela sua libertação com as Irmãs da Sagrada Redenção.

Teagan entendeu o que Padre Mark disse, mas, estranhamente, as palavras soaram vazias, sem sentido, em sua cabeça. Como ele poderia resgatá-la? Viera libertá-la agora que ela não tinha casa para onde ir? Ela sentiu o rosto queimando de raiva.

Olhou para ele e notou que estava triste. Talvez até estivesse sofrendo, mas sua penitência não era nada comparada com o que ela tinha passado. Perdera os pais por causa dele. Como podia confiar nesse homem depois do que ele fez? Que chance ela teria no mundo sem os pais, sem dinheiro e com poucas probabilidades de conseguir um emprego? Nada semelhante a alegria ou euforia lhe corria nas veias. Ficou tensa quando essas dúvidas permearam seus pensamentos.

– Sei que não tem sido nada fácil para você – ele continuou. – Eu quero compensar tudo o que te fiz. Não sou mais padre.

Teagan o encarou, incapaz de acreditar em seus ouvidos.

Mark não tirou os olhos dela, apesar do pranto evidente que o consumia.

– Eu vim pedir seu perdão, porque há mais de um ano eu vivo com uma mentira – Ele limpou uma lágrima. – Quero te contar o que aconteceu desde o começo. Depois de muita reflexão, contei ao Padre Matthew que eu tinha desenvolvido sentimentos... Fantasias sexuais... Depois do nosso encontro. Não foi uma confissão, apenas uma conversa com meu superior. Na Igreja, um padre não pode cair em erro se o seu mentor o defende. Padre Matthew tomou as dores da nossa conversa e agiu por conta própria. Minha admissão adquiriu as proporções de uma besta horrenda; você se tornou a pecadora que poderia me fazer cair nas garras do diabo. Uma vez terminada a nossa conversa, a história toda ganhou vida própria. O Padre Matthew estava empenhado em me salvar da minha própria "destruição".

Irmã Anne, de cenho franzido e cabeça baixa, mantinha os olhos fixos na própria mesa. Seus lábios se moviam silenciosamente como se ela estivesse murmurando uma oração.

– Eu fui fraco, um discípulo do diabo, vivendo uma mentira – Padre Mark prosseguiu. – Eu sabia o que Padre Matthew tinha contado ao seu pai, mas não tive coragem de confrontá-lo. Mais tarde, lhe falei que o que ele tinha feito era errado, mas não lutei por você. Ele me disse que tudo seria melhor desse jeito; que a vida seria mais fácil. Que era melhor tirar a tentação do pecado do meu caminho. Mas depois que te vi na missa de Natal, e sabendo dos boatos horríveis que haviam sido espalhados, inclusive por pessoas de nossa própria paróquia, eu finalmente me dei conta de que não podia continuar sendo padre, mas demorei para tomar uma atitude. Durante todo esse tempo, a mentira estava me corroendo por dentro. Eu tive que deixar a Igreja porque não sou uma pessoa digna. Falhei comigo mesmo, com meu sacerdócio, com minha paróquia, mas, acima de tudo, falhei com você.

Algo lá no fundo clamava para que ela o perdoasse, mas um sentimento mais forte lhe obrigava a manter a calma: considerar o que Mark estava dizendo e ainda não ceder a seu pedido de absolvição.

– Vá em frente – ela disse, sem emoção na voz.

– Eu quero expiar esse pecado. Eu quero te apoiar enquanto você se levanta. Posso entrar com o pedido da sua tutela até que você atinja a maioridade. Vou providenciar uma casa para você.

Irmã Anne ofegou.

– Você acha isso sensato, considerando os desdobramentos dessa situação desagradável? Tal arranjo só pioraria a situação para vocês dois.

– Vamos deixar que Teagan decida. – Ele assentiu, aguardando uma resposta.

– Como eu poderia confiar em você? – ela perguntou, mantendo o olhar firme.

– Essa é uma pergunta justa – Mark suspirou. – Você terá que aceitar minha palavra, a palavra de um homem reformado e movido pela compaixão por aqueles que prejudicou.

Irmã Anne balançou a cabeça. Ficou claro para Teagan o que a Madre Superiora achava da oferta de Mark. E a garota também sabia que aquela proposta era um falso conforto, embora tivesse sido ligeiramente animadora a perspectiva de sair do convento. Uma gota de esperança em meio ao nada.

– Não posso aceitar sua oferta – ela disse, enfim. – Seria errado depois de tudo o que aconteceu. – Ela se interrompeu, considerando se devia fazer uma pergunta ao ex-padre. Após um breve debate íntimo, decidiu que queria uma resposta: – Você engravidou uma garota? Foi por isso que realmente abandonou o sacerdócio?

Pela cara dele, parecia que Mark ia dar uma bela gargalhada; no entanto, apenas sorriu com desdém:

– Viu só o que rumores e mentiras fazem? Eles arruinaram a sua vida e a minha. – Ele balançou a cabeça. – Não, eu nunca engravidei nenhuma mulher... Pelo menos não na Irlanda.

– Creio que já disse o bastante – interveio Irmã Anne, levantando-se. – Estou certa de que Teresa... Teagan... Tem muito a ponderar.

Mark não se moveu e, fitando Teagan intensamente, disse:

– Eu falei sério. Se eu puder ajudar, entre em contato comigo. Deixei meu telefone com Irmã Anne. É só me ligar.

Ele se retirou sem olhar para trás, e desapareceu corredor afora.

Irmã Anne pegou os bloquinhos de AMOR e os segurou firmemente nas palmas das mãos, com a palavra virada para Teagan. Uma saudação de escárnio com os cumprimentos da Madre Superiora.

– Decerto essa revelação traz uma nova luz ao seu caso.

– Decerto – Teagan respondeu. – É melhor eu voltar ao trabalho. – Ela se dirigiu à porta.

– Espere – Irmã Anne recolocou os bloquinhos sobre a mesa.

Teagan se virou. A madre remexia alguns papéis.

– Você não tem que voltar ao trabalho; na verdade, não tenho certeza de que as Irmãs da Sagrada Redenção podem mantê-la aqui... Se você quiser ir.

– Não – Teagan sorriu quase com malícia –, meu lugar agora é aqui. Ao longo do último ano, você me transformou no que eu sou. Quero ficar junto das outras Madalenas, as outras "pecadoras" que talvez tenham sido tão injustamente confinadas quanto eu fui.

Ela fechou a porta, deixando Irmã Anne ruminando suas palavras.

No dia seguinte, Teagan trabalhou na lavanderia, mas não disse nada às outras Madalenas.

Nora ainda vivia em um mundo à parte, alheia, seu sarcasmo e seu humor haviam sido sobrepujados pela morte do bebê. A amiga dormia, comia, trabalhava, e se enquadrava na rotina tão confortavelmente como Patricia, que seguia os passos para se tornar freira.

Enquanto trabalhava, Teagan pensava na oferta de Mark, mas após alguns minutos de consideração ela voltou os pensamentos para o tanque. Deixar o convento era mais complexo do que somente ir embora. Sua liberdade era complicada, uma questão confusa e repleta de incertezas.

Pensou em ligar para a tia Florence em Nova York, que não compareceu à missa fúnebre. Será que a tia sequer sabia que seus pais tinham falecido? Ela teria de voltar à casa para pegar o telefone da tia na agenda da mãe e fazer a ligação. Florence, de repente, poderia lhe ajudar a se reestruturar. Esse telefonema lhe abriria um mundo de possibilidades, talvez até uma mudança para Nova York.

Ao fim do dia, avistou a Madre Superiora perto da Sala da Penitente. Irmã Anne estava lhe evitando – Teagan sabia que a confissão de Mark a deixara abalada.

Alguns dias depois da visita do ex-padre, Teagan estava até os cotovelos de espuma quando sentiu os dedos pesados de Irmã Ruth lhe cutucando as costas. Virou-se, mas, em vez da freira, viu uma mulher usando um sofisticado terninho azul.

Reconheceu imediatamente o rosto gentil e familiar, por mais que não soubesse quem ela era. O cabelo era da mesma cor do cabelo de sua mãe, exatamente o mesmo tom. Ela era um pouco mais cheia que Shavon, mas não era rechonchuda. A mulher observava a lavanderia, olhando as garotas com a mesma curiosidade que as garotas olhavam para ela.

– Esta senhora quer falar com você – disse Irmã Ruth. – A Madre Superiora mandou que a trouxéssemos aqui.

A mulher lhe estendeu a mão. Ela usava luvas. Teagan limpou a espuma dos dedos e os secou no avental.

– Você nem imagina o que passei para te encontrar – disse a mulher. – Eu sou sua tia, Florence Korman.

Tia Florence de Nova York. Ela se parecia com sua mãe, que era alguns anos mais velha. Quando Teagan tinha uns 7 anos, a tia veio de Nova York para visitar a família em Ballsbridge. Lembrava-se vagamente do encontro como uma experiência desagradável. A mãe raramente falava de Florence porque ela tinha se casado com um homem de quem seu pai não gostava – "um judeu rico de Nova York que arrancaria até o seu último dólar se pudesse", Cormac declarou, deixando claro que o marido de Florence era *persona non grata* em sua casa.

Teagan apertou sua mão e admirou a bela mulher.

– Lamento não ter comparecido ao funeral – disse Florence, tirando as luvas. – Está bem quente aqui. É nesse lugar que você trabalha todos os dias? – Ela não tinha nem o mais ligeiro sotaque irlandês.

– A maioria – Teagan respondeu, incerta quanto ao que devia dizer.

– Vim o mais rápido que pude, mas, com a rusga na família, só soubemos depois que o funeral já tinha sido realizado. Um escritório de advocacia entrou em contato conosco.

Florence se abanava com as mãos.

– Tem algum lugar menos barulhento onde possamos conversar?

Teagan indicou a cadeira do canto. Irmã Ruth as observava, mas não parecia interessada no que elas faziam. A garota conduziu a tia e lhe ofereceu o assento. Florence sentou-se com refinamento e cruzou as pernas, enquanto a sobrinha permanecia de pé. Sentia-se como uma garotinha desengonçada e constrangida brincando em uma poça de lama.

Envergonhava-se do avental sujo e dos sapatos feios, e não conseguia encarar Florence.

– Teagan, tenho uma oferta para lhe fazer. Por favor, olhe para mim – Teagan concordou.

Florence inclinou-se para a frente.

– Um bom homem que parece muito preocupado com seu bem-estar me disse que você estaria aqui, depois que eu fui à igreja da paróquia atrás de respostas. Fui até a casa dele, e ele me contou tudo. Ele se chama Mark e era padre – ela fez uma pausa. – Ele parece muito arrependido por tudo o que te fez passar e até chorou quando lhe contei os meus planos. Eu também sinto muito por tudo o que você teve de enfrentar... Conversei com Irmã Anne. Posso dar entrada na documentação para me tornar sua tutora legal e, em poucos dias, tudo estará arranjado. Sei que Dublin é o seu lar, mas o que te prende aqui? Gostaria de te oferecer um lar em Nova York; você pode vir morar comigo e com o meu marido. Nós temos condições de cuidar de você e ficaríamos mais do que felizes em fazer isso.

Teagan encostou-se nas grades que separavam a lavanderia das grandes janelas. Olhou para os jardins, sem palavras diante da proposta de Florence. A brisa fazia as folhas dos carvalhos farfalharem. As sombras se projetavam ao longo do gramado.

– Eu não sei o que dizer.

– Diga "sim" – Florence dobrou as luvas e as guardou na bolsa. – Meu marido é médico. Nós podemos te oferecer um lar que você nunca teria aqui. Podemos te mandar para as melhores escolas dos Estados Unidos. Depois, você decide se quer retornar à Irlanda... Bem, talvez eu deteste essa decisão, mas a escolha é sua. Harold e eu queremos garantir que você tenha um recomeço.

– Então você sabe de tudo?

Florence permaneceu impassível.

– Acredito que Mark me contou a verdade. Lamento, mas seu pai estava propenso à autodestruição. Infelizmente, ele arrastou consigo todos que amava e, por isso, acho difícil perdoá-lo.

Ter a tia ali era a resposta às suas preces, mas os Estados Unidos pareciam tão distantes.

– Preciso pensar a respeito. Dublin sempre foi o meu lar.

– Entendo, mas saiba que manter a casa seria jogar dinheiro fora. Estou aqui para fazer o inventário, vender a casa e seus pertences. Seu pai podia não ter muito apreço por meu marido nem por mim, mas coube a Shavon ditar os beneficiários porque Cormac não tinha irmãos. Isso foi registrado muitos anos atrás, creio que ele não se lembrava e nem pensou a respeito. As pessoas não gostam de pensar na própria morte. – Florence agarrou a bolsa. – A renda obtida com a venda irá para um fundo fiduciário, caso você decida ir para os Estados Unidos ou não. O dinheiro será seu quando atingir a maioridade.

Florence se levantou e alisou a saia. Abraçou Teagan e lhe deu um beijo na bochecha. Tia e sobrinha foram em direção aos tanques.

– Levará cerca de uma semana para acertar os últimos detalhes com o advogado e o corretor imobiliário. Depois disso, poderemos partir assim que você tirar seu passaporte. O restante dos procedimentos legais pode ser conduzido de Nova York. Diga-me o que decidiu dentro de poucos dias, se possível. Vou ficar na casa de seus pais, no quarto deles; você sabe o telefone. – Ela pegou as mãos de Teagan calorosamente. – Venha morar conosco. Permita-se ser gentil consigo mesma, especialmente depois de tudo o que passou.

– Tem uma chave extra embaixo do gnomo no jardim – disse Teagan. Florence sorriu, então passou por Irmã Ruth e subiu as escadas.

Teagan enfiou as mãos na água com sabão novamente. Florence, embora não pelo laço de sangue, é que era sua tia de verdade – e não Irmã Anne. Um alívio tão intenso tomou conta de todo seu ser que ela até tremia de alegria.

Como diria a Nora? Será que ela ao menos entenderia?

Teagan ponderou essas questões na hora do chá e das orações noturnas e, pela primeira vez em mais de um ano, rezou em gratidão, pois sentiu que Deus olhava por ela.

Naquela noite, Nora deitou-se na velha biblioteca, como fazia todas as noites desde o incêndio, se virou e ficou de costas para a amiga, que esperou todas as Madalenas se acomodarem. Teagan, então, levantou seu lençol e deslizou para o lado de Nora, cujo colchão ainda ficava perto do seu. Teagan tocou o ombro da amiga, que se assustou e deu um pulo na cama. Logo depois, ela se ajeitou de novo, mas não disse uma palavra.

Teagan pegou sua mão e sussurrou:

– Nora, preciso falar com você. – A algumas camas de distância, Betty roncava. A respiração das Madalenas adormecidas preenchia a biblioteca. – Rezei esta noite sobre o que deveria fazer. Eu vou para os Estados Unidos, o que significa que deixarei o convento em breve... E deixarei você.

– Ela apertou a mão de Nora. – Fizemos um pacto de que ajudaríamos uma à outra, uma por todas e tudo o mais. Eu não me esqueci. Assim que me estabelecer, volto para te buscar. Espero que entenda que não estou te abandonando, mas eu tenho a chance de ter uma vida boa, melhor do que um dia eu poderia imaginar.

A menina acariciou os dedos de Nora, esperando qualquer sinal de que ela ouvia aquilo, mas não obteve nenhum. O quarto era solitário sem Nora e Lea, como se ela estivesse ali completamente só.

– Por favor, Nora, me dê um sinal de que você vai ficar bem se eu partir. Me dê um sinal de que você vai seguir em frente.

Era inútil. Nora parecia oca desde a morte de Seamus. Teagan soltou sua mão e fez um carinho em seu rosto, e então sentiu a umidade das lágrimas frias que escorriam pela bochecha dela. Em algum lugar dentro daquela carapaça, Nora estava viva. Teagan deu um beijo na amiga e deslizou de volta para seu colchão. Rezou para que tivesse feito a escolha certa.

Esperou até que as freiras já tivessem ido cuidar de suas obrigações matinais antes de subir ao sótão. As irmãs ainda estavam ocupando as velhas camas das Madalenas. Não havia nada em seu baú que ela precisasse pegar, mas valia a pena dar uma última olhada. Agora desejava ter guardado o vestido azul que usara em casa. Soterrados pelos itens pessoais de uma freira, achou o par de jeans e a blusa com que chegara ao convento.

Marteladas e barulho de serras ecoavam lá de baixo; Teagan olhou pelas grades da janela e viu operários encarapitados sobre os arcos de granito escurecidos, instalando as vigas para o novo telhado do orfanato. Dava para reaproveitar partes da estrutura, segundo Irmã Mary-Elizabeth. Em apenas alguns meses, Irmã Immaculata e as outras poderiam retornar ao trabalho. Pelo menos, essa era a expectativa.

Por ora, uma freira dormia na antiga cama de Teagan, mas isso não tinha mais importância. A garota tirou o uniforme e deu uma espiada no canto do telhado em que ela, Nora e Lea tinham se sentado, Nora fumando um cigarro e todas desfrutando o ar fresco e a noite estrelada. Não podia negar que carregava uma certa tristeza por deixar o convento e tentava achar uma explicação para esse sentimento em relação a um lugar que execrava. Será que os prisioneiros também se sentiam assim ao deixar o cárcere? Respirou fundo e achou o vestido azul; era a única coisa decente que tinha para vestir. O dinheiro de Cullen ainda estava no bolso.

Enquanto Teagan descia, o zumbido fraco da lavanderia ecoava pelas escadas. Suas mãos estavam descascadas e vermelhas de alvejante e detergente. Não sentiria falta do calor nem dos odores. A sala em que passara tantas horas comendo em silêncio, engolindo as refeições horrorosas, estava deserta. Deu uma última olhada nas grandes janelas com vista para as árvores. As portas da capela e da Sala da Penitente estavam fechadas. Não havia razão para olhar para dentro de nenhuma das duas.

Florence estava no escritório de Irmã Anne quando ela chegou. A tia adotiva vestia uma blusa branca com um casaco bege de corte muito elegante e uma saia combinando. A Madre Superiora estava debruçada sobre a mesa, assinando a papelada. Irmã Anne olhou para Teagan e então terminou de escrever.

— Bem, encerramos por aqui — Florence disse e abraçou Teagan. — Já podemos ir. Você está pronta?

— Creio que sim — Teagan respondeu. — Não gosto de despedidas longas.

Irmã Anne ergueu a mão, pouco disposta a falar. Abriu a gaveta da mesa e pegou um envelope do qual Teagan tinha se esquecido fazia tempo. A freira o empurrou pela mesa. A garota o pegou e, então, se lembrou do que havia lá dentro. Era o anel e o par de brincos de pérola que fora motivo de uma discussão entre o pai e a mãe.

— Isso aqui também lhe pertence — Irmã Anne pegou o rádio e o lenço de seda que a mãe lhe enviara no último Natal. Não os via desde que Irmã Mary-Elizabeth os confiscara de debaixo da cama de Lea.

Teagan reuniu os itens em seus braços e se empertigou, encarando a Madre Superiora, incerta sobre o que fazer a seguir.

— Venha, vamos — Florence chamou. — Tenho certeza de que a Madre Superiora tem muitos assuntos importantes aos quais se dedicar.

A tia sorriu, mas Teagan não acreditou que ela estivesse sendo sincera. Florence provavelmente não poderia se importar menos com a freira. A tia estava contente por levá-la embora do convento. Teagan a seguiu de bom grado.

Irmã Anne parou diante da porta e pegou o braço de Teagan antes que ela pudesse sair. Os lábios da Madre Superiora estavam trêmulos:

— Você me mudou... Por mais que ache difícil acreditar.

Teagan lhe dirigiu um olhar cético.

— Todas as orações — a Madre Superiora continuou —, todo o conflito emocional que eu tinha criado, tudo desapareceu quando Padre Mark me confessou seu pecado. Eu admiti o meu também.

Florence a aguardava no corredor. A garota não queria ouvir uma confissão de Irmã Anne; já perdera mais de um ano de sua vida e nada poderia trazê-lo de volta. A tortura emocional e os sentimentos de invalidez que a Igreja lhe incutiu sistematicamente não podiam ser apagados com um simples *"Eu errei"*. Na verdade, a admissão da Madre Superiora deixou Teagan indignada, seu rosto se avermelhou de raiva. A freira prosseguiu:

– Não espero que você me perdoe agora, mas quem sabe no futuro. Eu me despi do meu ódio quando percebi que você não era o demônio que eu tinha pintado em meu coração. – Ela apontou para os bloquinhos de AMOR sobre a mesa. – Vou me esforçar arduamente para viver segundo essa regra.

Teagan afastou-se da Madre Superiora.

– Tenho muito a perdoar. Vou rezar para que você se lembre das palavras que acabou de dizer quando for aplicar punições.

Florence pegou a mão da sobrinha, e as duas seguiram em direção às grandes portas de entrada do convento. Teagan ultrapassara o imponente limiar pouquíssimas vezes desde seu confinamento, mas agora era livre para respirar; podia saborear a recém-conquistada liberdade.

Irmã Mary-Elizabeth estava parada perto da porta, com as mãos agarrando a lateral do hábito. Tinha uma expressão preocupada, como se tivesse perdido uma das ovelhas do rebanho.

– Boa sorte. Perdoe-nos. – Ela sussurrou quando Teagan passou.

Florence e ela cruzaram o portal de pedra, e as portas se fecharam atrás das duas. A brisa morna de agosto a envolveu. Com o toque do vento em sua pele, o perfume dos pinheiros e os raios de sol em seu rosto, a garota se sentiu inacreditavelmente viva, mas também exausta, como se estivesse correndo há mais de um ano sem nunca parar.

A tia a conduziu até o táxi; o motorista abriu a porta para elas.

– Um minuto, Florence – disse Teagan, dando seus pertences para a tia segurar. Correu pela frente do convento e então contornou a esquina onde Lea vira os espíritos das crianças. Seu coração batia descompassado, e ela sentiu um nó na garganta ao dobrar o outro canto do prédio. A grande fileira de janelas da lavanderia tornou-se visível. Sabia que Nora estaria lá dentro, talvez até esperando que ela viesse lhe dar adeus.

Aproximou-se com cautela do gradil. A vala de pedra se abria como um precipício a seus pés. Do outro lado das janelas, as Madalenas, que haviam sido parte de sua vida, trabalhavam. Betty estava diante de uma máquina de lavar e Sarah, nos tanques. Estavam todas ali, com exceção de Patricia, que começara a instrução de noviça.

Quando as Madalenas viram Teagan lhes observando como a animais em um zoológico, reagiram com gentileza. Largaram o que faziam e foram até as janelas. Irmã Ruth estava sentada em sua poltrona, mas não fez objeções – Teagan pensou que a ouviria latindo ordens por cima da cacofonia das máquinas, mas, em vez disso, a freira se juntou às meninas. Nora permaneceu nos fundos, trabalhando nos cestos de triagem. Uma freira entrou e, colocando as mãos nos ombros de Nora, guiou-a até as janelas. Quando a religiosa se virou, Teagan levou um susto ao ver que era Irmã Anne. A Madre Superiora fora até a lavanderia para encontrar sua amiga e ambas se reuniram às outras.

Nora manteve-se imóvel, com a Madre Superiora atrás dela. Uma a uma, as Madalenas levantaram as mãos e acenaram em adeus. Algumas limpavam as lágrimas.

Teagan arquejou e seus olhos ficaram marejados de emoção. Concentrou-se em Nora, mas não viu nenhum sinal de que ela a reconhecia. A amiga parecia uma boneca quebrada, que o dono segurava pelos ombros.

Teagan apontou para si mesma e, então, para Nora, usando a linguagem de sinais que tinham inventado, então falou baixinho, *"eu volto para te buscar"*.

Nora não demonstrou ter entendido. Arrastou-se de volta para seu posto de trabalho.

A Madre Superiora ainda observava aquele momento quando Teagan se afastou do gradil. A menina ouviu uma voz ecoando de onde as crianças estavam enterradas. Parou, incerta do que tinha ouvido, e sentiu um calafrio sob plena luz do sol.

Boa sorte, Teagan. Vou sentir sua falta.

Ela sentiu as pernas falharem, convicta de que ouvira a voz de Lea. No canto, viu uma luz. Um brilho evanescente, como um arco-íris difuso em meio às nuvens.

– Eu também vou sentir sua falta – respondeu. – Vou garantir que saibam das crianças. Elas não terão morrido em vão.

Teagan voltou para o táxi e se acomodou no banco de trás, ao lado da tia. Florence apertou sua mão conforme o veículo acelerava. Teagan mal olhou para o Sr. Roche, que lhes abria a saída. Mas olhou para trás a tempo de ver os portões de ferro se fecharem, selando a entrada do convento.

Pouco havia mudado desde a última vez que ela pisara em casa. Florence tinha organizado alguns objetos e separara algumas louças para enviar aos Estados Unidos. Dessa vez, Teagan estava determinada a dormir em seu quarto. Era sua última noite ali e não seria tão ameaçador quanto antes.

A tia a levou para jantar em um restaurante do bairro, onde Teagan viu um monte de amigos de seus pais. A maioria não a reconheceu, mas os poucos que sim vieram falar com ela e lhe oferecer suas condolências, acrescentando que "tinham sentido sua falta" e "sempre se perguntaram por onde ela andava". Teagan os agradeceu, mas não queria falar sobre o passado. Já era difícil o bastante falar sobre o presente.

Estava exausta quando voltaram para casa e se jogou no sofá da sala de estar. Nada parecia real. A maior parte dos objetos decorativos da mãe, as quinquilharias, a mobília, as plantas, a própria casa, logo pertenceriam a outra pessoa. E qual era o propósito disso tudo? Por que tinha terminado desse jeito?

— Por que está tão quieta? – Florence perguntou, sentando-se em uma poltrona de frente para a sobrinha.

— Não consigo acreditar que estou indo para os Estados Unidos e que esta casa se tornará a casa de outra pessoa. Jamais conheci outro lugar além de Ballsbridge, exceto pelo...

— Não pense mais nisso. Agora acabou. – Florence recostou-se no sofá. A tia parecia tão composta em comparação com o nervosismo e a ansiedade que corroíam as entranhas de Teagan. – Você pode desistir de ir para Nova York, mas espero que não o faça. Onde você ficaria? O que faria?

Teagan balançou a cabeça com pesar. Sua vida foi virada de cabeça para baixo por causa de um padre. Tudo perdeu o sentido quando seu pai a expulsou de casa.

— Eu não sei. – Ela fez uma pausa. – Odeio essas palavras. A vida deveria ser mais do que *não saber*.

— Bem, as reservas para o voo de amanhã já estão feitas – disse a tia, vibrando de alegria. – Você vai amar Nova York. Há tanto para ver e fazer. Tem uma igrejinha católica no bairro. É claro que você pode ir à sinagoga conosco, se quiser, mas certamente não esperamos que vá. – Seus olhos brilhavam. – Harold está muito animado com sua mudança.

Teagan nem tinha pensado em religião. Já tivera seu quinhão disso. No passado, seu pai criticara a conversão de Florence ao judaísmo, mas para ela isso não era problema algum. Para ser honesta, não queria nem pensar nesse assunto. *Chega de religião. Só quero saber de fazer amigos e voltar a estudar.* Cullen invadiu seus pensamentos e ela sentiu um frio na barriga.

– Já está tudo encaminhado – Florence falava. – Continuarei cuidando de tudo lá de Nova York, com seu consentimento e de acordo com seus desejos, é claro. Teremos algo para fazermos juntas. – A tia lhe explicou como a venda seria conduzida com o intermédio do advogado e seus agentes, como os valores seriam transferidos para um fundo fiduciário em Nova York, o que faltava para concluir o processo de tutela e até como tinha providenciado um passaporte de emergência, que seria expedido na manhã seguinte.

Parecia bom demais para ser verdade – mas como se fosse para ser –, algo que poucas vezes experimentara na vida. A sensação de que tudo estava se encaixando em seu devido lugar era desconhecida para ela. Mas à medida que a tia falava, uma dolorosa amargura se aninhava em seu coração.

– Preciso ligar para Cullen – disse a menina, quando a tia terminou.

– Eu vou me arrumar para deitar – Florence disse. Teagan sabia que era apenas uma desculpa para lhe dar privacidade. Antes de se retirar, a tia lhe deu um beijo na testa. – Nos vemos pela manhã. Temos muitas coisas para arrumar antes de pegar o avião.

Enquanto Florence ia para o andar de cima, Teagan foi para a cozinha. Sentou-se à mesinha junto à janela e admirou as plantas da mãe. Não queria que elas morressem depois que partissem, mas a tia lhe garantiu que todos os detalhes seriam tratados com carinho.

O telefone verde pendurado na parede lhe encarava. Teagan pegou o bocal várias vezes, com o coração martelando, antes de reunir coragem para discar o número. Um homem atendeu – o pai de Cullen. Quando ela se identificou, a linha ficou muda. Apesar da recepção nada calorosa, ele chamou o filho. Poucos segundos depois, Cullen, excitado e ansioso, estava na linha. Ele a cumprimentou.

– Olá – foi tudo o que ela conseguiu dizer.

Um silêncio pesado se seguiu.

– O que aconteceu? – ele perguntou.

– Nada.

– Eu te conheço, Teagan – Cullen respondeu. – Pelo menos acho que conheço. Você está em casa? Ouvi os rumores.

– Sim – ela disse, receosa do que tinha para lhe contar. Sua voz falhou.

– Quando posso te ver?

– Vai demorar um pouco...

Silêncio.

– Cullen? Você está aí? Cullen? Por favor, não faça isso.

– Você está indo embora, não é?

Ela balançou a cabeça afirmativamente, mesmo sabendo que ele não podia ver. Uma lágrima grossa escorreu por sua bochecha.

– Eu tenho que ir. Preciso ficar um tempo longe de Dublin... Para colocar tudo nos eixos. A ferida ainda está muito aberta. Espero que você entenda.

Queria dizer algo que amenizasse o baque da notícia para Cullen, e conseguiu articular do outro lado da linha:

– Eu vou voltar logo.

Ele ficou com um nó na garganta; ela ouviu nitidamente em sua voz e imaginou seu rosto contorcido pela angústia.

– Não, não vai.

Teagan limpou outra lágrima e tentou rir.

– Não fale assim. Você sabe que eu não falto com a minha palavra, especialmente com os amigos.

– Quando você vai?

– Amanhã à noite, por volta das 9. Aterrissamos em Nova York na mesma noite.

Cullen pigarreou e falou com a voz mais firme:

– Olha, eu tenho que desligar. Meu pai não gosta que eu fique muito tempo no telefone.

– Está bem. Eu te ligo em alguns dias, assim que eu me ajeitar.

– Claro – ele disse e desligou.

Ela ficou sentada à mesa por cerca de meia hora, limpando as lágrimas, pensando em Cullen, contemplando uma vida que estava por vir. Esperava que o pesadelo que tinha sido sua vida até ali se evaporasse como neblina dissipada pelo sol. Enfim, já tinha chorado demais. Apagou as luzes e subiu as escadas. A porta do quarto de seus pais estava fechada. Foi para seu quarto e deixou a porta entreaberta, sem querer ficar trancada lá dentro – o sentimento claustrofóbico lhe lembrava demais o convento. Chovia lá fora. Uma brisa fria soprava pela janela.

Teagan deitou-se na cama fitando o teto. A textura do gesso, em vários pontos, trazia-lhe vários elementos à lembrança: a superfície da lua; uma catedral; um prédio da Trinity College, onde ela sonhava estudar. Quando piscou, eles ganharam forma revelando as curvas, os círculos e as linhas que os compunham.

O rádio que ganhara do pai estava perto do travesseiro. Ligou e escutou várias canções antes que tocasse uma "das antigas". Era um grande sucesso na época em que ela foi mandada embora. A primeira vez que a ouviu Teagan estava em seu quarto, exatamente o mesmo quarto onde dormia esta noite. Estranhamente, o título da música era ainda mais significativo agora: "I Can't Stop Loving You".

Eu não consigo deixar de te amar.

EPÍLOGO

DA VARANDA NA COBERTURA de seus tios em East Side, Teagan tinha vista para o lado norte da Queensboro Bridge e para a vastidão cinza-esverdeada do rio East. À direita, a brilhante torre da sede das Nações Unidas também era visível.

Tinha sido apresentada aos amigos de Florence e Harold – todos gentis e mais do que dispostos a lhe dar as boas-vindas a Nova York. Um mundo de compras, galerias, museus, restaurantes, praticamente qualquer coisa que ela quisesse fazer dia ou noite se descortinara diante dela.

Só o seu quarto era quase do mesmo tamanho que metade do térreo de sua casa em Dublin. A tia colocara uma grande escrivaninha diante da janela com vista para o rio. Ali ela poderia ler, estudar, decidir sobre as escolas, pensar a respeito das decisões que teria de tomar, e esquecer o passado. Pela primeira vez, a tensão que sempre permeara sua vida parecia aliviada. Não tinha mais de lidar com o pai bêbado, com a obediência servil da mãe, com a igreja, nem brigar com seus sentimentos em relação aos homens – incluindo Cullen e Padre Mark.

Uma rosa murcha morria em um vaso de cristal sobre sua mesa. As pétalas, antes amarelas, já estavam amarronzadas. Recebera-a de Cullen quando estava prestes a deixar sua casa em companhia da tia. Ele apareceu inesperadamente com a rosa em mãos e pediu desculpas por ficar chateado ao telefone. Disse que entendia sua decisão de partir, de recomeçar, e queria que ela soubesse que ele estaria em Dublin se ela precisasse de um amigo. Teagan lhe deu um beijo na bochecha. Florence se mostrou impressionada e disse que ele era um "belo jovem".

Os dois se despediram sem lágrimas. Quando a pista desapareceu abaixo do Boeing 737, e elas alçaram voo, Florence soltou um suspiro de alívio. Teagan observava Dublin ficando para trás. À medida que sobrevoavam os campos, pensou em Lea e em sua casa, em Celbridge. A última vista que teve da Irlanda foi as grandes falésias projetando-se costa acima e as linhas finas das ondas espumantes se quebrando em câmera lenta no litoral.

A garota pegou uma caneta em sua escrivaninha em Nova York para escrever a Cullen. Fazia várias semanas que tinham se correspondido pela última vez. Escreveu algumas palavras e então olhou pela janela. Uma linha de nuvens se movia rapidamente a noroeste. Teagan nunca vira nada assim na Irlanda. As nuvens de tempestade nos Estados Unidos eram diferentes: afiadas, lineares, brutais. Foi à varanda para contemplá-las. O clima a fazia lembrar da tormenta que deixara para trás – Irmã Anne, os pais, e também Nora e Lea. O vento envolveu seus dedos gélidos ao redor dela. Os dias quentes do outono estavam contados. O inverno chegava, mas Teagan estava confortavelmente instalada no apartamento de sua tia em Nova York.

A vários quarteirões de distância, um trecho de grama se destacava entre dois arranha-céus. Uma árvore frondosa elevava-se circundada de flora exuberante. A vista em tons de esmeralda diminuía, sendo obscurecida da luz do sol pelas nuvens errantes.

Assim era a vida, pensou, ensolarada em um momento, e nublada, em outro.

Teagan saiu do terraço e fechou as portas deslizantes, deixando o frio do lado de fora. Restava algum verde naquele pequeno canteiro de Nova York, e ainda estava verde na Irlanda, apesar das diferentes localidades.

Um dia, ela veria a Irlanda verdejante outra vez. Cullen talvez estivesse à sua espera. Além disso, Nora precisava de sua ajuda. Nada era mais importante do que a promessa feita a uma amiga.

NOTA DO AUTOR

A HISTÓRIA DA IGREJA CATÓLICA é repleta de guerras, intolerância religiosa e escândalos, ainda que – sejamos justos – a instituição tenha sido permeada ao longo dos séculos por suas ações de caridade, pela vida de seus santos e pela devoção de seus fiéis. Nos últimos anos, a Igreja foi submetida a um escrutínio após denúncias de improbidade financeira, excesso de indulgência sacerdotal e abusos sexuais. A história das Lavanderias de Madalena, ou Asilos de Madalena, só ganhou destaque nas últimas duas décadas.

Talvez esse capítulo da história da Igreja não tenha sido explorado como um assunto tão incendiário quanto os escândalos de abusos sexuais de padres por causa da natureza dos "crimes" das Madalenas. As meninas e as mulheres sob esse regime de servidão eram, em sua maioria, categorizadas como "mulheres perdidas". Será que nossos preconceitos culturais foram usados para punir essas mulheres? Elas tiveram o que mereciam, muitos dizem. Meninas e mulheres foram enviadas para as lavanderias simplesmente por serem consideradas mentalmente inadequadas ou por serem muito bonitas, muito atraentes e, assim, induzirem o pecado com sua aparência. Outras acabaram lá por promiscuidade ou envolvimento com prostituição.

As garotas Madalenas é ambientado em Dublin no ano 1962. Deve ser ressaltado que as lavanderias não ficavam limitadas à Irlanda. Na verdade, os asilos, como também eram conhecidos, existiam em países como a Inglaterra, a Escócia, os Estados Unidos e o Canadá. E também não se restringiam à jurisdição da Igreja Católica. Interesses seculares, bem como outras entidades religiosas fora do catolicismo, instituíram lavanderias para reabilitar prostitutas.

O registro oficial da primeira lavanderia a entrar em funcionamento data de 1758. A última foi fechada em 1996. Uma vez encarcerada, a reputação da mulher geralmente era arruinada. Muitas permaneciam na instituição por anos, chamando-a de lar, porque não havia outra opção para a "penitente". Por meio de sua estrita doutrina, a instituição muitas vezes conseguia fazer da Madalena uma mulher incapaz de se ajustar a uma vida normal fora da lavanderia. Eles se tornavam, de fato, prisioneiras dentro e fora de sua estrutura.

Em 1993, uma vala comum onde havia crianças enterradas foi encontrada em uma lavanderia de Dublin. Isso levou a um pedido formal de desculpas quase duas décadas depois. Até onde sei, nenhuma compensação ou pedido formal de desculpas jamais foi feito por parte da Igreja. A história das lavanderias continua sendo um assunto polêmico em ambos os lados do debate: um chamando as ações de criminosas, e o outro, retratando-as como benéficas e reabilitadoras.

Apesar de todos os argumentos, não há dúvida de que a vida de milhares de meninas e mulheres foi transfigurada por seu tempo de servidão. Algumas sobreviveram, algumas morreram, mas suas histórias continuam a nos comover.

AGRADECIMENTOS

ESTOU EM DÍVIDA COM MUITAS pessoas que fizeram deste livro o melhor que um autor poderia fazer. Obrigada aos meus leitores beta, Michael Grenier, Bob Pinsky e Charlie Roche; meus parceiros de crítica, Heidi Lynn Anderson e Lloyd A. Meeker; e aos talentos literários de Traci E. Hall e Christopher Hawke, da CommunityAuthors.com. Este romance não teria sido possível sem a visão de John Scognamiglio, meu editor na Kensington Books. E, finalmente, obrigado a Alyssa Maxwell e a meu agente, Evan Marshall, por acreditarem em mim.

Este livro foi composto com tipografia Electra e impresso
em papel Off-White 70 g/m² na Assahi.